W0386335

Vanessa Dean

TYPES OF WITCHCRAFT

Die Dunkelheit einer weissen Hexe

FSC
www.fsc.org
MIX
Papier aus verantwortungsvollen Quellen
FSC® C083411

Lektorat: Eva Pusch
Covergestaltung: Nadine Simoner

Vanessa Denke
c/o autorenglück.de
Franz-Mehring-Str. 15
01237 Dresden

ISBN: 9783759207234

TikTok: vanessa.dean.author
Instagram: vanessa.dean.author
Webseite: www.vanessadean.de

Herstellung und Druck über tolino media GmbH & Co. KG, München.
Printed in Germany

Jeder Mensch hat etwas Dunkles in sich, einen dunklen Kern,
der sich in der Persönlichkeit manifestiert hat.

Im Buch werden Themen angesprochen, die als Trigger wirken könnten, daher befindet sich auf der letzten Seite eine entsprechende Warnung. Diese beinhaltet Spoiler für die gesamte Geschichte.

KAPITEL EINS

Als ich wieder zu mir komme, ist der hämmernde Schmerz in meinem Kopf allgegenwärtig. Die Schläge gegen meine Schädeldecke sind unerträglich und je weiter ich die Augen öffne, desto härter werden sie. Ich liege zusammengekauert auf einem harten Boden und Motorgeräusche drängen sich mir ins Ohr. Wie zur Hölle bin ich hier gelandet? Ich will mich gerade aufrichten, um meine Umgebung näher zu betrachten, als die Tür mit einem lauten Knall aufgerissen wird. Sofort sticht mir ein beißender Geruch in die Nase, der alle feinen Flimmerhärchen darin wegätzt. Bleiche und Chlor. Jemand packt mich grob unter den Armen, ich will um mich schlagen, doch da merke ich, dass meine Hände gefesselt sind. Meine Schreie sind so laut, dass mir der Hals wehtut und ich versuche ihm meine Ellbogen in den Bauch zu rammen. Ich kann einige Treffer landen, doch der Mann lockert nicht annähernd seinen Griff. Trotzdem höre ich nicht auf. Wenn ich am Ende in einer Chlortonne lande, werde ich es ihm bis dahin nicht leicht machen. Doch je mehr ich mich wehre, desto fester packt er zu. Er quetscht meinen Brustkorb zusammen und ich keuche nach Luft. Scheiße, was soll das alles? Was will der Typ von mir? Nach ein paar Metern werde ich auf einen Eisenstuhl geschleudert und kann endlich wieder richtig atmen. Doch meine Erleichterung hält nur für den Bruchteil einer Sekunde an, denn ich finde mich in einer trostlosen Lagerhalle wieder. Ich komme mir vor wie in einem schlechten Film, diese Absteige ist das reinste Klischee. Ich versuche ruhig zu bleiben, doch es ist, als hätte man mir die Panik mit einer Spritze injiziert und nun breitet sie sich Stück für Stück in meinem Blutkreislauf aus.

Passiert das gerade wirklich? Obwohl es eine warme Sommernacht ist, läuft mir kalter Schweiß über den Rücken. Ich blicke panisch um mich, vielleicht finde ich etwas, das ich als Waffe benutzen kann. Doch die Lagerhalle ist vollkommen leer, zumindest in den Bereichen, die durch das kalte flackernde Licht beleuchtet werden. Plötzlich legt sich ein Schatten vor mich und ich schaue in die ausdruckslosen Augen meines Entführers. Schlagartig wird meine Panik für einen kurzen Moment durch blankes Entsetzen verdrängt. Da ich bereits in einem horrorfilmähnlichen Szenario feststecke, hätte ich mit einem abgefuckten Mann mit Narbengesicht gerechnet. Doch vor mir steht das genaue Gegenteil. Er ist jung, vielleicht um die dreißig. Kurz geschorene braune Haare und eisblaue Augen, als würde ich in einen Gletscher blicken. Sein Gesicht ist kantig und hat dementsprechend eine harte Ausstrahlung. Er könnte genauso gut auf irgendeinem scheiß Laufsteg überteuerte Mode präsentieren. Ich würde ihm am liebsten sofort sein makelloses Gesicht zerkratzen. Er schaut mich nach wie vor ausdruckslos an, dann deutet er mit dem Kopf nach rechts.

»Heile ihn!« Seine Stimme ist genauso kalt wie sein Blick.

Ich folge seiner Bewegung und mein Herz setzt für einen Moment aus. Auf dem kargen Boden der Lagerhalle liegt ein verstümmelter Mann. Der Blutlache nach zu urteilen, ist er so gut wie tot. Ich kann sein Gesicht nicht erkennen, es ist geschwollen und vollkommen mit Blut verschmiert. Als angehende Unfallchirurgin habe ich bereits viele Schwerverletzte behandelt, aber noch nie war jemand nach einer Schlägerei derart zugerichtet. Ich trete näher an ihn heran und sehe eine Schnittwunde, die sich über die Wange des Mannes zieht. Das Blut quillt wie rote Tinte über sein Gesicht. Ich hocke mich neben ihn und spüre sofort die warme Flüssigkeit an meinen Knien. Sein Oberkörper ist von Messerstichen übersät, es ist ein Wunder, dass er überhaupt noch am Leben ist.

Ich lasse meine Hände über seinen Bauch schweben, um die inneren Verletzungen zu spüren. Es ist unmöglich ihn jetzt komplett zu heilen, daher muss ich mich auf die Verletzungen konzentrieren, die die Organe betreffen. Ich visualisiere die Wunden vor meinem inneren Auge, es dauert nur ein paar Sekunden, bevor ich sie klar und deutlich sehen kann. Als nächstes fokussiere ich mich auf die Heilung, die Zellen fügen sich zusammen und nehmen ihren ursprünglichen Platz wieder ein. Der menschliche Körper ist ein komplexes Uhrwerk, wenn auch nur ein kleiner Teil wegbricht, kann das verheerende Auswirkungen haben. Ich presse meine ganze Magie in den Körper des Mannes und nachdem die tödlichen Verletzungen verschlossen sind, wacht er langsam auf. Die Prozedur war kräftezehrend, er stand bereits mit einem Fuß im Reich der Toten. Und auch wenn er gerade wach ist, er ist noch lange nicht über den Berg.

Ich wische mir den Schweiß von der Stirn und erhebe mich dann aus seiner Blutlache. Mein ganzer Körper zittert und ich habe das Gefühl, jeden Moment wie ein Betonklotz umzukippen. Augenblicklich tritt mein Entführer wieder auf die Bildfläche und schiebt mich zurück auf den Eisenstuhl. Mir fehlt die Kraft, um mich zu wehren, also stolpere ich rückwärts und krache fast neben dem Stuhl zu Boden. Meine Beine sind zittrig, ich wünschte Adrenalin würde durch meine Adern schießen, doch die anhaltende Panik lähmt mich wie ein Gift.

Mein Entführer reißt den Mann mit Leichtigkeit auf die Beine und schleudert ihn auf den zweiten Eisenstuhl. Dieser hat kaum die Energie, aufrecht sitzen zu bleiben.

»Und wie sieht es aus? Bist du jetzt bereit meine Frage zu beantworten?«, sagt er locker. Doch der Mann reagiert nicht, er schaut ihn nur trotzig an. »Ok, also auf in die nächste Runde.« Mit diesen Worten holt der Entführer ein Messer hervor und sticht es ihm ohne zu zögern in den Bauch. Als er die Klinge langsam wieder herauszieht, entsteht ein widerliches Sauggeräusch.

Ich bin nicht empfindlich was Blut, Knochenbrüche oder andere Verletzungen angeht, schließlich bin ich Chirurgin und eine Heilerin. Doch dieses Geräusch sorgt für Gänsehaut an meinem ganzen Körper. Wie ein Widerhaken setzt es sich in meinem Kopf fest, wenn ich versuche, das Geräusch zu verdrängen, kommt die Erinnerung daran mit doppelter Wucht zurück. Ich unterdrücke die aufkommende Übelkeit und konzentriere mich stattdessen darauf, meine Energiereserven wieder aufzufüllen. Ich muss so schnell es geht einen Weg hier herausfinden, sonst ende ich auch mit einem Messer in meiner Bauchhöhle.

Der Mann prustet vor Schmerzen, was den Entführer laut auflachen lässt. »Sag mir einfach, wo die Lieferung ankommt, dann kannst du gehen.« Ein Kopfschütteln später landet das Messer erneut im Bauch des Mannes. Die schmerzerfüllten Schreie hallen durch das ganze Gebäude wie ein Echo von tausend Gequälten und eine Sekunde später liegt er wieder ohnmächtig am Boden.

Sofort steht der Entführer vor mir. »Na los, du weißt was zu tun ist«, sagt er genervt.

Ich will diesem Arschloch nicht gehorchen, doch wenn ich mich weigere, wird der Mann sterben. Widerwillig gehe ich auf ihn zu, er hängt wie ein nasser Sack auf dem Stuhl. Ich lasse meine Hände erneut über seinem Bauch schweben und nur Sekunden später ist er wieder bei Bewusstsein. Zurück auf meinem Platz sehe ich zu, wie alles von vorne beginnt. Es ist wie eine Schallplatte, die immer und immer wieder dasselbe Lied spielt. Der Entführer stellt seine Fragen, der Mann antwortet nicht und wird abgestochen, ich heile ihn und dann beginnt das Lied wieder von vorn. Nach drei weiteren Durchläufen gelangt der Entführer schließlich an die Informationen, die er haben will.

Das Summen der Neonröhren klirrt in meinen Ohren und vernebelt mir langsam den Verstand, doch ich bin nicht so dumm zu glauben, dass es nun ein Ende hat. Dieser Psychopath wird mich hier sicher nicht einfach rausspazieren lassen. Meine Panik hat sich mittlerweile in Entschlossenheit gewandelt und ich brauche dringend einen Plan. Es muss doch eine Möglichkeit geben, wie ich hier lebend rauskomme. Ich werde überleben, koste es was es wolle. Sofort habe ich das Bild meiner Schwester vor Augen, ich werde sie sicher nicht zurücklassen!

Als ich erneut den Schatten vor mir wahrnehme, werde ich aus meinen Gedanken gerissen. Wieder starrt er mich mit diesen ausdruckslosen, eisblauen Augen an, mein Blut gefriert augenblicklich. »Was mache ich jetzt mit dir?«, sagt er mit einem Lächeln auf den Lippen. »Es ist zu schade, dass ich dich töten muss, deine Fähigkeiten sind wirklich sehr hilfreich. Schon mal darüber nachgedacht, für die Incubus zu arbeiten?«

Ein Incubus, natürlich! Wieso habe ich das nicht schon eher erkannt? Dieser kriminelle Abschaum! Die Ära der weißen Hexen erstreckt sich bereits über Jahrhunderte und damit auch der Frieden und die Gemeinschaft. Von den schwarzen Hexen ist abgesehen von einer kryptischen Prophezeiung nichts übriggeblieben, nicht mal der Grund für ihr Verschwinden ist bekannt. Natürlich begann meine Faszination bereits im Kindesalter und ich sauge seitdem jede

Information wie ein Schwamm auf. Gerüchte über Rebellionen in den eigenen Reihen machten die Runde, aber niemand weiß, wie viel Wahres dran ist. Fest steht, dass die schwarzen Hexen nur Unheil über die Menschheit brachten. Es war eine Befreiung, als sie endlich ausgerottet wurden.

Doch wenn ein Unheil verschwindet, dauert es nicht lange, bis ein neues aus den Tiefen der Dunkelheit gekrochen kommt. Die Incubus sind dämonische Wesen, die die Träume anderer Lebewesen manipulieren und bösartige Gedanken säen. Ich bin mir sicher, der Großteil von Straftaten auf der Welt wurde durch die Incubus ausgelöst. Sie bringen die dunkelsten Gedanken in einem hervor und regen die Menschen zu schrecklichen Taten an. Ich bin noch nie einem Incubus begegnet, aber offensichtlich stimmt es, was man über sie sagt.

»Wenn du ihn tötest, lasse ich dich vielleicht am Leben«, sagt mein Entführer mit einem schelmischen Grinsen im Gesicht.

Rasende Wut fließt durch jede Ader meines Körpers. Und dann spüre ich die Dunkelheit, die mich schon mein ganzes Leben lang begleitet und die ich seither in mein tiefstes Inneres zurückdränge. Doch jetzt hat sie einen Spalt gefunden und quetscht sich wie schwarzer Nebel hindurch, um meinen Geist zu vergiften.

»Na los kleine weiße Hexe, töte ihn«, spottet er.

Meine Gedanken überschlagen sich, doch eines weiß ich ganz genau, ich werde nicht in dieser verdammten Lagerhalle sterben!

Plötzlich stehe ich hinter dem Mann, der immer noch kraftlos auf dem Stuhl kauert. Ich habe nicht einmal mitbekommen, wie ich aufgestanden und hierhergelaufen bin. Zum ersten Mal in meinem Leben ließ ich diese Dunkelheit zu. Ich will es nicht, doch etwas sagt mir, dass es die einzige Chance ist zu überleben! Ich schiebe alle Gedanken beiseite und konzentriere mich nur noch auf die dunkle Schlucht in meinem Inneren. Ich schwebe über einem Korallenriff und nur einen Meter vor mir liegt der dunkelblaue Abgrund, der in die Tiefen des Ozeans führt. Ein kalter, schwarzer Ort und ich habe keine andere Wahl, als darin einzutauchen, auch wenn ich dabei ertrinken werde.

Meine Hände wurden mit einem Seil gefesselt, dieses befindet sich nun um den Hals des Mannes. Mit aller Kraft ziehe ich es zu meinem Körper, Tränen rinnen über meine Wangen, doch es geht nicht anders. Die einzige Möglichkeit zu überleben ist es, eine Mittäterin zu werden. Alles in mir wehrt sich gegen das, was ich gerade tue. Das hier widerspricht allem, was ich bin.

Der Mann wehrt sich kaum, seine Kräfte sind schon lange aufgebraucht. Es dauert nur wenige Sekunden, bis sein Körper erschlafft, doch ich habe das Gefühl, ich hätte ihn stundenlang zu Tode gequält.

Als sich meine Hände lockern, spüre ich eine unendliche Leere in meinem Inneren. Keine Wut, keine Dunkelheit, nur Leere. Ich bin eine Mörderin. Meine Berufung ist es, Menschen zu heilen, und gerade eben habe ich ein Leben genommen. Ich bin in den dunkelsten Tiefen des Ozeans, um mich herum ist alles schwarz und ich weiß nicht, ob ich je wieder den Weg an die Wasseroberfläche finden werde. Doch es ist noch nicht vorbei.

Mit leeren, starren Augen schaue ich meinen Entführer an. Er steht mit offenem Mund vor mir und als ich in seine eisblauen Augen blicke, erkenne ich ... Hoffnung? Eilig löst er sich aus seinem Erstaunen und packt hastig seine Folterwerkzeuge zusammen. Ich stehe immer noch hinter dem Mann, den ich gerade getötet habe. Am liebsten würde ich mich heulend auf den Boden schmeißen und so lange schreien, bis meine Stimme versagt, doch ich bin noch lange nicht in Sicherheit. Wenn überhaupt, hat mir das nur etwas Zeit verschafft.

KAPITEL ZWEI

Mein Entführer wuselt an seinem Auto herum und verstaut sein Equipment. Dann öffnet er die Beifahrertür. »Los komm!«, sagt er harsch.

Wie ferngesteuert gehe ich auf den schwarzen Jeep zu und steige ein. Ein roter Duftbaum baumelt am Rückspiegel und ein künstlicher Kirschgeruch steigt mir in die Nase und in den Kopf. Ich wusste gar nicht, dass es diese Dinger überhaupt noch gibt. Der Motor brummt, er hat das Auto bereits angelassen, fährt aber nicht los. Stattdessen glotzt er mich an, wartet er auf irgendwas?

Sein Blick wandert zu meinem Gurt. »Anschnallen rettet Leben.«

Ich starre ihn fassungslos an und während ich meinen Gurt mit einem Klicken befestige, stelle ich mir vor, wie ich ihm eine Kugel mitten zwischen die eisblauen Augen schieße.

Dann fährt er endlich los. Sobald wir aus der Lagerhalle rausfahren, kneife ich die Augen zusammen, die Sonne ist gerade eben aufgegangen. Ich wurde die ganze Nacht durch eine Mischung aus

Adrenalin und Panik am Leben gehalten, doch nun breitet sich die Erschöpfung in mir aus. Aber ich kann mich erst ausruhen, wenn ich von diesem Psycho weg bin.

Er sitzt fröhlich neben mir, dreht das Radio auf und trällert irgendwelche Pop Songs mit. Fuck, was geht hier gerade ab? Er verhält sich, als würden wir eine Spazierfahrt zu irgendeinem verdammten See machen. Dabei hat er eben stundenlang einen Mann zu Tode gefoltert, aber anscheinend ist das vollkommen normal in seinem verfluchten Leben.

Ich muss einen Weg finden, um zu entkommen. Meine Augen wandern zu der Türverriegelung und die Hoffnung durchfährt meinen Körper wie ein Schwarm von Schmetterlingen. Die Türen sind offen, doch ich muss auf den richtigen Zeitpunkt warten. Nein! Ich muss die nächstbeste Gelegenheit nutzen, ich weiß nicht, wie lange wir noch unterwegs sein werden. Vielleicht sind wir in fünf Minuten bereits da. Panik steigt in mir auf, doch ich kann sie nochmal zurückdrängen. Er wird wohl kaum eine Lagerhalle in unmittelbarer Nähe seiner Unterkunft mieten. Also gut, konzentriere dich, Neva, es muss einen Weg geben!

Wir fahren gerade auf einer Schnellstraße entlang, doch allmählich kommt der Verkehr ins Stocken. Die Autos vor uns lassen ihre Warnblicker aufleuchten und wir werden zunehmend langsamer. Plötzlich ertönt das sirrende Geräusch eines Krankenwagens. Normalerweise hasse ich diesen markerschütternden Ton, der mir jedes Mal einen Tinnitus ins Ohr treibt, doch dieses Mal ist es ein Klang der Hoffnung. Das ist meine Chance! Wenn es einen Unfall gab, dann ist wahrscheinlich auch die Polizei vor Ort.

Ich bin aufgeregt und mein ganzer Körper kribbelt, doch ich muss ruhig bleiben. Er darf mir nichts anmerken. Wir kommen der Unfallstelle näher und tatsächlich, ich kann bereits das Blaulicht von mehreren Polizeiwagen sehen. Mein Entführer ist tiefenentspannt, als hätte er gerade nicht mehrere Verbrechen begangen, wegen der er für Jahre in den Knast kommen würde. Doch dafür werde ich sorgen, dieser Psychopath wird im Gefängnis verrotten. Die Leiche ist nach wie vor im Lagerhaus und ich habe mir sämtliche Läden und weitere Anhaltspunkte eingeprägt, die in der unmittelbaren Umgebung liegen. Wir sind jetzt nur noch wenige Meter von der Unfallstelle entfernt und meine Anspannung steigt ins Unermessliche. Das Adrenalin schießt durch meinen Körper wie Blitze durch den Nachthimmel, als wir neben einem Polizeiwagen zum Stehen kommen. Jetzt oder nie!

Ich sammle meine ganze Kraft in meinen Fäusten und schlage dem Arschloch so fest ich kann gegen den Kehlkopf. Nach einem schmerzerfüllten Stöhnen umklammert er seinen Hals wie ein Kleinkind seine Schnabeltasse. In der Zwischenzeit habe ich bereits den Autogriff in der Hand.

Ein kühler Wind trägt mich zur Tür hinaus und sofort wird ein staksiger Polizist mittleren Alters auf mich aufmerksam. Seine Augen weiten sich, als er meine gefesselten Hände und das Blut an meinen Klamotten sieht. Er kommt auf mich zu gerannt und auch seine Kollegen sind in Alarmbereitschaft. Sofort deute ich auf den schwarzen Jeep, er zieht seine Waffe und geht schnurstracks darauf zu. Derweil kommt eine schwarzhaarige Polizistin mit einer Decke zu mir und legt sie mir sanft um die Schultern. Dann führt sie mich behutsam zu dem Polizeiwagen. Ich blicke noch einmal zu dem Polizisten zurück, der sich auf die Suche nach meinem Entführer begeben hat. Er eilt zu seinen Kollegen.

»Das Auto ist leer, doch er kann zu Fuß nicht weit kommen«, sagt er gefasst. Daraufhin schwärmen fünf Polizisten aus, die anderen beiden müssen die Unfallstelle weiter sichern.

Ich steige in das Polizeiauto ein und sacke erschöpft auf dem Rücksitz zusammen. Es ist vorbei! Ein Gefühl jagt das andere –

Glück, Trauer, Erleichterung und vor allem die Schuld. Sie beißt sich wie ein Hai in das Innere meiner Seele und lässt nur Fetzen davon zurück.

»Sind Sie verletzt?«, erkundigt sich die Polizistin besorgt.

Ich schüttle den Kopf.

»Wären Sie bereit auf dem Revier eine Aussage zu tätigen?«, fragt sie vorsichtig.

Ich will eigentlich nur noch nach Hause, aber jetzt sind die Erinnerungen noch frisch. Also nicke ich ihr zu und einen kurzen Moment später fahren wir los.

Auf dem Revier angekommen, bringt mir die Polizistin einen dampfenden Tee. Als sich meine Hände um die Tasse schließen, spüre ich zum ersten Mal seit Stunden wieder etwas Wärme in meinem Körper. Ich erzähle ihr alles, die Informationen sprudeln förmlich aus mir heraus und sie notiert eifrig meine Aussage. Gleich zu Beginn berichtete ich ihr von der Leiche in der Lagerhalle, woraufhin sie sofort eine Einheit losgeschickt hat. Ich weiß nicht warum, aber etwas hielt mich davon ab ihr zu sagen, dass ich den Mann getötet habe. Sie ging sowieso sofort davon aus, dass es der Entführer war und ich habe ihre Annahme weder bestätigt noch verneint.

Nach zwei Stunden ist es endlich geschafft und ich trete erschöpft durch die Tür des Polizeireviers. Ich fühle mich nur noch wie ein Schatten meiner selbst, ein Geist, der durch die Welt der Lebenden schweift. Die Sonne wärmt meine Haut und ich schließe für einen Moment die Augen. Weiße Hexen ziehen ihre Kraft aus der Natur und ich habe schon immer eine tiefe Verbundenheit verspürt.

Plötzlich rennt mich jemand um, ich stolpere ein paar Schritte nach hinten und reiße panisch meine Augen auf. Doch ich spüre sofort, wer mich gerade in eine vor Liebe strotzende Umarmung nimmt. Erleichtert ziehe ich meine Schwester an mich, die mich halb zerquetscht.

»Es geht mir gut«, versuche ich sie zu beruhigen.

Doch das bringt sie nur noch mehr zum Weinen, ihr ganzer Körper bebt wie eine Naturgewalt. Erst jetzt merke ich, dass auch ich wie ein Schlosshund am Heulen bin. Langsam lösen wir die Umarmung und schauen uns gegenseitig in unsere tränennassen Gesichter. Ihr glattes weißblondes Haar klebt ihr an den feuchten Wangen und ihre silbernen Augen sind trüb.

»Ich kann nicht ausdrücken, wie froh ich bin, dass es dir gut geht«, wimmert Ophelia.

Ich nicke ihr zu, doch im gleichen Moment muss ich daran denken, was dafür nötig war. Ich habe einen Menschen ermordet, ich hauchte ihm mit meinen bloßen Händen das Leben aus. Plötzlich schießen mir tausend Gedanken durch den Kopf. Hatte er eine Familie? Sitzt in diesem Moment ein kleines Mädchen in ihrem Bett und wartet sehnsüchtig auf ihren Vater? Bevor ich mich weiter in Gedanken verlieren kann, tritt Ophelia zurück und meine Mutter kommt auf mich zu. Anmutig schreitet sie an mich heran und umarmt mich leicht verkrampft. Es fühlt sich irgendwie unnatürlich an. Ich kann mich nicht daran erinnern, wann mich meine Mutter das letzte Mal in den Arm genommen hat.

»In was für Schwierigkeiten hast du dich diesmal gebracht?«, fragt sie verzweifelt.

Typisch, natürlich geht sie davon aus, dass ich einen Teil dazu beitrage, was mir passiert ist. Ich liebe meine Mutter, aber wir sind grundverschieden. Ich glaube nicht, dass sie mich je richtig verstanden hat, und das wird sie auch nie. Es macht mich wütend, dass sie denkt, ich würde eine gewisse Schuld an alldem haben. Doch diesmal bin ich zu erschöpft für eine Diskussion mit ihr, ich will nur noch ins Bett. Also lasse ich ihre unangebrachte Aussage unkommentiert.

»Na los, gehen wir nach Hause«, sagt sie liebevoll, doch auch das fühlt sich unnatürlich an.

KAPITEL DREI

Ich liege in meinem alten Kinderzimmer und starre an die Decke, an der immer noch diese Leuchtsterne hängen, die im Dunkeln strahlen.

Die gesamte Autofahrt lang haben wir uns angeschwiegen, zum Glück! Ich hätte nicht die Kraft gehabt, die Geschichte nochmal zu erzählen. Als wir zu Hause angekommen sind, bin ich sofort unter die Dusche und dann ins Bett. Ich will nur allein sein, allein mit meinen Gedanken und mit dem, was ich getan habe.

Ich bin eine weiße Hexe und entschied mich dafür, mich auf die Heilkunst zu spezialisieren, um anderen zu helfen. Mit weißer Magie kann nur Gutes bewirkt werden, sie dient der Verbesserung des Lebens anderer Individuen. Doch ich habe diesen Mann auch nicht mit Magie getötet, sondern mit meinen bloßen Händen. Und dabei wurde ich von dieser unheilvollen Dunkelheit geleitet. Die Anwendung schwarzer Magie ist streng verboten, sie hat einen düsteren Ursprung und ist manipulativ und egoistisch. Aber abgesehen davon können weiße Hexen so oder so keine schwarze Magie praktizieren, es widerspricht unserer Natur. Auch wenn ich mir nichts sehnlicher wünsche, als unter Wasser atmen zu können – es ist genauso unmöglich wie schwarze Magie anzuwenden.

Doch seit ich denken kann, fasziniert mich die Kunst der schwarzen Magie, obwohl es kaum Aufzeichnungen darüber gibt. Es ist mir nach wie vor ein Rätsel, wie die schwarzen Hexen und ihr Andenken beinahe komplett ausgelöscht wurden. An meinem 18. Geburtstag konnte ich der Faszination nicht mehr widerstehen. Ich schlich mich nachts raus und wollte testen, ob es mir möglich ist, schwarze Magie anzuwenden. Mein ganzer Körper kribbelte vor Aufregung, aber natürlich war ich erfolglos, genau wie es uns meine Mutter von klein auf eingetrichtert hat.

Sie ist die Hohepriesterin unseres Covens. Damit steht sie den dreizehn Hexen in allen Belangen zur Seite, entscheidet über die Aufnahme von neuen Mitgliedern und tritt bei Ritualen als Vermittlerin auf. Wenn ich sie mal wieder auf die Palme bringen will, vergleiche ich unsere Gemeinschaft mit einer Sekte. Doch in Wahrheit ist die Bedeutung des Covens für jede Hexe individuell. Rückhalt, Ersatzfamilie, Schule, Religionsgemeinschaft, Zentrum für Erkenntnis. Oder auch ein magischer Käfig, so fühlt es sich für mich zeitweise an. Meine Mutter sieht darin eine Zusammenkunft von Hexen, die ihre Kräfte zum Zweck der spirituellen Befreiung bündeln. Von den anderen wird sie als Heilige angesehen, doch hinter verschlossenen Türen kann sie ziemlich garstig werden. Ich habe diese Scheinheiligkeit immer gehasst, gerade eben stritten wir uns noch zu Hause, aber wenn wir kurz darauf mit unserem Coven zusammen waren, spielte sie die stolze Mutter. Glücklicherweise konnte ich dem Ganzen mit meinem Auszug etwas entfliehen. Mein 18. Geburtstag ist nun sieben Jahre her und doch grüble ich wieder über die Anwendung von schwarzer Magie. Ich habe meiner Dunkelheit heute zum ersten Mal Raum gegeben sich zu entfalten.

Und auch wenn ich es noch nicht genau definieren kann, hat es doch etwas in mir ausgelöst.

Obwohl ich hundemüde bin, rolle ich mich aus dem Bett und ziehe mir ein frisches Kleid über. Es lässt mir einfach keine Ruhe. Auf Zehenspitzen schleiche ich durch das Haus, einige der alten Holzdielen knarzen unter meinen Füßen und ich hole erst wieder Luft, als ich die Haustür hinter mir schließe.

Es ist wieder eine milde Sommernacht und ein kühler Luftzug weht mir durch die lockigen weißblonden Haare. Ich mache noch kurz in meiner Wohnung halt, schnappe mir eine schwarze Kerze und gehe dann zu dem angrenzenden Park. Leider hatte ich nie ein Buch über schwarze Magie in den Händen, denn mit dem Untergang der schwarzen Hexen wurde alles vernichtet. Jedoch sind schwarze Kerzen und das Pentagramm typische Reliquien, die kennt wirklich jeder.

Der Park ist zu meiner Überraschung noch recht belebt. Auf einer Bank zwischen zwei großen Eichen knutscht ein verliebtes Pärchen und auf der nächsten Bank schläft ein Besoffener seinen Rausch aus. Mein Weg führt an einem lila Blumenmeer vorbei und sofort steigt mir der Duft von Lavendel in die Nase. Ich laufe in eine spiralförmig angelegte Hecke in deren Mitte Sonnenblumen gen Himmel ragen. Geschützt vor neugierigen Blicken hole ich die schwarze Kerze aus meinem Rucksack und zünde sie an. Danach knie ich mich auf den Boden, zeichne ein Pentagramm aus Erde und stelle die flammende Kerze in die Mitte. Keine Ahnung, ob das irgendetwas bringt.

Von der unbekümmerten und leichten Sommernacht fehlt nun jede Spur. Die Luft ist schwer und ich habe das Gefühl, beinahe zu ersticken. Das Licht der Kerze tanzt unheimlich über die Hecke und das Pentagramm blickt mir unheilvoll entgegen, wie das Auge des Bösen. Meine Aufmerksamkeit richtet sich auf die Sonnenblume vor mir, ich werde versuchen, sie verwelken zu lassen. Im ersten Moment klingt es harmlos, doch wenn man den Gedanken weiterführt, dann könnte jemand mit solchen Kräften für weltweite Hungersnöte verantwortlich sein. Diese Vorstellung lässt mich erschaudern, doch ich muss einfach wissen, was ich da in meinem Inneren spüre. Ich will mich nicht mehr davor verschließen und ich habe sowieso das Gefühl, dass es auch nicht mehr möglich ist, nicht nach dem, was ich getan habe.

Ich konzentriere mich auf die Sonnenblume und darauf, ihr die Farbe aus jedem einzelnen Blütenblatt zu ziehen. Es widerstrebt jeder Zelle meines Körpers. Ich behandle zwar größtenteils Menschen, aber meine Fähigkeiten beziehen sich auf alle Lebewesen. Normalerweise fokussiere ich mich darauf, die Zellen wieder zusammenzufügen, ihnen Leben einzuhauchen und zu stärken. Doch nun kehre ich den Prozess um. Vor meinem geistigen Auge visualisiere ich den Verfall, das Altern der Zellen und ihr endgültiges Ableben. Gespannt öffne ich meine Augen, doch die Sonnenblume erstrahlt nach wie vor in einem zitronigen Gelbton. Ich sollte froh darüber sein, doch stattdessen macht sich Enttäuschung in mir breit. Wie sollte es mir auch gelingen? In der Ära der weißen Hexen hat schwarze Magie nichts verloren. Und vermutlich ist es auch besser so.

Gerade als ich die Kerze auspusten will, erinnere ich mich an die Anfänge meiner Heilerinnen-Ausbildung. Jede weiße Hexe muss sich an ihrem 21. Geburtstag für eine Spezialisierung entscheiden. Elementarhexen sind Meisterinnen im Umgang mit Feuer, Wasser, Luft und Erde. Dabei können sie sich auch nochmal explizit auf ein Element fokussieren und sich entsprechend ausbilden lassen. Energiehexen sind die Soldatinnen der ersten weißen Hexe. Dabei ist jegliche Art von Angriffen streng verboten, Energiehexen dürfen ihre Kräfte nur einsetzen, um sich zu verteidigen. Sie können Kraftfelder erschaffen und Elektrizität leiten, außerdem spüren sie die

Energie anderer Hexen und können damit bestimmen, welcher Spezialisierung sie angehören. Kräuterhexen befassen sich hauptsächlich mit Pflanzenmagie, sie stellen Tränke, Öle und Elixiere her. Diese werden häufig in Ritualen eingesetzt. Ich entschied mich damals dazu, Heilerin zu werden. Natürlich unter Protest meiner Mutter, sie wollte, dass ich den Energiehexen beitrete. So könne man der ersten weißen Hexe persönlich dienen, was natürlich die größte Ehre ist. Sie war überglücklich, als meine Schwester verkündete, dass sie eine Energiehexe werden wolle. Ihr 21. Geburtstag ist erst eine Woche her und ihre Ausbildung wird bald beginnen. Ophelia stritt den Einfluss unserer Mutter zwar ab, doch da habe ich nach wie vor meine Zweifel dran.

Wie dem auch sei, zu Beginn meiner Heilerinnen-Ausbildung wurde uns beigebracht, dass Körperkontakt die Magie leichter fließen lässt. Also berührte ich die entsprechende Wunde, um sie schneller heilen zu können. Mittlerweile ist dies nicht mehr nötig, meine Kräfte sind vollkommen ausgeprägt. Doch bei der schwarzen Magie stehe ich komplett am Anfang, also wage ich einen letzten Versuch.

Ich umfasse die Blüte der Sonnenblume und visualisiere erneut den Prozess des Verfalls. Das Kerzenlicht flackert und plötzlich pustet ein scharfer Windzug die Kerze vollends aus. Jetzt sorgt nur noch die dämmrige Laterne ein paar Meter weiter für etwas Licht. Ich trete näher an die Sonnenblume heran und als ich meine Hand davon löse, gleiten verwelkte Blätter zu Boden. Mir schnürt es die Kehle zu und plötzlich spüre ich eine aufkommende Dunkelheit in meinem Inneren. Wie eine Monsterwelle aus Tonnen von Beton schlägt sie auf mich ein und zwingt mich in die Knie. Es ist eine unheimliche Macht und ich bin ihr vollkommen ausgeliefert, ich befinde mich inmitten eines tödlichen Meeresstrudels. Mit jeder Sekunde werde ich weiter in die Tiefe gerissen, tausend kreischende

Leichen zerren an mir und ziehen mich mit in den Tod. Ihre Schreie hallen so laut in meinen Ohren wider, dass meine Trommelfelle jeden Moment zu platzen drohen. Gequält schlage ich mir die Hände gegen den Kopf, es fühlt sich so an, als würde er gleich explodieren. Mein Herz rast und ich zittere am ganzen Körper. Was habe ich nur getan? Was passiert mit mir? Ich liege wie erstarrt am Boden, der einströmende Schmerz lähmt mich und selbst das Atmen fällt mir schwer. Ich kämpfe gegen die Bewusstlosigkeit an, doch dann ist bereits alles schwarz.

KAPITEL VIER

Mit einem wohlig warmen Gefühl komme ich wieder zu mir, ich liege in einem samtig weichen Bett und durch ein offenes Fenster weht eine angenehme Sommerbrise hinein. Von den betäubenden Schmerzen der letzten Nacht ist nichts mehr übrig. Ich horche in mich hinein und spüre meine weiße Magie, die pulsierende Energiequelle leuchtet strahlend hell, doch da ist auch noch etwas anderes.

Als ich die Beine aus dem Bett schwinge, landen meine Füße auf einem dunkelbraunen Parkettboden im Fischgrätenmuster. Die Wände sind schwarz, aber durch die meterhohe Decke wirkt das Zimmer nicht erdrückend. Ein pompöser goldener Kronleuchter hängt über einer Sitzgruppe aus zwei schwarzen Samtsesseln mit goldenen Füßen. Daneben ist ein Durchgang, aus dem schwarze Fliesen hervorblitzen. Die dunklen Farben lassen den Raum mysteriös und interessant erscheinen. Es würde mich nicht wundern, wenn es hier eine Geheimtür geben würde, die zu unterirdischen Tunneln führt. Wo bin ich?

Ich gehe auf einen schwarzen Vorhang zu, wo eigentlich eine Tür sein sollte, schiebe ihn zur Seite und laufe plötzlich vor eine Wand. Ich bin kurz irritiert, bis ich feststelle, dass die Wand ein beinahe zwei Meter großer Mann ist. Meine Hände liegen an seiner Brust und ich spüre deutlich seine Wärme und die harten Muskeln. Als ich in seine Augen blicke, stockt mir der Atem. Sie sind pechschwarz und bernsteinfarbene Funken blitzen daraus hervor, wie Sterne vor dem Nachthimmel. Er hat eine gerade Nase, einen geschwungenen Mund und sein Dreitagebart ist ebenso rabenschwarz wie sein Haar. Wir stehen so nah aneinander, dass sich unsere Lippen fast berühren. Das Blut in meinen Adern wurde soeben durch flüssige Erregung ersetzt. Ein Luftzug lässt den schwarzen Vorhang aufblähen und treibt mir seinen Duft in die Nase, eine Mischung aus Kiefernholz und Meersalz. Ihn umgibt eine gewisse Dunkelheit, doch das lässt mich nicht zurückschrecken, im Gegenteil. Sein Blick ist so eindringlich, dass ich das Gefühl habe, ich würde splitterfasernackt vor ihm stehen. Erst als ich eine Bewegung hinter ihm wahrnehme, stelle ich fest, dass ich die ganze Zeit über die Luft angehalten habe.

Und mit einem Schlag ist die Erregung verschwunden und stattdessen durchströmt rasende Wut meinen Blutkreislauf. Lässig lehnt er mit verschränkten Armen an der Wand im Flur, mein Entführer! Ich schiebe den schwarzhaarigen Mann zur Seite und stürme auf ihn zu. Sein Grinsen wird immer breiter, je näher ich komme. Das werde ich ihm gleich austreiben! Sein Mund formt sich bereits, um einen dummen Spruch hervorzubringen, doch bevor er auch nur einen Ton sagen kann, drücke ich ihm meinen rechten Unterarm gegen den Hals.

»Du hast mich zur Mörderin gemacht!«, schreie ich ihn an. Doch ich weiß, dass ich allein für meine Taten verantwortlich bin. Aber das ist mir in diesem Moment egal, dieses Arschloch hat mich überhaupt erst in die Situation gebracht. Er hat immer noch ein schiefes Lächeln auf den Lippen, also nehme ich meine linke Hand dazu und verstärke damit den Würgegriff. Jede Zelle meines Körpers wird von Wut durchflutet, ich habe noch nie so einen Hass verspürt wie in diesem Moment.

»Das reicht!«, sagt der schwarzhaarige Mann hinter mir. Seine Stimme ist kraftvoll und strotzt vor Entschlossenheit.

Ich hätte beinahe automatisch den Griff gelockert, aber ich bin noch nicht mit ihm fertig. Also stemme ich noch einmal mein ganzes Körpergewicht in den Unterarm und als ich von ihm ablasse, ramme ich mein Knie mit voller Wucht in seine Weichteile. Mit schmerzerfülltem Gesicht sinkt er zu Boden und flucht etwas vor sich hin.

Zufrieden wende ich mich wieder dem schwarzhaarigen Mann zu. Seine Ausstrahlung reicht, um zu wissen, dass er der Anführer der Incubus ist. Er ist von Dunkelheit und Macht umgeben und dennoch wirkt er irgendwie locker. Mit den Händen in den Hosentaschen kommt er langsam auf mich zu, sein Blick lässt nicht von mir ab.

»Was willst du?«, frage ich trotzig.

»Auf jeden Fall nicht so enden wie Ace«, antwortet er und richtet den Blick auf meinen Entführer, der immer noch wie ein Fötus am Boden kauert.

Ich verschränke meine Arme. »Wer bist du?«

»Korvin. Und jetzt komm, ich zeige dir, wofür du den Mann getötet hast.« Bevor ich widersprechen kann, ist er bereits losgelaufen und ich folge ihm. Egal, welche Informationen er mir zu dem Mann liefern kann, ich will es wissen.

Der Flur ist ebenso in schwarz gehalten und wird von verschnörkelten goldenen Bilderrahmen verziert. Die kriminellen Machenschaften der Incubus scheinen hervorragend zu laufen.

Mittlerweile sitzen wir in einer schwarzen Limousine und obwohl hier mehr als genug Platz ist, hat sich Korvin direkt neben mich gesetzt.

»Wie heißt du?«, fragt er beiläufig.

»Spar dir die Höflichkeiten, ihr hättet mich wohl kaum im Park gefunden, wenn du meinen Namen nicht kennen würdest«, gebe ich gereizt zurück. Ich habe keine Lust auf Spielchen. Auf seinem Gesicht ist keine Reaktion zu erkennen, nur eine Maske der Gleichgültigkeit.

»Wo fahren wir hin?«, will ich wissen.

»Zum Hafen.«

»Ist das die Information, die ihr von dem Mann haben wolltet?«

Er nickt. »Er hat den Tod verdient, du hast der Welt damit einen Gefallen getan.«

Ich wünschte, ich könnte das glauben, vielleicht käme ich dann besser mit meinen nagenden Schuldgefühlen zurecht. Es fühlt sich wie ein verfaulter Zahn an, ich habe die ganze Zeit ungeheuerliche Schmerzen, doch man kann den Zahn nicht ziehen.

Kurz darauf hält die Limousine. Wir steigen auf einem Plateau aus und haben somit freie Sicht über den Hafen. Der Himmel ist rötlich verfärbt. Früher hätte ich einfach die Schönheit der Natur genossen, doch jetzt lässt mich der Anblick der roten Schlieren, die sich durch die Wolken ziehen, an Blut denken – und das Blut klebt an meinen Händen. Ein scharfer Luftzug weht mir eine fischige Brise in die Nase und mit einem Hupen verlassen die Fischerboote den Hafen.

Ich liebe das Meer, ich könnte stundenlang auf die Wellen starren, ohne dass es langweilig werden würde. So wie ich andere heile, hat das Meer eine heilende Wirkung auf mich. Sobald sich die Möglichkeit bietet, schnappe ich mir meine Schwester und wir fahren zusammen ans Meer. Es gibt für mich nichts Schöneres, als den feinen Sand unter meinen Füßen zu spüren. Ophelia sieht das anders, sie hasst es, wenn sich die feinen Körnchen wie eine zweite

Haut um ihre nassen Füße schmiegen. Die nächsten zehn Minuten ist sie dann immer damit beschäftig, jedes einzelne Sandkorn penibel von ihren Füßen zu entfernen. Die Erinnerung bringt mich zum Schmunzeln, während das Kreischen der Möwen mich zurück in die Realität katapultiert.

Mein Blick wandert über die zahlreichen Container. Die bunten Tetris-Steine reihen sich kilometerweit auf und die Hafenarbeiter wuseln wie neonorange leuchtende Ameisen unter unseren Füßen über das Gelände. Am Hafen herrscht immer reger Betrieb, die Arbeit steht niemals still. Führerlose Fahrzeuge sausen über die Straßen und transportieren die zuvor abgeladenen Container. Die Sonne steht nun hinter den Kränen und lässt sie wie eine eiserne Armee aussehen.

Korvin hat einen dunkelblauen Container ins Visier genommen, der soeben von einem der Fahrzeuge rangiert wird. Als er an seinem rechtmäßigen Platz steht, positioniert sich ein bedrohlich aussehender, glatzköpfiger Mann mit einem Maschinengewehr davor.

»Schalte den Wachmann aus«, verlangt Korvin. Sein Befehlston lässt mein Blut vor Wut kochen. Was denkt er, wer er ist?

»Ich gehöre nicht zu deiner kriminellen Sippe«, fauche ich zurück. Doch wieder nichts, kein Anzeichen einer Reaktion in seinem Gesicht. Nur der gelangweilte Ausdruck, den er bereits seit der ersten Sekunde aufgesetzt hat. Also fahre ich fort: »Ich werde keine Befehle von dir annehmen und erst recht nicht für dich töten!«

»Du sollst ihn nicht töten, sondern nur ausschalten. Nutze deine schwarze Magie, du musst lernen, sie zu beherrschen.«

Seine Worte treffen mich wie ein Blitzschlag, ich habe gestern schwarze Magie genutzt! Natürlich habe ich das nicht vergessen, doch es ist irgendwie in den Hintergrund geraten. Aber wie ist das möglich? Weiße Hexen können keine schwarze Magie anwenden!

Seit Jahrhunderten ist diese Art der Magie nur noch ein Mythos, wie konnte ich sie zurück in die Welt bringen? Eine bizarre Mischung aus Angst und Aufregung durchfährt meinen Körper. Wie wird sich meine Magie entwickeln und was sagt das über mich aus? Das Hupen eines Schiffes reißt mich wieder zurück ins Hier und Jetzt.

»Ich kann ihn nicht auf diese Entfernung ausschalten, um meine Magie einzusetzen, muss ich ihn berühren, anders geht es nicht«, sage ich geistesabwesend.

»Die Grenzen deiner schwarzen Magie setzt du selbst.« Korvin stellt sich etwas versetzt hinter mich. »Konzentriere dich. Du bist eine Heilerin, nutze das. Fokussiere die Atmung des Wachmannes und verlangsame sie.«

Keine Ahnung warum, aber ich höre auf das, was er sagt. Ich schließe die Augen und visualisiere den Mann, erst noch im Ganzen und dann fokussiere ich mich auf seinen Oberkörper. Gedanklich entferne ich die Rippen und den Brustkorb, sodass nur noch die Lungenflügel zu sehen sind. Die zuverlässigen Pumpen versorgen das Blut mit Sauerstoff, es sind die Kraftwerke des Körpers. Ich tauche gedanklich in das Organ ein und visualisiere, wie sich alles verlangsamt. Die Lungen pumpen keinen Sauerstoff mehr ins Blut, die Atmung setzt aus und es bleibt keine andere Option, als in Ohnmacht zu fallen.

Ich öffne die Augen und der Wachmann liegt tatsächlich bewusstlos am Boden. Nicht zu fassen, zu was bin ich wohl noch fähig? Am liebsten würde ich einen Freudentanz aufführen, das Adrenalin schießt durch meine Adern und ich kann es nicht abwarten, meine schwarze Magie weiter zu erforschen. Für einen Moment vergesse ich, wer da neben mir steht und lächle Korvin glücklich an. Er nickt mir bloß ausdruckslos zu und dann machen wir uns auf den Weg zu dem Container.

Während Korvin sich an dem Schloss zu schaffen macht, kontrolliere ich den Puls des Mannes. Alles in Ordnung, er wird bald wieder aufwachen. Ich kann es immer noch nicht glauben, ehrfürchtig betrachte ich meine Hände. Es ist komisch, natürlich sehen sie nicht anders aus, doch so wie ich mich fühle, sollten sie das. Mit einem lauten Quietschen öffnet Korvin die Containertür, ich hebe den Blick und stelle mich hinter ihn. Mein Körper wird stocksteif, sobald ich sehe, was im Inneren zu finden ist.

Ein Dutzend verängstigter Augenpaare kreuzen meinen Blick. Frauen und junge Mädchen kauern in den Ecken des Containers, auf ihren Gesichtern zeichnet sich das Grauen ab, das sie erlebt haben. Langsam trete ich näher. Mit jedem Blickkontakt durchbohrt mich das Leid, das ich in ihren Augen sehe, als würde man mir ein Messer in die Brust rammen. Ich knie mich zu einer mageren Frau, die auf dem Boden liegt. Sie ist klatschnass und ihre braunen Haare kleben an ihrem eingefallenen Gesicht. Die Hände sind blutig und pressen auf ihren Unterbauch, vorsichtig führe ich sie zur Seite, um mir die Wunde anzusehen. Eindeutig eine Schusswunde, sie wurde zum Sterben im Container zurückgelassen. Diese miesen Schweine! Gerade als ich anfangen will, sie zu heilen, spüre ich eine Hand auf meiner Schulter.

Korvin beugt sich zu mir runter, sodass nur ich ihn hören kann. »Du hast zu viel Publikum.«

Ich sehe mich um und stelle fest, dass alle Augen auf mich gerichtet sind. Meine Gefühle hatten mich so sehr im Griff, dass ich keinen klaren Gedanken fassen konnte. Ich arbeite nicht umsonst in der Unfallchirurgie, wir leben im Verborgenen, die Menschen wissen nichts von unserer Existenz. Ich reiße etwas Stoff vom Saum meines Kleides ab und presse ihn auf die Wunde. Mehr kann ich im Moment nicht für sie tun. Ich bitte eine andere Frau meine Position zu übernehmen und eile zu Korvin, er steht wieder vor dem Container.

»Sie müssen umgehend behandelt werden!«

Er nickt und im nächsten Moment kommen mehrere Transporter vorgefahren. Zu meiner Überraschung sind es voll funktionstüchtige Krankenwagen, die schwarze Lackierung ist der einzige Unterschied. Natürlich habe ich auf dem Weg hierher an meine Flucht gedacht. Ich wollte wissen, was für Informationen Korvin über den Mann hat und dann verschwinden. Aber der Plan hat sich soeben in Luft aufgelöst, ich lasse diese Frauen auf keinen Fall im Stich.

Ich steige in den Wagen, in dem die Frau mit der Schusswunde transportiert wird und sobald sich die Tür schließt, beginne ich mit der Heilung. Es hätte keine Sekunde später sein dürfen, sie ist bereits ohnmächtig.

Als der Wagen wieder zum Stehen kommt, bin ich mit der Behandlung fertig. Die Kugel ist entfernt und die Wunde verschlossen, jetzt braucht sie viel Ruhe. Die Tür des Krankenwagens öffnet sich und ausgerechnet Ace steht vor mir, doch jetzt ist keine Zeit für Streitereien.

»Sie wird wieder gesund, führe mich zu den anderen«, verlange ich.

Er nickt und gemeinsam rennen wir über einen nicht endenden Flur. Das Licht strahlt in einem kalten Weiß, genauso wie der gummiartige Fußboden, der bei jedem unserer Schritte leise quietscht. Ace bleibt vor einer verglasten Doppeltür stehen und stößt sie auf. Sofort steigt mir der vertraute Geruch von Desinfektionsmittel in die Nase und beruhigt meine Nerven. Eilig scanne ich meine Umgebung ab, um mir einen Überblick zu verschaffen.

Ich stehe in einem breiten Gang, links und rechts von mir reihen sich zahlreiche Krankenbetten. Um einige wurden bereits die blauen Vorhänge gezogen, wodurch die Betten voneinander abgeschirmt werden können. Piepsende Monitore durchbrechen die unheilvolle

Stille. Normalerweise ist es in einer Notaufnahme eher laut und auch mal hektisch, aber hier ist alles still. Gegenüber von mir sind massive Medikamentenschränke, Ultraschallgeräte und andere Maschinen. Direkt neben mir steht einer von vielen Rollwagen aus Edelstahl. Jede Etage ist mit Verbandsmaterial, Kompressen, Pflasterstrips, Einmalhandschuhen und medizinischen Masken vollgestopft.

Eilig zwänge ich meine unbändigen Locken in einen Zopf und wende mich an Ace. »Du wirst mich jetzt nacheinander zu den Frauen führen, die am schwersten verletzt sind.«

Ace stimmt ohne Widerworte zu und bringt mich zu einem kleinen Mädchen. Dicke Tränen kullern über ihre schmutzigen Wangen und die Angst steht ihr noch immer deutlich ins Gesicht geschrieben. Ich sehe sofort die unnatürliche Stellung ihres Armes, er ist eindeutig gebrochen. Welches Monster tut einem Kind so etwas an? Da kein Anästhesist in der Nähe ist, muss ich sie selbst in einen komatösen Zustand versetzen. Zum einen würde sie die Schmerzen der Heilung nicht ertragen, zum anderen kann ich nicht riskieren, dass sie die Art und Weise der Behandlung mitbekommt.

»Schließ den Vorhang«, sage ich zu Ace, ohne den Blick von dem Mädchen abzuwenden.

»Du wirst jetzt gleich einschlafen und wenn du wieder aufwachst, sind die Schmerzen verschwunden, okay?«

Sie nickt zaghaft und ich beginne sofort mit der Behandlung. Brüche mit Magie zu heilen hat immer etwas Bizarres. Wie bei einem Exorzismus knackt der Arm wieder zurück in seine ursprüngliche Position. Ace zuckt bei dem haarsträubenden Geräusch zusammen, erst da wird mir wieder bewusst, dass er noch hier ist. Am Ende lege ich ihr einen Verband an, morgen werde ich sie aus dem Koma holen, ihr Körper braucht die Zeit, um sich zu regenerieren.

Sofort führt mich Ace zu der nächsten Frau. Ich will es nicht zugeben, aber unter diesen Umständen arbeiten wir gut zusammen.

Alle schweren Verletzungen heile ich durch meine weiße Magie. Als es nur noch Schnitte und Schürfwunden zu behandeln gibt, wasche und desinfizieren ich mir gründlich die Hände, stülpe mir die blauen Latexhandschuhe über und verlange nach einem Nahtset. Ich habe mich nicht umsonst für die Chirurgie entschieden, die Präzession, die von Nöten ist, hat mich schon immer fasziniert. Außerdem möchte ich meine Fähigkeiten nicht nur auf die Magie beschränken.

Mit der letzten Naht, die ich setze, geht die Sonne auf. Ich bin fix und fertig und kann meine Augen kaum noch offenhalten. Korvin war auch die ganze Zeit über hier, ich habe ihn nur flüchtig wahrgenommen, als ich von einem Krankenbett zum nächsten geeilt bin. Erschöpft trotte ich auf ihn zu, er steht vor der verglasten Doppeltür, die zum Flur hinausführt. Auch er sieht müde aus.

»Sie werden alle durchkommen«, sage ich erleichtert.

Seine Schultern senken sich, er nickt mir zu und damit verlasse ich den Krankenflügel.

KAPITEL FÜNF

Ich werde durch ein sanftes Rütteln wach und blicke in Korvins pechschwarze Augen.

»Scheiße, was soll das?«, fahre ich ihn an.

Er verzieht keine Miene. »Du hast einen kompletten Tag lang geschlafen, die Sonne ist gerade wieder aufgegangen.«

»Ich muss in den Krankenflügel!«, sage ich panisch.

»Es ist alles okay, Ace hat sich den Tag über um sie gekümmert.«

»Na da bin ich ja beruhigt«, gebe ich sarkastisch zurück.

Ein schmales Grinsen huscht über seine Lippen, bevor die Maske der Gleichgültigkeit wieder ihren gewohnten Platz einnimmt.

»Zieh dich an und komm runter, ich habe etwas mit dir zu besprechen.« Wie ich diesen Befehlston hasse, er erhebt sich von meinem Bett und tritt durch den Vorhang aus meinem Zimmer.

Kurz darauf stehe ich auf und gehe zu dem Raum, wo ich das Bad vermute. Angrenzend an die Sitzgruppe habe ich gestern glänzend schwarze Fliesen aus dem Augenwinkel gesehen. Als ich eintrete, wird mir erneut bewusst, in welch absurdem Luxus die Incubus leben. In der Mitte des Raumes steht eine mattschwarze Badewanne mit einem goldenen Wasserhahn. Die schwarzen Marmorwände werden von weißen Adern durchzogen, die sich wie Blitze ihren Weg durch den dunklen Nachthimmel bahnen. Ich stehe jetzt vor dem Spiegel, der sich über die komplette Wandbreite zieht. Meine lockigen weißblonden Haare sind verfilzt und jede Strähne steht in eine andere Richtung, als hätte ich in eine Steckdose gefasst. Hinter mir ist eine frei begehbare Dusche, natürlich mit beleuchtetem Regenschauer.

Nachdem ich mich aus meinem verschwitzten Kleid gepellt habe, lasse ich das heiße Wasser über meinen Körper fließen. Nicht nur das Meer hat eine heilende Wirkung auf mich, sondern Wasser im Allgemeinen. Jeder Wassertropfen füllt meine Zellen mit neuer Energie.

Ich trete aus dem Bad heraus und sehe eine salbeigrüne Musselin-Bluse mit passender kurzer Hose auf dem Bett liegen. Ohne mir weiter Gedanken darüber zu machen, schlüpfe ich in den Zweiteiler. Der weiche Stoff schmeichelt meinen Kurven und wie neu geboren trete ich aus dem Zimmer. Der Geruch von frisch gebrühtem Kaffee führt mich geradewegs zu Korvin. Ich schreite eine schwarze Treppe hinunter, deren Stufen immer breiter auslaufen. Aus den goldenen Bilderrahmen, die die schwarzen Wände verzieren, starren mir längst verstorbene Herrscherfamilien entgegen.

Unten angekommen, sehe ich bereits Korvins schwarzen Schopf rechts von mir. Ich trete in das Zimmer und bleibe vor einem runden Esstisch stehen, zehn prunkvolle Stühle machen das Bild komplett. Auf einem davon sitzt Korvin und funkelt mich aus seinen pechschwarzen Augen an. Der Tisch ist randvoll mit allmöglichen Speisen und Getränken, augenblicklich läuft mir das Wasser im Mund zusammen. Der würzige Kaffeeduft vermischt sich nun mit dem süßen Geruch von Pancakes. Ich kann mich gar nicht daran erinnern, wann ich zum letzten Mal etwas gegessen habe. Ich lasse mich gegenüber von Korvin nieder und verschwende keine Zeit. Meine Tasse ist bereits bis oben hin voll mit dampfenden Kaffee und ich bin gerade dabei, die fluffigen Pancakes in Ahornsirup zu tränken.

»Wie stehst du jetzt zu dem Mord an dem Mann, nachdem du weißt, was er getan hat?«, fragt er, ohne den Blick von mir zu wenden.

Ich verschwendete ehrlich gesagt keinen einzigen Gedanken mehr an ihn, seitdem wir die Frauen aus dem Container befreit haben. Und ich muss mir außerdem eingestehen, dass die Schuldgefühle fast bis zum Nullpunkt gesunken sind. Die Welt ist in der Tat besser ohne ihn dran, er hat den Tod verdient.

Ich spüre ein Ziehen in meinem Bauchraum, meine strahlend helle Energiequelle wird von etwas Düsterem zurückgedrängt. Als Heilerin muss ich meine persönlichen Ansichten ausblenden, es darf meine Arbeit nicht beeinträchtigen. Im Krankenhaus landen Mörder und Schläger in meinem OP, doch das ändert nichts an der Behandlung, die sie erhalten. Wer bin ich also, um zu entscheiden, dass dieser Mann den Tod verdient hat? Die Dunkelheit in mir pulsiert, es fühlt sich an wie ein schwarzer Feuerball, der von Chaos beherrscht wird. Ist das meine schwarze Magie? Es ist das genaue Gegenteil meiner weißen Energiequelle, sie ist sanft und strukturiert, sie hält meinen Körper zusammen, während die schwarze Magie ihn auseinanderreißt. Ich weiß nicht, wie ich mit diesen beiden Extremen in meinem Inneren fertig werden soll. Mein Blick wandert zu Korvin, der mich mit hochgezogen Augenbrauen anschaut.

»Ich bin froh, dass den Frauen geholfen werden konnte«, antworte ich geistesabwesend.

»Ace wird deine Sachen aus deiner Wohnung holen. Sag ihm Bescheid, wenn er auf etwas Besonderes achten soll. Morgen früh beginnen wir mit dem Training.«

Augenblicklich bleibt mir der Pancake im Hals stecken. »Wie kommst du darauf, dass ich hierbleibe?«, sage ich verachtend.

»Deine schwarze Magie wurde eben erst entfacht, du hast sie noch nicht unter Kontrolle. Ich bin mir sicher, dass du deine Familie nicht in Gefahr bringen willst, abgesehen davon würden sie dich wahrscheinlich sowieso den Energiehexen ausliefern. Und da du mir doch recht intelligent vorkommst, ist das die logische Schlussfolgerung. Dazu kommt, dass ich der Einzige bin, der dir dabei helfen kann, deine Dunkelheit zu kontrollieren.«

Wut brodelt in mir auf, ich hoffe seine Arroganz bleibt ihm irgendwann wie eine Gräte im Hals stecken.

»Du verfügst nicht mal über schwarze Magie. Wie kommst du also darauf, dass du der Einzige bist, der mir helfen kann?«

Augenblicklich tritt Korvins Kiefernmuskel hervor und er ballt seine Hände zu Fäusten. In seinen Augen tanzen so viele Emotionen, dass ich nicht eine davon deuten kann. »Du hast recht, ich verfüge nicht über schwarze Magie, doch ich sehe die schwarzen Hexen als unsere Ahnen an. Obwohl es nicht dieselbe Kraft ist, die uns verbindet, so ähneln sich unsere Fähigkeiten. Sie entspringen derselben Quelle, auch wenn sich die Art der Ausprägung unterscheidet. Niemand hat ein derartiges Wissen über die schwarze Magie wie ich, daher bin ich auch der Einzige, der dir helfen kann.«

Verflucht, seine arrogante Art treibt mich bereits zur Weißglut, aber dass seine Argumentation auch noch schlüssig und nachvollziehbar ist, bringt das Fass zum Überlaufen. Wie würden meine nächsten Schritte aussehen, wenn ich nicht hierbleibe? Ich weiß, dass ich mich Ophelia anvertrauen kann, sie würde mich nie im Leben an die Energiehexen ausliefern, doch sie weiß genau so viel über schwarze Magie wie ich, nämlich nichts. Und was dann? Ich hätte sie mit in mein Schlamassel reingezogen und bringe sie damit noch in Gefahr. Wir würden ein Leben auf der Flucht führen und uns ständig über die Schulter schauen müssen. Und für was? Damit wir vielleicht irgendwo Informationen über schwarze Magie finden, die es eigentlich nicht mehr gibt. Verflucht, wir wüssten ja nicht mal, wo wir überhaupt anfangen sollen.

Aber Korvin weiß es und er hat recht, die Fähigkeiten der Incubus sind irgendwie mit denen der schwarzen Hexen verflochten. Sein Verständnis für diese Art von Magie übersteigt meines bei weitem. Meine Gedanken überschlagen sich und die Pro- und Contra-Liste in meinem Kopf sieht aus, als wäre ein Tintenfass ausgelaufen.

»Ich lasse es dich wissen, wenn ich mich entschieden habe«, sage ich mit finsterem Blick und verlasse das Esszimmer.

Ich stürme hinaus ins Freie, ich brauche frische Luft. Wie konnte mein Leben innerhalb kürzester Zeit zu einem derartigen Chaos mutieren? Am liebsten würde ich das ganze verdammte Anwesen zusammenschreien! Ich schließe meine Augen und atme tief ein und aus, ich muss mich beruhigen, sonst kann ich nicht klar denken. Als ich sie wieder öffne, nehme ich erstmals den paradiesischen Garten wahr, in dem ich stehe. Er liegt hinter dem Haus, dessen Fassade – Überraschung – auch schwarz ist. Doch die düstere Erscheinung wird durch grüne Efeuranken unterbrochen, die sich um einen imposanten Balkon schlängeln.

Ich wende mich wieder dem prächtigen Garten zu. Strahlend weiße Hortensien und duftender Lavendel säumen den Weg. Die lilafarbenen Blüten wiegen sich in einer sanften Brise und ihr Duft beruhig meine Nerven. Ich streiche sanft über die samtigen Hortensien und gehe weiter in den Garten hinein. Das Blütenmeer wandelt sich, sodass ich nun von präzise geschnittenen Hecken und Bäumen umgeben bin. Ein leises Plätschern durchdringt den melodischen Gesang der Vögel und kurz darauf gelange ich zu einem kleinen Wasserfall, der in einen Naturteich mündet. Ich setze mich an den Rand, tauche meine Füße in das kühle Wasser und strecke mein Gesicht der Sonne entgegen. Die Ereignisse haben sich in den letzten Tagen überschlagen, ich bin von einer Katastrophe in die nächste geschlittert. Jetzt habe ich zum ersten Mal die Möglichkeit, in Ruhe über alles nachzudenken.

Über was willst du nachdenken, du wirst hierbleiben. Es gibt keine andere Option. Korvin hat am Hafen bewiesen, dass er weiß, wie man mit schwarzer Magie umgeht.

Geschockt reiße ich die Augen auf, mein Kopf schnellt vor, ich verliere das Gleichgewicht und bin nur Millimeter davon entfernt, vornüber in den Teich zu stürzen. Ich spüre ganz deutlich den finsteren Abgrund, aus dem dieser Gedanke entsprungen ist. Als hätten sich die Pforten der Hölle geöffnet und dieser dunkle Schatten ist dazwischen hervorgekommen, direkt in meinen Kopf.

Wir sind hier umgeben von Incubus, wir werden gehen, sobald alle Frauen genesen sind. Unser Coven findet einen Weg, um uns zu helfen, erwidert eine sanfte Stimme in meinem Kopf, sie ist von einem Schimmer aus leuchtender Helligkeit umgeben.

Nein, nein, nein. Das darf nicht wahr sein. Zwei Stimmen, die in meinem Kopf miteinander diskutieren und keine davon gehört mir. Es fühlt sich so an, als würde ein Dämon und ein Engel an meiner Seele zerren. Und ich bin mittendrin, dazu verdammt, es über mich ergehen zu lassen. Diesen Machtkampf spüre ich auch in meinem Inneren, beide Energiequellen pulsieren und buhlen um die Vormachtstellung.

Ich schüttle den Kopf, um die beiden Stimmen daraus zu verbannen und setze mich in Bewegung. Den ganzen Weg zurück zum Haus habe ich Scheuklappen auf, ich nehme nichts von meiner Umgebung wahr. Ich laufe an der schwarzen Hauswand vorbei und stehe nun auf einer runden Auffahrt, die alle Gebäude miteinander verbindet. Gegenüber von dem schwarzen Gusseisentor ragt ein massives Steinhaus mit je einem Turm an der Seite in die

Höhe. Die Hälfte des Gebäudes ist mit Efeu überwuchert, was dem schwarzen Haus eine mystische Atmosphäre verleiht. Korvins Anwesen ist rechts davon und sieht im Vergleich zu dem imposanten Meisterwerk der Architektur wie eine Gartenhütte aus. Links von dem Haupthaus ist ein flaches, langgezogenes Gebäude zu sehen. Es wurde offensichtlich erst im Nachhinein errichtet, denn es passt absolut nicht zu dem viktorianischen Stil der anderen beiden Gebäude.

Darin wurden die Frauen untergebracht, ich gehe in die Notaufnahme und diesmal ist es deutlich belebter als gestern. Die Frauen, die nur leichte Verletzungen hatten, wuseln herum und kümmern sich um die anderen. Ich laufe schnurstracks zu dem kleinen Mädchen, das ich ins Koma versetzt habe. Neben ihr sitzt eine dunkelblonde Frau, sie streicht ihr sanft mit einem nassen Lappen übers Gesicht. Ich habe sie zwar gestern geheilt, doch dabei ist mir ihre Schönheit nicht aufgefallen. Graublaue Augen, eine Stupsnase und volle Lippen. Sie könnte geradewegs aus irgendeinem Modemagazin entsprungen sein. Sie hatte mehrere Stichverletzungen, alle relativ ungefährlich, aber dennoch sollte sie sich ausruhen.

»Wann wird sie wieder aufwachen?«, fragt sie mit rauer Stimme und besorgtem Blick.

»Es könnte jeden Moment so weit sein, die Medikamentenwirkung klingt bereits ab«, antworte ich zuversichtlich.

Aufgrund meines medizinischen Fachwissens kann ich mich oft aus Situationen winden, die ich nur als Heilerin nicht so leicht erklären könnte. Ich gehe auf die andere Seite des Mädchens und lasse meine Magie wirken, nur Sekunden später öffnet sie ihre verklebten Augen.

»Ich habe Durst«, sagt sie schüchtern.

Sofort springt die dunkelblonde Frau auf und ist hinter dem blauen Vorhang verschwunden.

»Wie geht es deinem Arm?«, frage ich sanft.

»Die Schmerzen sind weg, wie du gesagt hast«, erwidert sie mit einem schmalen Lächeln.

Als ich aus der Kabine heraustrete, kommt mir die dunkelblonde Frau mit einem Becher Wasser in der Hand entgegen. Den übrigen Tag bin ich damit beschäftigt, mich um die restlichen Patientinnen zu kümmern. Alle sind aus dem Gröbsten raus, zumindest was ihre körperlichen Verletzungen angeht.

Ich stehe nun vor dem Krankenflügel und genieße die letzten Sonnenstrahlen, da ertönt plötzlich eine Stimme hinter mir.

»Hey.« Ich drehe mich um und sehe die dunkelblonde Frau von vorhin.

»Alles okay?«, frage ich leicht panisch, vielleicht hat sich der Zustand des Mädchens unerwartet verschlechtert.

»Es geht allen gut«, beruhigt sie mich.

Meine Gedanken standen mir anscheinend mal wieder ins Gesicht geschrieben.

»Wie heißt du?« Sie ist nun direkt neben mir und reckt ihr spitzes Kinn Richtung Sonne.

»Neva.« Bevor ich die Frage erwidern kann, antwortet sie bereits.

»Ich bin Thia. Danke für deine Hilfe, ohne dich wären manche jetzt nicht mehr am Leben.« Nach einer kurzen Pause spricht sie weiter. »Mir ist zu Ohren gekommen, dass du Cato getötet hast.« In ihren Augen blitzt der pure Hass hervor. »Ich hätte diesem miesen Stück Scheiße am liebsten selbst eine Kugel verpasst. Ich hoffe, du hast nicht einen Hauch von Schuldgefühlen, wenn jemand den Tod verdient hat, dann er!«

Natürlich macht es der Umstand, dass dieser Mann ein Monster war und kein liebender Familienvater, leichter. Doch das ändert nichts an meiner Tat. Ich habe ihn umgebracht, er ist durch meine Hände gestorben.

»Es war dein erster Mord, oder?«, fragt Thia ruhig.

Ich nicke ihr zu, es fällt mir schwer darüber zu sprechen oder mich überhaupt damit auseinanderzusetzen.

»Das erste Mal steckt einem immer am meisten in den Knochen«, pflichtet sie mir bei.

»Sprichst du aus Erfahrung?«

Sie schaut mich an, als hätte ich die dümmste Frage gestellt, die je ausgesprochen wurde.

»Wie viele?«, will ich wissen.

Sie zuckt mit den Schultern. »Sobald sich eine gute Möglichkeit bot, habe ich es diesen Mistkerlen heimgezahlt. Der Gedanke an Rache hielt mich am Leben. Es war mein Rettungsanker, um nicht in den Drogensumpf zu rutschen. Die meisten konnten es nicht anders ertragen. Manche waren zum Teil so zugedröhnt, dass sie nichts mehr vom Vortag wussten. Du kannst dir nicht vorstellen, wie viele Freundinnen ich durch eine Überdosis verloren habe. Doch genau diese Ereignisse animierten mich dazu, Rache zu nehmen. Ich experimentierte mit den verschiedenen Drogen, die ich für sie schmuggeln musste, und fing an, mich mit giftigen Pflanzen zu beschäftigen. Der Rausch, in ihre panischen Augen zu blicken, weil sie nicht wissen, was mit ihnen passiert, ist unvergleichlich.« Ein finsteres Lächeln zieht sich über ihre vollen Lippen. Ich kann nur erahnen, durch welche Hölle sie gegangen sein muss.

»Du hast überlebt«, antworte ich anerkennend.

»Ich bereue keinen einzigen Mord und das solltest du auch nicht. Wir sind zwar frei, aber ich versichere dir, es wurde schon längst für Ersatz gesorgt. Es gibt noch viel zu tun.« Damit geht sie wieder zurück in den Krankenflügel und ich realisiere, dass ich mein ganzes Leben lang in einer rosaroten Blase gelebt habe.

KAPITEL SECHS

Korvin sitzt an dem gedeckten Esstisch und trinkt genüsslich einen Whisky. Ich bin mehr als bereit, ihm meine Antwort entgegenzuschleudern und bäume mich vor ihm auf.

»Ich bleibe, aber ich habe ein paar Bedingungen.« Ohne ihn zu Wort kommen zu lassen, fahre ich fort. »Ich werde dir nicht bei irgendwelchen kriminellen Machenschaften behilflich sein, ich bin keiner deiner Lakaien, die du herumkommandieren kannst.« Ein wütender Blick blitzt aus der Maske der Gleichgültigkeit hervor. Sehr gut, weiter geht's. »Keiner von euch wird in meinen Träumen herumpfuschen und wenn ich gehen will, dann wird mich niemand aufhalten. Ich bin keine verdammte Gefangene. Du zeigst mir, wie ich meine schwarze Magie beherrsche und dann bin ich weg.«

Keine Reaktion, er schaut mich nur gelangweilt an. Das kurze Aufflackern seiner Wut ist schon lange wieder verebbt. Dann nickt er, aber ich bin noch nicht fertig.

»Außerdem habe ich keine Lust auf Spielchen! Also, warum hast du die Frauen gerettet, was springt für dich dabei raus?«, frage ich harsch.

Er lächelt mich herausfordernd an und die bernsteinfarbenen Funken in seinen Augen leuchten auf. »Glaubst du als weiße Hexe nicht an das Gute in jedem Menschen?« Sein Lachen lässt nun seine geraden weißen Zähne aufblitzen.

»Dann ist es ja gut, dass du ein Incubus bist«, gebe ich trocken zurück.

»Abgesehen von dem Container habe ich auch das Schiff und die Route übernommen«, sagt er beiläufig.

Ich bin verblüfft, ich hätte nicht mit einer ehrlichen Antwort gerechnet.

»Was transportierst du?«, will ich wissen.

Er nimmt noch einen Schluck Whisky, bevor er antwortet. »Das, was auf dem Markt nachgefragt wird.« Und damit endet die offene Kommunikation auch schon wieder.

»Sonst noch was?«, fragt er nun leicht genervt.

»Ich will eine richtige Tür für mein Zimmer.«

Er nickt und damit ist die Sache geklärt. »Setz dich.«

Argh. Wieder dieser unausstehliche Befehlston, tun etwa immer alle genau das, was er verlangt. Ich schnappe mir eine Schüssel Kartoffelsalat mit einem großen Löffel darin und wende mich von ihm ab.

»Lass es dir schmecken«, sage ich im Gehen.

»Träum was Schönes«, antwortet er belustigt.

Als ich am nächsten Morgen ins Esszimmer komme, sitzt Korvin ausnahmsweise mal nicht an dem runden Tisch. Da ich die Schüssel Kartoffelsalat gestern fast komplett leer gegessen habe, bin ich nicht hungrig. Also greife ich zu den Obstspießen und genieße den süßen Geschmack der Erdbeeren.

»Bereit?«, ertönt es hinter mir.

Ich drehe mich zu Korvin um, er lehnt mit verschränkten Armen lässig am Türrahmen, dabei trägt er einen eleganten schwarzen Anzug, wie bereits die Tage davor. Ich wette, in seinem Kleiderschrank reihen sich 20 identische, schwarze Anzüge aneinander. Ich hasse meinen Körper für die Anziehung, die er gegenüber Korvin empfindet, denn soeben überkommt mich ein heißer Schwall.

Ich räuspere mich. »Los geht's.«

Er stößt sich von dem Türrahmen ab und geht mit geschmeidigem Gang voran. Ich folge ihm durch die Hintertür in den wunderschönen Garten. Bei dem Gedanken an ein Training mit Korvin dachte ich eher an einen schmuddeligen, schlecht beleuchteten Kellerraum, der einst als Folterkammer genutzt wurde. Stattdessen stehe ich nun vor einem idyllischen Pavillon. Das Dach ist aus Stroh und obendrauf thront eine detailliert geschnitzte Lotusblume aus Holz. Um die vier Holzstelzen schlingen sich weiße Leinenvorhänge, die sich leicht im Wind wiegen. Ehrfürchtig trete ich hinein, der helle Marmorboden glänzt und in der Mitte des Pavillons sind zwei große weiße Kissen platziert. Ich nehme bereits im Schneidersitz Platz, während Korvin die Vorhänge verschließt. Die Sonnenstrahlen leuchten durch den zarten Stoff und in diesem Moment fühle ich mich unendlich sicher und geborgen.

»Also, dann erzähl mal, was sie euch dieses Jahrhundert für einen Schwachsinn über die schwarze Magie eingebläut haben«, fordert Korvin als er gegenüber von mir Platz nimmt.

Wir sitzen so nah beieinander, dass sich unsere Knie fast berühren. Aber jetzt ist es etwas zu spät, um mein Kissen einen Meter nach hinten zu schieben.

»Schwarze Magie hat ihren Ursprung in der Dunkelheit und dient ausschließlich dazu, anderen zu schaden und seine eigenen Wünsche zu erfüllen. Im Vordergrund stehen der pure Egoismus und das Streben nach Macht. Und so wie weiße Hexen nur Gutes mit ihrer Magie bewirken können, bringen schwarze Hexen nur Bösartigkeit und Zerstörung«, antworte ich.

Er lacht abfällig. »Wieder dieses alte Spiel von Gut und Böse. Du hast eben selbst erlebt, dass die Welt nicht nur schwarz und weiß ist, also verabschiede dich von dem Gedanken, dass weiße Magie das Gute und schwarze Magie das Böse ist.«

Ich muss sofort an Thia denken, wenn man es so will, ist sie eine Serienmörderin, doch ich hielt sie nicht eine Sekunde lang für böse.

»Es stimmt, schwarze Magie entspringt der Dunkelheit. Jeder Mensch hat etwas Dunkles in sich, einen dunklen Kern, der sich in der Persönlichkeit manifestiert hat. Das können Charaktereigenschaften sein, die einen zu gewissen Taten animieren oder Traumata, die ihre Spuren hinterlassen haben. Oder auch eine Kombination von beidem, die eigene Dunkelheit ist genauso individuell wie ein Fingerabdruck. Bei der schwarzen Magie geht es darum, sich dieser Dunkelheit zu stellen, sich mit ihr auseinanderzusetzen und sie schlussendlich zu überwinden. Es erfordert viel Willenskraft und Stärke, seinen Dämonen gegenüberzutreten und sich nicht von ihnen beherrschen zu lassen.«

Ich klebe an seinen Lippen wie ein Kind einem alten grauhaarigen Märchenerzähler.

»Weiße Magie hat ihre Grenzen, ebenso wie die Kraft der Natur. Ihr bezieht sie auf energetischem Wege, dadurch wirken Naturphänomene auch wie Katalysatoren bei weißen Hexen. Die Grenzen der schwarzen Magie werden nur durch den eigenen Willen beschränkt. Das macht sie mächtiger, aber auch gefährlicher. Wenn du nicht lernst, deine Dunkelheit zu beherrschen, wird sie dich von innen heraus vernichten.«

Meine Kehle ist zugeschnürt und mein Mund ist so trocken, als hätte ich einen Eimer Sand hineingekippt. Wie auf Kommando meldet sich der düstere Feuerball in meiner Magengegend und verhöhnt mich. Mir bleibt keine Wahl, ich muss lernen es zu beherrschen, oder ich werde meine Schwester nie wiedersehen. Gestern Abend schrieb ich ihr eine Nachricht, dass ich Zeit für mich bräuchte und eventuell die Stadt verlassen würde. Sie war verständnisvoll, doch mir hat es das Herz zerrissen. Für sie beginnt demnächst eine aufregende Zeit, sie hat ihre Spezialisierung gewählt und wird zur Energiehexe ausgebildet und ich werde ihr nicht zur Seite stehen können. Doch je schneller ich meine Dunkelheit unter Kontrolle bringe, desto eher werde ich sie wiedersehen.

»Also, wie beherrsche ich die Dunkelheit?« Mir ist klar, dass es darauf keine einfache Antwort gibt.

»Zuerst musst du sie identifizieren, hast du eine Ahnung, was deine Dunkelheit sein könnte?«, fragt er ehrlich interessiert.

»Naja …«

Sofort unterbricht er mich. »Du darfst deine Dunkelheit nie jemanden sagen, niemals! Sie ist zwar deine Kraftquelle und somit deine größte Stärke, aber gleichzeitig ist es auch deine größte Schwäche. Deine Feinde könnten diese Informationen gegen dich einsetzen und dich somit aus der Reserve locken und manipulieren. Sage nie jemanden, was deine Dunkelheit ist, niemals«, betont er nachdrücklich.

Dann frag nicht danach, wäre mir fast rausgeplatzt, doch ich kann mir nochmal auf die Zunge beißen.

»Ich gehe also davon aus, dass du nicht mit voller Sicherheit weißt, was deine Dunkelheit ist«, stellt er mit hochgezogenen Augenbrauen fest.

Ich nicke. Natürlich kann ich ihm ein paar schlechte Charaktereigenschaften aufzählen, aber was genau davon meine Dunkelheit ist, ich habe keine Ahnung.

»Okay, wir werden jetzt meditieren.«

Ich schaue Korvin misstrauisch an, doch es bringt ihn in keiner

Weise aus der Ruhe. Er legt seine Handrücken auf die Knie, ich tue es ihm gleich und schließe die Augen. Die Vögel zwitschern und irgendwo hämmert ein Specht eifrig gegen die Rinde eines Baumes. Ich muss meine Dunkelheit identifizieren, am naheliegendsten ist es wohl, mit dem Erlebnis anzufangen, das all das hier ins Rollen gebracht hat.

Ich bin wieder in der Lagerhalle und der Geruch von Bleiche sticht mir in die Nase. Das Licht flackert unheilvoll und neben mir sitzt der Mann, den ich jede Sekunde töten werde. Ich zwinge mich dazu, alles noch einmal zu durchleben. Mein Magen verkrampft sich bei dem Gedanken, wie ich dem Mann das Seil um den Hals geschlungen habe. Er hatte nicht mal mehr genug Kraft, um sich zu wehren. Und plötzlich erscheint meine Dunkelheit glasklar vor mir und präsentiert sich wie in einem Schaukasten: Impulsivität.

Ich reiße meine Augen auf und stürme durch die Vorhänge aus dem Pavillon nach draußen. Es ist ein warmer Sommertag und trotzdem läuft mir ein kalter Schauer über den Rücken. Tränen schießen in meine Augen, sodass ich meine Umgebung nur noch verschwommen wahrnehme. Als Ace meinte, ich müsse den Mann töten, um zu überleben, habe ich nicht mal einen Gedanken daran verschwendet, dass er bluffen könnte. Und ich suchte auch nicht nach einer anderen Option, um der Situation zu entkommen. Meine Impulsivität ließ mich wie ferngesteuert auf den Mann zugehen und dann habe ich ihn kaltblütig erwürgt. Übelkeit steigt in mir auf und keine Sekunde später kotze ich mir die Seele aus dem Leib. Verdammt, wäre ich ruhig geblieben und hätte meine Optionen strategisch abgewogen, wäre ich jetzt vielleicht keine Mörderin. Der düstere Feuerball in meinem Inneren breitet sich mit jedem Gedanken an den Mord weiter aus. Er droht mich vollständig zu verzehren, doch es schlägt auch noch etwas anderes in meiner Brust. Meine hell leuchtende Energiequelle kauert gerade wie ein verängstigtes Kind in der Ecke, während ein dunkles Monster in seinem Zimmer wütet. Ich stecke all meine Kraft in das Kind und als es dem Monster gegenübertritt, verschwindet dieses. Ich öffne meine Augen, nach wie vor spüre ich die dunkle Energiequelle in mir, doch sie ist deutlich schwächer, stattdessen erhellt nun meine weiße Magie mein Inneres.

Nachdem ich für eine Weile im weichen Gras lag und in den azurblauen Himmel starrte, mache ich mich auf den Weg in den Krankenflügel. Wenn ich hier bin, fühlt sich mein Leben für einen kurzen Moment nicht wie eine Vollkatastrophe an. Hier habe ich die volle Kontrolle über mich, ich weiß genau, was zu tun ist und wie ich helfen kann.

Die Frauen wurden mittlerweile von der Notaufnahme in richtige Zimmer verlegt. Die Einrichtung ist einfach gehalten, ein Bett, ein Kleiderschrank und ein Schreibtisch, aber es ist um einiges gemütlicher verglichen zur Notaufnahme. Theoretisch könnte jede Frau ein Einzelzimmer haben, es sind genug vorhanden, aber die meisten hievten ihre Matratzen in ein Zimmer und schlafen gemeinsam darin. Ich kann verstehen, dass sie nicht allein sein wollen.

Die nächsten Stunden bin ich damit beschäftigt, Verbände zu wechseln, Wunden zu kontrollieren und tröstende Worte zu spenden. Einigen Frauen habe ich einen befreundeten Psychologen ans Herz gelegt, so können vielleicht auch irgendwann ihre seelischen Wunden heilen. Gut, wir sind keine Freunde, sondern hatten ein paar Mal Sex, aber er ist hervorragend in seinem Job und das ist es, was zählt. Als ich aus dem Gebäude heraustrete, kommt mir Thia entgegen. Natürlich stromert sie irgendwo herum und heckt Pläne aus, anstatt sich auszuruhen. Sie lächelt mich an und stellt sich zu mir.

»Wie geht es dir?«, frage ich sie.

»Alles bestens«, gibt Thia zurück. Ich glaube, wenn ich ihr einen Psychologen empfehlen würde, würde sie mich lautstark auslachen.

»Ich habe heute mit Korvin gesprochen, Gott, er ist echt heiß. Weißt du, ob er zufällig eine Schwester hat?«, sagt sie mit einem breiten Grinsen.

Es ist schön zu sehen, dass sie unter den Umständen ihren Humor nicht verloren hat. Obwohl es vermutlich auch ein Schutzmechanismus ist, um mit all dem klarzukommen.

»Was wollte er von dir?«, frage ich skeptisch.

»Das betrifft nicht nur mich, er hat mit allen gesprochen. Er bot jeder von uns an, für ihn zu arbeiten und zeigte uns verschiedene Optionen auf«, antwortet sie gelassen.

Ich kann es nicht fassen, die meisten sind noch nicht mal wieder vollkommen gesund und er denkt daran, sein kriminelles Netzwerk zu erweitern?

»Hast du schon eine Entscheidung getroffen?« Ich kann nur hoffen, dass sie den Incubus den Rücken kehren wird, aber mein Gefühl sagt mir etwas anderes.

»Ich habe direkt zugestimmt. Es gibt für mich nicht viele Optionen, ich habe keine Familie, die mich aufnehmen kann, von einem Schulabschluss ganz zu schweigen. Ich würde wahrscheinlich nicht einmal eine Wohnung oder einen Job bekommen und am Ende lande ich dann doch wieder auf der Straße. Ich machte ihm deutlich, was ich für ihn tun kann und was ich nie wieder mit mir machen lasse. Er war einverstanden. Außerdem bietet mir sein Netzwerk und seine Macht die Möglichkeit, mich endgültig an den Mistkerlen zu rächen, die uns das angetan haben. Ich glaube, ich bin gar nicht in der Lage dazu, ein normales Leben zu führen.« In ihrem letzten Satz schwingt ein Hauch von Bedauern mit.

Ich kann sie irgendwie verstehen, doch sie hat keine Ahnung, zu was die Incubus in der Lage sind.

»Ich habe schon befürchtet, dass du zustimmen würdest«, sage ich schmunzelnd.

»Du weißt ja, ich nutze jede Möglichkeit, die sich mir bietet.« Und damit geht sie rein.

KAPITEL SIEBEN

Als ich gestern ins Haus kam, war der Tisch wieder voll gedeckt, doch von Korvin fehlte jede Spur. Es war mir recht, ich aß ein paar Happen und bin sofort ins Bett. Zu meiner großen Freude wurde der schwarze Vorhang durch eine massive, schwarze Tür ersetzt. Dazu hingen auch meine Klamotten in dem schwarzen Kleiderschrank mit den goldenen Verzierungen, der gegenüber von meinem Bett steht.

Ich habe soeben die Türklinke in der Hand und trete in den Flur. Das Frühstück ist bereits angerichtet, das rieche ich sofort. Wie kommt das Essen überhaupt jeden Tag auf den Tisch? Ich habe noch nie einen Bediensteten oder einen Koch gesehen, es steht einfach immer da, wie von Zauberhand. Überraschenderweise sitzt Korvin nicht am Esstisch, ich trinke einen Schluck Kaffee, schlinge zwei Scheiben Brot mit Käse runter und mache mich auf den Weg zum Pavillon.

Korvin hat es sich bereits auf einem der Kissen bequem gemacht. Ich schlucke den letzten Rest von meinem Brot herunter und platziere mich ihm gegenüber. Seit gestern verdrängt meine weiße Energiequelle alles Dunkle, was ich in mir trage. Doch in Korvins entspanntes Gesicht zu blicken und zu wissen, dass er die Frauen nur Tage nach ihrer Rettung rekrutieren will, lässt sie wieder hervorkommen.

»Hast du mir was zu sagen?«, fragt er gelangweilt.

Und dann platzt es aus mir heraus, ich kann nichts dagegen tun, die Worte sprudeln aus meinem Mund. »Was denkst du dir dabei, traumatisierten Frauen und Kindern nur Tage nach ihrer Rettung einen Job in deinem kriminellen Netzwerk anzubieten? Ist das der Grund, warum du sie gerettet hast, damit du sie für deine Zwecke benutzen kannst?«

Sein Gesicht macht keine Regung, nicht ein einziger Muskel zuckt. Die Maske sitzt perfekt. Ich hasse es, es macht mich nur noch wütender.

»Du willst unbedingt das Monster in mir sehen, von dem dir dein Coven dein Leben lang erzählt hat, oder? Es muss schwer für dich sein, dass sie dich hinsichtlich der schwarzen Magie angelogen haben, da soll wenigstens das Märchen über die Incubus stimmen, was? Du kennst mich kein bisschen, wie kommt es, dass du immer vom Schlimmsten ausgehst?«

»Ihr pflanzt bösartige Gedanken in die Träume von anderen und da soll ich an das Gute in dir glauben?«, sage ich verachtend.

»Schwachsinn, wir verstärken lediglich die Gedanken, die bereits da sind! Das ist ein gewaltiger Unterschied.« Seine Stimme ist immer noch ruhig, aber in seinen Augen blitzt ab und zu die Wut hervor, die in ihm brodelt.

»Dann schildere mir doch bitte deine guten Absichten hinsichtlich der Frauen.« Meine Stimme ist nun auch ruhig und kalt wie Eis.

»Ich habe ihnen eine Option geboten, was sie daraus machen, ist ihre Entscheidung. Dank dir sind die meisten schon wieder auf den Beinen, sie müssen nach vorn blicken und durch mein Angebot werden sie sich Gedanken über ihre Zukunft machen.« Geschmeidig erhebt er sich von dem Kissen. »Komm mit, das Training findet heute draußen statt.«

Widerwillig muss ich mir eingestehen, dass er recht hat, also folge ich ihm, bis wir in einem entzückenden Rosengarten stehen. Bienen und Hummeln summen um die Blätter herum und der Duft der Rosen hüllt mich vollständig ein.

»Dir hat sich gestern deine Dunkelheit offenbart. Das ist gut, der erste Schritt, um sie zu kontrollieren. Also, wir nehmen dein kleines Experiment wieder auf, bring die Rose zum Welken«, sagt er mit einem schiefen Lächeln und deutet auf die Blume neben sich.

Ich trete näher an die Rose heran und schließe meine Augen, erneut visualisiere ich den Prozess des Verfalls, doch nichts passiert.

»Du musst deine Dunkelheit zulassen, Neva«, fordert er.

Ich mag, wie unser Name aus seinem Mund klingt. Und da ist sie auch schon, dieses finstere Miststück. Ich dränge sie mit meiner hellen Energiequelle wieder zurück. Dieser innere Kampf spiegelt sich anscheinend eins zu eins auf meinem Gesicht wider, denn Korvin schaut mich an, als wüsste er ganz genau, was in mir vor geht.

»Es wird dir nicht gelingen, deine Dunkelheit zu beherrschen, wenn du sie nicht zulässt. Ob du willst oder nicht, sie wurde entfesselt und jetzt musst du lernen, sie zu kontrollieren und deine Kraft daraus zu ziehen. Dir bleibt keine Wahl, wenn du dich dagegen sträubst, wirst du sterben. Und glaub mir, es ist kein friedvoller Tod. Die Dunkelheit wird dich von innen heraus verbrennen und dein Blut verwandelt sich in glühende Lava. Sie dringt in jede Zelle deines Körpers und vergiftet deinen Geist und damit alles, was du mal warst. Lass mich dir helfen.« Sein letzter Satz klingt fast schon sanft.

Verdammt, er hat schon wieder recht. Ich kann meine Dunkelheit nicht beherrschen, wenn ich ihr keinen Raum gebe. Es macht mir Angst sie freizusetzen, ich habe sie mein ganzes Leben lang verdrängt. Wer werde ich sein, wenn der dunkelste Teil meiner selbst zum Vorschein kommt? Es ist anscheinend an der Zeit, genau das herauszufinden.

Ich schließe wieder meine Augen und gehe tief in mich hinein. Meine weiße Energiequelle leuchtet strahlend hell, doch ich bin auf der Suche nach dem dunklen Feuerball, der in irgendeiner Ecke in Ketten liegt. Als ich ihn vor mir sehe, zögere ich für einen Moment, doch es gibt keine andere Möglichkeit, diesmal nicht. Ich löse die Ketten und eine Wucht von dunkler Magie strömt auf mich ein. Meine Knie werden weich und ich sacke fast zu Boden, aber Korvin ist zur Stelle und stützt mich. Meine beiden Energiequellen pulsieren nun zu gleichen Teilen in mir, doch ich habe das Gefühl, dass meine Dunkelheit noch nicht ihre volle Kraft erreicht hat.

Ich löse mich aus Korvins Griff und konzentriere mich erneut auf die Rose.

»Manifestiere den Gedanken im Inneren deiner Kraftquelle. Fokussiere dich auf jedes einzelne Blütenblatt und dann lass deine schwarze Magie frei«, pflichtet er mir bei.

Vor meinem inneren Auge erscheint ein gestochen scharfes Bild der Blume, so deutlich habe ich noch nie etwas visualisiert. Ich lasse den Prozess des Verfalls beginnen und die roten Blütenblätter schrumpeln sich zusammen und verfärben sich leicht bräunlich. Als ich meine Augen öffne, setzt mein Herz für einen Moment aus. Der komplette Rosengarten ist verwelkt, jede einzelne Blume.

Korvin steht nur mit einem schiefen Lächeln neben mir. »Wir haben wohl noch etwas Arbeit vor uns.«

Augenblicklich muss ich an den Wachmann am Hafen denken, den ich ausgeschaltet habe und Korvin erntet einen kräftigen Hieb gegen den Oberarm. »Wie konntest du mich den Typ am Hafen ausschalten lassen? Ich hätte ihn genauso gut umbringen können, anstatt ihn nur in Ohnmacht zu versetzen«, sage ich gleichermaßen wütend und entsetzt.

Er steckt seine Hände in die Taschen und zuckt mit den Schultern. »Wärst du nicht dabei gewesen, hätten wir ihn ohne zu zögern getötet. Du hast ihm also das Leben gerettet.«

»Soll ich dir etwa dafür danken?«, zische ich.

»Dafür, dass ich die meiste Zeit damit verbringe, mit dir zu diskutieren und dir trotzdem zeige, wie du deine schwarze Magie kontrollieren kannst? Ja, das erscheint mir in der Tat angemessen.«

Wieder dieses schiefe Lächeln. Argh. Ich will gerade gehen, da packt er mich am Arm und zieht mich wieder zurück.

»Wir sind noch nicht fertig«, sagt er ernst. Ich reiße meinen Arm aus seinem Griff und würde ihm am liebsten mit der Faust mitten ins Gesicht schlagen.

»Du bist eine Heilerin ...«

»Sag bloß«, unterbreche ich ihn.

»Also los, bring das Schlamassel wieder in Ordnung«, verlangt er und deutet auf den toten Rosengarten.

Natürlich, wieso bin ich da nicht selbst draufgekommen. Ich heile nicht nur Menschen, sondern alle Lebewesen auf dieser Welt. Normalerweise bringe ich keine verwelkten Blumen wieder zum Blühen, trotz meiner Fähigkeiten achte ich den Lauf der Natur. Aber in diesem Fall hat der Verfall der Rosen keine natürliche Ursache. Es braucht nur ein paar Sekunden, bis der Rosengarten wieder in voller Pracht erstrahlt. Die Nutzung meiner weißen Energiequelle ist mir vertraut, sie ist ein Teil von mir. Ich muss nicht darüber nachdenken, die Magie anzuwenden, ich tue es einfach. Mit der dunklen Energiequelle ist es jedoch wie in einer toxischen Beziehung. Man kann nicht miteinander, aber eben auch nicht ohne. Sie gehört zu meinem Leben, doch ich wünschte, ich könnte mich von ihr befreien.

Korvin nickt mir anerkennend zu.

»Sind wir fertig?«, frage ich genervt.

»Ich ja, du hast noch eine weitere Trainingseinheit vor dir.«

In dem Moment kommt Ace mit einem breiten Lächeln durch einen Rosenbogen, der bereits vollkommen von den Blumen eingenommen wurde. Das ist wohl ein schlechter Scherz. Doch bevor ich meine Gegenwehr auf Korvin abfeuern kann, wendet er sich bereits zum Gehen und mit einem trockenen »*Viel Spaß*« ist er auch schon um die Ecke verschwunden. Mistkerl!

Kurze Zeit später stehe ich mit einem ganzen Waffenarsenal vor mir an einem Schießstand.

»Such dir eine aus«, verlangt Ace. »Ich würde dir die hier empfehlen.« Er zeigt auf eine kleine schwarze Handfeuerwaffe.

»Nein«, erwidere ich und verschränke meine Arme. Ich habe schon genug mit meiner Dunkelheit zu kämpfen, da werde ich jetzt nicht auch noch anfangen mit Waffen herumzuballern. »Ich brauche keine Waffe«, blaffe ich ihn an.

Seine Augen verziehen sich zu Schlitzen. »Vielleicht brauchtest du in deiner Welt keine Waffe, aber du bist nun in meiner unterwegs und da gehört eine Waffe zur Grundausstattung.«

»Ich werde mit Sicherheit niemanden erschießen und ich bin kein Teil von deiner Welt!«, sage ich wütend.

»Darum geht es doch auch gar nicht, Korvin will nur, dass du dich im Notfall verteidigen kannst. Und ich bin nun mal der beste Schütze.«

Ich atme genervt aus und greife zu der Waffe, auf die Ace gezeigt hat. Obwohl sie recht klein ist, liegt sie schwer in meiner Hand. Nachdem er mir idiotensicher gezeigt hat, wie man eine Waffe sichert und entsichert, lade ich gerade die Munition in das Magazin. Der Schießstand ist ein abgegrenzter Bereich am Rand des Waldes, wir sind ernsthaft mit einem Golf-Cart hierhergefahren. Vor mir wurden mehrere Tiere platziert, ein Fake-Wildschwein, ein Fake-Hirsch und ein Fake-Truthahn.

»Ziel auf den Hirsch und denk daran, fester Stand und ruhige Hände«, weist Ace mich an.

Sekunden später feuere ich den ersten Schuss ab. Mein ganzer Körper pulsiert vor Aufregung und Adrenalin. Natürlich verfehlt die Kugel das Ziel bei Weitem und auch die darauffolgenden gelangen nicht annähernd in die Nähe des Hirschs.

Ich habe gerade nachgeladen und will es erneut versuchen, da wendet sich Ace an mich. »Du kannst dir auch mein Gesicht auf dem Hirsch vorstellen, vielleicht triffst du dann«, sagt er lachend.

Schmunzelnd schieße ich erneut und als ich tatsächlich treffe, brechen wir beide in lautes Gelächter aus. Wie sich herausstellte, war es ein Glückstreffer, denn an dem Tag habe ich kein weiteres Mal getroffen. Nachdem ich zehn Magazine in den Wind geschossen habe, beendet Ace das Training.

Wir sitzen jetzt wieder in dem Golf-Cart und fahren durch den dicht bewachsenen Wald. Die meisten Bäume sind vermutlich über hundert Jahre alt. Soeben kommen wir an einer Trauerweide vorbei, ihre lilafarben bewachsenen Äste wiegen sich sanft im Lied des Windes. Ich ziehe die frische Waldluft bis in den letzten Fitzel meiner Lunge.

Ace räuspert sich und unterbricht damit die friedvolle Ruhe des Waldes. »Ich … ich wollte nochmal mit dir reden«, sagt er ernst. »Als ich in der Lagerhalle zu dir sagte, du müsstest den Mann töten, um am Leben zu bleiben, war das nicht ernst gemeint. Ich machte mir einen Spaß daraus und wollte deine Reaktion sehen, ich hätte nie gedacht, dass du es wirklich tun würdest. Ich habe ehrlich gesagt nicht mal in Erwägung gezogen, dass du überhaupt dazu fähig bist.«

»Du hast einen schrägen Sinn für Humor«, gebe ich trocken

zurück. Ich hege deshalb keinen Groll gegen Ace, er hat mich zwar in diese Situation gebracht, aber es war allein meine Entscheidung.

Er lächelt mir erleichtert entgegen. »Der erste Mord ist für jeden etwas ganz Besonderes, ich fühle mich schlecht, dass ich mich in deinen eingemischt habe. Das wollte ich dir noch sagen, ich hätte dich nicht dazu anstiften sollen.«

Ich grinse ihn mit hochgezogenen Augenbrauen entgegen. Das war ja mal die verkorksteste Entschuldigung überhaupt. Als gehöre der erste Mord genauso zum Erwachsen werden wie das erste Mal. Aber in seiner Welt trifft das vermutlich sogar zu.

»Ist schon ok«, gebe ich zurück. Und zu meiner Überraschung ist es das auch. Ich habe meine Dunkelheit zugelassen und meine Impulsivität ist nun ebenso ein Teil von mir, wie die Entscheidung diesen Mann zu töten. Ich bin mittlerweile sogar froh, dass ich endlich weiß, was meine Dunkelheit ist. Das bietet mir die Möglichkeit, dagegen vorzugehen und sie im Zaum zu halten. Doch eine Sache geistert mir seither im Kopf rum. »Warum ich?«

»Es standen mehrere Heilerinnen zur Auswahl. Die Tochter der Hohepriesterin zu entführen war zwar riskant, doch ich musste sichergehen, dass ich an die Information komme, die ich brauchte. Deine Fähigkeiten übersteigen die der anderen, daher fiel die Wahl auf dich.« In seinen Worten schwingt keinerlei Reue mit.

»Und was ist mit der zweiten Entführung im Park? Wieso seid ihr mir gefolgt?«

»Nach der Ermordung des Mannes wusste ich, dass mehr in dir steckt als nur eine weiße Hexe. Ich wollte dich gleich hierherbringen, aber dann kam deine Flucht dazwischen«, sagt er mit einem spitzbübischen Grinsen. »Übrigens kein schlechter Zug.« Und damit ist alles gesagt.

Ace fährt soeben die kreisrunde Auffahrt hinauf und hält vor dem größten Gebäude des Anwesens. »Hast du dich schon mal umgeschaut?«, fragt er.

Ich schüttle den Kopf.

»Na dann los, ich führe dich rum«, verkündet er fröhlich und schon schreiten wir gemeinsam die schwarze Marmortreppe hinauf.

Ace stößt die massive Doppeltür auf, die mit zwei goldenen Türklopfern in Form von Löwenköpfen verziert ist.

»Willkommen im Freudenhaus«, sagt er mit einem breiten Lächeln. »Wenn du Spaß haben willst, dann bist du hier genau richtig. Kino, Fitnessstudio, Sauna, Casino, Bowlingbahn, Bar, Club, Restaurant, such dir was aus.«

Die Innenarchitektur gleicht dem gotischen und viktorianischen Stil in Korvins Haus. Schwarze Wände, protzige, goldene Bilderrahmen und das dunkle Parkett im Fischgrätenmuster. Der Reichtum quillt aus allen Ecken. Ace zeigt mir gerade das Kino. Anstelle der typisch roten Stühle wurden Doppelbetten platziert und an jeder Seite steht ein kleiner Beistelltisch aus Holz. Der Raum strotzt vor Gemütlichkeit und ich würde mich am liebsten direkt mit einer Tüte Popcorn auf eins der Doppelbetten fläzen. Der nächste Stopp ist das Fitnessstudio. Auf dem Weg dorthin erzählt mir Ace, dass das Freudenhaus ebenso die Schlafstätte aller hier lebenden Incubus ist. Ich hatte es mir schon gedacht, denn uns laufen einige Incubus über den Weg und alle schauen mich an, als würden sie mir am liebsten den Hals umdrehen. Die Verachtung in ihren Augen brennt sich unter meine Haut und jeder weitere Blick vergiftet meine Zellen Stück für Stück. Neben dem Fitnessstudio schauen wir uns noch das Spa und das Restaurant an, alles ist genauso luxuriös, wie ich es erwartet habe. Irgendwo auf dem Grundstück soll wohl auch noch eine Outdoor-Sportanlage sein, mit Tennisplatz, Volleyballfeld und so weiter. Es ist einfach nur absurd.

»Willst du mit ins Restaurant kommen?«, fragt Ace freundlich.

Ich schaue entsetzt auf meine Uhr und stelle fest, dass es bereits abends ist und ich noch gar nicht bei meinen Patientinnen war.

»Das ist wirklich nett von dir, aber ich muss noch nach den Frauen sehen. Vielleicht ein anderes Mal«, sage ich lächelnd. Er nickt mir zu und dann trennen sich unsere Wege.

Nach einer Stunde beende ich meine Visite, alle sind auf dem Weg der Besserung. Thia habe ich jedoch nicht angetroffen.

Als ich wieder im Haus angekommen bin, erfüllt der Duft von Curry die komplette untere Etage. Ich trete ins Esszimmer und nehme meinen üblichen Platz ein, Korvin ist nirgends zu sehen. Dafür liegt auf meinem Teller eine Rose und daneben ein kleiner Zettel.

Keine Sorge, sie hat sich freiwillig dafür entschieden.

Ein Grinsen huscht mir über die Lippen. Idiot. Ich lege beides beiseite und befülle meinen Teller mit dampfenden Reis und dem cremigen Curry mit Rahmkäse. Es schmeckt himmlisch und ich genieße die Ruhe. In einem Coven ist es üblich, dass alle Mitglieder eng beisammen sind. Wenn nicht alle zusammen in einem Haus wohnen, dann zumindest in angrenzenden Wohnungen. Meine Mutter war geschockt, als ich ihr sagte, meine Wohnung wäre zehn Minuten Fußweg entfernt. Sie machte mir ein schlechtes Gewissen, natürlich war ich in diesem Szenario die Egoistin, dabei ging es ihr nur um ihren Ruf und ihr Ansehen. Darum geht es ihr immer, es scheint das Wichtigste in ihrem Leben zu sein und überschattet alles andere. Sie konnte nie akzeptieren, dass mir neben dem Coven auch mein eigenes Leben wichtig war. Wenn sie wüsste, dass ich über schwarze Magie verfüge – der Gedanke treibt mir ein teuflisches Grinsen ins Gesicht. Doch vermutlich hätte sie mich tatsächlich an die Energiehexen ausgeliefert, nichts steht über ihrer Aufgabe als Hohepriesterin. Ich schiebe alle Gedanken über sie beiseite und gehe in mein Zimmer, es gibt noch etwas zu tun.

KAPITEL ACHT

Das Esszimmer duftet wieder einmal herrlich nach Kaffee, Korvin ist bereits am Frühstücken. Ich setze mich zu ihm und nehme einen Schluck des cremigen Wachmachers.

»Wir müssen das Training auf heute Nachmittag verschieben, ich habe etwas in der Stadt zu erledigen«, lasse ich ihn wissen.

Er nickt. »Du solltest nicht allein gehen, einige Energiehexen sind in der Lage, schwarze Magie zu spüren. Wenn du in Begleitung bist, kommen sie nicht so leicht an dich ran.«

Bevor Korvin jemanden vorschlagen kann, falle ich ihm ins Wort. »Ich nehme Thia mit.«

»Gut, in Gegenwart eines Menschen ist es in diesem Fall am sichersten. Sie würden die Offenlegung ihrer Existenz nicht riskieren«, stimmt er mir zu.

Das war überraschend einfach. Nachdem ich aufgegessen habe, stelle ich mich neben Korvin. »Es ist übrigens nicht sonderlich romantisch, einer Frau verwelkte Blumen zu schenken.« Daraufhin lege ich ihm die Rose auf den leeren Teller, genau ein Blütenblatt ist verwelkt.

Seine Augen weiten sich und er schaut mich überrascht an. Ich lasse ihn grinsend zurück und verlasse den Raum. Es war keinesfalls so einfach, wie ich es gerade aussehen ließ. Ich war fast die ganze Nacht wach und habe die Blume unzählige Male welken und wieder erblühen lassen, bevor ich meine Kraft so bündeln konnte, dass nur ein Blütenblatt an Farbe verliert. Aber am Ende habe ich es geschafft und sein Gesichtsausdruck war die reinste Genugtuung.

Ich gehe zum Krankenflügel, Thia steht bereits vor der Tür.

»Bereit für einen Ausflug?«, frage ich fröhlich.

»Na klar.« Sie hat ihre dunkelblonden Haare zu einem Dutt gebunden, wodurch ihre kantigen Wangenknochen besonders betont werden.

Plötzlich kommt eine schwarze Limousine vorgefahren und hält genau vor uns. Ein Chauffeur im Pinguin-Outfit kommt heraus und hält uns die Tür auf. Wir steigen grinsend ein und schon geht es los.

Ich stehe im Pavillon und warte auf Korvin. Der Vormittag mit Thia war die reinste Wohltat. Ich weiß nicht, wann ich das letzte Mal so viel gelacht habe. Wir waren einfach zwei Freundinnen, die sich einen schönen Tag in der Stadt machten. Die Dunkelheit, die unsere beiden Leben überschattet, geriet für einen Moment in Vergessenheit. Obwohl wir bereits gegessen hatten, bestand Thia auf ein Sektfrühstück. Sie sagte, sie wolle schon immer mal wie eine dieser Frauen sein, deren größte Sorge der Salat ist, den sie zum Mittag essen werden. Also taten wir genau das und haben den Sekt noch durch Champagner ersetzt. Thia ist erfrischend direkt und sie macht sich nichts draus, was andere von ihr denken. Ich glaube, es macht ihr sogar Spaß, die Menschen zu schockieren und aus der Reserve zu locken.

Die Sonne scheint mir ins Gesicht und lässt meine frisch gefärbten kupferroten Haare glänzen. Die feurigen Locken winden sich über meine gebräunten Schultern und bringen meine saphirblauen Augen zum Funkeln. Endlich fühle ich mich wieder wohl! Mit meinem weißblonden Schopf war ich fast das Ebenbild der ersten weißen Hexe. Seitdem ich die Dunkelheit in mir zuließ, fühlte ich mich mit jedem Blick in den Spiegel wie eine Verräterin. Ich musste was ändern und was wäre klischeehafter als eine neue Frisur. Doch es hat sich gelohnt, ich liebe die roten Haare. Es kam nicht in Frage, sie dunkel zu färben, ich habe aktuell schon genug mit der Dunkelheit zu kämpfen. Thia quiekte vor Entzücken über mein neues Erscheinungsbild, woraufhin ich sie glücklich umarmt habe. Nach dem Friseur schlenderten wir noch durch ein paar Läden, ich kaufte mir Klamotten und Thia hat sich mit Messern versorgt.

»Du solltest auch immer eins dabeihaben«, sagte sie streng. Sie überließ mir ein kleines Messer, dass vom Griff bis zur Klinge mattschwarz ist. Ich habe zwar die Befürchtung, dass ich mich am ehesten selbst damit verletze, dennoch nahm ich es dankend entgegen und Thia war sichtlich zufrieden.

Ich werde aus meinen Erinnerungen gerissen, denn ich spüre deutlich, wie seine pechschwarzen Augen über jeden Zentimeter meines Körpers gleiten. Sein Blick ist kühl und gelangweilt und doch geht eine gewisse Intensität daraus hervor.

»Dafür bist du das Risiko eingegangen, von den Energiehexen entführt und gefoltert zu werden?«, kommentiert Korvin meine neue Frisur.

»Und?«, gebe ich schulterzuckend zurück.

»War es das wert?«

»Sag du es mir«, antworte ich neckisch, woraufhin er mich mit einem schiefen Lächeln angrinst.

Wir sind wieder im Rosengarten und ich habe schon etliche Rosen welken lassen, auf die Korvin zuvor gezeigt hat. Er will, dass ich meine Magie festige. Und es funktioniert, die schwarze Magie unterwirft sich meinem Willen und es welken immer genau die Blumen, die er zuvor ausgewählt hat. Ich spüre, wie die Macht in mir wächst, doch ich habe keine Angst mehr davor. Ich weiß, dass ich sie kontrollieren werde und wenn ich bis zum Abwinken dafür trainieren muss.

Nachdem ich die Rosen stundenlang bearbeitet habe, beendet er das Training. Obwohl ich meine Magie die ganze Zeit beanspruchte, fühle ich mich voller Energie. Direkt im Anschluss holt mich Ace wieder ab. Nach ein paar Schießübungen – die nicht viel besser laufen als gestern – zeige ich ihm das Messer.

»Ich dachte wir wären Freunde«, sagt er mit einem schelmischen Lächeln.

Ich remple ihn grinsend gegen die Schulter. »Zeig mir, wie ich mich damit verteidigen kann.«

Sein Grinsen wird breiter. »Gestern hast du dich vehement dagegen gewehrt, eine Waffe in die Hand zu nehmen. Und jetzt soll ich dir neben dem Schießen auch noch den Nahkampf beibringen? Was kommt morgen, stehst du dann mit einer Handgranate vor mir?«

»Ich hatte eher an eine Panzerfaust gedacht«, erwidere ich lachend.

Ace geht meiner Bitte nach. Aufgrund meiner medizinischen Ausbildung weiß ich ganz genau, an welcher Stelle ein Messerstich für tödliche Verletzungen sorgt. Ich hätte nie gedacht, dieses Wissen je in so einem Kontext anzuwenden.

Nach dem Training spüre ich die Erschöpfung meiner Magie und meiner Muskeln. Doch bevor ich unter die wohlverdiente Dusche gehe, schaue ich noch bei den Frauen vorbei. Einige von ihnen haben das Anwesen bereits verlassen und sind wieder zurück zu ihren Familien. Auch die Frau mit der Bauchwunde und das Mädchen mit dem gebrochenen Arm sind schon auf den Beinen, in ein paar Tagen werden sie wieder vollkommen fit sein.

Endlich stehe ich unter der heißen Dusche, das Wasser belebt meine Zellen wieder mit neuer Energie. Danach ziehe ich mir ein luftiges olivgrünes Kleid über, das meine Kurven hervorragend betont und mache mich auf den Weg ins Esszimmer, mein Magen krampft bereits vor Hunger.

Der Tisch ist voll beladen, also setze ich mich und packe mir die duftenden Köstlichkeiten auf den Teller. Neben den Speisen wird auch jeden Abend eine Flasche Wein serviert. Bisher hatte ich noch nie das Bedürfnis, ein Glas zu trinken, aber jetzt schenke ich mir den Weißwein ein und nehme einen genüsslichen Schluck. In diesem Moment kommt Korvin mit katzenartigem Gang in das Esszimmer geschlichen. Wie immer im edlen Anzug, die Hände in den Taschen und mit seiner Maske der Gleichgültigkeit. Ein paar Strähnen seiner rabenschwarzen Haare hängen ihm ins Gesicht.

Ich würde gern meine Hände darin vergraben. Hektisch schiebe ich den Gedanken wieder zurück in den dunklen Schlund, aus dem er gekommen ist.

»Gibt es was zu feiern?« Korvin sitzt mir nun gegenüber und schenkt sich auch etwas Wein ein.

»Einige der Frauen sind bereits zurück bei ihren Familien«, sage ich zufrieden.

Er nickt, natürlich wusste er es bereits.

»Du hast ihre Familien ausfindig gemacht, oder?«, hake ich nach.

Er zuckt nur mit den Schultern, als würde es keine Rolle spielen, was er für die Frauen getan hat.

»Wie genau läuft es, dein Netzwerk? Wie nutzt ihr eure Kräfte, um es aufzubauen?«

»Warum willst du das wissen?«, fragt er skeptisch.

»Um mir mein eigenes Bild zu machen«, antworte ich beiläufig. Und es stimmt, nachdem ich die Führung mit Ace Revue passieren ließ, sind mir wieder die hasserfüllten Blicke der Incubus in den Kopf gekommen. Ich schaute sie wahrscheinlich genauso an, wie sie mich. Mir wurde mein Leben lang erzählt, dass die Incubus das Unheil unserer Ära wären. Weiße Hexen helfen den Menschen, Incubus schaden ihnen. Doch jetzt weiß ich, dass es nicht so einfach ist, also wird es Zeit, die Vorurteile über Bord zu werfen.

»Unsere Fähigkeiten liegen darin, die dunkelsten Gedanken und Verlangen eines Lebewesens in seinen Träumen zu stärken. Blickkontakt reicht aus, um sich in die Träume einer Person einzuschleusen. Wir können nur das manifestieren, was bereits da ist«, erklärt Korvin.

Mich überkommt die Panik, ich hatte die letzten Tage Blickkontakt mit einem Dutzend von Incubus.

Korvin liest offensichtlich von meinem Gesicht ab, was gerade in mir vorgeht und lächelt. »Keine Sorge, deine schwarze Magie übersteigt unsere Fähigkeiten, somit verfügst du über eine natürliche Schutzbarriere. Deine Träume sind also unantastbar.«

Ich nicke ihm verlegen zu, ich hasse es, dass sich meine Gefühle und Emotionen wie ein Spiegelbild auf meinem Gesicht wiedergeben. Daran muss ich unbedingt arbeiten!

Währenddessen fährt Korvin fort. »Es gab schon immer Mörder und Psychopathen auf der Welt. Die meisten dieser Menschen würden auch ohne unsere Einflussnahme ihre dunkelsten Gedanken früher oder später Wirklichkeit werden lassen. Also nutzen wir das zu unserem Vorteil. Nachdem wir in ihre Gedanken eingedrungen sind, beobachten wir sie auf Schritt und Tritt und wenn sie kurz davor sind, ihrem Verlangen nachzugehen, fangen wir sie ab. Die meisten handeln, ohne an die Konsequenzen zu denken, sie werden von ihrem Vorhaben vollkommen vereinnahmt. Wir bewahren sie davor verhaftet oder getötet zu werden und dafür arbeiten sie für mich. Sie können ihren Trieben nachgehen, aber nur auf meinen Befehl.«

Ich weiß nicht, was ich davon halten soll. Klar ist, dass einige dieser Psychopathen im Knast versauern würden, wenn Korvin nicht wäre. Andererseits würden auch viele auf freiem Fuß sein und wahllos unschuldige Menschen töten.

»Und wie viele dieser Psychopathen haben ein vermeidlich normales Leben und normale Jobs?«, frage ich herausfordernd.

Seine sinnlichen Lippen formen sich zu einem anerkennenden Grinsen. »Die meisten.«

»Kein Wunder, dass Ace nie von der Polizei verhaftet wurde«, brumme ich.

»Er hat dir das Freudenhaus gezeigt, wie fandst du es?«, fragt er beiläufig.

»Protzig«, antworte ich wahrheitsgemäß.

Er lacht kurz auf. »Hast du dich in diesem Haus überhaupt schon mal genauer umgesehen?«

Tatsächlich nicht, stelle ich überraschend fest. Seit meiner Ankunft pendle ich nur zwischen meinem Zimmer, dem Esszimmer und der Krankenstation.

Seine Stuhlbeine schaben auf dem dunklen Holzboden nach hinten. »Na komm, ich zeige dir alles.«

Da ich vermutlich noch eine Weile hierbleiben werde, kann es nicht schaden, sich mit meiner Umgebung vertraut zu machen. Auf der unteren Etage befindet sich neben dem Esszimmer noch das Wohnzimmer, ein Salon – natürlich mit einer reich bestückten Bar – und ein großes Badezimmer. Dann gehen wir die schwarze Marmortreppe hinauf, das erste Zimmer links ist mein Schlafzimmer. Korvin öffnet soeben die Tür des Raumes gegenüber. Wieso war mein Zimmer eigentlich das Einzige, das keine Tür hatte?

Doch die Frage wird aus meinen Gedanken geweht, als ich die imposante Bibliothek zu Augen bekomme, die nun vor mir liegt. Die schwarzen Bücherregale ragen bis zur Decke und ein leicht modriger Geruch umspielt meine Nase. Die endlosen Bücherreihen werden von Antiquitäten unterbrochen, die vermutlich Millionen wert sind. Eine Statue sticht mir besonders ins Auge, es ist eine Art chinesischer Drache. Durch die schwarzen Schuppen zieht sich ein goldener Schimmer und über den leuchtend gelben Augen ragt ein knochiges Geweih in die Höhe. An einem bodentiefen Fenster ist eine gemütliche Sitzecke, ich kann mir gut vorstellen, wie der Regen gegen die Scheibe prasselt und ich mit einer Tasse Tee den ganzen Tag hier verbringe.

Ich folge Korvin durch eine goldumrahmte Öffnung in einen weiteren Teil der Bibliothek. Der Raum ist deutlich kleiner und in der Mitte steht ein massiver Holzschreibtisch mit einem braunen Ledersessel.

»Das ist mein Arbeitszimmer, jedes Buch, dass du hier drin siehst, handelt von schwarzer Magie. Du kannst dich jederzeit bedienen.«

Überrascht drehe ich mich zu ihm um. »Wie bist du darangekommen?«, frage ich empört. Es hieß immer, dass alle Bücher über schwarze Magie vernichtet wurden. Eine weitere Lüge, die sich in das Gewirr der Täuschung einreiht.

»Ich habe einen guten Antiquitätenhändler«, sagt er verschmitzt.

Ehrfürchtig trete ich näher an ein Bücherregal heran und streiche mit meinen Fingern über die ledrigen Einbände. Was werde ich in ihnen finden? Welches Wissen verbirgt sich auf den vergilbten Seiten der alten Bücher?

Plötzlich steigt mir der unverwechselbare Geruch von Kiefernholz und Meersalz in die Nase. Mein Atem stockt, Korvin steht direkt hinter mir, ich spüre seine Brust an meinem Rücken. Jedes einzelne Härchen an meinem Körper stellt sich auf und eine Hitzewelle bricht über mich ein. Ich bin wie erstarrt und mein Herz klopft so schnell, dass es vermutlich jeden Moment aus meiner Brust springt. Als ich seinen warmen Atem auf meiner Haut spüre, zucke ich leicht zusammen.

»Ich denke übrigens, dass es das Risiko wert war«, haucht er mir ins Ohr und atmet den Duft meiner Haare ein.

Mein ganzer Körper steht unter Strom und sobald ein Schauer abgeklungen ist, hat der nächste bereits seinen Höhepunkt erreicht. Er streicht mit seinen Fingern sanft über meinen Arm und hinterlässt eine Spur von Stromschlägen. Dann zieht er sich ohne ein weiteres Wort zurück, doch mein Körper denkt nicht mal daran, sich wieder zu beruhigen. Im Gegenteil, ich glühe vor Erregung und Verlangen. Erst als ich nach Luft ringe, merke ich, dass ich die ganze Zeit den Atem angehalten habe. Die sexuelle Anspannung zwischen uns spüre ich seit der ersten Sekunde. Aber ich hätte nie gedacht, dass sich Korvin dazu hinreißen lässt. Wo ist die Maske der Gleichgültigkeit, wenn man sie mal braucht? Verdammt, das hat mir gerade noch gefehlt. Ich habe meine Dunkelheit einigermaßen im Griff, ich werde nicht zulassen, dass er alles wieder durcheinanderbringt. Also reiß dich zusammen, Neva! Ich schüttle die Gedanken an Korvin ab, schnappe mir so viele Bücher wie ich tragen kann und gehe in mein Zimmer.

KAPITEL NEUN

Mit zwei aufgeschlagenen Büchern in der Hand wache ich auf, drei weitere liegen auf meinen Beinen. Ich bin hundemüde. Vorsichtig klappe ich die Wälzer zu und trotte ins Badezimmer. Vieles von dem, was ich gestern gelesen habe, wusste ich bereits von Korvin. Aber aus den Aufzeichnungen ging alles nochmal viel detaillierter hervor. Ich bin fasziniert von der schwarzen Magie und wäre ich nicht so hungrig, dann würde ich längst wieder über den Wörtern hängen. Zum Teil wurden auch Naturphänomene erwähnt, wie zum Beispiel der Dunkelmond. An der Stelle muss ich unbedingt weiterlesen!

Ich öffne meine Zimmertür, da kommt mir bereits freudiges Gelächter entgegen. Neugierig trete ich ins Esszimmer und stelle mit großer Überraschung fest, dass es ausgerechnet Korvin ist, der dieses inbrünstige Lachen ausstößt. Sein Gesicht strahlt bis über beide Ohren und die bernsteinfarbenen Funken in seinen pechschwarzen Augen springen freudig auf und ab. Natürlich war mir klar, dass er lachen kann, ich bin nur davon ausgegangen, dass er es nie tun würde. Es passt irgendwie nicht zu der Dunkelheit, die ihn wie einen Schatten umgibt. Jetzt komme ich mir jedoch dumm vor, als ob ein Mensch sein Leben lang nicht einmal lachen würde. Links neben ihm sitzt Ace, der krampfhaft versucht, die Flüssigkeit in seinem Mund nicht wieder auszuspucken. An Korvins rechter Seite hat eine schwarzhaarige Frau mit grasgrünen Augen Platz genommen. Ihr welliger Bob reicht bis unter das Kinn und der gerade Pony betont ihr kantiges Gesicht. Gibt es eigentlich keinen verdammten Incubus, der mal nicht wie ein Model aussieht? Ihre karamellfarbene Haut ist makellos, ebenso wie die gerade Nase und die symmetrischen Lippen. Sie wirft Ace einen vermeidlich bösen Blick zu, aber in ihren Augen funkelt die reinste Freude. Doch als sie mich sieht, nimmt Verachtung und Hass den Platz der Freude ein. Sofort zieht sich ein eisiger Schauer durch meinen Körper. Abschätzig mustert sie mich von oben bis unten, Medusa schaut mir direkt in die Augen und verwandelt mich Stück für Stück zu Stein. Manchmal vergesse ich, dass ich hier nicht unter Freunden bin. Korvin hat ihr anscheinend einen Tritt gegeben, denn nun kriegt er ihre Missbilligung ab.

»Neva, setz dich«, sagt Ace freudig.

»Ich will noch ein bisschen lesen, aber danke.« Ich belade meinen Teller mit Früchten und Waffeln und verziehe mich wieder auf mein Zimmer.

»Gut gemacht«, höre ich Ace im Gehen sagen.

»Was?«, zischt die schwarzhaarige Frau genervt und dann bin ich außer Hörweite.

Diesmal bin ich die Erste im Pavillon, ich habe es mir im Schneidersitz auf dem weichen Kissen bequem gemacht und genieße die friedvolle Ruhe. Eine frische Sommerbrise streift über meine Haut und treibt mir einen blumigen Duft in die Nase. Normalerweise würde ich jetzt im OP stehen und nach der Arbeit mit meiner

Schwester was trinken gehen. Oder ein Ritual mit meinem Coven vollziehen, dass sich ganz zufällig auf einen Tag legt, an dem ich eigentlich verplant bin. Seitdem ich meine Dunkelheit zuließ, entwickelte ich auch ein Gefühl für die Dunkelheit anderer. Es stimmt, jeder Mensch hat einen dunklen Kern in sich, auch weiße Hexen. Die Magie entspringt zwar der Natur und kann nur Gutes bewirken, doch das macht weiße Hexen nicht zu Heiligen.

Als Korvin den hellen Marmorboden betritt, sind meine Gedanken sofort wieder bei dem gestrigen Ereignis und lassen mir die Hitze zu Kopf steigen. Schluss damit! Ich bin hier, um meine schwarze Magie unter Kontrolle zu bekommen und dann kehre ich wieder in mein altes Leben zurück. Bevor er sich setzt, kramt er noch etwas aus seiner Tasche. Dann schnipst er mir eine glänzende Goldmünze zu, die Abbildung erinnert mich sofort an die Statue des Drachens, die in der Bibliothek steht.

»Was soll ich damit?«, frage ich verwirrt.

Korvin nimmt mir die Münze wieder aus der Hand und legt sie vor mich. »Bringe sie zum Schweben.«

»Ich kann die Elemente nicht beeinflussen«, platzt es aus mir heraus. Doch ich bin noch zu sehr in meinen alten Denkmustern gefangen. Normalerweise können nur Elementarhexen die Luft kontrollieren, doch ich verfüge nun über schwarze Magie.

»Mit der Einstellung auf jeden Fall nicht«, sagt Korvin abschätzig.

Ich lasse mich von seinem Kommentar nicht beirren, schließe die Augen und visualisiere die Goldmünze. Gleichzeitig denke ich an die frische Sommerbrise von gerade eben. Ich stelle mir vor, wie sie unter die Goldpartikel der Münze gleitet und diese sanft in die Höhe aufsteigen lässt. Als ich meine Augen öffne, kann ich es nicht fassen und Korvin scheint ebenso überrascht zu sein. Die Münze schwebt auf Stirnhöhe zwischen uns beiden, doch gleichzeitig spüre ich, welche Anstrengung es mich kostet. Nach ein paar Sekunden fällt das Goldstück klimpernd zu Boden. Es ist wirklich unfassbar, was mit schwarzer Magie alles möglich ist und auch irgendwie beängstigend. Ich kann nicht genau sagen, warum, aber ich weiß, dass noch eine weitere Dunkelheit darauf wartet, von mir entdeckt zu werden. Sie ist bisher noch hinter einem unsichtbaren Vorhang und schleicht irgendwo in meinem Inneren herum, aber ich weiß ganz genau, dass sie da ist.

»Das war schon nicht schlecht«, sagt Korvin. »Gleich nochmal.«

Die nächsten Stunden tue ich nichts anderes. Manchmal schaffe ich es, die Münze für ein paar Minuten in der Luft zu halten und manchmal fällt sie bereits nach ein paar Sekunden wieder klirrend zu Boden. Das Training endet mit einer Meditation und trotz der Anstrengung fühle ich mich voller Energie. Jetzt sind wir wieder auf dem Weg ins Haus.

»Dein Training mit Ace fällt heute aus, er hat was zu erledigen«, lässt Korvin mich wissen.

Es ist mir ganz recht, dadurch habe ich mehr Zeit, um mich durch die Bücher zu wälzen.

»Warum überhaupt das Schießtraining mit Ace? Meine schwarze Magie ist eine mächtigere Waffe.«

»Das stimmt, aber es kann nicht schaden ein weiteres Ass im Ärmel zu haben. Man sollte sich nie nur auf seine Magie verlassen.«

»Das sehe ich auch so.« Verdammt, das wollte ich nicht laut sagen. Dennoch widerstrebt es mir. Ich hoffe, ich werde nie in eine Situation kommen, in der ich eine Waffe einsetzen muss.

»Deswegen lässt du dich zur Chirurgin ausbilden, stimmt's?«, fragt er grinsend, obwohl er die Antwort längst kennt.

Ich nicke ihm zu.

»Ich wollte mich noch wegen Ravena entschuldigen«, sagt er

verlegen. Ich weiß sofort, dass damit die schwarzhaarige Frau von heute Morgen gemeint ist. »Sie hat keine guten Erfahrungen mit weißen Hexen und kann nur schwer Vertrauen zu jemandem aufbauen.«

»Das gilt wohl für die meisten Incubus«, sage ich schulterzuckend, schließlich war ihr hasserfüllter Blick nicht der Erste, den ich geerntet habe.

»Gib ihnen Zeit, du hast auch etwas gebraucht, um deine Vorurteile über Bord zu werfen.«

»Wie kommt es, dass du so offen mir gegenüber bist?« Ich weiß natürlich, dass er mich nicht in alles eingeweiht hat, aber trotzdem gibt Korivn mir detaillierte Einblicke in sein Netzwerk.

»Du bist in der Tat mächtig, Neva, aber nicht genug, um mich oder mein Netzwerk zu zerstören. Egal, was du mit den Informationen machen würdest, es hätte keine Auswirkungen«, sagt er kühl und aus seinem Blick geht etwas Bedrohliches hervor.

Meine Damen und Herren, ich präsentiere Ihnen den Inbegriff eines arroganten Arschlochs. Nicht mehr lange, dann werde ich diesen Ort freudestrahlend verlassen. Glücklicherweise ist das Haus bereits in Sichtweite, dieses angespannte Schweigen hätte ich nicht länger ertragen wollen.

Den restlichen Tag verbringe ich auf meinem Zimmer und verschlinge ein Buch nach dem anderen. Mit jedem Wort habe ich das Gefühl, meine Dunkelheit besser zu verstehen. Als sich mein Magen knurrend zu Wort meldet, stelle ich schockiert fest, dass es bereits abends ist.

Im Esszimmer angekommen, bin ich erleichtert, dass niemand da ist. Auf meinem Teller liegt wieder eine Rose mit einem Zettel. Vor Wut über Korvins abfällige Bemerkung von heute Vormittag will ich die Blume verwelken lassen, doch stattdessen löst sie sich in kleine Partikel auf, sodass jetzt nur noch ein Aschehaufen auf meinem Teller liegt. Geschockt starre ich auf meine Hände. Und ich dachte, ich hätte meine schwarze Magie langsam unter Kontrolle. Verdammt.

Ich zupfe den Zettel aus den Überresten der Rose und lese was darinsteht: *Im Freudenhaus steigt eine Party, du musst kommen! Ace*

Das ist es, was Ace erledigen musste, eine Party planen? Lächelnd lege ich den Zettel beiseite und nehme mir einen sauberen Teller. Das heißt, ich habe das Haus für mich und kann mich in Ruhe in meine Bücher stürzen. In diesem Moment vibriert mein Handy. Eine Nachricht von Thia.

Bereit die Sau rauszulassen?

Und damit sind meine Pläne eines ruhigen Abends wohl hinfällig. Aber ich freue mich darauf mit Thia Zeit zu verbringen, sie ist zu meiner Vertrauten geworden. Wir haben die Zeit vereinbart, zu der wir uns im Club treffen und ich beginne nach dem Essen sofort damit, mich fertig zu machen.

Ich bin nicht der High-Heel Typ, im Krankenhaus laufe ich schließlich den ganzen Tag mit Gesundheitslatschen herum. Also trage ich passend zu meinem kurzen schwarzen Kleid schwarze Chucks. Meine kupferroten lockigen Haare haben noch mehr Volumen als sonst und kommen damit einer Löwenmähne gleich. An meinen Armen klimpern goldene Armreife und auch um den Hals trage ich mehrere lange und kurze Goldketten. Mein roter Lippenstift rundet den Look ab und schon bin ich auf dem Weg ins Freudenhaus. Dieser Name kann auch wirklich nur von Ace kommen.

Obwohl das riesige Gebäude der reinste Irrgarten ist, fällt es mir nicht schwer den Club zu finden. Bereits in der Eingangshalle höre ich die Musik und ihre harten Bässe wummern. Ich laufe die schwarzen Flure entlang und stelle fest, dass ich mit meinem Outfit perfekt in diese ganze Szene passe. Mit dem Betreten des Clubs dröhnt der

Bass bis in meine Brust. Die Luft ist stickig und ich weiß jetzt schon, dass meine Haare morgen nach kaltem Rauch riechen werden. Zu meiner Rechten ist das DJ-Pult und davor tummelt sich die tanzende Masse. Wie in Ekstase bewegen sie ihre Körper im Rhythmus der Musik. Thia meinte, es wäre wohl ein weltbekannter DJ, aber ich habe den Namen schon wieder vergessen. Links von mir ist die Bar, sie erstreckt sich mindestens über zehn Meter. Ich quetsche mich in eine freie Lücke am Tresen, hier wird Thia gleich zu mir stoßen. Und ich werde schon mal zwei Tequila für uns bestellen. Die Musik bringt mich automatisch zum Tanzen, der DJ ist wirklich gut!

Plötzlich steht Ravena neben mir und schaut mich eindringlich an. Sie trägt das gleiche Outfit wie heute Morgen, eine schwarze Lederkluft, als würde sie jeden Moment einen Angriff erwarten.

»Ich bin Ravena«, sagt sie hart.

»Neva«, nicke ich ihr zu.

»Tut mir leid wegen heute Morgen, ich habe nicht mit dir gerechnet. Korvin hat zwar erzählt, dass eine weiße Hexe auf dem Anwesen ist, aber ich war überrascht, dass er damit offensichtlich sein Haus meinte«, sagt sie mit einem bitteren Unterton.

Oh mein Gott, läuft was zwischen den beiden? Ich kann sie verstehen, ich wäre auch angepisst, wenn eine Fremde bei meinem Freund wohnen würde.

Lachend wendet sie sich mir zu. »Wir haben nichts miteinander, Korvin ist wie ein Bruder für mich.« Verdammtes Gesicht, kannst du nicht einmal cool bleiben? »Es ist nur ungewöhnlich, dass er …«

Ace unterbricht unsere Unterhaltung, er wirft seine Arme um unsere Schultern und grinst uns breit an, er ist hackedicht. »Was macht ihr denn noch an der Bar? Los, ab auf die Tanzfläche«, grölt er und damit ist er wieder weg.

Ich lache ihm hinterher und wende mich dann wieder Ravena zu.

»Das macht er immer, jedes Mal, wenn ich von einem Einsatz

komme, veranstaltet er eine dieser lächerlichen Partys. Er weiß ganz genau, dass ich das hasse«, sagt sie amüsiert.

»Warum bist du dann hier?«, frage ich grinsend.

In der Zwischenzeit konnte ich endlich meine zwei Tequila bestellen, die der Barkeeper uns eben vor die Nase schiebt. Ravena greift sich das Glas und kippt es runter.

»Das frage ich mich auch immer.« Und damit folgt sie Ace auf die Tanzfläche.

Jetzt greife auch ich zu meinem Glas und als sich die durchsichtige Flüssigkeit durch meine Kehle brennt, schüttelt es mich kurz.

»Ey, warum trinkst du ohne mich?«, schnauzt Thia mich spaßig an.

»Wenn du ewig nicht kommst«, erwidere ich schulterzuckend.

»Das hier braucht eben seine Zeit«, sagt sie und streift mit den Händen an ihrem Körper entlang.

Sie sieht in der Tat atemberaubend aus. Ein schwarzer Lidstrich betont ihre katzenartigen Augen und sie trägt ein knallrotes enges Kleid. Sie beugt sich über den Tresen und schnappt sich die Flasche Tequila.

»Ist doch eh umsonst«, kommentiert sie schulterzuckend.

Der Abend mit Thia war wie erwartet die pure Freude. Wir haben ununterbrochen getrunken, getanzt und gelacht. Ich konnte das Chaos in meinem Leben für einen Moment vergessen. Die Nacht gehört nur uns und wir sind einfach zwei Freundinnen, die zusammen feiern gehen. Unser Lachen mischt sich mit den Klängen der Musik, ich habe mich schon ewig nicht mehr so unbeschwert gefühlt. Ich weiß mittlerweile auf welchen Typ Frau sie steht und noch so ein paar andere Details. Wir sprachen über unsere Hoffnungen und Träume und über die Abenteuer, die wir zukünftig gemeinsam erleben wollen. Ich werde diesen Abend mit Thia für immer in meinem Herzen tragen und bin unendlich dankbar für unsere Freundschaft.

Korvin bin ich zum Glück nur selten über den Weg gelaufen. Er trägt schon den ganzen Abend seine Maske der Gleichgültigkeit wie eine fest geschnürte Krawatte. Das komplette Gegenteil zu dem Mann, der heute Morgen lachend am Esstisch saß. Vermutlich bekommen ihn nur die wenigsten so zu Gesicht.

Thia und ich sind eben auf der Tanzfläche und die Schnapsflasche von vorhin ist fast leer. Meine Haare im Nacken sind klatschnass, wir tanzen bereits seit Stunden.

»Ich bin k.o. Ist es okay für dich, wenn wir gehen?«, lallt mir Thia ins Ohr.

Ich nicke ihr zu. »Geh ruhig schon vor, ich muss nochmal auf Toilette.«

Sie umarmt mich stürmisch. »Wir haben die Party heute abgerissen«, lacht sie mir ins Ohr und stolpert von der Tanzfläche. Ich folge ihr und vor dem Club trennen sich unsere Wege.

Nachdem ich dreimal im Kreis gelaufen bin, habe ich endlich die Toilette gefunden. Mein Lippenstift ist verschmiert und der Mascara klebt unter meinen Augen. Ich richte mich automatisch, obwohl ich sowieso nur noch ins Bett gehe, wenn ich denn endlich den verdammten Weg hieraus finde. Das Gebäude muss über hundert Zimmer haben, wie soll man sich da auch zurechtfinden? Eine Beschilderung wäre wirklich angemessen!

Ich irre durch die schwarzen Flure des Freudenhauses, keine Ahnung, welchen ich schon mal entlanggegangen bin. Das Licht ist dämmrig und die Musik schallt nur noch dumpf im Hintergrund. Oh gut, links vor mir ist eine Tür. Bevor ich eintrete, schaue ich durch das runde Fenster hinein. Es ist fast komplett dunkel, ich kann kaum etwas erkennen. Nur Schatten, die sich sanft zu einer Melodie wiegen, die ich nicht höre. Na super, ich bin auf einem zweiten Dancefloor gelandet. Doch plötzlich erhellt sich der Raum und gibt die Sicht auf die Menschen preis. Mein Mund steht so weit offen, dass eine Fliege mit Leichtigkeit den Weg hineinfinden würde. Alle sind nackt und ganz eindeutig sind sie nicht am Tanzen! In meinem direkten Sichtfeld sind zwei Frauen, die sich leidenschaftlich küssen und sich gegenseitig sanft über die Brüste streichen. Ihr Anblick ist sinnlich und sie haben sich komplett ineinander verloren. Plötzlich kommt ein Mann zwischen ihnen hervor, die drei verschmelzen miteinander und lassen sich geschmeidig nach hinten sinken. Die Röte steigt mir ins Gesicht und mein Mund ist mit einem Schlag staubtrocken. Ich wäre fast in eine Orgie reingeplatzt! Das Adrenalin und der Schock lassen mich wieder etwas nüchterner werden, schnell wende ich meinen Blick ab und laufe auf wackeligen Beinen weiter. Aus dem dunkelsten Teil meiner selbst kommt der Gedanke hervor, wieder umzukehren. Ich hatte in der Tat schon zu lange keinen Sex mehr.

Ich schüttle den Kopf, um wieder klar denken zu können und dann sehe ich ihn auf mich zukommen. Der lässige Gang, die pechschwarzen Haare. Korvin. Ich habe jetzt nicht die Nerven, mich auch noch mit ihm auseinanderzusetzen. Hastig suche ich nach einem Ausweg, links vor mir stehen zwei rote Samtsessel mit einem schwarzen Beistelltisch. Doch mehr ist in dem Flur nicht zu finden, keine Nische, keine Gabelung, nichts. Super, dann kann ich mich ja einfach hinter dem Sessel verstecken. Doch dann blitzt etwas Glänzendes in meinem Augenwinkel auf. Ein schwarz schimmernder Türknauf, genau gegenüber von der Sitzgruppe. Jackpot! Die Tür hat eine glatte Oberfläche und ist ebenso schwarz wie die Wand, daher nahm ich sie nicht gleich wahr.

Im nächsten Moment habe ich auch schon den Knauf in der Hand und bin hinter der Tür verschwunden. Doch die Erleichterung hält nicht lange an, denn ich stehe in einer Sackgasse. Oder besser gesagt in einem Getränkelager. Links und rechts von mir stapeln sich die Kisten fast bis zur Decke, hauptsächlich Bier. Die Wand geradeaus ist vollkommen mit Holz verkleidet und dient als Regal für Wein und Champagner. Aber immerhin, ich hätte schließlich genauso gut in einer muffigen Wäschekammer landen können. Da hier nirgends ein Korkenzieher rumliegt, entscheide ich mich für eine Flasche Champagner. Beim Öffnen läuft mir die klebrige Flüssigkeit über die Hand und ich bringe hastig meinen Mund an den Flaschenhals. Hoffentlich ist Korvin gleich weg, wenn ich wieder in den Flur hinaustrete. Ob er auf dem Weg zur Orgie ist? Ich schüttle den Kopf und spüle das Gefühl, das dieser Gedanke in mir auslöst, mit einem weiteren Schluck Champagner herunter.

Nachdem ich ein paar Minuten vor der Tür herumgetigert bin, trete ich schließlich heraus. Ich wusste es bereits, natürlich ist er nicht weg! Mit den Händen in den Taschen lehnt Korvin lässig an der Wand und grinst mich schelmisch an. Der Anzug schmiegt sich perfekt um seinen muskulösen Körper und seine Haare sind leicht zerzaust.

»Du bist die geborene Spionin«, höhnt er. »Ich hätte noch einen Job zu vergeben, falls du Interesse hast.«

Als ich durch die Tür ins Getränkelager gestürzt bin, sah ich mit Sicherheit aus wie ein aufgescheuchtes Huhn, das zurück in den Stall gehastet ist. Immerhin habe ich jetzt eine Flasche Champagner zur Hand, wenn ich mich schon mit ihm herumschlagen muss. Nach einem weiteren Schluck gehe ich langsam auf Korvin zu. Seine lockere Haltung versteift sich etwas, ich bleibe nur wenige Zentimeter vor ihm stehen. Sein Blick ist auf meine Lippen gerichtet.

»Vielleicht gehört das ja zu meiner Taktik und ich bin schon längst dabei, euch auszuspionieren. Wer weiß, vielleicht trage ich eine Wanze«, sage ich grinsend.

Sein Blick wirkt raubtierhaft und er geht einen Schritt auf mich zu, sodass nur noch ein Blatt Papier zwischen uns passen würde.

»Lass uns doch zurück in deine Einsatzzentrale gehen, dann schaue ich ganz genau nach, ob du verwanzt bist.« Seine Stimme ist rau und es fühlt sich bereits so an, als würden seine Hände über meinen Körper gleiten.

Hitze steigt in mir auf und die Luft zwischen uns knistert wie ein gespannter Bogen. Doch der Gedanke daran, was passieren würde, wenn wir den Pfeil loslassen, beunruhigt mich. Ich trete einen Schritt zurück und nehme einen großen Schluck.

»Tja, zu Schade, dass ich eben doch keine Spionin bin«, sage ich beiläufig und entferne mich tänzelnd von ihm.

»Gib mir auch was«, fordert er.

»Du fängst aber früh damit an, den Abend zu genießen und Spaß zu haben«, ziehe ich ihn auf und reiche ihm die Flasche entgegen.

»Ich denke, in diesem Moment haben noch sehr viele ihren Spaß, vor allem auf dieser Etage«, raunt er und nimmt einen Schluck.

»Dann kannst du dich ihnen ja anschließen«, entgegne ich frech.

Korvin verzieht keine Miene und stellt die Flasche langsam auf den schwarzen Beistelltisch, ohne mich dabei aus den Augen zu lassen. Ich will mich gerade darüber beschweren, dass ich noch was trinken möchte, da steht er plötzlich so nah vor mir, dass sich unsere Lippen fast berühren. Dummerweise lehne ich mit gekreuzten Beinen seitlich an der Wand, wenn ich mich jetzt bewege, werde ich mit Sicherheit über meine eigenen Füße stolpern. Als ich seine rauen Finger an meiner Wirbelsäule spüre, zucke ich zusammen. Mein ganzer Körper glüht, ich stehe inmitten eines lodernden Feuers. Jede einzelne seiner Berührungen wirkt wie ein Brandbeschleuniger und lassen das Feuer in mir immer stärker aufflammen. Er lässt seine weichen Lippen sanft über meine Wange gleiten und stoppt schließlich an meinem Ohr.

»Ich konzentriere mich lieber auf eine Person, ich finde es reizvoller den Körper eines Menschen bis ins letzte Detail zu erkunden, anstatt bei mehreren nur an der Oberfläche zu kratzen«, haucht er sinnlich, während seine Finger mittlerweile über meinen seitlichen Bauch wandern.

Wir werden uns auf gar keinen Fall auf einen Incubus einlassen und erst recht nicht auf ihren Anführer, tadelt mich die leuchtend helle Stimme in meinem Inneren.

Entspann dich, wir wollen doch nur ein bisschen Spaß haben, bringt ihr rauchiger Gegenspieler genervt ein.

»Und was genau würdest du mit dieser einen Person machen?«, flüstere ich ihm herausfordernd ins Ohr.

Mit einer geschmeidigen Bewegung wirbelt er mich herum, sodass ich nun mit dem Rücken zur Wand stehe. Mein Atem kommt ins Stocken, als seine Lippen über meinen schweben, nur Millimeter entfernt. Diese sinnlichen, vollen Lippen. Verdammt, das ist so falsch, aber ich habe mich gleichzeitig auch noch nie so lebendig gefühlt. Plötzlich spüre ich seine Zähne an meinem Hals und kurz darauf auch seine Zunge. Die Erregung trifft mich wie ein Blitz, automatisch strecke ich meinen Rücken durch und recke mich ihm entgegen. Meine Hände wandern zu seiner Taille und unter dem schwarzen Hemd spüre ich seinen stählernen Körper. Die Lust zieht sich durch mein ganzes Nervensystem und ich kann gerade so ein leises Stöhnen unterdrücken. Seine Zunge fährt begierig über meinen Hals und erkundet jeden Zentimeter. Ich spüre seinen warmen Atem auf meiner Haut und die Intensität dieses Moments lässt mich erzittern. Wie würde es sich wohl anfühlen, seine Zunge an intimeren Körperstellen zu spüren? Korvins Hand wandert über meine Brust und mit seinem Daumen streicht er sanft über meine steifen Nippel, die sich durch den leichten Stoff meines Kleids drücken. Mittlerweile werde ich vollkommen von der Lust und dem unbändigen Verlangen beherrscht. Jede seiner Berührungen lässt meine Vernunft weiter schwinden. Meine Hand wandert langsam an Korvins Körper herunter, seine Erregung presst sich fest gegen die Anzughose und als ich daran reibe, beißt er in meinen Hals, was mich aufstöhnen lässt. Korvin vergräbt seine Hand in meinem Po und zieht mich an sich, mein Bein wandert um seine Hüfte und damit presst sich meine empfindlichste Stelle an seine Härte. Zwischen meinen Schenkeln pulsiert es unaufhaltbar und meine Lust sammelt sich in meiner Mitte. Ich sollte aufhören, aber es fühlt sich einfach zu gut an. Unsere Körper schmiegen sich perfekt aneinander und bevor die Vernunft auch nur eine Chance hat, sich durchzusetzen, bewege ich meine Hüften. In diesem Moment tauschen wir elektrische Schläge aus, ihn auf diese Weise zu spüren, bringt mich um den Verstand. Doch bevor ich mich vollkommen in diesem Inferno des Verlangens verlieren kann, löst er seinen Mund von meinem Hals.

»Reicht dir das als Antwort?«, keucht er mir ins Ohr.

Es dauert ein paar Sekunden, bis mir überhaupt wieder in den Sinn kommt, was für eine Frage ich gestellt habe. Er ist genauso erregt wie ich und aus seinen Augen blitzt mir die pure Lust entgegen. Ich stoße mich leicht von der Wand ab, sodass ich nun auch mit meinem Mund an seinem Ohr bin. So wie ich sein Ohrläppchen zwischen die Zähne nehme und es langsam wieder herausgleiten lasse, erzittert er.

»Dann wünsche ich dir viel Spaß bei der Suche nach dieser einen Person«, hauche ich ihm ins Ohr. Damit will ich mich von ihm abwenden, doch er platziert seine Hände neben meinem Kopf und umhüllt mich mit seinem Körper. Korvins Atem streift über meine Wange und sein einzigartiger Duft umgibt mich vollkommen.

»Vielleicht habe ich mich geirrt und du könntest mich doch zerstören.« Daraufhin löst er seine Hände und gibt mich frei.

KAPITEL ZEHN

Mein Kopf hämmert und mein Mund ist eine einzige Staubwüste. Das Make-up von gestern klebt wie eine Clown-Maske auf meinem Gesicht und teilweise auch auf meinem Kissen. Keuchend rolle ich mich aus dem Bett und schleppe mich ins Badezimmer. Ich sehe genauso aus, wie ich mich fühle. Nur gut, dass ich eine Heilerin bin. Keine Sekunde später sind die Kopfschmerzen und das schummrige Gefühl verschwunden. Ich habe meine Schwester und mich schon des Öfteren von einem unangenehmen Kater befreit. Unsere Mutter hat uns jedes Mal aufs Neue einen Vortrag darüber gehalten, dass dies keine angemessene Anwendung von weißer Magie ist. Natürlich tat ich es beim nächsten Mal wieder.

Nach der Dusche schlüpfe ich in einen luftigen blauen Jumpsuit und mache mich auf den Weg zum Essen. Korvin sitzt bereits am Tisch und meine Gedanken wandern sofort wieder zu unserer gestrigen Begegnung. Ich kann seine Handabdrücke immer noch auf meinem Körper spüren. Er schaut mich ernst an, in seiner Mimik ist nichts von dem feurigen Verlangen zu erkennen. Ihn beschäftigt irgendwas. Bevor ich fragen kann, was los ist, kommt Ace theatralisch ins Esszimmer. Er sieht scheiße aus, sein Gesicht ist zerknittert und seine Schultern hängen schlaff nach vorn.

»Ich habe das Gefühl, als würde ich von innen heraus verwesen«, sagt er gequält.

Lächelnd wende ich mich ihm zu und heile ihn. Er ist sofort wie ausgewechselt und das freche Grinsen nimmt wieder seinen gewohnten Platz ein.

»Bitte verlass uns nie!« Damit nimmt er am Tisch Platz und häuft das Essen auf seinen Teller.

»Verdient hast du es eigentlich nicht«, erwidere ich mit hochgezogenen Augenbrauen.

»Ich habe schon gehört, dass du das wahre Freudenhaus entdeckt hast. Es macht mehr Spaß mitzumachen, anstatt nur zuzuschauen«, sagt er herausfordernd.

»Eine Vorwarnung wäre ganz nett gewesen!«

»Ich dachte es ist lustiger, wenn du es selbst herausfindest«, antwortet er mit einem breiten Grinsen.

»Ich könnte den Kater auch wieder zurückbringen.« Ich strecke ihm meine Hand entgegen und bewege meine Finger, als würde Magie herausströmen.

»Okay, okay, du hast gewonnen. Es tut mir leid«, sagt er hastig, bevor wir beide in Gelächter ausbrechen.

Korvin verzieht immer noch keine Miene und beäugt unsere Unterhaltung mit einem undeutbaren Blick.

»Wir treffen uns in einer Stunde auf dem Platz vorm Haus. Morgen findet eine Mission statt und viele der Neuen werden mit dabei sein.« Seine Stimme ist so kalt und ausdruckslos, dass es mich beinahe fröstelt. Damit steht er auf und verlässt das Esszimmer.

»Was ist mit ihm?«, frage ich Ace.

Er wirkt jetzt auch angespannt. »Wir werden in unserem Job

oft zu Taten gezwungen, die nur schwer zu ertragen sind. Korvin lädt das meiste davon auf seine Schultern, um es für uns leichter zu machen.«

Ich kann mit der Antwort zwar nicht viel anfangen, aber ich bohre nicht weiter nach. Wir essen noch in Ruhe auf und reden über Gott und die Welt. Dann laufen wir gemeinsam zu dem Platz, der alle Gebäude miteinander verbindet.

Die Auffahrt ist fast so vollgezwängt wie der Club gestern und es kommen immer noch welche dazu. Ace und ich reihen uns vorne mit ein, wir schauen auf die Treppe des Freudenhauses, auf der Korvin steht. Sein Blick ist kalt und leer und er starrt über die Menschenmenge hinaus. Ich schaue mich um, aber Thia ist nirgends zu sehen, es sind einfach zu viele Menschen.

Die Stimmung ist angespannt, anscheinend weiß keiner so genau, was gleich passieren wird. Dann tritt Ravena auf die Bildfläche, sie zerrt einen Mann hinter sich her und wirft ihn Korvin schroff vor die Füße. Die Angst umgibt ihn wie eine Wolke und er zittert am ganzen Körper.

»Bitte nicht, ich weiß es war ein Fehler, bitte tu es nicht«, fleht er.

Doch Korvin starrt ihm nur mit seinem leeren Blick entgegen und verzieht keine Miene. Dann wendet er sich der Menge zu.

»Unser lieber Dex hier hatte einen einfachen Auftrag.« Seine Stimme lässt mir das Blut in den Adern gefrieren, diese Drohung richtet sich an uns. »Aber er hat sich nicht an meine Anweisungen gehalten, stimmt's, Dex?«

Der Mann kauert inzwischen schluchzend vor ihm. Blitzschnell zückt Korvin ein Messer und schlitzt beide Mundwinkel des Mannes auf. Die Schmerzensschreie lassen mich erzittern und durchbrechen die angsterfüllte Stille. Irgendwo hinter mir nehme ich Würgegeräusche wahr. Alles passiert so schnell, dass ich es gar nicht richtig verarbeiten kann. Der Mann hat sich mittlerweile die Hände vor den Mund geschlagen, doch das Blut quillt zwischen seinen Fingern hervor und tropft zu Boden. Korvin wischt das Messer an der Schulter seines Opfers ab und wendet sich wieder uns zu.

»Dex hat meine Anweisungen ignoriert, weil er seine Triebe nicht unter Kontrolle hatte.« Ich starre Korvin ungläubig an und kann nicht fassen, was ich gerade mit ansehen muss. »Na los Dex, zeig allen dein strahlendes Lächeln«, befiehlt er ihm.

Der Mann nimmt seine Hände vom Mund weg, sein halbes Gesicht ist blutverschmiert und lässt mich automatisch an den Joker denken. Korvin hält Dex mittlerweile seine offene Hand hin. Zögerlich kommt er der Aufforderung nach und reicht ihm seine blutüberlaufene Hand.

»Das passiert mit Langfingern, die beschließen, meine Befehle zu missachten«, sagt er hart.

Dann packt er die Finger des Mannes und biegt sie ruckartig nach hinten, das Knacken der Knochen lässt mich erschaudern. Der Mann schreit erneut auf und krümmt seinen Körper vor Schmerzen. Um mich herum sehe ich nur bleiche Gesichter, alle sind ebenso geschockt wie ich. Abgesehen von den Incubus, sie haben anscheinend schon viele dieser Vorstellungen mit angesehen. Langsam steigt die Wut in mir auf, jeder hat die Botschaft verstanden. Es ist nicht nötig, den Mann noch weiter zu quälen, doch Korvin macht nicht den Anschein, aufhören zu wollen. Er lässt sich auf ein Knie sinken und legt seine linke Hand auf die Schulter des Mannes, dieser ist mittlerweile nur noch ein Häufchen Elend. Er flüstert ihm was ins Ohr und als er fertig ist, rammt er ihm das Messer in den Bauch. Automatisch mache ich einen Schritt nach vorne, ich muss ihm helfen! Doch Ace packt meinen Arm und hält mich zurück. Korvin hat meine Bewegung auch wahrgenommen, er reißt den Kopf zu mir herum und starrt mich böse an. Kaum merklich schüttelt er mit dem Kopf, sein eisiger Blick verwandelt mich in eine Statue, ich kann mich keinen Zentimeter bewegen. Die Kaltblütigkeit in seinen Augen brennt sich bis in mein Inneres und erschüttert mich zutiefst. Vor wenigen Stunden sah ich darin noch brennendes Verlangen, doch jetzt ist nur noch Grausamkeit übriggeblieben. Ein gnadenloser Mörder, der alles tun würde, um an sein Ziel zu kommen. Ohne Reue, ohne Mitleid, ohne Bedauern. Wie konnte ich nur zulassen, dass mich die Lust all das vergessen ließ? Er ist ein kaltblütiger Killer, der Kopf eines globalen kriminellen Netzwerkes, es braucht nicht viel Vernunft, um zu wissen, dass eine Affäre mit ihm nicht gut für mich ausgehen würde. Er ist zu allem fähig und ich bin nicht begierig darauf, zu dem Lustobjekt eines Psychopathen zu werden. Wenn es dafür nicht schon zu spät ist, fuck!

Korvin hat sich mittlerweile wieder dem Mann zugewandt, das Messer steckt immer noch in seinem Bauch. Mit einem leichten Schups gegen die Schulter stößt Korvin den Mann in Rückenlage und steht wieder auf. Verachtend blickt er auf ihn hinab und wendet sich dann wieder der Menge zu.

»Wenn ich euch einen Befehl erteile, dann ist das kein Vorschlag, sondern Gesetz. Solltet ihr je auf die Idee kommen, meine Anweisungen zu missachten, dann werdet ihr das nächste Paradebeispiel sein!«

Damit richtet sich sein Blick wieder auf Dex. Er beugt sich über ihn, greift zu dem Messer und dreht es. Die qualvollen Schreie sind unerträglich. Das reicht jetzt! Ich kann Dex zwar nicht heilen, aber wenn er vor Schmerzen in Ohnmacht fällt, kann mir das niemand nachweisen. Meine helle Energiequelle leuchtet in meinem Inneren und nur einen Moment später liegt Dex bewusstlos auf den von Blut überkrusteten Marmorstufen. Korvin zieht das Messer aus seiner Magengrube, wieder ertönt dieses widerliche Sauggeräusch.

»Wie es aussieht, ist der Spaß vorbei.« Damit verlässt er den

Schauplatz des Schreckens und lässt sein Opfer geschändet zurück.

Am liebsten hätte ich das Training heute ausfallen lassen. Ich kann Korvins Gegenwart im Moment nicht ertragen. Aber das bringt mich nicht weiter, je schneller ich meine schwarze Magie kontrolliere, desto eher kann ich von hier verschwinden. Also muss es sein. Im üblich lockeren Gang kommt er auf mich zu geschlendert, doch aus seinen Augen blitzt die pure Wut hervor, es brodelt in seinem Inneren.

»Ich habe deutlich gemacht, dass du dich nicht einmischen sollst! Was hast du daran nicht verstanden? Du willst keiner meiner Lakaien sein? Dann misch dich auch nicht in meine Angelegenheiten ein!«, sagt er wütend, aber dennoch bestimmt.

Doch nicht nur in ihm brodelt die Wut. »Gerade, weil ich keiner deiner Lakaien bin, muss ich mich nicht deinen Anweisungen beugen! Du wirst nie erleben, dass ich dir blinden Gehorsam entgegenbringe. Stellt überhaupt mal jemand deine Handlungen in Frage? Du hast ein Exempel statuiert und glaub mir, die Botschaft ist bei jedem angekommen, es gab keinen Grund ihn noch länger leiden zu lassen! Was sollte das? Genießt du es, andere zu quälen? Geilt dich die Angst in ihren Augen auf?« Ich koche vor Wut, nicht nur wegen dem, was er getan hat, sondern hauptsächlich, weil ich die letzten Tage vergessen habe, wer er wirklich ist. Die sexuelle Anziehung zwischen uns hat mir die Sicht vernebelt, doch jetzt sehe ich wieder klar.

»Fühlt es sich gut an, endlich die Bestätigung bekommen zu haben, dass ich das Monster bin, von dem dir immer erzählt wurde? Es ist mir scheiß egal, was du von mir hältst, Neva, du hast keine Ahnung. Ich tue was nötig ist und du wirst mir zukünftig nicht mehr in die Quere kommen!«, sagt er bedrohlich und hält mir das Messer ans Kinn, an dem noch das Blut seines Opfers klebt. »Du weißt nicht, was auf dem Spiel steht! Also halte dich zurück!«

Das Entsetzen über seine Handlung bringt mein Pulverfass des Zorns zum Explodieren. Ich spüre, wie sich die Dunkelheit in mir aufbäumt und mich vollständig beherrscht. Ich packe ihn am Hals und schnüre ihm mit meiner schwarzen Magie die Luft ab. Er versucht sich dagegen zu wehren, doch kurz darauf sinkt er auf die Knie.

»Das war das erste und letzte Mal, dass du mich bedroht hast! Es wäre mir ein Vergnügen, dein Genick wie einen Zahnstocher durchzubrechen, also wag es kein zweites Mal!«, sage ich zornig.

Wütend stapfe ich aus dem Pavillon und lasse Korvin nach Luft ringend zurück. Verfluchter Mistkerl, was denkt er, wer er ist. Ich versuche mich zu beruhigen, aber die Dunkelheit will einfach nicht abklingen. Es kostet mich all meine Kraft, sie so weit zurückzudrängen, damit beide Energiequellen wieder auf dem gleichen Niveau sind. Und dann stelle ich schockiert fest, dass ich meine Magie soeben zum ersten Mal genutzt habe, um jemandem zu schaden. In diesem Moment hatte meine Dunkelheit die Kontrolle über mich, wie bereits in der Lagerhalle. Ich ließ mich wieder von einem Impuls leiten, ohne meine Optionen abzuwägen. Verdammt, ich hätte einfach einen Schritt zurück machen können und das Messer wäre keine Bedrohung mehr gewesen. Scheiße! Die Wut auf Korvin richtet sich nun gegen mich selbst. Jedes Mal, wenn ich denke, ich mache Fortschritte, reißt mich meine Dunkelheit wieder in die Realität zurück. Ich habe nichts unter Kontrolle, nicht wenn es darauf ankommt. Scheiße!

Immer noch vollkommen unter Strom setze ich mich ins Gras, ich muss wieder zur Ruhe kommen. Ich versuche meine Atmung zu regulieren und lege meine Hände auf die Oberschenkel. Langsam nehme ich die Natur um mich herum wieder wahr. Das melodische Vogelgezwitscher, der Geruch von Lavendel, die Wärme der Sonne auf meiner Haut. Mit jedem Atemzug wird meine helle Energiequelle gestärkt und die Dunkelheit zieht sich Stück für Stück zurück. Nachdem ich mich wieder einigermaßen gefangen habe, mache ich mich auf den Weg zu Thia. Ich hoffe, es geht ihr gut, vielleicht hat dieses ganze Szenario etwas in ihr ausgelöst. In meinem Kopf tigert sie aufgewühlt durch ihr Zimmer, doch stattdessen sitzt sie entspannt auf ihrem Bett und liest ein Buch.

»Geht es dir gut?«, frage ich besorgt und völlig außer Atem.

Sie schaut mich an, als hätte ich eine vollkommen absurde Frage gestellt. »Ja, warum sollte es mir nicht gut gehen?«, erwidert sie trocken. »Was ist mit dir los?«

Immer noch aufgebracht laufe ich vor ihrem Bett hin und her. »Was sollte diese verfluchte Zurschaustellung?«, sage ich empört.

»Ach, darum geht es«, erwidert Thia sachlich und klappt ihr Buch zu. »War doch klar, dass sowas kommt.«

»Also fandst du es angebracht?«, frage ich entsetzt.

»Bitte nimm mir das jetzt nicht übel, aber du hast keine Ahnung von der Welt, in der wir uns befinden. Und ich bin ehrlich froh darüber! Ich würde niemandem die Abgründe wünschen, die ich zu Gesicht bekommen habe. Was denkst du denn, wie man ein Netzwerk von Kriminellen führt? Natürlich musste Korvin irgendeinen Akt der Macht demonstrieren. Wenn niemand den Anführer fürchtet, dann würde das pure Chaos herrschen. Und im Endeffekt hat er dem Mann keinen wirklichen Schaden zugefügt. All seine Wunden werden wieder vollständig heilen, sogar bei den Messerstichen hat er darauf geachtet, keine lebenswichtigen Organe zu verletzen. Er hat seine Botschaft in einem gut inszenierten Theaterstück vermittelt. Andere hätten dem Typ ohne zu zögern die Kehle durchgeschnitten oder ihm ein Messer ins Auge gerammt. Also glaub mir, wenn ich dir sage, dass das harmlos war.«

Aufgrund Thias taffer und humorvoller Art vergesse ich manchmal, durch welche Hölle sie gegangen sein muss. Aber sie hat vollkommen recht, mein Entsetzen über dieses Szenario hat meinen Geist vollkommen vernebelt. Erst vor ein paar Tagen bin ich mit Ace die Körperstellen durchgegangen, die mit dem Messer zu tödlichen Verletzungen führen. Mir hätte auffallen müssen, dass Korvin keine davon anvisiert hat. Und sie hat auch recht, dass ich keine Ahnung habe, wie es in ihrer Welt abläuft.

»Das Ekligste an der ganzen Sache war, dass die Frau neben mir auf meine Schuhe gekotzt hat«, sagt Thia mit angewidertem Gesichtsausdruck und bringt mich damit zum Grinsen. Ich spüre die Anspannung von meinen Schultern gleiten und atme tief durch.

»Sei vorsichtig auf der Mission morgen«, sage ich ernst und drücke Thias Hand.

»Dann würde es doch aber keinen Spaß machen«, antwortet sie mit einem breiten Grinsen.

Meine Schuldgefühle zerquetschen meine Brust wie ein tonnenschwerer Felsbrocken, als ich mich an den Esstisch setze. Korvin ist bereits am Essen, die Anspannung in der Luft ist so stickig, dass ich nur schwer atmen kann.

»Ich habe mich heute von meiner Dunkelheit beherrschen lassen«, gebe ich schmerzvoll zu. »Es tut mir leid, ich hätte dich nicht so angehen dürfen.«

Korvin schaut mich ernst an und nickt kurz. »Ich bin auch zu weit gegangen«, sagt er reumütig. »Ich hätte dich auf das, was kommt, vorbereiten sollen. Oder es dir zumindest vorher erklären müssen und warum es notwendig ist.«

»Dann erkläre es mir jetzt. Was hat Dex getan?«

»Das ist nicht wichtig, es geht darum, dass er sich meinem Befehl widersetzt hat. Ich bin umringt von Kriminellen, die ihre Triebe kaum unter Kontrolle haben. Wenn ich jemandem den Auftrag gebe, einen Mord zu begehen, muss ich mich darauf verlassen, dass niemand anderes verletzt wird. Sie sind in dem Moment wie im Rausch und es wäre ein leichtes, noch mehr Menschen zu töten. Doch mit meinen Exempeln im Hinterkopf, überlegen sie es sich zweimal ihren Auftrag zu missachten. Ich weiß, es ist grausam, aber nur so kann ich sicherstellen, dass keine Unschuldigen verletzt werden. Ich habe es in der Vergangenheit bereits mit anderen Methoden versucht, aber nichts ist so effektiv wie Furcht, also spiele ich eben diese Rolle.« In den sonst so gleichgültigen Tonfall hat sich etwas Schmerz mit eingeschlichen. »Dex hatte den Auftrag etwas für mich zu stehlen. Die Mission umfasste einen Gegenstand, doch er konnte dem Drang nicht widerstehen und hat noch mehr eingesteckt. Natürlich bekamen das auch die anderen Teammitglieder mit, ich hatte keine andere Wahl. Ich kann keine Ausnahmen machen, das würde zu Aufständen führen.«

»Dex kannte die Regeln, er wusste, welches Risiko er damit eingeht«, sage ich sanft.

»Ich hasse es, ihnen das antun zu müssen, wo ich doch selbst weiß …« Korvin kommt ins Stocken und ist sichtlich überrascht, dass er das soeben preisgegeben hat, also wechselt er schnell das Thema. »Auf meinem Schreibtisch im Arbeitszimmer liegen ein paar Bücher für dich bereit. Du solltest dich die nächsten Tage weiter mit den Elementen befassen, nutze dafür deine Verbundenheit zur Natur.« Daraufhin kippt Korvin den Whisky aus seinem Kristallglas herunter und steht auf.

»Danke und viel Glück morgen.«

Er lächelt mir müde zu und zieht sich dann zurück.

KAPITEL ELF

In den vergangenen Tagen habe ich das Haus nicht einmal verlassen. Wie besessen arbeite ich mich durch die dicken Wälzer, auch beim Essen lege ich die Bücher nicht beiseite. Bis zum Abwinken ließ ich sämtliche Gegenstände im Haus durch die Luft schweben und fühlte mich dabei wie eine Komponistin, die die Sinfonie ihres Lebens verfasst. In Gedanken bin ich oft bei Thia, doch sie würde mir wahrscheinlich sagen, dass ich mir keine Sorgen machen soll.

Gerade sitze ich beim Frühstück und versuche den Ahornsirup nicht auf die unbezahlbaren Buchseiten zu kleckern. In dem Kapitel geht es darum, wie man die Magie anderer Hexen mit einem Wall aus Luft blockieren kann, als würde man sie in einer Luftsäule einsperren.

Plötzlich wird die Tür mit voller Wucht aufgeknallt, ich schrecke hoch und laufe in den Flur. Mein Herz setzt für einen Moment aus. Ace steht vor mir, er ist von oben bis unten mit Blut besudelt und an seinem rechten Arm wurde ein provisorischer Verband angelegt. Keuchend steht er im Flur, er kann sich kaum noch auf den Beinen halten. Ich renne auf ihn zu, um ihn zu stützen, doch er bewegt sich bereits wieder Richtung Ausgang.

»Was ist passiert?«, frage ich panisch.

»Wir brauchen dich im Krankenflügel.« Sein Gesicht ist schmerzverzerrt.

»Lass mich zuerst dir helfen!«

Er schüttelt den Kopf. »Es gibt genug andere, die deine Hilfe dringender brauchen!«

Ich renne sofort los und überquere die runde Auffahrt innerhalb von Sekunden. Ace kommt mir mit rasselndem Atem hinterher. Der Flur des Krankenflügels ist voll mit Verletzten und in der Luft hängt der metallische Geruch von Blut. Ace und ich versorgten bereits gemeinsam die Frauen, er wird sich darum gekümmert haben, dass die Schwerverletzten in die Notaufnahme kommen. Doch im Vorbeirennen sehe ich bereits zahlreiche Schusswunden und Verbrennungen. Die Sorge darum, was für Verletzungen in der Notaufnahme auf mich warten, wird mit jedem Schritt größer. Hastig schlinge ich mir einen Zopfgummi in die Haare und schreite durch die Glastür, sofort steigt mir der Geruch von verbrannter Haut in die Nase.

In der Notaufnahme herrscht das pure Chaos, von überall her ertönen panische Schreie. Die sonst so sorgfältig eingeräumten Rollwagen aus Edelstahl sind vollkommen verwüstet. Auf dem Boden sammeln sich mehrere Blutlachen, die Betten sind bereits voll, sodass zahlreiche Schwerverletzte auf dem Boden kauern. Einige versuchen bereits zu helfen, doch sie haben kein System und springen nur hektisch von einem Bett zum anderen. Jedes Mal, wenn irgendwoher ein Schrei ertönt, verlassen sie ihren aktuellen Patienten und wirbeln zum nächsten. Mittlerweile ist auch Ace angekommen, er kann kaum noch atmen und hustet sich die Seele aus dem Leib. Ich wende mich ihm zu und packe ihn an beiden Schultern. »Nein, heile erst die …«

»Halt die Klappe«, unterbreche ich ihn. Ich heile ihn nicht vollständig, nur so weit, dass er wieder einigermaßen bei Kräften ist. »Du weißt, wie es läuft! Kümmere dich darum, dass die Verletzten kategorisiert werden und dass jeder an einen Monitor kommt. Schicke ein paar Helfer nach draußen, es sind zu viele Leute hier drin, die nicht wissen, was sie tun. Die anderen sollen sich um die kümmern, die am schwersten verletzt sind und sie so lange am Leben halten, bis ich sie versorgen kann.« Er nickt mir zu und macht sich auf den Weg.

»Neva, wir brauchen dich hier!«, ruft mir Ravena entgegen. Ihre schwarzen Haare sind blutverklebt und sie hat eine Schnittwunde an der Wange. In dem Bett, vor dem sie steht, liegt ein Mann mit Verbrennungen vierten Grades. Sein Oberkörper ist komplett verkohlt, es sieht aus wie eine schwarze Felsenkluft, durch die brennende Lavaströme fließen. Ich habe noch nie Verbrennungen dieser Schwere gesehen, einige seiner Rippen liegen frei und der Geruch von verschmortem Fleisch und Rauch treiben mir Tränen in die Augen. Ich beginne sofort mit der Behandlung und versetze ihn ins Koma. Meine Hände schweben über seinem Oberkörper und vor meinem inneren Auge ploppen die unzähligen Verletzungen auf, es ist ein Wunder, dass er nicht bereits tot ist. Seine Organe haben schwere Schäden genommen und stehen kurz davor, zu versagen. Es ist keine Zeit, um ihn jetzt komplett zu heilen, es warten noch zu viele andere Patienten auf mich. Nachdem ich seine Organe wieder einigermaßen zusammengeflickt habe, wende ich mich widerwillig von ihm ab. Das muss fürs Erste reichen.

Ace steht bereits ungeduldig neben mir, um mich zum nächsten Patienten zu führen. Sein Gesicht ist komplett zerfetzt, hat ihm etwa jemand mit einer Schrotflinte mitten hineingeschossen? Abgesehen von seinen Augen ist nur eine rohe Fleischmasse von seinem Gesicht übriggeblieben, aus der ab und an ein weißer Zahn hervorblitzt. Er ist bereits bewusstlos und ich vernehme nur noch einen schwachen Puls. Ich mache mich sofort daran, die Blutungen zu stoppen und beginne damit, sein Gesicht zu rekonstruieren. Aber auch hier kann ich nur schlampig arbeiten. Es ist, als würde man nach einer Amputation lediglich ein Pflaster auf dem Stumpf anbringen. Aber mir bleibt keine Wahl, jede Sekunde zählt und wenn ich mich zu lange an einem Patienten aufhalte, riskiere ich damit das Leben eines anderen. Ich wende mich wieder Ace zu und er führt mich zum nächsten. Es kommt immer wieder vor, dass ich eine Behandlung unterbrechen muss, weil jemand einen Herzstillstand hat. Ravena versucht es zwar immer erst mit dem Defibrillator, aber in den meisten Fällen zeigt er keine Wirkung. Stunden vergehen und ich behandle nach wie vor Schwerverletzte, dabei ist der komplette Flur auch noch voll mit Patienten, die dringend behandelt werden müssen. Ich bin gerade bei einer blonden Frau angekommen, die mehrere Schusswunden im Bauchraum hat. Sie funkelt mich mit einem hasserfüllten Blick an.

»Wag es nicht, mich anzurühren, weiße Hexe«, zischt sie.

Ich stehe geschockt vor ihr, würde sie wirklich lieber sterben, als sich von mir helfen zu lassen? Meine Magie und meine Muskeln sind erschöpft und ich habe nicht die Kraft, mit ihr zu diskutieren. Dann tritt plötzlich Korvin neben mich, ich habe ihn bisher noch gar nicht zu Gesicht bekommen. Erschrocken stelle ich fest, dass sein Ohr zerfetzt ist und eine dicke Blutspur an seinem Hals herunterläuft. Er hat Blutspritzer im Gesicht und seine Haare sind zerzaust.

Wütend wendet er sich der Frau zu. »Du wirst dich von ihr heilen lassen, Scylla, und damit ist die Diskussion beendet!«, schnauzt er sie an.

Sie reckt ihr Kinn nach oben, widerspricht ihm aber nicht. Ich fokussiere mich auf ihre Schusswunden, ziehe die Kugeln heraus und versiegle anschließend die getroffenen Organe und die oberen Hautschichten.

Auf dem Weg zu meinem nächsten Patienten höre ich das dauerhafte Piepen eines Monitors, das den Tod einläutet. Ich renne dem Geräusch entgegen und lande bei dem Mann, den ich zuerst behandelt habe. Ravena ist bereits dort und versucht ihn wiederzubeleben, aber keine Chance. Ich halte meine Hände über seinen ausgebrannten Körper, doch ich spüre den kalten Atem des Todes bereits in jeder Zelle. Trauer und Frustration breiten sich in mir aus, er ist mein erster Patient, den ich nicht retten konnte. Noch nie ist jemand unter meinen Händen gestorben, wenn es chirurgisch nicht möglich war, dann hat meine Magie für eine wundersame Heilung gesorgt. Aber in diesem Fall kann ich nichts mehr für ihn tun. Geschockt starre ich auf den toten Körper des Mannes. Für einen Moment steht die Welt still, doch ich kann es mir jetzt nicht leisten zu trauern. Ich stopfe meine Gefühle in eine Kiste und schmettere den Deckel zu, es warten immer noch ein Dutzend andere Patienten auf meine Behandlung.

»Es tut mir leid«, sage ich zu Ravena und wende mich schweren Herzens dem nächsten Verletzten zu.

Mittlerweile sind alle Schwerverletzten versorgt und ich behandle diejenigen, die seit Stunden im Flur warten. Meine weiße Magie war noch nie so ausgelaugt, ich fühle mich nur noch wie eine leere Hülle. Ich behandle die übrigen Verletzungen wie Streifschüsse, leichte Verbrennung und Schnittwunden mit meinen chirurgischen Fähigkeiten und als alle versorgt sind, könnte ich sofort umkippen vor Erschöpfung. Verdammt, wo ist Thia? Panisch lasse ich meinen Blick über die Notaufnahme streifen, doch dann sehe ich sie aus einem der blauen Vorhänge hervorkommen. Mit der Erleichterung verschwindet auch das Adrenalin aus meinem Körper und die Erschöpfung bricht wie eine Flutwelle über mich ein. Mir wird schwindlig und ich kann mich kaum noch auf den Beinen halten. Ich habe mich und meine Magie noch nie so verausgabt. Mit letzten Kräften versuche ich mich zur Empfangstheke neben dem Eingang zu schleppen, doch meine Beine scheinen in Treibsand festzustecken. Kurz bevor ich auf dem von Blut besudelten Gummiboden aufschlagen kann, fängt mich jemand ab. Ich sehe noch den besorgten Blick in seinen pechschwarzen Augen, bevor mich meine Kräfte komplett verlassen.

Als ich wieder zu mir komme, ist es bereits abends. Obwohl sich meine Magie schon wieder erholt hat, fühle ich mich immer noch wie erschlagen, aber hauptsächlich bin ich hungrig. Das Blut an meinen Händen ist bereits getrocknet und bröselt auf meine weiße Bettdecke. Nach einer erholsamen Dusche mache ich mich auf den Weg ins Esszimmer. Es ist fast Mitternacht und ich kann nur hoffen, dass das Essen noch nicht weggeräumt wurde. Zu meiner Überraschung ist der Tisch wie üblich voll gedeckt. In der Mitte steht ein rustikaler schwarzer Suppentopf, ich öffne den Deckel und sofort legt sich der fruchtige Geruch der Tomatensuppe wie eine Parfümwolke um mich. Ich mache meinen Teller randvoll und träufle noch ein paar von den Croutons hinein, die in einer Glasschale neben dem Suppentopf angerichtet sind. Meine Gedanken wandern wieder zu dem Mann, den ich heute verloren habe. Der erste Mensch, den ich nicht retten konnte. Ich hätte noch etwas mehr Zeit in seine Heilung investieren müssen, vielleicht wäre er dann noch am Leben. Aber dafür ist es jetzt zu spät. Doch ich kann dafür sorgen, dass sich das nicht wiederholen wird, ich muss mit Korvin reden!

Ich will gerade jedes Zimmer nach ihm absuchen, da kommt mir ein Kapitel aus einem der Bücher in den Sinn. Dabei ging es darum, den Standort von jemandem ausfindig zu machen oder besser gesagt seine Präsenz zu spüren. Ich aktiviere meine schwarze Magie und muss automatisch an einen Kiefernwald und das Meer denken. Nach einigen Minuten öffne ich wieder die Augen, nichts. Frustriert trotte ich ins Wohnzimmer, um dort mit meiner Suche zu beginnen. Dann fällt mir wieder seine Verletzung am Ohr ein, was wäre also, wenn... Ich kanalisiere die Kraft meiner weißen Energiequelle und versuche seine Verletzung zu orten. Doch neben seinem blutenden Ohr spüre ich nun auch den stechenden Schmerz und die Schuldgefühle, die Korvin aufgrund der heutigen Ereignisse empfindet.

Plötzlich erscheint ein roter Faden vor meinem inneren Auge. Ich folge ihm in die obere Etage und stehe nun vor dem Raum, der links neben der Bibliothek liegt. Ich drücke die Klinke bereits nach unten, da fällt mir auf, dass ich gar nicht angeklopft habe. Mein Mund steht weit offen, als ich in den Raum trete. Die Decke ist eine einzige Glaskuppel mit perfektem Blick auf den leuchtenden Sternenhimmel. Es sieht beinahe aus wie ein Gemälde, die Himmelskörper scheinen zum Greifen nah zu sein. Direkt unter dem höchsten Punkt der Kuppel steht eine riesige Couch, die fast den kompletten Raum ausfüllt. Sie ist rund und mit bordeauxrotem Samt überzogen. Korvin liegt mit einem Arm hinter dem Kopf auf der Couch und starrt in den unendlichen Nachthimmel. Ich trete näher an das Sofa heran, da wendet er sich mir zu. Seine Augen sind trüb, keine Spur von der aufsässigen Arroganz oder seiner üblichen Leichtigkeit. Ich setze mich neben ihn, woraufhin er sich aufrichtet.

»Tut mir leid, dass ich nicht allen helfen konnte«, sage ich enttäuscht von mir selbst. Der Schmerz über den Verlust des Mannes sitzt tief, es hätte nicht viel gefehlt und es wären noch mehr gestorben.

Er schüttelt leicht den Kopf. »Ich kann dir gar nicht genug danken. Du hast heute unzählige Leben gerettet. Ich will mir nicht vorstellen, wie viele gestorben wären, wenn du heute nicht da gewesen wärst. Meine mobilen Rettungseinheiten waren bereits auf dem Weg, aber sie wurden abgefangen und abgeschlachtet. Es gab noch nie so viele Verluste wie heute. Ich hasse es, dass ich mein Volk solchen Gefahren aussetzen muss.« Er klingt ausgelaugt und seine Stimme ist schmerzerfüllt.

»Du bist auch verletzt«, sage ich sanft und führe meine Hand zu seinem Ohr.

Bevor ich seine Wange berühren kann, fängt er meine Hand ab. »Das ist nichts, spar dir lieber deine Kräfte. Du hast dich heute ganz schön verausgabt«, sagt er besorgt.

»Willst du wirklich zu einen von denen gehören, die mit mir über ihre Behandlung diskutieren wollen?«, ziehe ich ihn auf und ein leichtes Grinsen huscht über seine Lippen.

Er gibt meine Hand frei und ich lege sie auf seine Wange, sodass meine Fingerspitzen das verletzte Ohr berühren. Trotz des krustigen Blutes spüre ich deutlich seine weiche Haut unter meinen Fingern. Ich weiß nicht mal genau, warum ich das mache, ich hätte sein Ohr ebenso gut von der Tür aus heilen können. Kaum merklich lässt er seinen Kopf in meine Handfläche sinken. Ich wünschte, ich könnte ihm etwas von der Last, die auf seinen Schultern liegt, abnehmen. Nachdem sein Ohr vollständig geheilt ist, löse ich meine Hand wieder von ihm und unterdrücke den Drang, mich in seine Arme zu schmiegen.

»Ich habe bis heute noch nie einen Patienten verloren. Die ganze Zeit kreisen meine Gedanken um meine Vorgehensweise, was hätte ich tun müssen, um ihn zu retten? Und immer wieder lande ich bei der Zeit. Wenn ich nur ein paar Minuten eher bei ihm gewesen wäre, würde er dann vielleicht noch am Leben sein?« Ich verliere mich kurz in meinen Gedanken und fahre dann fort. »Ich will mit auf die Missionen! Wenn ich direkt vor Ort wäre, dann kann ich schneller eingreifen und könnte noch mehr Leben retten.«

Korvin schaut mich verdutzt an. »Das ist zu gefährlich.«

Bevor er weiterreden kann, falle ich ihm ins Wort. »Ich weiß, wie ich mich verteidigen kann.«

Die bernsteinfarbenen Blitze in seinen Augen leuchten auf.

»Oh ja, das kann ich bestätigen.« Doch sein schelmisches Grinsen erlischt so schnell, wie es aufgekommen ist und der trübe Schleier legt sich wieder über sein Gesicht. »Ich weiß dein Angebot wirklich zu schätzen, aber es wäre zu gefährlich für meine Leute. Du hast deine schwarze Magie noch nicht vollständig unter Kontrolle, das Risiko kann ich nicht eingehen.«

Ich bin enttäuscht, aber ich verstehe seine Bedenken. Doch auch Ace wurde heute schwer verletzt und es war reines Glück, dass Thia, Ravena und Korvin nur leichte Blessuren davontrugen. Sie hätten ebenso gut mit zerfetzter Brust vor mir landen können, dieser Gedanke quält mich am meisten.

»Du kannst mich bei einigen meiner Erledigungen begleiten. Ich weiß, wie man deine schwarze Magie in Zaum hält und wenn alles gut läuft, dann kannst du auch bei anderen Missionen mit dabei sein«, bietet er mir an.

»Einverstanden«, sage ich zufrieden und nach einem letzten Blick in den funkelnden Nachthimmel erhebe ich mich und gehe in mein Zimmer.

KAPITEL ZWÖLF

Als ich am nächsten Morgen ins Esszimmer komme, ist Korvin bereits auf dem halben Weg nach draußen. Sein Blick ist kalt und die bernsteinfarbenen Funken in seinen pechschwarzen Augen strotzen vor Entschlossenheit. Keine Spur mehr von der Trauer und Verletzlichkeit, die gestern noch wie ein Schleier über ihm lag.

»Ravena, Ace und ich haben noch was zu erledigen. Tut mir leid, dass das Training wieder ausfallen wird.«

»Ist schon okay, ich habe im Krankenflügel sowieso noch alle Hände voll zu tun.«

Er nickt mir zu und kurz darauf fällt die Tür hinter ihm ins Schloss. Sie werden sich mit Sicherheit für das rächen, was gestern passiert ist.

Nachdem ich gefrühstückt habe, mache ich mich auf den Weg in den Krankenflügel. Die meisten Patienten konnte ich gestern nur so weit heilen, dass sie nicht sterben würden, es gibt noch einiges zu tun. Doch plötzlich stehe ich vor dem Bett des Mannes, den ich verloren habe. Mir stockt der Atem und es fühlt sich so an, als würde mir sein Geist einen ordentlichen Schlag in die Magengrube verpassen. Schnell wende ich meinen Blick wieder ab und konzentriere mich auf die Patienten, für die ich noch etwas tun kann. Alle sind stabil, also kann ich mich jedem Verletzten in Ruhe zuwenden und die Wunden versorgen.

Gerade stehe ich vor Scylla und schaue mir ihre Schusswunden an. Sie wollte sich gestern nicht von mir behandeln lassen, demnach liegt eine unangenehme Anspannung in der Luft.

»Danke«, presst sie hervor, nachdem ich schon halb zum blauen Vorhang raus bin.

Ich drehe mich wieder zu ihr herum. »Hat Korvin dich dazu gezwungen?«, frage ich grinsend.

Jetzt legt sich auch ein Lachen über ihr Gesicht. »So offensichtlich?«

»Ist schon gut, das ist mein Job, du brauchst dich nicht zu bedanken.«

»Das möchte ich aber«, sagt sie ernst. »Ich bin dir wirklich dankbar für das, was du für uns getan hast. Wir brachten dir nur Hass und Verachtung entgegen und dennoch hast du uns ohne zu zögern geholfen.«

Da ich nicht weiß, was ich darauf sagen soll, lächle ich ihr zu und verlasse dann die Kabine. Nachdem alle versorgt sind, gehe ich wieder zurück ins Haus. Ich muss weiter trainieren, es bleibt keine Zeit für eine Verschnaufpause.

Die nächsten Tage verlaufen so, als würde ich täglich die gleiche Endlosschleife durchleben. Frühstücken, nach meinen Patienten sehen, mich durch die Bücher arbeiten und meine Fähigkeiten anwenden. Ab und an treffe ich mich mit Thia in dem Garten hinter dem Haus. Wir schlendern durch die paradiesische Anlage, manchmal schweigend und manchmal laut gackernd.

Ich komme am nächsten Morgen ins Esszimmer, um wieder

alles von vorn beginnen zu lassen, da blickt mir Korvin mit einem schiefen Grinsen entgegen.

»Bereit für deine erste Mission?«, fragt er herausfordernd.

Nachdem ich nochmal nach meinen Patienten gesehen habe, treffen wir uns in der Garage, die ans Freudenhaus angrenzt. Obwohl Garage nicht das passende Wort ist, Fuhrpark trifft es schon eher. Der riesige Gewölbekeller erstreckt sich über Hunderte von Metern und beherbergt alle möglichen Fahrzeuge. Vom Sportwagen bis zum SUV ist alles vertreten, darüber hinaus Motorräder, Roller, Quads, Motocross-Bikes und in einer Ecke entdecke ich sogar einen verdammten Panzer. Wie Zinnsoldaten stehen die Fahrzeuge ordentlich in Reih und Glied.

Korvin sitzt bereits in einer schwarzen Lederkombi auf einem gleichfarbigen Motorrad. Der robuste Stoff schmiegt sich eng um seine muskulösen Arme und die kräftigen Oberschenkel. Hitze steigt in mir auf und in Gedanken bin ich wieder bei dem Abend im Club. Wie sich sein harter Körper an mich drückte und er mit seinen rauen Händen meine Kurven erkundete. Sein schelmisches Grinsen reißt mich wieder zurück in die Realität. Ich trage ebenso eine schwarze Lederkombi und sein Blick wandert über jeden Zentimeter meines Körpers. Ich habe beinahe das Gefühl, nackt vor ihm zu stehen.

Er reicht mir einen Helm und klopft mit der Hand auf seinen Rücksitz. »Wollen wir?«

»Wo ist mein Motorrad?«, will ich von ihm wissen.

Schon von klein auf war ich ganz versessen darauf, irgendwann mal Motorrad zu fahren. Das Gefühl von Freiheit hat mich dabei immer am meisten fasziniert. Natürlich war meine Mutter dagegen, ich hatte es auch nicht anders erwartet. Also meldete ich mich direkt zu meinem 18. Geburtstag bei einer Fahrschule an. Sie sprach ein paar Tage lang nicht mit mir, aber als einige Mitglieder des Covens ihre Begeisterung äußerten, machte sie einen auf stolze Mutter.

Korvin ist sichtlich überrascht, doch eine Handbewegung später rollt ein Angestellter eine rote Rennmaschine zu mir.

»Ich hatte mich schon darauf gefreut, dass du dich fest an mich klammerst.« Sein schelmisches Grinsen zeigt sich in voller Pracht.

»Tut mir wirklich leid, dir die Freude nehmen zu müssen. Ich hoffe, du kannst die Fahrt in meinem Windschatten trotzdem genießen.« Damit setze ich meinen Helm auf und starte die Maschine.

Die Motorgeräusche hallen bis in die letzten Ecken des Gewölbekellers und lassen meine Vorfreude ins Unermessliche steigen. Ich werfe noch einen Blick zu Korvin, er hat den Helm bereits auf und klappt gerade sein Visier runter. Der Weg ist fürs Erste klar, also gebe ich Gas und lasse ihn mit einem Grinsen im Gesicht hinter mir zurück. Das Adrenalin strömt durch meine Adern und das Gefühl der Freiheit breitet sich in mir aus. Nachdem ich die kreisrunde Auffahrt hinter mir gelassen habe, fahre ich durch eine Allee von Palmen. Die Sonne strahlt durch die Baumkronen hindurch und ihre Wärme umgibt mich wie eine liebevolle Umarmung. Das ist es, was ich am Motorrad fahren liebe, das Adrenalin, die Freiheit und der Einklang mit der Natur. Korvin hat mittlerweile aufgeholt und fährt nun lässig mit einer Hand auf dem Oberschenkel neben mir her. Ich sauge die Schönheit der Natur in mir auf und wiege mich mit dem Wind in die Kurven. Wenn ich Motorrad fahre, kann ich komplett abschalten, mir geht kein einziger Gedanke durch den Kopf. Es zählt nur das Hier und Jetzt.

Wir fahren gerade durch den Speckgürtel der Stadt und Korvin hält vor einem roten Backsteinhaus. Die Fassade ist mit verschiedenen Masken und Skulpturen geschmückt. Ich stülpe mir den Helm vom Kopf und betrachte die Kunstwerke genauer. Eines sticht mir besonders ins Auge, der Kopf von Medusa, der genau über der Tür aufragt. Auf den Schlangen, die ihre Haare darstellen, ist jede einzelne Schuppe zu erkennen. Mit arrogantem Blick sieht sie auf uns herab, diese Handwerkskunst ist atemberaubend. Während wir die Treppen hinaufsteigen, klärt mich Korvin darüber auf, was wir hier machen.

»Ilian ist ein enger Freund und mein Antiquitätenhändler, ich muss etwas bei ihm abholen.«

Ich nicke kurz und folge ihm durch die Tür. Vor Staunen bleibe ich einen Moment stehen, vor mir liegt ein imposanter Ballsaal. An den grünlich-türkisen Wänden schlängeln sich goldene Blumenranken entlang, die sich bis über die weiße Decke ziehen. Zudem schmücken goldene Bilderrahmen mit atemberaubenden Kunstwerken den Korridor. Auf dem hellen Parkettfußboden stapeln sich alle möglichen Antiquitäten und ein leicht modriger Geruch erfüllt den Raum. Holzschränke mit feinen Goldverzierungen, antike Marmorstatuen von nackten Frauen, die direkt aus einer griechischen Mythologie hierher verfrachtet wurden und direkt daneben steht ein bemalter Pharaokopf aus Sandstein auf einer goldenen Säule. Ich weiß gar nicht, wo ich zuerst hinschauen soll. Die Schätze, die sich in diesem pompösen Ballsaal sammeln sind atemberaubend und wahrscheinlich Millionen wert.

Korvin ist bereits ein paar Schritte vor mir, ich wende meinen Blick auf sein Ziel und bin plötzlich in einem schlechten Film gelandet. Geradeaus steht ein monströser Thron aus purem Gold mit aufwendigen Verzierungen. Die Sitzflächen und die Armlehnen sind mit rotem Samt verkleidet. Der Mann, der darauf sitzt, hat rotbraune Haare und einen gepflegten Vollbart. Er trägt eine goldene Krone auf dem Kopf, die mit mehreren Rubinen verziert ist und aus seinen braunen Augen strahlt mir die pure Exzentrik entgegen. Der rote Samtumhang und der goldene Gehstock machen das skurrile Bild komplett.

Ein breites Grinsen verziert seine schmalen Lippen und er reißt freudig die Arme in die Luft. »Korvin.«

»Schön dich zu sehen, Ilian«, sagt Korvin, woraufhin sich die beiden umarmen.

Als Ilian mich sieht, löst er die Umarmung und kommt leichtfüßig auf mich zugeschwebt. Er greift meine Hand und drückt einen zärtlichen Kuss darauf.

»Du musst nur ein Wort sagen und ich lasse einen zweiten Thron neben meinem errichten«, sagt er mit ernster Miene.

»Ich bevorzuge die Alleinherrschaft«, antworte ich amüsiert.

Seine irre Lache passt perfekt zu ihm, lauthals dringen hohe Töne aus seiner Kehle.

»Wie heißt du?«, fragt er immer noch kichernd.

»Neva.«

Nach einer dramatischen Verbeugung, bei der ihm bald die Krone vom Kopf gerutscht wäre, stellt er sich offiziell vor.

»Ich bin Ilian, willkommen in meinem Palast.«

Dann wird seine Aufmerksamkeit auf etwas am Boden gezogen. Ich folge seinem Blick und sehe eine graue Nacktkatze, die ein mit Diamanten besetztes Halsband trägt. Sie hat stahlblaue Augen, ein schwarzes Samtnäschen und fledermausähnliche Ohren. Glücklich schlängelt sie sich um Ilians Beine herum.

»Da bist du ja! Komm her Fritzbert.« Daraufhin nimmt Ilian den Kater hoch und knetet ihm den Rücken. Sofort setzt ein genüssliches Schnurren ein und Ilian wendet sich wieder Korvin zu.

Während die beiden übers Geschäft sprechen, sehe ich mir die Antiquitäten genauer an. Ich würde zu gern wissen, welche Geschichte hinter jedem einzelnen Gegenstand steckt. Gehörte der goldene Handspiegel mit dem Schlangengriff einst einer Königin? Ehrfürchtig streiche ich mit den Fingern über das kalte Glas. Was hat sie bei dem Blick in den Spiegel wohl gesehen? War sie glücklich oder vielleicht in einer arrangierten Ehe gefangen? Meine

Aufmerksamkeit wandert zu einem Gemälde, auf dem eine bunte Blumenwiese abgebildet ist. Die Sonnenstrahlen erhellen einige der Blütenblätter und ich kann schon fast die Vögel zwitschern hören. Ein warmes Gefühl überkommt mich. Was war die Inspiration? Lag der Künstler je auf diesem weichen Gras oder ist alles aus seiner Fantasie entsprungen? Ich gehe langsam weiter und alle glückseligen Empfindungen werden mit einem Mal ausgelöscht. Ein ausgestopfter majestätischer Tiger blickt mir entgegen. Das orange Fell mit den schwarzen Streifen ist stumpf, die glasigen Augen schimmern grün und das aufgerissene Maul bringt die tödlichen Zähne zum Vorschein. Er sieht aus, als wäre er gerade auf der Jagd. Vor Schock habe ich gar nicht mitbekommen, dass sich Ilian neben mich gestellt hat.

»Unglaubliche Geschöpfe, oder?«, sagt er geistesabwesend.

Ich spüre deutlich, wie meine Dunkelheit in mir wütet. Menschen wie Ilian sind der Grund, warum Wilderei nach wie vor ein boomendes Geschäft ist. Am liebsten würde ich einen Tigerzahn herausbrechen und ihn Ilian mitten in die Halsschlagader rammen. Ich muss mich beruhigen! Dieses Mal werde ich nicht die Kontrolle verlieren, ich werde meine Dunkelheit beherrschen! Die schwarze Magie brennt vor Verlangen herauszukommen und diesen Ballsaal in Schutt und Asche zu legen. Nein! Sie wird sich meinem Willen beugen! Ich forme gedanklich einen Käfig aus steinharter Luft und umschließe den schwarzen Feuerball damit. Die Flammen schlagen gegen die Barriere, aber sie können sie nicht durchbrechen. Meine ganze Konzentration liegt darauf, die unsichtbare Mauer aufrechtzuerhalten, währenddessen fährt Ilian fort.

»Die Nachfrage auf dem Schwarzmarkt ist riesig, ich hatte zahlreiche Interessenten. Ich kaufte dieses Musterexemplar, um die Qualität zu prüfen. Als Korvin den Tiger sah, hatte er fast den gleichen Gesichtsausdruck wie du. Pures Entsetzen. Und jetzt verstehe ich auch warum, die Einfältigkeit dieser Geschäftsidee ist wirklich schockierend. Zum Glück hat Korvin mir die Augen geöffnet. Die meisten Reichen sind Wohltäter, ob nun aus Überzeugung und nur zum Schein. Sie veranstalten protzige Spendengalas und machen einen auf Weltverbesserer. Wir errichteten ein Luxusreservat, in dem sich die Reichen vor Ort davon überzeugen können, dass ihre Spendengelder gut angelegt wurden. Sie können etwas dazu beitragen, die Wilderei zu bekämpfen, was in der Öffentlichkeit natürlich hervorragend ankommt. Dass die Hälfte der Spendengelder für Kunstdiebstahl aufgebracht wird, kriegen sie dabei gar nicht mit«, sagt er mit einem schelmischen Grinsen, bevor seine Stimme wieder ernster wird. »Doch als ich zum ersten Mal eines dieser majestätischen Wesen in freier Wildbahn sah, ist mir die Wichtigkeit unserer Arbeit wirklich bewusst geworden. Es wäre eine Schande, wenn diese einzigartigen Geschöpfe aussterben würden und nur noch wie Fabelwesen in einer Geschichte existieren. Ich habe den Tiger hier stehen, damit er mich immer daran erinnert, dass man zwar auf Abwege kommt, aber auch immer wieder auf den richtigen Pfad zurückfinden kann.«

»Der Vortrag über die Auswirkungen von Wilderei lag mir bereits auf der Zunge«, sage ich grinsend. »Danke, dass du mir das erzählt hast. Das Verlangen danach, dir einen der Fangzähne in den Hals zu rammen, ist damit nichtig.« Und tatsächlich, meine Dunkelheit hat sich wieder zurückgezogen und der unsichtbare Käfig ist nicht länger nötig.

Ilian grinst mich an und hinterlässt wieder einen Kuss auf meinem Handrücken. »Ich freue mich bereits darauf, dich widerzusehen.«

Ich nicke ihm zu und daraufhin verlassen Korvin und ich den pompösen Ballsaal und seinen exzentrischen König.

Die Mittagssonne scheint in voller Pracht und bringt mich in meiner Lederkombi zum Schwitzen. Wie zwei treue Pferde warten unsere Motorräder vor der Tür, bereit für das nächste Abenteuer.

»Also, wo geht es als nächstes hin?«, frage ich Korvin, der bereits auf seinem Bike sitzt. »Das kann ja wohl kaum die Mission gewesen sein.«

Er schaut mich mit hochgezogenen Augenbrauen an. »Was hast du denn erwartet? Wolltest du an deinem ersten Tag den organisierten Tierschmuggel zerschlagen?«, höhnt er.

»Nein, du hast natürlich recht. Das wäre lächerlich, lass uns lieber deine Methode weiterverfolgen. Was steht bei der nächsten Mission an? Gehen wir vielleicht was zusammen essen?«, erwidere ich.

Sein Mund verzieht sich zu einem schiefen Grinsen. »Keine schlechte Idee, ich bin in der Tat etwas hungrig.« Damit setzt er den Helm auf, startet das Motorrad und fährt los.

Als ich mein Motorrad abstelle, ist Korvin schon auf dem Weg in das Restaurant. Dieses ist im Stil eines American Diner eingerichtet, schwarz-weiß karierter Fußboden, rote Ledersofas und an der Bar reihen sich die Sitzhocker. Korvin fläzt bereits auf einem Sofa und blättert sich durch das Angebot.

»Da bist du ja«, sagt er grinsend, ohne dabei die Speisekarte aus den Augen zu lassen.

Er bestellt sich einen Hamburger und für mich gibt es Pommes. Der Duft von frisch gebrühtem Kaffee liegt in der Luft und im Hintergrund läuft Musik aus den 50ern. Das Diner ist vollbesetzt, aber trotzdem haben wir bereits nach 15 Minuten unser Essen.

»Wie kommt es, dass Ilian es nicht sieht?«, fühle ich Korvin auf den Zahn, während ich meine Pommes in Mayonnaise tauche.

Er runzelt die Stirn. »Was nicht sieht?«

»Dass es dir bei dem Reservat nicht ums Geld geht.«

Sein Blick gibt nichts preis und anstatt zu antworten, beißt er in seinen Burger. Doch keine Antwort ist bekanntlich auch eine Antwort. Er hat hohe Mauern um sich herum errichtet, das merke ich jedes Mal aufs Neue. Die Maske der Gleichgültigkeit ist ein Teil von ihm, wahrscheinlich will er deswegen nicht, dass jemand seine guten Absichten bemerkt. Schließlich ist es einfacher seine Handlungen unter dem Deckmantel von Geld und Macht zu erklären.

»Also, welchen Sinn hatte die heutige Mission?«, will ich von ihm wissen.

»Dass du deine Dunkelheit beherrschst. Und ich würde sagen, die Mission war erfolgreich. Ich wusste, dass Ilian dich aus der Reserve locken würde. All meine Geschäftspartner haben Dreck am Stecken und jeder von ihnen hat Unvorstellbares getan. Dabei sind die meisten auch noch stolz darauf und allesamt sind unberechenbar. Du musst wissen, wie du mit diesen Menschen umzugehen hast und wie du dabei deine Dunkelheit in Zaum halten kannst. Das Training macht sich offenbar bezahlt«, lächelt er mir zu.

»Ich habe wirklich darüber nachgedacht, Ilian den Schneidezahn des Tigers in den Hals zu rammen«, sage ich schuldbewusst.

Korvin lacht auf. »Ich weiß. Aber ich wusste auch, dass du es unter Kontrolle bringen würdest, ansonsten hätte ich eingegriffen.« So wie Korvin mich gerade anschaut, bin ich nicht die Einzige, die stolz auf mich ist. Ich habe heute zum ersten Mal das Gefühl, dass die schwarze Magie wirklich zu mir gehört, und es ist ein großartiges Gefühl.

Nachdem wir uns den Bauch vollgeschlagen haben, trete ich zufrieden aus der Tür des Diners heraus, doch plötzlich höre ich seine Stimme und erstarre innerhalb von Sekunden.

»Neva?«

Ohne mich umdrehen zu müssen, weiß ich genau, wer hinter mir steht. Ich wende mich ihm zu, unsere Blicke treffen sich und sofort zieht sich mein Herz zusammen.

»Jaxon«, sage ich ungläubig.

Meine erste große Liebe steht vor mir und an seiner Hand hält er ein kleines Mädchen, das genau wie er blonde Haare und blaue Augen hat. Mein Magen dreht sich und es besteht eindeutig die Gefahr, dass ich die Pommes gleich wieder auskotze. Die Trennung von Jaxon hat mein Herz in tausend Teile zersplittert und in diesem Moment sehe ich den Scherbenhaufen ganz deutlich vor mir.

Ich war 16 als wir zusammengekommen sind, eine Jugendliebe wie sie im Buche steht. Keine Ahnung in wie vielen Toilettenkabinen ich seinen Namen mit einem Herz umkreist habe. Natürlich durfte auch ein kitschiges Schloss an einer Brücke nicht fehlen, woraufhin wir den Schlüssel gemeinsam in den Fluss warfen. Für uns stand es fest, wir würden für immer zusammenbleiben. Die Liebe zu Jaxon war leicht und unbeschwert, so wie eine zweijährige Sommerromanze. Natürlich wollte ich auch meinen 18. Geburtstag mit ihm verbringen. Meine Mutter konnte Jaxon nie leiden, sie meinte, er würde mich davon abhalten, mein Potenzial auszuschöpfen. Mir war von vornherein klar, dass sie einen Grund finden würde, um gegen unsere Beziehung zu sein.

Wenn eine weiße Hexe 18 Jahre alt wird, findet zu Mitternacht ein besonderes Ritual statt. Es ehrt die guten Taten, die die weiße Hexe bis dahin bereits geleistet hat, und segnet den zukünftigen Lebensweg. Meine Mutter hat mir mehrere Vorträge darüber gehalten, wie wichtig dieses Ritual ist und dass ich pünktlich um Mitternacht wieder zu Hause sein muss. Tja, was soll ich sagen, natürlich war ich nicht pünktlich zu Hause. Jaxon und ich vergaßen die Zeit und so bin ich zehn Minuten nach Mitternacht wie eine Irre in das Haus meiner Mutter hineingestürmt. Der Coven hatte sich bereits auf dem Dachboden versammelt, dieser wird für alle Zeremonien genutzt, die nicht unter freiem Himmel stattfinden. Als ich die alte Treppe hochgerannt bin, knarzte das Holz unter meinen Füßen. Ich ging davon aus, sie Hand in Hand im magischen Kreis vorzufinden, aber mein Coven stand aufgereiht vor mir und schaute mich vorwurfsvoll an. Ganz vorne dran meine Mutter, sie trug ein weißes Gewand und ich spürte, wie die Wut in ihr kochte.

»Das Zeitfenster ist verstrichen«, sagte sie kalt. »Das Ritual kann nicht mehr durchgeführt werden. Du hast uns für diesen Mann im Stich gelassen. Der Coven kam heute extra für dich zusammen, um deinen weiteren Lebensweg zu segnen. Es tut mir leid, aber du lässt mir keine Wahl! Du hast eine Bestimmung und dieser Mann hält dich davon ab, dieser nachzukommen. Du muss dich entscheiden, dein Coven oder dieser Mann.«

Ich war starr vor Schock, das konnte sie nicht ernst meinen. Aber sie verzog keine Miene und kein Mitglied des Covens machte Anstalten ihr zu widersprechen. Ich war schon kurz davor, allen lautstark mitzuteilen, dass ich mich für Jaxon entscheiden würde, doch dann sah ich zu meiner Schwester. Ihr standen die Tränen in den Augen, sie wusste, wie es in mir aussah. Doch meine Mutter würde unseren Kontakt stark einschränken, vielleicht hätte ich Ophelia gar nicht mehr zu Gesicht bekommen. Auch wenn es mir das Herz brach, aber das Risiko konnte ich nicht eingehen. Ophelia brauchte mich und ich sie. Ich verließ Jaxon noch in der Nacht und danach versuchte ich mich zum ersten Mal an der schwarzen Magie. Ich hatte noch nie zuvor eine derartige Dunkelheit verspürt. Der stechende Liebeskummer und der Hass auf meine Mutter waren das Einzige, was ich in diesem Moment fühlte. Ich war ein Wrack. Von dem Tag an rebellierte ich, wo es ging, angefangen mit dem Motorrad fahren. Wenn meine Mutter wüsste, dass ich schwarze Magie anwende, würde sie es vermutlich auf das nicht durchgeführte Ritual schieben, anstatt die Wahrheit zu akzeptieren.

Ich werde aus meinen Erinnerungen gerissen, als das kleine Mädchen auf mich zeigt.

»Wer ist das, Daddy?«, fragt sie Jaxon.

»Eine alte Freundin«, antwortet er ihr und wendet sich dann an mich. »Es ist schön, dich zu sehen«, sagt er mit einem sanften Lächeln.

Mein Hals wird von einer unsichtbaren Hand zugedrückt, ich kriege kein Wort raus. Also nicke ich ihm bloß lächelnd zu. Für einen Moment starren wir uns nur an, man könnte das sowieso nicht in Worte fassen und Schweigen ist besser anstatt gezwungen freundlichen Small Talk zu halten.

»Kriege ich jetzt mein Eis?«, fragt die Kleine und beendet damit unser Wettstarren.

Jaxon wendet sich ihr zu und nimmt sie auf den Arm. »Natürlich, das habe ich dir doch versprochen. Es war wirklich schön, dich zu sehen«, sagt er erneut und damit verabschiedet er sich von mir.

Ich schaue den beiden wortlos hinterher, bis mein Blick schließlich auf Korvin ruhen bleibt. Er schaut wie üblich gelangweilt, so als würde ihn nichts auf der Welt interessieren. Doch in der jetzigen Situation bin ich ausnahmsweise froh über seine Gleichgültigkeit.

Nachdem ich mir schnell den Helm aufgezogen habe, machen wir uns auf den Rückweg. Von der Natur um mich herum nehme ich nichts wahr, meine Gedanken kreisen ununterbrochen um Jaxon. Er ist mit Sicherheit ein liebevoller Vater. Mit mir hätte er das nie erleben können, weiße Hexen ziehen ihre Kinder gemeinsam mit dem Coven groß. Die Väter nehmen dabei keinen Platz in dem Leben des Kindes ein. Junge Hexen haben ihre Magie zum Teil noch nicht unter Kontrolle, man würde damit riskieren, dass unsere Existenz offengelegt werden würde. Der Coven steht immer an erster Stelle, das musste ich schmerzhaft lernen. Dennoch ist es grausam, den Vätern ihre Kinder vorzuenthalten. Es muss doch auch andere Wege geben, um unser Geheimnis zu wahren. Aber die Traditionen werden nicht hinterfragt und es scheint auch niemand etwas ändern zu wollen.

Zurück auf dem Anwesen ging ich sofort in mein Zimmer, seitdem heule ich bereits stundenlang in mein Kissen, zum Teil aus Trauer, aber hauptsächlich vor Wut.

KAPITEL DREIZEHN

Nachdem ich mir das verheulte Gesicht von gestern abgewaschen habe, mache ich mich auf den Weg ins Esszimmer. Es bringt nichts, sich über etwas Gedanken zu machen, das in der Vergangenheit liegt. Es lässt sich sowieso nicht mehr ändern. Außerdem kann ich es mir nicht leisten, mich ablenken zu lassen, das würde mich nur zurückwerfen. Meine schwarze Magie fühlt sich endlich wie ein Teil von mir an und ich habe keine Angst mehr davor, diesen rauszulassen. Ich spüre ein inneres Gleichgewicht zwischen meinen Energiequellen, das harmonische Zusammenspiel bringt ein ganz neues Lebensgefühl mit sich.

Noch bevor ich ins Esszimmer eintrete, höre ich bereits Ace und Ravena miteinander diskutieren. Grinsend setze ich mich zu ihnen und schenke mir eine Tasse Kaffee ein.

»Das ist lächerlich Ravena, ich bin ein ausgezeichneter Schütze und ich kann ebenso gut unterrichten, na los Neva, sag es ihr«, fordert Ace.

»Naja, allzu oft habe ich das Ziel ja noch nicht getroffen«, antworte ich lachend und Ravena steigt sofort mit ein.

»Vielleicht sollte ich Neva lieber das Schießen beibringen«, stachelt sie ihn an.

»Na klar, ich fahre den Wagen bis zur Ziellinie und du rollst ihn drüber? Sicher nicht«, faucht er zurück.

»Charmanter Vergleich, Ace«, werfe ich mit gespielt böser Miene ein.

»So war das nicht gemeint«, versucht er sich panisch rauszureden, bevor Ravena und ich in Gelächter verfallen.

Korvin beobachtet das ganze Szenario mit einem Lächeln auf den Lippen.

»Ich bin mir sicher, du wirst heute ein paar gute Treffer landen«, sagt Ace und isst dabei etwas von seinem Rührei.

»Ich würde mich wirklich gern selbst von deinem außergewöhnlichen Coaching-Talent überzeugen«, erwidert Ravena mit einem teuflischen Blick in Ace' Richtung. »Macht es dir was aus, wenn ich bei eurem Training vorbeischaue?«, fragt sie mich.

»Nein, komm ruhig dazu«, sage ich schulterzuckend. Ace' Gesichtsausdruck zu Folge hatte er auf eine andere Antwort gehofft.

Jetzt mischt sich auch Korvin ein. »Lass die beiden in Ruhe trainieren, sie machen das nicht zum Spaß.«

Ravena seufzt laut und verdreht die Augen. »Ach komm, sei nicht so ein Griesgram. Aber gut, dann schlage ich vor, dass du mitkommst und wir beide auch trainieren. Ist schon eine Weile her, gut möglich, dass du ein bisschen eingerostet bist«, funkelt sie ihn herausfordernd an.

»Ich zeige dir gleich, wie eingerostet ich bin«, antwortet er mit einem schelmischen Grinsen.

Nachdem wir aufgegessen haben, fahren wir gemeinsam mit dem Golf-Cart zum Schießstand. Ace und ich stehen an unserer üblichen Stelle, Ravena und Korvin platzieren sich ein paar Meter weiter rechts.

»Also gut, Neva, dann leg mal los«, sagt Ace mit einem kurzen Blick zu Ravena.

Sie und Korvin warten gespannt auf meinen ersten Schuss.

Ace will mir bereits die übliche Waffe in die Hand drücken, doch ich stoppe ihn, woraufhin er mich fragend anschaut.

»Ich habe heute meine eigene Waffe dabei«, sage ich amüsiert und tue so, als würde ich eine Pistole aus meiner Hosentasche ziehen. Ich zücke meine Hand hervor, die ich zu einer Waffe geformt habe, der Daumen nach oben, Zeige- und Mittelfinger nach vorne ausgerichtet.

»Sehr witzig«, kommentiert Ace.

Mit meiner Hand ziele ich auf das Wildschwein, das ich bisher noch nicht einmal getroffen habe. Vor meinem inneren Auge visualisiere ich die Auflösung des Gegenstandes in seine kleinsten Teilchen. Ich spüre die schwarze Magie in mir aufkommen, öffne die Augen und das Wildschwein zerfällt zu Staub. Ace steht mit weit geöffnetem Mund vor mir und auch Korvin und Ravena starren mich ungläubig an. Ich vollführe einen kleinen Knicks, so wie es nach einer gelungenen Vorstellung üblich ist. Dann drehe ich mich zu Korvin und Ravena um, die beiden sind wild am Gestikulieren, leider kann ich nicht hören, über was sie sprechen.

»Das war beeindruckend«, sagt Ace anerkennend und legt mir schließlich die richtige Waffe vor die Nase. »Aber du kommst trotzdem nicht um das Schießtraining herum.«

Grinsend nehme ich die Waffe in die Hand und schieße auf die übrig gebliebenen Tiere. Nach den Schießübungen verlassen Ace und Ravena das Gelände, Korvin meinte, wir können gleich hier mit unserem Training fortfahren.

Die Sonne brennt auf meiner Haut und es geht nicht ein Windzug. Ich trage eine kurze Hose und ein Top und ich schwitze aus jeder Pore. Wie hält Korvin das nur im Anzug aus?

»Das war wirklich erstaunlich vorhin«, sagt er anerkennend. »Du hast deine schwarze Magie gut unter Kontrolle.«

»Danke«, antworte ich fröhlich. »Wie es scheint, seid ihr mich bald wieder los.«

Korvin lächelt leicht, doch es erreicht nicht annähernd seine Augen, im Gegenteil, sie wirken eher ... traurig? Vermutlich habe ich mir das eingebildet, denn keine Sekunde später ziert wieder die übliche Maske sein Gesicht.

»Solltest du mal jemanden nur verletzen und nicht gleich zu Staub zermalmen wollen, schlage ich vor, du versuchst es mit Feuer. Reguliere deine schwarze Magie und lasse einen Feuerball in deiner Hand entstehen«, weist er mich an.

Ich schließe die Augen und fokussiere den Feuerball, der in meinem Inneren wütet. Die Flammen sind schwarz wie die Nacht und fühlen sich ebenso eisig an. Mit meinen Augen öffne ich die Handflächen und darin tanzen düstere Feuerzungen in der Größe eines Tennisballs. Ich schaue auf meine Hände und bin für einen Moment erschrocken, wie leicht es mir inzwischen fällt, meine schwarze Magie anzuwenden. Doch ich weiß mittlerweile, dass ich meine Dunkelheit, die Impulsivität, unter Kontrolle bringen kann. Sie bestimmt meine Handlungen nicht länger.

Nachdem ich das Feuer unzählige Male entfachen und wieder erlöschen sollte, ist das Training vorbei. Wir fahren zurück zum Anwesen, die Stimmung ist angespannt und wir sitzen nur stumm nebeneinander. Ganz eindeutig liegt etwas Unausgesprochenes zwischen uns, aber das Gespräch muss warten, ich will zuerst nach meinen Patienten sehen. Die meisten haben sich zwar bereits selbst entlassen, aber einige halten sich an meine Anweisungen und ruhen sich aus.

Ich habe gehofft, auch Thia anzutreffen, aber sie ist schon wieder irgendwo unterwegs.

Den restlichen Tag verbringe ich wieder über meinen Büchern und auch beim Abendessen lese ich weiter, von Korvin fehlt jede Spur.

Ich liege auf meinem Bett und starre an die Decke, die Buchstaben kommen mir bereits zu den Ohren herausgequollen. Meine Gedanken schweifen zur Bibliothek und zu dem Rundgang mit Korvin. Dann fällt mir etwas ein, das er nur beiläufig erwähnte. Der Keller! Er meinte, dass dort ein Spa zu finden sei. Ich springe freudig vom Bett auf, ziehe mir einen schwarzen Bikini über und kuschle mich in den samtigen Bademantel.

Als ich die Tür zum Spa-Bereich aufstoße, kommt mir bereits der Duft ätherischer Öle entgegen, augenblicklich setzt die Entspannung ein. Das Licht ist gedimmt und überall brennen Kerzen. Zünden die Angestellten die jeden Tag an, für den Fall, dass jemand hier runterkommt? Wie auch immer, das Spa ist in Beigetönen gehalten und sorgt zusammen mit dem Kerzenschein für eine wohlige Atmosphäre. In der Mitte des Raumes ist ein beleuchteter Pool und direkt daneben thront der Whirlpool auf einem Podest. Es gibt noch zwei weitere Türen, ich vermute eine Sauna und einen Ruheraum dahinter, aber ich schaue nicht nach. Ich will mich einfach nur in den blubbernden Quellen entspannen.

Wenn weiße Hexen einen neuen Weg in ihrem Leben beschreiten oder eine wichtige Entscheidung getroffen haben, werden rituelle Bäder genommen. Damit schüttelt man die alte Haut, aus der man herausgewachsen ist, ab. Genau danach fühle ich mich. Ich bin längst nicht mehr die, die ich einst war, und es wird Zeit, mich aus meiner alten Haut zu schälen. Natürlich möchte ich zurück zu meiner Schwester, aber ich könnte nie wieder zurück in mein altes Leben. Wie würde mein Leben aussehen, wenn ich jetzt zu meinem Coven zurückkehren würde? Könnte ich weiterhin ein Teil davon sein? Ich weiß nicht mal, ob ich das überhaupt noch will.

Ich lege meinen Bademantel ab, gehe die Stufen hinauf und trete in den Whirlpool. Das Wasser ist angenehm warm, es umhüllt mich wie eine zweite Haut und spült alle schmerzvollen Gedanken über meinen Coven und meine unsichere Zukunft sofort weg. Zufrieden sinke ich mit dem ganzen Körper unter die Wasseroberfläche und lege meinen Nacken nach hinten. Ich fühle mich schwerelos und sorgenfrei, die Wasserstrahlen bringen meine Muskeln zum Vibrieren und ich bin auf der Stelle unbeschwert. Das gesamte Universum ist soeben auf diesen Whirlpool geschrumpft. Die Außenwelt existiert nicht mehr und damit auch keines meiner Probleme. Für einen Moment kann ich alles loslassen und endlich wieder durchatmen. Langsam kehrt mein Urvertrauen zurück und ich weiß, dass sich alles fügen wird.

Plötzlich mischt sich unter den süßlichen Zitrusduft der Bergamotte ein zarter Hauch von Menthol. Mir bleibt das Herz für einen Moment stehen und als ich meine Augen öffne, tritt Korvin mit einem breiten Grinsen in den Whirlpool. Ich muss sofort an die Marmorstatuen in Ilians Sammlung denken, sie stellen perfekte Körper von Göttern dar und würden Korvin dennoch nicht gerecht werden. Mein Blick gleitet über seine breiten Schultern und bleibt an dem Tattoo hängen, das seinen Oberkörper verziert. Ein schwarzer Blitz mit zahlreichen Ausschlägen zieht sich über die rechte Seite seines Bauchs. Am liebsten würde ich mit den Fingern über die Linien fahren, um darunter seine definierten Bauchmuskeln zu spüren. Mein Körper glüht und eine Hitze durchfährt meine Mitte. Ich wünschte, ich hätte seine Maske der Gleichgültigkeit auf, denn wenn ich so aussehe, wie ich mich fühle, dann läuft mir fast der Sabber aus dem Mund. Zu gern würde ich mich wieder an ihn schmiegen und seinen harten Körper an meinem spüren. Ich will seine elektrisierenden Hände überall auf mir fühlen. Seine

Haare sind nass und einige Strähnen hängen ihm ins Gesicht. Verdammt, sie haben wirklich die perfekte Länge, um die Hände darin zu vergraben. Lässig gleitet er in die heiße Quelle und lässt sich mir gegenüber nieder. Sein feuriger Blick wandert über jede Stelle meines Körpers. Er verspürt das gleiche Verlangen wie ich und macht sich nicht die Mühe, es zu verbergen.

»Hätte nicht gedacht, dass du je etwas anderes trägst als deinen Anzug«, sage ich frech, aber meine Stimme zittert vor Lust. Mein ganzer Körper bebt und meine düstere Seite flüstert mir zu, mich auf seinen Schoß zu setzen und ihm die Zunge in den Hals zu stecken.

»Es scheint dir zu gefallen, dass ich im Moment keinen Anzug trage«, sagt er mit herausforderndem Grinsen.

Ich rolle mit den Augen und lasse meinen Kopf wieder in den Nacken sinken. Nach einem kurzen Moment der Entspannung unterbricht Korvin die friedliche Ruhe.

»Wer war das gestern vor dem Diner?«, fragt er vorsichtig.

»Ich will nicht darüber reden«, antworte ich, ohne meine entspannte Position zu ändern. Eine Düse drückt eben einen harten Wasserstrahl gegen meinen Rücken, es ist himmlisch.

Plötzlich plätschert das Wasser, ich schaue auf und da sitzt Korvin auch schon direkt neben mir. Er starrt mich mit seinen pechschwarzen Augen an, die bernsteinfarbenen Funken darin sprühen vor Verlangen.

»Ich weiß, dass es dich beschäftigt, du kannst mit mir darüber reden«, sagt er sanft.

Gut, wenn das nötig ist, um wieder Abstand zwischen uns zu bringen.

»Ich glaube zwar nicht, dass wir bereits an dem Punkt sind, wo wir über unsere Verflossenen sprechen, aber du willst es ja so.« Er verzieht keine Miene. »Das war Jaxon, wir waren vor Jahren zusammen. Aber es geht nicht direkt um ihn. Er hat mir nur wieder vor

Augen geführt, was ich für das angebliche Wohl des Covens aufgab. Mittlerweile frage ich mich, wie oft meine Mutter diese Ausrede als Vorwand benutzte, um mich zu manipulieren. Und vor allem wie oft ich es nicht bemerkt oder sogar zugelassen habe. Es war ihr schon immer ein Dorn im Auge, dass ich meinen eigenen Kopf und meine eigenen Vorstellungen vom Leben habe. Der Coven muss immer an erster Stelle stehen, das hat sie mir ständig eingetrichtert. Ich hätte das öfter in Frage stellen sollen«, sage ich nachdenklich.

»Es erfordert viel Mut, zu akzeptieren, dass diejenigen, denen man am nächsten steht, nicht das Beste für einen wollen oder sogar auf der gegnerischen Seite sind. Immerhin hast du das jetzt erkannt, manche werden ihr ganzes Leben lang geblendet.« Er spricht aus Erfahrung, das spüre ich.

»Wer ist es bei dir?«, frage ich vorsichtig.

»Meine Schwester«, antwortet er schlicht.

Was für eine furchtbare Vorstellung, was auch immer passieren würde, ich weiß genau, dass Ophelia immer auf meiner Seite steht.

»Das tut mir leid«, sage ich mitfühlend.

Er nickt. »Es ließ mich erkennen, dass eine Familie nicht zwingendermaßen das gleiche Blut als Ursprung verlangt.« Ich weiß, dass er in diesen Moment an Ravena und Ace denkt.

»Ich wollte mich noch für meine Bemerkung beim Schießtraining entschuldigen. Es sollte nicht undankbar rüberkommen, ich weiß es zu schätzen, dass du mir dabei hilfst, meine schwarze Magie unter Kontrolle zu bringen.«

»So kam es nicht rüber«, antwortet er sachlich. Seine Augen gleiten über meine Oberschenkel und sein Blick verrät mir, dass er nur zu gern darüberstreichen würde. Doch dann schüttelt er kaum merklich den Kopf und entfernt sich von mir.

»Morgen gehen wir auf unsere zweite Mission, sie ist anspruchsvoller verglichen zur Letzten. Wir treffen uns mit einem potenziellen Geschäftspartner, er handelt mit Militärwaffen. Bestenfalls schließen wir einen Deal ab und gehen wieder, schlimmstenfalls stürmen wir das Gebäude und stehlen die Waffen«, sagt er beiläufig und tritt aus dem Whirlpool.

Erst jetzt merke ich, dass mein Körper die ganze Zeit verkrampft war. Ich lasse mich unter Wasser sinken und versuche wieder einen klaren Kopf zu bekommen, doch nicht mal die heilende Wirkung des Wassers kann Korvin aus meinen Gedanken spülen.

KAPITEL VIERZEHN

Nachdem heute Morgen eine Einsatzbesprechung zu der Mission stattfand, sitzen wir jetzt im Auto. Korvin und ich werden allein reingehen, um den Deal abzuschließen. Ace, Ravena und die anderen warten draußen. Da der Waffenhändler wohl etwas paranoid ist, verzichtet Korvin auf eine Funkverbindung. Ace und Ravena versuchten ihn umzustimmen, aber ein Blick von Korvin hat gereicht, um die Diskussion zu beenden. Sollte etwas schiefgehen, müssen wir also erst aus dem Gebäude raus, bevor die anderen stürmen können. Ich rutsche nervös auf meinem Sitz hin und her, hoffentlich geht alles gut. Ein weiterer Besuch bei Ilian wäre mir jetzt wirklich lieber.

»Achte auf deinen Gesichtsausdruck, du darfst nicht zulassen, dass sich deine Emotionen darauf abspiegeln. Egal was du empfindest, lass es dir nicht anmerken! Sie würden deine Schwäche sofort erkennen und ausnutzen«, sagt er ernst.

Ich nicke ihm zu.

»Es wird schon gut gehen, ich bin ja auch noch da«, sagt er sanft und hebt seine Hand, doch einen zögerlichen Moment später lässt er sie wieder auf den Autositz sinken.

Dann hält der Wagen, ich schlucke all meine Nervosität herunter und steige aus. Das Gebäude sieht aus wie das Geheimversteck des Bösewichts aus einem Zeichentrickfilm. Die Außenfassade hat ein futuristisches, geschwungenes Design und besteht aus schwarz verspiegeltem Glas. Vermutlich ist es Panzerglas, wenn der Typ wirklich so paranoid ist, wie alle sagen.

Wir gehen die Treppen hoch und mit jeder Stufe nimmt auch das mulmige Gefühl in mir zu. Plötzlich nehme ich eine Bewegung aus dem Augenwinkel wahr, eine Außenkamera verfolgt jeden unserer Schritte. Die Tür wird von einem Mann aufgestoßen, der bis an die Zähne bewaffnet ist. Mit seinem Maschinengewehr macht er eine Bewegung und fordert uns damit auf, hineinzukommen. Mein ganzer Körper ist angespannt und mein Mund ist so trocken, dass man auf meiner Zunge eine Runde Sandboarding fahren könnte. Korvin ist das komplette Gegenteil, er schlendert lässig vor mir her, als würde ihm die ganze Welt gehören.

Wir sind jetzt in einem riesigen Vorraum angekommen, es erinnert mich sofort an die Sicherheitskontrolle eines Flughafens. Insgesamt gibt es drei Reihen mit Körperscannern und Röntgengeräten, dazu stehen überall Sicherheitskräfte mit einem Handmetalldetektor. Nur schade, dass am Ende dieser Kontrolle kein tropisches Reiseziel auf uns wartet.

Wir ziehen unsere Jacken und Schuhe aus und legen sie in die graue Plasteschale. Dazu kommen noch die Handys und Waffen. Es war zwar von vornherein klar, dass uns die Waffen abgenommen werden würden, aber Korvin bestand darauf, dass ich eine trage. Es wäre auffällig, wenn ich unbewaffnet unterwegs wäre. Nach dem Körperscan werden wir nochmal mit einem Handmetalldetektor durchleuchtet und darüber hinaus abgetastet. Es wird sogar noch ein Wischtest gemacht, dieser Mann ist wirklich paranoid.

Nach der Sicherheitskontrolle führt uns eine Eskorte schwer bewaffneter Männer in eine Lagerhalle. Sie ist hell ausgeleuchtet und auch hier drin wimmelt es von Sicherheitskameras. Es riecht nach Schießpulver und die Atmosphäre lässt mir das Blut in den Adern gefrieren. Alles hier wirkt bedrohlich, ich stehe im Maul eines Hais, der jeden Moment seine spitzen Zähne in mein Fleisch haut. Wir gehen auf einen grauhaarigen Mann zu, um ihn herum stapeln sich olivfarbene Kisten in jeder Größe. Lässig sitzt er auf einer davon und zieht genüsslich an seiner Zigarre. Seine Haut ziert eine unnatürliche Bräune und als er uns ein Lächeln zuwirft, blitzen daraus ebenso unnatürlich weiße Zähne hervor.

»Korvin, ich habe schon viel von dir gehört. Es wurde Zeit, dass wir uns endlich kennenlernen. Ihr könnt mich Hephaistos nennen«, sagt er bestimmt.

Hephaistos? Nach dem griechischen Gott des Feuers und der Schmiedekunst, er muss vollkommen wahnsinnig sein!

»Ist das die Ware?«, fragt Korvin ausdruckslos und deutet auf die olivfarbenen Koffer.

Hephaistos klopft mit der Hand auf die Kiste, auf der er sitzt. »Hier drin ist alles, was du dir vorstellen kannst. Vom Elektroschocker bis zur Panzerfaust, es gibt nichts, was ich dir nicht beschaffen kann«, bauchpinselt er sich selbst. »Wer ist deine zauberhafte Begleitung?« Sein widerwärtiger Blick scannt mich von oben bis unten und ich spüre, wie mir die Hitze in den Kopf steigt.

Auch Korvins Körper spannt sich für einen Moment an, woraufhin er die Hände in seine Hosentaschen wandern lässt. »Das ist Neva, sie ist meine Beraterin«, sagt er beiläufig, aber lenkt das Thema schnell wieder auf die Waffen. »Ich würde gern die Qualität der Waffen prüfen.«

Der grauhaarige Mann lacht. »Aber natürlich, ich hätte dich nicht für jemanden gehalten, der die Katze im Sack kauft.«

Daraufhin wühlt ein Mann in einem der Waffenkoffer und hält Korvin im Anschluss eine Pistole hin.

»Du brauchst noch ein Ziel«, sagt Hephaistos mit einem teuflischen Grinsen im Gesicht.

Plötzlich werden drei Männer in die Halle geführt und ich halte vor Entsetzen automatisch die Luft an. Ihre Gesichter sind blau geschlagen und stark geschwollen. Sie werden vor Korvin auf die Knie geschleudert, es fehlt ihnen jede Kraft, um sich zu wehren. In meinem Inneren wütet meine schwarze Magie und der Schock über die Situation lässt meinen Körper erzittern.

»Ich werde aber im Anschluss nicht sauber machen, wenn ich schon deine Drecksarbeit erledige«, sagt Korvin lässig und Hephaistos lacht laut auf.

Ich kann nicht glauben, was gerade passiert, wird er diese Männer wirklich kaltblütig ermorden? Die Hitze steigt mir erneut zu Kopf und ich bin wie erstarrt. Es war hirnrissig, Korvin auf seinen Erledigungen begleiten zu wollen, ich bin für all das einfach nicht gemacht!

»Aber deine hübsche Beraterin braucht natürlich auch noch eine Aufgabe, sie soll ja nicht umsonst mitgekommen sein.« Seine Worte sind die reinste Drohung.

Mein Herz bleibt für einen Moment stehen, wie konnte ich nur in das hier reingeraten? Ich will nur noch weg, jede Zelle meines Körpers verlangt danach, einfach wegzurennen. Doch gleichzeitig bin ich wie in Treibsand gefangen und kann mich keinen Zentimeter rühren.

»Sie soll den Tod der Männer bestätigen«, sagt Hephaistos und zwinkert mir zu.

»Das wird kein Problem sein, Neva hat eine medizinische Ausbildung«, antwortet Korvin ausdruckslos und wirft mir einen eindringlichen Blick zu.

Ich verstehe sofort, was er mir damit sagen will und kann mich wieder etwas entspannen.

Er richtet seine Waffe auf den ersten Mann, seine blonden Haare hängen über das komplett zugeschwollene Auge. Er sieht aus, als hätte er in einem Boxkampf haushoch verloren. Ohne zu zögern, drückt Korvin ab. Hephaistos springt auf und freut sich wie ein kleines Kind, das zum ersten Mal einen Lolli bekommt.

»Du bist dran, Neva«, kreischt er.

Ich gehe langsam auf den Mann zu, Korvin hat ihm in die Brust geschossen. Um eine glaubhafte Vorstellung zu bieten, lege ich meine Finger an seine Halsschlagader. Es dauert nur ein paar Sekunden, bis ich ihn geheilt habe, danach versetze ich ihn ins Koma. Ich stehe wieder auf und schaue Hephaistos in seine verrückten Augen.

»Er ist tot«, sage ich kalt und stelle mich wieder neben Korvin.

Die gleiche Show ziehen wir auch bei den anderen beiden Männern ab, hoffentlich ist das alles hier bald vorbei. Seitdem wir das Gebäude betreten haben, stehe ich unter Strom. Meine Hände zittern und das Blut in meinen Adern wurde durch flüssiges Adrenalin ersetzt.

Plötzlich höre ich das Klackern von Stöckelschuhen und hinter Hephaistos taucht eine blonde Frau auf. Ihre Haare sind zu einem strengen Zopf gebunden, sie trägt ein rotes Kostüm und hat knalligen Lippenstift aufgetragen. Verführerisch streicht sie mit ihrer Hand über die Schultern von Hephaistos und bleibt schräg hinter ihm stehen.

»Gut, dass die Drecksarbeit erledigt ist«, sagt sie abschätzig und wirft uns einen arroganten Blick zu.

Sie sieht aus wie die Verkörperung des Teufels und ich wette, es spiegelt ihr Inneres perfekt wider. Sie ist die Art von Frau, die ihren Mann vergiften würde, um an das Geld seiner Lebensversicherung zu kommen.

»Sie haben schlechte Arbeit geleistet, aber das ist die falsche Branche, um derartige Fehler zu machen«, sagt sie kalt.

»Ein Problem weniger«, fügt Korvin schulterzuckend hinzu.

»Das stimmt, aber das Problem ist noch nicht vollends bereinigt. Ihr Fehlverhalten hat mich Millionen gekostet. Wie kann man nur so unfähig sein und einen Container voller Ware verlieren?«

Und plötzlich bricht die Hölle los, Korvin eröffnet das Feuer und schießt Hephaistos mitten zwischen die Augen. Er reißt seinen Arm um mich und schiebt mich hinter sich. Es vergeht ein Moment der ungläubigen Stille und dann höre ich nur noch Schüsse. Warum hat er das Feuer eröffnet? Was habe ich verpasst? Korvin steht wie ein Schutzschild vor mir und geleitet uns mit starken Schritten rückwärts aus dem Raum hinaus. In meinem Kopf herrscht das pure Chaos, ich kann keinen klaren Gedanken fassen. Sobald wir die Tür erreicht haben, rennen wir los.

Keine Sekunde später höre ich wieder Schüsse, die Männer sind uns natürlich gefolgt. Ich stemme all meine Kraft in meine Beine und renne so schnell ich kann. Die Angst schnürt mir fast die Luft ab, aber dafür ist jetzt keine Zeit. Plötzlich landet eine Kugel nur wenige Zentimeter neben meinem Kopf in der Wand. Korvin dreht sich blitzschnell um und feuert zurück, er holt direkt wieder auf und wir rennen weiter. Als ich an das Waffenarsenal denke, was unseren Gegnern zur Verfügung steht, dreht sich mein Magen. Wir haben nur eine einzige Pistole und ich weiß nicht, wie viel Schuss noch übrig sind. Es wäre zu gefährlich, jetzt meine schwarze Magie zu nutzen. Die Panik bestimmt jeden meiner Gedanken, ich wüsste nicht mal, wie genau ich meine Kräfte einsetzen sollte. Verdammt, wären Korvins Fähigkeiten doch nicht nur auf schlafende Menschen beschränkt. Es ist eine mächtige Begabung, Gedanken zu beeinflussen. Doch da die Incubus dafür auf Träume zugreifen müssen, ist diese in unserer aktuellen Situation leider absolut nutzlos.

Plötzlich tauchen auch vor uns bewaffnete Männer und Frauen auf. Sie kommen von allen Seiten, wir sind umzingelt! Mein Körper wird in diesem Moment von so vielen verschiedenen Gefühlen durchströmt, dass ich sie nicht mal identifizieren kann. Korvin packt meinen Arm und zieht mich mit sich in eine scharfe Linkskurve, mir bleibt der Atem für einen Moment weg. Kurz darauf reißt er eine Tür auf und schiebt uns hindurch. Er schleudert mich von innen gegen die Tür und fixiert seine Hände links und rechts neben meinem Kopf, um sie zuzudrücken.

Wir stehen in einem Treppenhaus, Korvin schaut nach oben, aber wie es aussieht, ist alles sicher. Ich zittere vor Angst, wie sollen wir hier je wieder rauskommen? Korvin dagegen ist vollkommen ruhig und sein Blick ist klar und aufmerksam, er weiß genau, was zu tun ist. Sein Körper umschließt mich wie ein Schutzschild und gibt mir ein Gefühl von Sicherheit. Ich richte meinen Blick nach innen, um meine Gedanken zu sortieren, wenn ich meine schwarze Magie einsetzen will, muss ich mich konzentrieren.

Sobald ich meine Lider wieder aufschlage, schaue ich in Korvins funkelnde Augen, sie sind so dunkel wie der Nachthimmel. Die Intensität seines Blickes lässt mein Herz schneller schlagen, ich erkenne Wärme, Entschlossenheit und Verbundenheit. Doch das Verlangen darin bringt mein Herz augenblicklich zum Stehen. Dieses ist nicht etwa auf Körperlichkeiten reduziert, es ist das Verlangen, mich zu beschützen und für mich da zu sein. Ein tiefgreifendes Gefühl von Geborgenheit überschwemmt meinen Körper wie eine Lawine aus bunten Blumen. Es fühlt sich so an, als ob er sich wünschen würde, mir alle Sorgen und Ängste abnehmen zu können, um mir ein Leben voller Glück und Liebe zu schenken. Seine Augen strahlen Zuversicht aus und ich bin mir sicher, dass sich diese nicht nur auf unsere derzeitige Situation bezieht. Es ist dieser Blick, der mich all meine Zweifel und die Konsequenzen vergessen lässt. Es gibt zu viele

Gründe, warum ich dieser Anziehung widerstehen sollte, doch im Moment fällt mir nicht einer ein. Diese unsichtbare Kraft zieht uns wie Magnete zueinander. Ein Flüstern in meinem Inneren mahnt mich zur Vorsicht und appelliert an meine Vernunft, doch ich sehe nur Korvin. Ich nehme nichts anderes mehr wahr, nur ihn. Der unverkennbare Duft von Kiefernholz und Meersalz umspielt meine Nase und treibt mich noch weiter weg von jeglichen vernünftigen Gedanken. Die elektrisierende Spannung zwischen uns scheint beinahe greifbar zu sein und in diesem Moment steht die ganze Welt still. Mein Blick wandert zu seinen verführerischen Lippen, ob er auch nur annähernd ahnt, wie sehr ich mich nach ihm verzehre?

Bevor ich auch nur einen Gedanken an die Antwort verschwenden kann, küsse ich ihn. Ich spüre, wie Korvins Körper für den Bruchteil einer Sekunde erstarrt, als hätte ich ihn mit meinen Lippen in eine Eisstatue verwandelt. Doch nachdem die Überraschung nachgelassen hat, erwidert er den Kuss mit einer Leidenschaft, die mein Herz zum Schmelzen bringt. Er hat diesen Moment ebenso herbeigesehnt wie ich, auch wenn mir das gerade erst bewusst wurde. Der Kuss ist gleichermaßen feurig wie sündhaft, unsere Lippen verschmelzen miteinander, als ob sie nur für diesen Moment bestimmt wären. Sie hauchen mir stumme Worte der Zuneigung und Begierde zu und erzählen von dem Verlangen, das auch in ihm brennt. Nichts anderes ist in diesem Augenblick von Bedeutung. Damit entfacht er ein Feuer in mir, das mich erbeben lässt. Alles an ihm ist wie eine Droge, ich kann nicht genug davon bekommen. Sein Duft, seine Berührungen, seine Lippen und vor allem die Gefühle, die er in mir auslöst. Er sieht mich so, wie ich wirklich bin, mit all dem Licht und der Dunkelheit. Und obwohl ich gerade noch dabei bin, meine dunkle Seite zu erforschen, habe ich keine Angst, dass er mich deswegen ablehnen oder verurteilen könnte. Zum ersten Mal in meinem Leben fühle ich mich wirklich gesehen.

Meine Hände wandern zu seinen Hüften und ich ziehe ihn gierig an mich, ich will seinen Körper an meinem spüren. Korvins Zunge streicht über meine Unterlippe und als er sanft hineinbeißt, öffne ich mit einem leisen Stöhne meinen Mund. Unsere Zungen berühren sich und es ist wie ein Aufeinandertreffen von Feuer und Eis, eine explosive Mischung aus Verlangen und Verführung. Mein Blut fühlt sich an wie flüssige Lava, die meinen ganzen Körper durchströmt. Doch nicht nur ich offenbare mich in diesem Moment ihm gegenüber, ich spüre, wie auch Korvin alle Mauern fallen lässt und sich mir hingibt. Es fühlt sich so an, als ob er mich durch und durch ergründen möchte und jeden Teil meiner Seele verstehen will. Und mir geht es genauso. Sein Duft steigt mir erneut in die Nase, am liebsten würde ich ihm die Kleider vom Leib reißen und mich ihm vollkommen hingeben. Meine Hände wandern über seinen Bauch, ich fühle jede Muskelwölbung, jede Kontur und jede Faser, die unter meiner Berührung zum Leben erwacht. Ich spüre seine seidigen schwarzen Haare zwischen meinen Fingern, kralle meine Hände hinein und drücke seinen Mund noch fester auf meinen. Unser Verlangen steigert sich ins Unermessliche, seine Küsse werden fordernder und er presst seinen Körper so fest an mich, dass mir für einen Moment die Luft wegbleibt. Ich spüre den Rhythmus seines Herzschlags, der genauso schnell und unkontrolliert pocht wie meiner. Die Hitze, die von ihm ausgeht und die Intensität seines Begehrens lässt eine Welle der Erregung über mir zusammenbrechen. Dieser Rausch der Ekstase ist so überwältigend, dass er mich in eine Welt jenseits von Raum und Zeit katapultiert. Ich beiße ihm in die Unterlippe und drücke meinen Rücken durch. Unser Kuss ist so innig wie ein leidenschaftlicher Tanz, der unsere Seelen miteinander verbindet. Ich stehe kurz davor, mich komplett darin zu verlieren, in dem Kuss, in Korvin, in seinem Duft, doch mit einem lauten Knall werde ich aus meinem Delirium gerissen.

Mit weit aufgerissenen Augen schaue ich in Korvins schmerzverzehrtes Gesicht. Er wurde angeschossen! Mein Herz bleibt für einen Moment stehen und ich habe Angst, dass er zusammenbricht. Doch stattdessen zückt er blitzschnell seine Waffe und feuert das Treppenhaus hinauf. Ich höre nur ein lautes Poltern und sehe aus dem Augenwinkel, wie jemand die Treppenstufen herunterpurzelt. Und dann offenbart sich mir meine zweite Dunkelheit mit einem gewaltigen Schlag ins Gesicht. Leichtsinn! Wie konnte ich nur so leichtsinnig sein und Korvin in so einem Moment küssen? Die Kugel hätte genauso gut in seinem Kopf landen können. Meinetwegen war er unachtsam, ich habe uns beide in Gefahr gebracht!

In mir wütet meine schwarze Energiequelle, sie ist mächtiger als je zuvor. Noch nie in meinem Leben verspürte ich eine derartige Macht, sie zwingt mich in die Knie. Die schwarzen Flammen schlagen von innen gegen meinen Körper und wollen freigelassen werden. Ich schaffe es gerade so, den unsichtbaren Käfig darumzulegen und dennoch spüre ich die schwarze Magie in jeder einzelnen Zelle. Bei der Entfesselung meiner Dunkelheit schlugen steinharte Wellen auf mich ein. Jetzt habe ich das Gefühl, der ganze Ozean bricht über mir zusammen und reißt mich bis in die dunkelsten Tiefen des Meeres.

Korvin kniet sich vor mich und umschließt mein Gesicht mit seinen Händen. »Wir müssen hier weg! Ich versuche so viele wie möglich zu erledigen, aber ich habe kaum noch Munition. Wenn es so weit ist, musst du sie ausschalten!«

Panisch schüttle ich mit dem Kopf. Jetzt, wo meine volle Macht entfesselt wurde, weiß ich nicht, wie ich diese gezielt einsetzen kann. Ich muss sofort an den Rosengarten und die verwelkten Blumen denken. Was, wenn ich einen Mann ausschalten will und dabei alle töte, die um mich herum sind? Doch bevor ich Korvin widersprechen kann, reißt er mich auf die Füße und wir stürmen zur Tür hinaus.

Sofort schießen Kugeln auf uns ein, ich stehe immer noch vollkommen unter Schock. Nach drei Schüssen, die Korvin abgefeuert hat, schmeißt er seine Waffe zähneknirschend zur Seite. Wir sind jetzt vollkommen ungeschützt.

»Tue es! Sie würden keine Sekunde zögern, um dich umzubringen«, schreit er mich an.

Aber ich kann nicht, ich kann nicht riskieren, auch ihn zu töten. Während mir tausend Gedanken über einen möglichen Ausweg durch den Kopf schießen, kämpft meine schwarze Magie gegen den unsichtbaren Käfig in meinem Inneren. Das ist es! Ich bleibe stehen und schließe die Augen. Korvin redet wie verrückt auf mich ein und zerrt an meinem Arm.

»Was tust du?«, fragt er panisch.

Aber ich blende alles um mich herum aus. Ich muss den unsichtbaren Käfig ausbreiten, sodass er sich wie eine schützende Hülle um uns legt. Ich fokussiere mich nur darauf und visualisiere den durchsichtigen Schutzpanzer vor meinem inneren Auge. Und dann lasse ich meine schwarze Magie frei. Für einen Moment bleibt mir die Luft weg, so heftig ist die Druckwelle, die aus mir herausströmt. Doch als ich die Augen wieder öffne, nehme ich die unsichtbare Kuppel um uns herum wahr. Die Geräusche wirken gedämpfter und ein zarter Schimmer umgibt die Oberfläche unseres Schutzschildes.

Korvin sieht es auch, er schaut mich fassungslos an, doch nach ein paar Sekunden hat er sich wieder gefangen. »Wir müssen trotzdem rennen, sonst ist es zu auffällig.«

Er packt meine Hand und wir sprinten los, manchmal laufen wir im Zickzack, um vorzugaukeln den Kugeln auszuweichen. Diese prallen wie rohe Eier an einer Fensterscheibe an dem Schutzpanzer ab. Wir sind jetzt wieder in dem Vorraum und rennen durch eine Gasse, die von beiden Seiten beschossen wird. Der Glaubwürdigkeit halber ducken wir uns weg und suchen hinter einem Röntgengerät

Schutz.

»Wenn wir unsere Deckung verlassen, rennen wir sofort nach draußen! Die anderen warten auf der gegenüberliegenden Straßenseite«, sagt er bestimmt.

Ich nicke ihm zu und damit setzen wir uns in Bewegung. Wieder stehen wir unter starkem Beschuss, aber mein Schutzpanzer hält allem Stand. Wir stürzen aus dem Gebäude, da kommen uns schon Ace und Ravena entgegen.

Sie sieht sofort Korvins blutenden Oberschenkel. »Scheiße Korvin, wie konnte das denn passieren?«, will sie von ihm wissen.

Doch er geht gar nicht auf ihre Frage ein. »Die Waffen sind im hinteren Teil des Gebäudes! Sprengt den Vorraum und legt jeden um, den ihr zu Gesicht bekommt.«

Die beiden nicken und nachdem sie die anderen kurz angewiesen haben, stürmen sie ins Gebäude.

Ich stehe vollkommen unter Schock, kalter Schweiß läuft mir über den Rücken und mein Puls rast. Als ich die erste Explosion höre, zucke ich zusammen. Korvin führt mich zu einem schwarzen Van, der zum Krankenwagen umgebaut wurde und nimmt mir damit die Sicht auf das Gebäude.

»Du warst unglaublich«, sagt er lächelnd. »Würdest du?« Er deutet auf die Schusswunde an seinem Bein. Die schwarze Anzughose ist an der Stelle von Blut durchtränkt.

Geistesabwesend lasse ich meine Hand über der Verletzung schweben und heile sie. Er drückt mir einen flüchtigen Kuss auf die Wange und rennt dann um das Auto herum. Ich schaue ihm nach und richte meinen Blick damit wieder auf die futuristische Lagerhalle. Die Glasfassade ist ganz sicher aus einer Art Panzerglas, nicht mal die Explosion einer Handgranate hat die Fenster zerschmettert. Korvin schnappt sich eine Waffe aus dem offenen Kofferraum eines Autos und rennt wieder in das Gebäude hinein.

Ich muss mich zusammenreißen, jeden Moment könnten Verletzte herausgebracht werden und sie verlassen sich auf mich. Aber in meinem Kopf herrscht das pure Chaos. Impulsivität und Leichtsinn, was für eine beschissene Kombination!

Die Minuten verstreichen und ich starre auf den Eingang des Gebäudes, nichts. Diese Ungewissheit lässt mich noch verrückt werden. Doch dann tut sich etwas, die ersten kommen hinaus, in den Händen tragen sie die olivfarbenen Kisten. Sie haben es geschafft, meine Anspannung lässt langsam nach. Der Anblick, wie sie nach und nach die Waffen aus dem Gebäude schaffen, erinnert mich an eine Ameisenstraße. Nur dass anstatt Blättern Waffen transportiert werden. Ab und an kommt jemand mit einer Schusswunde zu mir, direkt nachdem ich sie geheilt habe, eilen sie wieder zurück. Es gab zum Glück nicht viele Verletzungen, um die ich mich kümmern musste. Seitdem wir aus dem Gebäude raus sind, fühle ich mich wie in Trance. Mein Körper funktioniert zwar, aber gedanklich bin ich ganz weit weg. Mein Blick ist leer und genauso fühle ich mich auch in meinem Inneren.

Die Mission war kurz danach beendet und wir sind bereits auf dem Rückweg zum Anwesen. Korvin redet die ganze Zeit auf mich ein, aber ich nehme kein einziges Wort wahr. Ich starre bloß aus dem Fenster, meine eigenen Gedanken sind zu laut, um ihn verstehen zu können. Als wir angekommen sind, gehe ich sofort in mein Zimmer. Ich schmeiße mich auf mein Bett und anstatt in mein Kissen zu heulen, schreie ich aus voller Kraft hinein.

Auf das Abendessen habe ich verzichtet, stattdessen ließ ich mich lieber von der Regendusche berieseln. Ich hätte sowieso keinen Bissen runterbekommen, nachdem ich mein Kissen zusammengeschrien habe, bin ich zur Toilette gerannt, um mir die Seele aus dem Leib zu kotzen.

Jetzt liege ich auf der samtig roten Couch und starre in den unendlichen Sternenhimmel. Der Blick ins Universum hat wirklich etwas Beruhigendes, der Himmel ist klar und der Vollmond strahlt mit seinem gelblichen Schimmer auf mich hinab. Bei dieser Aussicht fühlen sich meine Probleme plötzlich unbedeutend an. Aber ich kann meine Gedanken nur für einen kurzen Moment mit der Schönheit des Nachthimmels ablenken. Ich hatte eben erst das Gefühl, meine schwarze Magie langsam zu verstehen und sie zu kontrollieren. Doch jetzt fühlt es sich so an, als würde ich wieder ganz am Anfang stehen. Es hat Wochen gebraucht, um an diesen Punkt zu kommen, und dann kam Donkey Kong und hat mich mit einem verfluchten Fass erwischt und jetzt fange ich wieder bei null an.

Plötzlich öffnet sich die Tür und ein Hauch von Kiefernholz und Meersalz dringt hindurch. Jeder seiner Schritte lässt meine Schuldgefühle weiterwachsen. Bei der Vorstellung, was hätte passieren können, dreht sich mein Magen. Korvin legt sich neben mich und wir schauen gemeinsam in die Sterne.

»Es tut mir leid, dass du meinetwegen angeschossen wurdest«, sage ich gequält.

Seine Finger berühren sanft mein Kinn und er dreht meinen Kopf, sodass wir uns direkt in die Augen schauen. Bei dem liebevollen Blick, den er mir entgegenbringt, setzt mein Herz für einen Moment aus.

»Mach dich deswegen nicht fertig, es ist alles gut gegangen und ich würde den Schuss jederzeit wieder in Kauf nehmen«, sagt er grinsend.

Aber mir ist gerade nicht zum Lachen zu Mute, er hätte in diesem Moment genauso gut sterben können, und zwar meinetwegen. Ich starre ihn nur an, während sich Korvin auf die Seite rollt und sich auf einen Ellbogen stützt.

»Du verfügst jetzt über die volle Stärke deiner schwarzen Magie, stimmt's?«

Ich nicke ihm zu, will aber nicht darüber reden.

»Die blonde Frau aus der Lagerhalle, sie hat von den Frauen gesprochen, die wir gerettet haben, oder?«, hake ich nach.

»Ja, anscheinend arbeiteten die beiden bereits seit längerer Zeit zusammen. Aber du lenkst vom Thema ab! Du hast bereits bewiesen, dass du in der Lage bist, deine Dunkelheit zu beherrschen. Es wird dir wieder gelingen, daran habe ich keinen Zweifel. Ich weiß es ist hart, aber du wirst es schaffen.«

»Danke«, sage ich lächelnd.

Er hat recht, in den letzten Wochen hatte ich meine Impulsivität vollkommen unter Kontrolle. Jetzt wo ich weiß, was meine zweite Dunkelheit ist, kann ich gezielt dagegen vorgehen und mein Handeln entsprechend anpassen.

»Und jetzt raus aus meinem Bett«, sagt er scherzhaft.

»Hier schläfst du?«, frage ich überrascht.

»Wo denn sonst? Du hast dir ja mein Schlafzimmer unter den Nagel gerissen«, antwortet er amüsiert.

Ich setze mich langsam auf. »Wie es aussieht, wirst du es auch so schnell nicht zurückkriegen. Ich hoffe die Couch ist bequem«, sage ich frech.

»Finde es doch heraus«, haucht er mir ins Ohr.

»Nur in deinen Träumen«, gebe ich zurück und verlasse damit das Zimmer.

Ich liege jetzt seit Stunden wach im Bett und lausche dem Regen, der gegen die Fensterscheiben prasselt. Die Ereignisse des Tages gehen mir durch den Kopf und halten mich wach. Feststeht, dass ich auch meinen Leichtsinn unter Kontrolle bringen werde. Doch mit der Freisetzung meiner vollen Macht sind auch die zwei verfluchten Stimmen wieder in meinen Kopf vorgedrungen. Die letzten Wochen konnte ich sie gut unterdrücken, aber jetzt fühle ich mich wieder wie eine stille Beobachterin in meinem eigenen Körper. Meine Gedanken wandern zu dem Kuss, das Knistern zwischen uns war deutlich zu spüren und es fühlte sich an, als würden tausend Farbbomben in mir explodieren.

Geh zu ihm, wir wissen beide, dass du es willst, flüstert mir die sündhafte Stimme zu.

Sofort meldet sich meine Engelsstimme zu Wort. *Und wo soll das hinführen? Willst du dann seine Mafiabraut werden? Du musst an die Konsequenzen denken!*

Krieg dich mal wieder ein, wir wollen doch nur ein bisschen Spaß. Der Sex ist mit Sicherheit unglaublich, wenn sich ein einziger Kuss schon so anfühlt.

Wie ferngesteuert stehe ich aus meinem Bett auf und ziehe mir einen seidig schwarzen Kimono über meine schwarze Spitzenunterwäsche. Bevor ich weiß, was geschieht, stehe ich bereits im Flur. Der kalte Marmorboden an meinen nackten Füßen lässt mich kurz erschaudern. Das Sternenzimmer liegt schräg über den Gang, ich stehe bereits vor der Tür, da erwache ich aus meiner Trance und kehre wieder um. Verdammt, was mache ich hier bloß? Ich hasse diese innere Zerrissenheit, nichts fühlt sich richtig an! Diese Stimmen hindern mich daran, eine eigene Entscheidung zu treffen. Ich tigere auf dem Flur hin und her, bis ich plötzlich ein Knarzen höre. Als ich mich dem Geräusch zuwende, sehe ich Korvin. Er steht oberkörperfrei im Türrahmen und grinst mich schelmisch an.

»Schlafwandelst du oder träume ich?«, zieht er mich auf.

In diesem Moment werden die entzweiten Stimmen in meinem Kopf durch zügelloses Verlangen verdrängt. Ich löse den Gürtel meines Kimonos und lasse ihn an meinen Schultern heruntergleiten. Sofort fährt Korvins Blick über jeden Zentimeter meines Körpers und ich genieße die Hitze, die er damit in mir entfacht. In seinen

Augen flammt ein zügelloses Verlangen auf und diesmal ist darin die pure animalische Lust zu erkennen. Ohne darüber nachzudenken, streiche ich mit meinen Fingern über meinen Bauch und umspiele meine Brüste. Korvin versteift sich und ballt seine Hände zu Fäusten, seine Reaktion lässt meine feuchte Erregung pulsieren. Ich spüre, dass er sich mit aller Kraft zurückhalten muss, denn er genießt dieses kleine Spielchen genau so sehr wie ich. Nachdem ich meine Hüften ein weiteres Mal kreisen ließ, trete ich langsam auf ihn zu. Meine Schritte sind die reinste Verlockung und unter seinem Blick fühle ich mich bereits vollkommen entblößt. Als ich ihn erreiche, spüre ich die Hitze zwischen uns, die sich wie ein unsichtbares Band um unsere Körper legt.

»Du hast keine Vorstellung davon, wie sehr ich dich will.«

Kaum hat er dies ausgesprochen, spüre ich seine Lippen auf meinen. Der Kuss hat nichts Sanftes an sich, die Leidenschaft reißt uns eher in einen strömenden Fluss, der uns beide untergehen lässt. Ich schlinge meine Hände um seinen Nacken und schiebe ihn ins Zimmer. Nachdem ich die Tür zugeschmissen habe, stoße ich ihn auf die Couch und werfe mich auf ihn. Die Lust sammelt sich in meiner Mitte und das Einzige, was ich will, ist, dass er mich dort berührt. Seine Hände sind überall und jede Berührung entfacht ein weiteres Feuer in mir. Unsere Küsse werden immer intensiver und wilder, wir versinken in einem Strudel der Lust, der uns überwältigt und alle Vernunft hinfort schwemmt. Ich beiße ihm auf die Unterlippe und erschrecke kurz, denn plötzlich breitet sich der eiserne Geschmack von Blut in meinem Mund aus. Doch es scheint sein Verlangen nur noch mehr anzutreiben. Seine rauen Hände fahren begierig über die zarte Haut meiner Brüste, was mich aufstöhnen lässt. Korvin taucht seine Zunge erneut in meinen Mund ein und dabei stoßen auch unsere Zähne zusammen. Wir beißen uns sanft, saugen aneinander und mit jedem Zungenschlag versinken wir mehr in der leidenschaftlichen Ekstase. Mit jeder Sekunde wird unsere Atmung hektischer und unsere Körper reiben sich in einem verzweifelten Verlangen nach Nähe fest aneinander. Ich spüre, wie seine Härte unter mir pulsiert und werde vollkommen in die Sturmfluten der Lust getrieben. Zwischen meinen Schenkeln pocht es ununterbrochen, ich will ihn. Jetzt!

Meine Finger gleiten über seinen harten Körper nach unten und ich genieße jede einzelne Muskelwölbung, die unter meiner Berührung leicht erzittert. Ein Prickeln durchströmt jede meiner Zellen und je weiter hinunter ich fahre, desto mehr spannen sich seine Muskeln an. Ich kann die Stärke, die in ihm steckt, deutlich spüren. Währenddessen streichen seine Hände sanft über meinen Rücken, unsere Bewegungen sind synchron, ein lustvolles Spiel der Hingabe und Verführung. Jeder Kuss und jede Berührung ist wie ein elektrischer Strom, der durch unsere beiden Körper fließt. Wir lassen uns vollkommen von unseren Instinkten leiten.

Als ich meine Hand an seiner Härte reibe, stöhnt Korvin lustvoll auf und in diesem Moment besteht meine ganze Existenz aus Begierde und Verlangen. Ich will ihn, alles von ihm! Ich will, dass er sich mir vollkommen hingibt. Ich will, dass er seine Träume und Sehnsüchte mit mir teilt. Und vor allem will ich, dass er sich genau so sehr in mir verliert, wie ich mich in ihm.

Mein Körper steht vollkommen in Flammen. Ich fahre mit der Hand in Korvins Hose und spüre die zarte Haut seines erregten Glieds, diesmal bin ich es, die lustvoll aufstöhnt. Der darauffolgende Kuss ist so mächtig, dass er die Grenzen der Lust und der Hingabe sprengt. Ich erzittere unter der Menge an Gefühlen, die in diesem Moment auf mich einprasseln.

Doch plötzlich löst er sich von meinem Mund und schaut mich mit einem undeutbaren Blick an. »Bist du dir sicher?«, keucht er. »Ich will nicht, dass du es bereust, sobald du deine Dunkelheit unter

Kontrolle gebracht hast. Wenn wir jetzt nicht aufhören, werde ich mich nicht mehr zurückhalten können. Du bringst mich dazu, vollkommen die Kontrolle zu verlieren.«

Und damit reißt uns der strömende Fluss, der uns umgibt, auseinander. Die Lust, die eben noch jede Zelle meines Körpers eingenommen hat, liegt jetzt wie ein toter Fisch am Meeresgrund. Es gibt bereits zwei Stimmen in meinem Kopf, die ununterbrochen jede meiner Entscheidungen infrage stellen. Da brauche ich nicht auch noch Korvin, der mein Urteilsvermögen anzweifelt. Selbst wenn ich es bereuen sollte, dann ist das mein Problem, ich bin eine erwachsene Frau, ich komme schon damit klar. Wie auch immer, der Moment ist verstrichen. Ich löse mich von ihm und stapfe in mein Zimmer.

KAPITEL FÜNFZEHN

Als ich am nächsten Morgen ins Esszimmer komme, liegt eine rote Rose auf meinem Teller. Nach einem ausgiebigen Frühstück mache ich mich auf den Weg in den Rosengarten.

Ich weiß, dass Korvin es nur gut gemeint hat, trotzdem bin ich noch sauer auf ihn. Anscheinend zweifelt er an meinem gesunden Menschenverstand und ich hasse es, dass er meine Entscheidung infrage gestellt hat. Was denkt er von mir? Ich bin verdammt nochmal kein unsicheres kleines Mädchen! Egal, ich muss mich auf das bevorstehende Training konzentrieren. Ich verfüge jetzt über die ganze Macht meiner schwarzen Magie und diesmal wird es nicht wieder Wochen dauern, um sie zu kontrollieren.

Korvin ist bereits da, ich trete soeben durch das von Rosen bewachsene Tor und sein Blick folgt mir bei jedem Schritt. Ich müsste nicht mal etwas machen, die Anspannung zwischen uns könnte die Rosen auch zum Welken bringen. Für einen kurzen Moment huscht eine gewisse Unsicherheit über sein Gesicht, doch er hat sich schnell wieder unter Kontrolle und sieht wie üblich lässig aus.

»Dann wieder zurück zum Anfang«, sagt er locker. »Jetzt, wo dir die volle Kraft deiner schwarzen Magie zur Verfügung steht, musst du wieder lernen, sie zu dosieren.«

Er deutet auf eine Rose und das Training beginnt. Es hat nur drei Anläufe gebraucht, bis ich meine schwarze Magie gezielt einsetzen konnte. Mein Wille war nie stärker und ich weiß, dass ich meine Dunkelheit beherrschen werde. Sie gehört zu mir und ich akzeptiere sie voll und ganz. Es ist skurril, aber seitdem ich weiß, aus was sich meine Dunkelheit zusammensetzt, fühle ich mich vollkommen. Auch die Natur hat ihre dunklen Seiten und kann grausam sein, doch sie bringt eben auch atemberaubende Schönheit hervor.

Die Sonne scheint auf uns herab, doch sie wirkt wie eine rostige Rotlichtlampe im Vergleich zu der Hitze, die zwischen Korvin und mir brennt. Wäre ich nicht immer noch sauer auf ihn, würde ich schon längst wieder an seinen weichen Lippen hängen.

»Es ist wirklich erstaunlich, wie schnell du deine schwarze Magie unter Kontrolle bringen kannst«, sagt er anerkennend.

»War's das für heute?«, frage ich leicht genervt.

»Neva, wegen gestern ...« Doch ich unterbreche ihn, bevor er fortfahren kann.

»Ich möchte jetzt nicht darüber reden. Und da bin ich mir auch ganz sicher!«, sage ich schroff und wende mich von ihm ab.

Wehe Thia ist jetzt nicht in ihrem Zimmer.

Ohne zu klopfen, stürme ich durch Thias Tür, sie liegt auf ihrem Bett und spielt an ihrem Handy rum.

»Zum Glück bist du da«, sage ich erleichtert.

Sie richtet sich auf und schaut mich grinsend an. »Oh oh, da ist anscheinend jemand sexuell frustriert«, sagt sie kichernd.

»Woher weißt du ... ach ist auch egal. Korvin und ich hatten gestern beinahe Sex, alles war perfekt und dann fragt er mich, ob ich mir auch wirklich sicher bin!«, schildere ich wütend.

»Ich habe dich unterschätzt, ich dachte, dass nur der erste Kuss gefallen wäre«, sagt sie lachend. »Zu deiner ersten Frage, jeder der Augen im Kopf hat, sieht, was für eine sexuelle Anspannung zwischen euch herrscht. Im Club konnte er seinen Blick kaum von dir abwenden. Eigentlich habe ich schon an dem Abend damit gerechnet, dass zwischen euch was läuft. Es wird auch echt mal Zeit, dass du mit der Sprache rausrückst. Aber zurück zum Thema, warum hast du nicht einfach ›Ja‹ gesagt?«

»Nachdem er die Frage ausgesprochen hat, ist meine Lust bis zum Nullpunkt gesunken. Aber darum geht es nicht, warum überhaupt die Frage? Glaub mir, ich habe ihm deutlich gezeigt, dass ich mir sicher bin!«

»Hast du es dir danach wenigstens noch selbst besorgt?«, fragt Thia mich ernst, bevor wir in lautes Gelächter ausbrechen.

»Hat er deine Entscheidungen schon mal in einer anderen Situation in Frage gestellt?«, will sie dann wissen.

Ich denke darüber nach und mir fällt auf, dass eher das Gegenteil zutrifft. Er hat mich immer dabei unterstützt, meine Vorhaben in die Tat umzusetzen, angefangen bei dem Friseurbesuch bis zu der Entscheidung, an den Missionen teilnehmen zu wollen.

»Nein«, antworte ich nüchtern.

»Vielleicht war es seine eigene Unsicherheit, die da aus ihm gesprochen hat. Ihr kommt aus zwei komplett unterschiedlichen Welten, vielleicht war er überrascht, dass du dich wirklich darauf einlässt«, sagt sie nachdenklich.

»Korvin kommt mir nicht unbedingt wie der unsichere Typ vor«, gebe ich zurück.

»Normalerweise nicht«, antwortet Thia zwinkernd.

Hat sie vielleicht wirklich recht damit? Auch wenn es irgendwie Sinn ergeben würde, ich kann es mir beim besten Willen nicht vorstellen.

»Ich bin mir zwar sicher, dass ihr eure Differenzen schon bald mit heißem Sex klären werdet, aber falls nicht, kannst du gern in meinem Zimmer schlafen. Ich muss gleich in die Stadt, es gibt dort was zu erledigen, die nächsten Tage werde ich in einem edlen Penthouse übernachten. Du hast das ganze Gebäude für dich und mit der Krankenstation im Erdgeschoss fühlst du dich bestimmt schnell heimisch«, bietet Thia mir an.

Sobald sie weg ist, sind nur noch Incubus auf dem Anwesen. Noch vor ein paar Monaten hätte ich mich bei dem Gedanken unwohl gefühlt, aber es ist schon lange nicht mehr so, als würde ich unter Feinden sein.

Thia und ich quatschen noch, während sie ihre Sachen packt und gehen dann gemeinsam aus dem Haus.

»Pass auf dich auf«, sage ich, während wir uns umarmen.

Sie nickt mir zu und damit trennen sich unsere Wege. Ich bin dankbar, eine Freundin wie Thia an meiner Seite zu haben.

Plötzlich rast ein Motocross-Fahrer wie ein Irrer an mir vorbei. Er sieht mich und bremst dann so stark, dass sich das Fahrzeug auf das Vorderrad stellt. Eisblaue Augen strahlen mir neckisch entgegen, nachdem er seinen Helm abgesetzt hat. Ace.

»Mir ist zu Ohren gekommen, dass du Motorrad fährst. Wie sieht es mit Motocross aus?«, frag er fröhlich.

Ace sitzt auf einer orangen Crossmaschine, die perfekt auf sein Outfit abgestimmt ist. Ich kann mir gut vorstellen, wie er damit vor der Polizei abhaut.

»Wenn du dich um die passende Bekleidung und eine weitere Maschine kümmerst, bin ich dabei«, gebe ich voller Vorfreude zurück. Das ist jetzt genau das Richtige, um den Kopf freizubekommen.

Zehn Minuten später hat Ace alles organisiert. Die Motocross-Kleidung ist im Vergleich zu der schweren Lederkombi beim Motorradfahren viel luftiger. Dafür ist es aber auch notwendig, extra Protektoren zu tragen, um sich vor Verletzungen zu schützen. Mein Bike ist dunkelblau mit neongelben Highlights, ich liebe es. Wir fahren eine Weile durch den Wald und kommen schließlich an einer Rennstrecke raus. Hier springen bereits einige Fahrer durch die Luft und der herrliche Duft von Benzin steigt mir in die Nase. Unfassbar, eine verdammte Rennstrecke! Ace und ich steigen einfach mit ein, es ist ein lockeres Rennen zum Spaß, niemand fährt hier ernsthaft um den Sieg. Da es ein trockener, sonniger Tag ist, staubt es auf der Rennstrecke ordentlich. Ich liebe das Gefühl, wenn mir das Adrenalin durch die Adern fließt. Mit jedem Erdhügel, über den ich fliege, wird mein Grinsen im Gesicht breiter. Ich fahre so lange, bis meine Muskeln in den Unterarmen versagen und sich weigern den Lenker weiterhin zu halten. Ace fährt noch ein paar Runden und stellt sich dann neben mich.

»Danke, dass du mich mitgenommen hast, das habe ich wirklich gebraucht.« Und es stimmt, ich fühle mich glücklich und locker.

»Du fährst gut«, gibt Ace zurück.

»Natürlich fahre ich gut«, antworte ich lachend.

»Der Spaß geht noch weiter, heute Abend ist Casino-Night.« Er strahlt bis über beide Ohren. »Du musst kommen, ich habe alles bis ins letzte Detail geplant. Es wird phänomenal!«

»Wann geht es denn los?«, frage ich grinsend.

»Um acht Uhr, ich sage Ravena, dass sie dich abholen soll. Dann kommt sie nicht mehr aus der Sache raus«, sagt er mit einem teuflischen Funkeln in den Augen.

Nachdem ich mir den Staub der Rennstrecke abgewaschen habe, grüble ich vor meinem Kleiderschrank über ein passendes Outfit. Ich entscheide mich für ein langes, dunkelblaues Kleid aus Seide, es hat Spagetti-Träger, einen V-Ausschnitt und einen verführerischen Beinschlitz. Der weiche Stoff schmiegt sich um meine Kurven und betont genau die richtigen Stellen. Ich ziehe mir einen schwarzen Lidstrich und trage roten Lippenstift auf, der perfekt zu meinen kupferroten Locken passt.

Ich bin gerade fertig, da klopft es an der Tür. Ich öffne sie und kann nicht anders, als Ravena anzustarren. Sie trägt einen schwarzen Anzug mit Krawatte und einen schmalen Gürtel, der ihre Taille betont. Der Anzug schmiegt sich perfekt an ihren Körper, sicher ist es eine Maßanfertigung. Ihr schwarzes Augenmakeup bringt ihre grünen Augen zum Leuchten.

»Du siehst unglaublich aus«, sage ich immer noch erstaunt.

»Danke«, erwidert sie. »Langsam fange ich an Ace' lächerliche Veranstaltungen zu genießen. Mein Gott, habe ich das gerade wirklich gesagt? Wehe du erzählst ihm das!«, sagt sie spaßig. »Du siehst auch wunderschön aus.«

Daraufhin hake ich mich bei ihr ein und wir machen uns auf den Weg ins Freudenhaus. Nachdem wir ein paar Schritte gelaufen sind, spüre ich, dass Ravena eine Frage auf der Seele brennt.

»Wie geht es dir nach dem Waffendeal?«, fragt sie schließlich.

»Ich habe etwas gebraucht, um damit klarzukommen, aber mir geht es gut«, antworte ich wahrheitsgemäß.

»Wie kam es dazu, dass Korvin angeschossen wurde? Er verhält sich seitdem irgendwie merkwürdig«, bringt sie an.

Mein Herz pocht wie wild. *Bleib cool, Neva.*

»Es war meine Schuld«, antworte ich. Das ist zwar nicht die ganze Wahrheit, aber auch keine Lüge. Ich will nicht mit Ravena über mein Gefühlschaos hinsichtlich Korvin sprechen und das merkt sie auch.

»Du hast deine Sache gut gemacht, jeder ist selbst dafür verantwortlich, wenn eine Kugel in seinem Körper landet. Es macht mir nur etwas Sorgen, er war noch nie so unachtsam. Und bei dem, was uns bevorsteht …«, grübelt sie vor sich hin.

Bevor ich fragen kann, was uns denn bevorsteht, steigt Ilian aus einer weißen Limousine vor dem Freudenhaus aus und wendet sich uns freudestrahlend zu.

»Ladies, ihr seht bezaubernd aus. Los, hakt euch bei mir ein und lasst uns für einen dramatischen Auftritt sorgen«, kichert er und hält uns seine Arme entgegen.

Er trägt einen schwarzen Glitzeranzug und hat schwarz lackierte Nägel. Das Jackett geht ab der Brust zu einer silbernen Funkelpracht über. Er braucht uns absolut nicht, um einen dramatischen Auftritt hinzulegen. Ich freue mich sehr ihn zu sehen, ich mag Ilian. Er hat etwas an sich, dass einen dazu bringt, sich gut zu fühlen. Vielleicht ist es seine Unbeschwertheit, die auf mich überschwappt. Es ist erfrischend, wie leicht er das Leben nimmt.

»Hast du Neuigkeiten?«, will Ravena wissen.

»Ach, Ravena, wir sind noch nicht mal bei der Party angekommen und du willst schon übers Geschäft reden, gönn mir zuvor doch wenigstens einen Whisky«, zieht er sie auf.

Wir treten in das Casino ein und ich habe das Gefühl, in einer Filmkulisse zu stehen. Ein roter Teppich bedeckt den Boden und an mehreren runden Spieltischen versuchen bereits einige ihr Glück. Es gibt zahlreiche Spielautomaten, Karaoke Maschinen und eine Bar, die fast über die gesamte Länge des Raumes reicht. Ilian steuert zielsicher auf eine Nische zu, die mit einem roten Band abgesteckt ist. Auf der schwarzen U-förmigen Ledercouch sitzen bereits Ace und Korvin. Der Tisch steht randvoll mit allmöglichem Alkohol und so wie es aussieht, hatten die beiden schon ein paar Gläser.

»Da seid ihr ja«, sagt Ace und springt freudig auf.

Korvin dagegen bleibt stillsitzen und starrt mich an. Sein Blick gleitet über jede Stelle meines Körpers, das Verlangen in seinen

Augen macht mir fast schon ein bisschen Angst. Als sich unsere Blicke treffen, wird sofort das Feuer in mir entfacht. Selbst wenn ich versuchen würde, die Anziehung zu leugnen, die zwischen uns besteht, mein Körper weiß ganz genau, was er will. Korvin trägt wie immer einen schwarzen Anzug, doch die Fliege ist neu und auch seine Haare sind stärker gegelt. Ich würde mich am liebsten auf seinen Schoß setzen und die perfekte Frisur zerstören.

Nachdem er und Ilian sich ausgiebig begrüßt haben, schenkt Ace uns allen einen Vodka ein. Den kann ich gut gebrauchen! Ich kippe ihn in einem Zug runter und lasse Ace wissen, dass er mir nachschenken soll.

»Dann lasst uns das Geschäftliche hinter uns bringen, Ravena kann es kaum erwarten«, sagt Ilian spitzzüngig.

»Ich sehe mich mal um.« Damit stehe ich auf, trinke den zweiten Shot und trete ins Getümmel.

Von überall her ertönen freudige Jubelschreie, ich versuche mich beim Roulette, scheitere aber auf ganzer Linie. Würden wir hier mit richtigen Einsätzen spielen, wäre ich längst pleite. Die Atmosphäre ist ungezwungen und jeder genießt den Abend. Auch Korvin und die anderen sind mittlerweile mit ihrem Geschäftstermin fertig und haben sich unter die Menge gemischt. Es ist deutlich zu spüren, dass heute keine Menschen anwesend sind, Korvin trägt zwar seine übliche Maske, aber sie sitzt wesentlich lockerer.

Wir schleichen den ganzen Abend wie Raubkatzen umeinander und warten darauf, bis der andere den ersten Angriff startet. Nachdem ich mit Ilian einen weiteren Vodka getrunken habe, bin ich gerade auf den Weg in den Club. Dieser grenzt an die Spielhalle an und die Musik zwingt einen quasi zum Tanzen.

Plötzlich taucht Korvin neben mir auf, packt mich am Arm und zerrt mich in einen kleinen Raum. Es ist wie ein illegales Hinterzimmer, nur der ovale Spieltisch mit grüner Filzoberfläche passt hinein.

Sobald sich die Tür hinter uns verschließt, küsst er mich stürmisch und drückt mich gegen den Tisch. Tausend Blitze schießen durch meinen Körper und sofort stehe ich wieder in Flammen. Seine Küsse sind fordernd und voller Verlangen. Wir sind wieder in dem reißenden Fluss und lassen uns von den Wellen der Lust in die Tiefe ziehen. Ich bin gefangen zwischen dem Spieltisch und seinem harten Körper, der sich gierig an mich drückt.

Während er sich von meinem Mund löst und zu meinem Hals wandert, ziehe ich ihm das Jackett aus und fahre mit den Händen unter sein Hemd. Ich spüre seine Zähne an meiner Haut und ziehe ihn automatisch noch näher an mich. Korvin hebt mich auf den Tisch und ich schlinge meine Beine um seine Hüften. Ich bin feucht vor Erregung und als ich seine Härte an mir spüre, stehe ich kurz vor der Explosion. Seine Hände wandern über meine Brüste und liebkosen meine steifen Nippel, während seine Zunge wieder in meinen Mund eindringt. Jede seiner Berührungen hinterlässt eine brennende Feuerspur auf meiner Haut. Ich stöhne auf und ziehe ihn mit meinen Beinen noch näher an mich, wenn das überhaupt möglich ist. Seine Hand wandert nach unten und dann beginnt er kleine Kreise auf der Innenseite meines Oberschenkels zu malen. Mein ganzer Körper erzittert und damit überkommt mich eine weitere Welle der Lust. Langsam nähert er sich der Stelle, an der ich ihn am meisten spüren will. Ich schlinge meine Arme um seinen Nacken und dränge mich ihm entgegen.

»Willst du mich nicht noch was fragen?«, hauche ich ihm herausfordernd ins Ohr.

Korvin knurrt und beißt mir in den Hals und damit tauchen seine Finger in mich ein. Ich ziehe die Luft scharf in meine Lungen und stöhne auf, während er seine Finger langsam in meinem Gefühlszentrum kreisen lässt.

»Ich hätte da tatsächlich eine Frage«, raunt er verführerisch, während er mich um den Verstand bringt. Ich winde mich unter seinen Bewegungen, jedes Mal, wenn er in mich hineinstößt, entzündet er ein Feuerwerk in mir. »Ich werde dich überall küssen und lecken, bis du vor Verlangen explodierst«, haucht Korvin. Sein Blick ist fest auf mich gerichtet, als wäre ich sein ganzes Universum.

»Das war keine Frage«, gebe ich geistesabwesend zurück.

Ich fühle mich wie in einem Delirium der Lust. Plötzlich blitzt eine gewisse Wildheit in Korvins Augen auf, er küsst mich zügellos und dringt noch tiefer in mich ein. Mit jeder Sekunde verlieren wir uns mehr in dem Verlangen, das uns beide beherrscht. Seine Bewegungen werden schneller und härter, er nimmt einen weiteren Finger dazu und bringt mich damit zum Aufschreien. Der reißende Fluss ist eben zu einem Tsunami der Ekstase geworden.

»Was willst du, Neva?« Seine Stimme bebt vor Verlangen.

Ich kann kaum einen klaren Gedanken fassen. Korvin lässt seine Finger noch intensiver in mir kreisen, ich senke den Kopf in den Nacken und stöhne laut auf. Meine Haut prickelt, denn ich kann den feurigen Blick spüren, mit dem er mich anschaut. Es dauert nicht mehr lange, bis mein Verlangen komplett gestillt ist, aber ich will Korvin ganz in mir spüren, wenn es so weit ist. Ich reiße sein Hemd auf und wandere jede einzelne Muskelwölbung an seinem Bauch hinunter. Ich verbrenne immer mehr, je näher ich seiner Erregung komme.

Während ich seine Hose öffne und meine Hand hineingleiten lasse, beantworte ich seine Frage. »Ich will, dass du mich nimmst. Ich will, dass du mir zeigst, wie sehr du mich willst. Aber vor allem will ich, dass du endlich aufhörst zu reden.«

Als ich schließlich seine zarte Haut berühre, stöhnt er auf. Es gibt nur uns beide, hier und jetzt. Es ist mir egal, was die Zukunft bringt oder welche Konsequenzen das haben wird. Ich habe mich noch nie so lebendig gefühlt, wie in diesem Moment und Korvin will mich genau so sehr, wie ich ihn. Meine Hand reibt über sein hartes Glied und jede meiner Berührungen lassen ihn erzittern. Zu sehen, wie er sich seiner Lust ungezügelt hingibt, lässt auch meine noch weiter ansteigen. Korvin umfasst mein Gesicht mit seinen Händen und presst seine Lippen hart auf meine. Dieser Kuss ist so animalisch, dass er mir den Atem raubt. In diesem Moment sind alle Masken gefallen, ohne Worte und ohne Hemmungen geben wir uns dem Verlangen hin. Unsere Lippen und Zungen erkunden jede Kontur, wir verschlingen einander. Korvins geballte Härte bebt unter meiner Hand und mit seinem lustvollen Stöhnen, das sich unter die leidenschaftlichen Küsse mischt, drohe ich wirklich zu explodieren. Ich halte es nicht mehr aus, ich will ihn in mir spüren, und zwar jetzt! Meine Hände wandern zu seinen breiten Schultern, um ihm das Hemd vollkommen herunterzureißen. Er umfasst meine Hüften und drückt meine Mitte an seine Erregung. Ich will endlich die Erlösung spüren, wenn er in mich eindringt und wir sind nur einen Atemzug davon entfernt.

Doch plötzlich knallt die Tür auf und ich schaue in die weit aufgerissenen Augen von Ace.

»Raus!«, grölt Korvin, der mit dem Rücken zu ihm steht und meinen Körper damit vor neugierigen Blicken schützt.

»Scheiße, tut mir leid«, brabbelt Ace vor sich hin und macht sich schnell aus dem Staub.

»Ich fühle mich fast wieder wie sechszehn, als mich meine Mutter beim Sex erwischt hat«, sage ich lachend.

Korvin grinst mich an. »Vielleicht sollten wir nächstes Mal eine Socke an den Türknauf hängen.«

In seinen Augen brennt nach wie vor das pure Verlangen, doch dann klopft es an der Tür.

»Ich störe wirklich nur ungern, aber Ilian hat eben neue Informationen bekommen und er würde gern noch mit dir darüber sprechen, bevor er geht«, sagt Ace unbeholfen.

Korvin schnauft genervt auf und fährt mir mit dem Finger über die Unterlippe. »Wir treffen uns gleich an der Bar«, antwortet er Ace, ohne seinen Blick von meinen Lippen abzuwenden.

Dann hebt er mein Kinn und führt seinen Mund auf meinen. Der Kuss ist unendlich sanft und lässt mich fast aufseufzen. Was vorhin noch ein tobender Tsunami war, ist jetzt ein plätschernder Bach, der sich durch grasgrüne Wiesen schlängelt und von Vogelgezwitscher begleitet wird. Was macht er nur mit mir? Korvin löst sich von meinen Lippen, indem er sie langsam zwischen seinen Zähnen freigibt.

»Egal was für Informationen es sind, sie können nicht so wertvoll sein, um die Unterbrechung zu rechtfertigen«, haucht er mir ins Ohr und leckt über meine Wange.

Ich kriege keinen Ton heraus, mein Körper bebt immer noch vor Erregung und ich kann nur daran denken, wieder seine Finger zwischen meinen Schenkeln zu spüren. Innerhalb weniger Minuten hat sich Korvin angezogen und verlässt mit einem schelmischen Grinsen den Raum.

Ich lasse mich auf den Spieltisch fallen und atme tief durch. Was er in mir auslöst, ist mit nichts vergleichbar, was ich bisher erlebt habe. Nach Jaxon hatte ich einige lockere Affären und der Sex war wirklich gut, aber dieses Verlangen, das Korvin in mir entfacht, habe ich noch nie so intensiv verspürt. Wir sind wie zwei Magnete, die gar nicht anders können, als eng umschlungen in einer Ecke zu landen.

Während ich das Casino verlasse, sind Korvin und die anderen immer noch in ihre Besprechung vertieft. Ich liege in meinem Bett und zwinge mich wach zu bleiben, meine Tür steht einen Spalt weit offen. Doch bereits nach ein paar Minuten verliere ich den Kampf und mir fallen die Augen zu.

KAPITEL SECHZEHN

Am nächsten Morgen wache ich gut gelaunt auf, ich sprühe vor Energie und kann es nicht erwarten, in den Tag zu starten. Die Sonne scheint mir auf den Rücken, als ich vor meinem Kleiderschrank stehe. Der süße Duft frischer Waffeln dringt mir in die Nase und ich weiß, dass Korvin am Frühstückstisch sitzen wird, wenn ich ins Esszimmer komme.

Ich werfe mir das erst beste Kleid über und gehe die Marmortreppe hinunter. Der würzige Kaffeeduft mischt sich zu dem süßlichen Geruch der Waffeln und wie erwartet hat Korvin bereits Platz genommen und grinst mich über den Rand seiner Kaffeetasse an. Unsere Blicke sind wie feurige Blitze, die durch die Luft schießen. Ich setze mich ihm gegenüber und schenke mir einen dampfenden Kaffee ein.

»Ging eure Besprechung gestern noch lange?«, frage ich. Das wäre die einzig akzeptable Ausrede dafür, dass er nicht noch zu mir gekommen ist.

»Ja, wir sprachen die halbe Nacht über die weitere Vorgehensweise. Nach dem Frühstück muss ich los, ich habe etwas in der Stadt zu erledigen. Kann sein, dass es ein paar Tage dauern wird.« In seiner Stimme liegt der gleiche Frust, den ich bei seinen Worten in meinem Inneren verspüre.

Als ich plötzlich Schritte im Flur höre, weiß ich bereits, wer gleich im Esszimmer stehen wird.

»Na, Neva, hattest du Spaß gestern?«, fragt Ace mit einem schelmischen Lächeln und erntet dafür einen bösen Blick von Korvin.

»Ja, und du? Hattest du auch so viel Spaß wie ich?«, frage ich spitzzüngig.

Korvin prustet vor Lachen und Ace steht mit der Miene eines unbeholfenen Hundewelpen vor mir. Es dauert nur einen Moment, bis er wieder zu seinem üblich spitzbübischen Gesichtsausdruck zurückgefunden hat.

»Wir müssen los, Ravena wartet bereits draußen«, sagt er zu Korvin.

»Ich komme gleich«, erwidert er und gibt Ace ein Zeichen, dass er draußen warten soll.

Sofort knistert es wieder zwischen uns und ich weiß ganz genau, warum er Ace rausgeschickt hat. Ich stehe auf und gehe zu Korvin, er beobachtet jede einzelne meiner Bewegungen. Bei ihm angekommen, setze ich mich rittlings auf seinen Schoß und schlinge meine Arme um seinen Hals. Unsere Zungen berühren sich und sofort schmecke ich den würzigen Kaffee, den er eben noch getrunken hat. Meine Hände fahren durch seine seidig schwarzen Haare, während er sanft über meinen Rücken streicht. Doch plötzlich schwindet die Sanftheit und die Lust reißt uns wieder in ihren Bann. Er steht auf und hebt mich auf den Tisch, das Geschirr klimpert, als er mich absetzt.

»Ich könnte dich jetzt sofort auf dem Tisch nehmen«, sagt er mit tiefer Stimme. »Ich würde dich mit meiner Zunge verwöhnen und dir sämtliche Gedanken aus dem Kopf treiben.«

»Dann tu es«, verlange ich von ihm und drücke ihm meine Hüfte entgegen.

Ich spüre seine Erregung und bin sofort wieder in Ekstase. Seine Finger fahren sanft über meine empfindlichste Stelle.

»Das würde dem nicht annähernd gerecht werden, was ich mit dir vorhabe«, raunt er.

Nach einem weiteren gierigen Kuss wendet er sich widerwillig von mir ab und lässt mich keuchend auf dem Tisch zurück.

Die nächsten Tage stürze ich mich wieder in die Bücher und versuche mich so gut es geht, auf meine schwarze Magie zu konzentrieren. Doch meine Gedanken landen am Ende immer wieder bei Korvin. Ich denke an das letzte Mal, als er für ein paar Tage weg war, damals war ich froh darüber. Jetzt sieht das ganz anders aus, ich kann es nicht erwarten, endlich wieder seine weichen Lippen zu berühren. Er wird mich noch in den Abgrund stürzen!

Doch die Gedanken an ihn haben mir auch nochmal verdeutlicht, dass ich meinem Leichtsinn nie wieder die Macht geben werde, die Kontrolle über mich zu erlangen. Ich fühle mich mittlerweile sicher im Umgang mit meiner schwarzen Magie, ich akzeptiere meine Dunkelheit und weiß, wie ich damit umzugehen habe. Jeder Mensch sollte sich seiner eigenen Dunkelheit bewusstwerden, dass ist die einzige Möglichkeit, dagegen anzukämpfen und sich nicht von ihr beherrschen zu lassen. Auch wenn ich es vermutlich nie erfahren werde, frage ich mich, was Korvins Dunkelheit ist. Er öffnet sich zwar mir gegenüber, aber ich kann mir nicht vorstellen, dass er sich je so verletzlich zeigen würde.

Wie auch immer, die Tage vergehen, ich lese ununterbrochen und wiederhole alle Übungen, die Korvin mir zeigte, als ich noch nicht über meine volle Macht verfügt habe. Jedes Mal, wenn die schwarze Magie durch meine Adern fließt, ist es wie ein Rausch. Mein Blut kocht, vermutlich könnte ich die ganze Welt in die Knie zwingen, wenn ich es wollte. Es ist wie ein tobender Feuersturm, der aus meinem Inneren herausbricht. Meine weiße Energiequelle fühlt sich im Gegensatz dazu an, wie die Flamme eines Teelichts, die bei dem kleinsten Windzug ausgehen könnte. Und ich muss mir eingestehen, dass ich den Rausch liebe!

Ich wache am nächsten Morgen auf und spüre seine Anwesenheit so deutlich wie meinen Herzschlag. Das Training macht sich wirklich bezahlt! Beim letzten Versuch Korvins Präsenz mit meiner schwarzen Magie aufzuspüren, bin ich kläglich gescheitert. Doch jetzt hat es nur einen Gedanken an ihn gebraucht und sofort erhalte ich die gewünschte Antwort. Ein freudiges Quietschen entringt meiner Kehle und ich schwinge meine Beine aus dem Bett. Nachdem ich mir einen kurzen, senfgelben Jumpsuit übergeworfen habe, stecke ich meine Haare zu einem lockeren Dutt hoch und löse ein paar Strähnen, sodass sie mir ums Gesicht fallen.

Ich trete aus meinem Zimmer heraus, da steht Korvin plötzlich vor mir. Er drückt mich gegen die Tür und mir entfährt ein überraschter Schrei. Dieser wird schnell im Keim erstickt, als er seine Lippen auf meine drückt. Seine Zunge taucht in meinen Mund ein, dieser Kuss ist genauso intensiv wie unsere Sehnsucht nacheinander. In diesem Moment bleibt die Zeit stehen, sein Duft hüllt mich ein, genauso wie sein Körper. Ich werde nie genug von dem Gefühl bekommen, das er in mir auslöst. Seine Hände umfassen zärtlich mein Gesicht, während jede Berührung unserer Zungen mich wie ein Blitzschlag elektrisiert.

»Bereit fürs Training?«, fragt er lieblich.

»Wir können sofort loslegen«, erwidere ich und öffne grinsend die Tür zu meinem Schlafzimmer.

Er lacht auf. »Würde nicht die nächste Mission anstehen, würdest du schon längst nackt vor mir auf dem Bett liegen«, flüstert er mir ins Ohr und knabbert an meinem Ohrläppchen.

Ich stelle mich auf die Zehenspitzen und beuge mich nach vorne, um an seinem Hals zu nagen.

»Du solltest dringend mal über die Festlegung deiner Prioritäten nachdenken«, hauche ich ihm ins Ohr und schiebe ihn dann von mir weg.

Zehn Minuten später treffen wir uns im Pavillon. Es ist ein herrlicher Sommertag, die Blumen stehen in ihrer vollen Blüte und ein frischer Lavendelduft liegt in der Luft. Ich laufe barfuß über das weiche Gras, ich liebe es, wie die Halme zwischen meinen Zehen kitzeln. Korvin ist bereits im Pavillon, dieser ist vollgestopft mit allen möglichen Gegenständen, es sieht beinahe so aus wie in Ilians Antiquitätenladen. Alte Bilder, kaputte Lederstühle, eine barocke Standuhr und gruslig aussehende Puppen, die mich aus ihren glasigen Augen heraus anstarren.

»Bringst du mir heute einen Voodoo-Zauber bei?«, ziehe ich ihn auf.

Ich weiß ganz genau, dass er die typischen Vorurteile gegenüber der schwarzen Magie hasst. Da die Incubus dämonische Wesen sind, fühlt er sich eher der schwarzen Magie verbunden, als der weißen. Auch wenn er nicht direkt darüber verfügt.

Er flunkert mich böse an, während er sich lässig gegen die Standuhr lehnt.

»Die letzten Tage trafen wir Vorbereitungen für die nächste Mission, es könnte jederzeit so weit sein.«

»Um was geht es?«, frage ich.

»Es wird eine detaillierte Einsatzbesprechung geben, wenn der Zeitpunkt gekommen ist. Ich möchte, dass du die Gegenstände in

Flammen aufgehen lässt, das wird auch deine Aufgabe bei der Mission sein«, sagt er ernst.

Er nimmt eines der Bilder und wirft es auf den Boden. Die Leinwand hängt zerfetzt aus dem goldenen Rahmen heraus. »Fang damit an.«

Ich konzentriere mich und kanalisiere den schwarzen Feuerball in meinem Inneren, der ununterbrochen in mir wütet. Sobald ich meine Hände öffne, schießen die schwarzen Flammen hinaus. Vor ein paar Wochen hatten sie noch die Größe eines Tennisballs, doch jetzt würde ich es eher mit einem Basketball vergleichen. Die eisigen Flammen lodern in meinen Händen. Ich spüre, wie sie am liebsten einfach aus mir rausströmen würden, egal, welche Zerstörung es zur Folge hätte. Ich richte meine Hände auf das Bild und gebe dem verzehrenden Verlangen nach, meine Magie freizusetzen. Die schwarze Feuerbrunst umschließt das Bild und lässt es innerhalb von Sekunden zu einem Häufchen Asche werden. Es kostet mich viel Kraft, die Flammen wieder in mein Innerstes zurückzudrängen, sodass sich ein paar Schweißperlen auf meiner Stirn bilden.

»Sehr gut«, sagt Korvin nickend. »Jetzt den Stuhl und lass diesmal was davon übrig.«

Der Stuhl ist mittlerweile kohlrabenschwarz und das Leder ist schon längst zu Asche zerfallen. Ich muss wieder all meine Kraft aufwenden, um aufhören zu können. Alles in mir schreit danach, den Stuhl so lange zu rösten, bis nichts mehr davon übrig ist. Die schwarzen Flammen sind kaum zu bändigen, doch ich kämpfe mit allem, was ich habe, dagegen an. Es fühlt sich so an, als müsste ich einen Vulkan am Ausbrechen hindern. Sobald das Feuer wieder in mich übergeht, sinke ich vor Erschöpfung auf die Knie. Nach einem tiefen Atemzug stehe ich wieder auf. »Was jetzt?«, frage ich Korvin.

Ich will mich selbst herausfordern, ich weiß, dass ich den Willen habe, um diese Flammen zu bändigen. Er grinst mich an und zeigt auf die Standuhr. Wir trainieren bis in den späten Nachmittag, ich bin vollgepumpt mit Adrenalin und gleichzeitig fühle ich mich total ausgelaugt. Ich konnte den Feuersturm zwar immer schneller unter Kontrolle bringen, aber es fällt mir alles andere als leicht.

»Du solltest dich ausruhen«, sagt Korvin auf dem Rückweg zum Haus. »Ich habe noch etwas zu erledigen, aber wie wäre es heute Abend mit einem Schwimmtraining?«, fügt er mit einem schelmischen Grinsen hinzu.

»Mal sehen, ob ich dafür Zeit finde, du weißt ja, die Mission steht an und ich muss mich vorbereiten«, necke ich ihn.

Er schlingt seinen Arm um meine Taille und zieht mich an sich. Seine andere Hand umfasst meinen Nacken und er drückt mir einen leidenschaftlichen Kuss auf den Mund, der viel zu schnell vorbei ist.

»Wenn du mehr willst, dann sehen wir uns heute Abend«, sagt er verführerisch.

Dieser Arsch, er weiß ganz genau, dass ich mehr will. Möglichst unbeeindruckt löse ich mich von ihm und gehe ins Haus. Jede Zelle meines Körpers ist erschöpft und sehnt sich nach meinem Bett. Ich schlafe sofort ein, sobald mein Kopf das weiche Kissen berührt.

Als ich am Abend wieder aufwache, plagt mich ein unbändiger Hunger, doch dieser bezieht sich nicht auf irgendwas zu Essen. Nach der Dusche schlüpfe ich in einen schwarzen Triangel-Bikini, der meine Brüste aufreizend in Szene setzt. Meine Haare sind noch nass und die kupferroten Locken kleben an meinem Körper. Den Bademantel lasse ich weg, stattdessen schnappe ich mir ein Handtuch und mache mich auf den Weg in den Keller.

Dort angekommen, habe ich sofort wieder den aromatischen Duft der Bergamotte in der Nase, ich schaue zum Pool, wo Korvin gerade eine Bahn schwimmt. Seine Rückenmuskeln tanzen mit jeder Bewegung und bringen mein Blut in Wallung. Ich trete die erste Stufe in den Pool hinein und genieße es, wie das warme Wasser meine Zehen einhüllt. Mit den Händen voran tauche ich in die Schwerelosigkeit. Das vertraute Rauschen umgibt mich und ich fühle pure Freiheit. Bei der Frage, ob ich lieber Fliegen oder unter Wasser atmen könnte, brauche ich nicht lange zu überlegen. Es gäbe nichts Schöneres, als die Ozeane der Welt zu erkunden, ohne je auftauchen zu müssen.

Wenn meine Schwester und ich zusammen am Strand waren, musste sie mich regelrecht aus dem Wasser zerren. Sobald ich in die bunte Unterwasserwelt eintauche, fühle ich eine tiefe Verbundenheit und Zufriedenheit. Es gibt mir das Gefühl, Teil von etwas Größerem zu sein. Ich habe schon immer davon geträumt, mit Haien zu tauchen. Mich faszinieren die majestätischen Wesen, die bereits seit Urzeiten die Meere der Erde beherrschen.

Nach dem Auftauchen blicke ich in die feurigen Augen eines anderen Raubtiers, das es nicht erwarten kann, mich mit Haut und Haaren zu verschlingen. Sofort legt Korvin seine Hände um meine Hüften und zieht mich gierig an sich. Ich verhake meine Arme in seinem Nacken und schlinge meine Beine um seinen harten Körper. Er wirbelt mich durchs Wasser und taucht seine Zunge in meinen Mund. Der Kuss ist fordernd und ich spüre die Lust, die in ihm brennt.

»Ich warte hier schon seit einer verdammten Stunde«, keucht er mir ins Ohr.

Ich grinse ihn teuflisch an und löse eine Hand aus seinem Nacken. Langsam streiche ich über seine Brustmuskeln und lande schließlich bei seinem Tattoo. Ich fahre jeden Ausschlag des Blitzes entlang, seitdem ich es zum ersten Mal sah, wollte ich das machen. Ich lasse mir Zeit mit den Berührungen und je weiter runter ich komme, desto mehr versteift er sich.

»Was bedeutet es?«, will ich wissen, ohne meinen Blick von der schwarzen Tinte abzuwenden, die seinen Körper ziert.

Er zögert kurz. »Ein Blitz durchbricht selbst die tiefste Dunkelheit und erhellt den Himmel für den Bruchteil einer Sekunde. Er kann zwar unheimliche Zerstörung anrichten, doch durch das Aufleuchten wird auch die Wahrheit preisgegeben.«

»Du denkst also, dass die Wahrheit immer ans Licht kommen sollte, egal welche Zerstörung sie verursachen könnte?«, frage ich nachdenklich und schaue in seine pechschwarzen Augen, die mit den bernsteinfarbenen Funken wie ein ganz eigenes Universum aussehen.

»Ja, wenn die Zeit dafür gekommen ist«, antwortet er sanft.

»Ich hätte dich nicht für einen Philosophen gehalten«, sage ich grinsend, fahre durch seine nassen Haare und drücke ihm einen leichten Kuss auf seine weichen Lippen.

»Du weißt noch so einiges nicht über mich.«

»Dann erzähl mir etwas, was ich noch nicht weiß.«

Wir gleiten eng umschlungen durch das Wasser, während Korvin mir zärtlich über den Rücken streicht. Sein Blick ist unendlich sanft und verschafft mir ein Kribbeln am ganzen Körper.

»Neben meiner Schwester habe …« Korvin stoppt für einen Moment und sein Blick wird nun von einem Schleier der Traurigkeit getrübt. »… hatte ich noch einen Bruder.«

Ich würde gern fragen, was passiert ist, doch ich spüre, wie viel Kraft es ihn kostet, überhaupt darüber zu sprechen.

»Danke, dass du mir von ihm erzählt hast«, gebe ich voller Mitgefühl zurück und umarme ihn. Korvins Arme schlingen sich so fest um mich, dass ich seinen Herzschlag spüre. Die Zeit scheint stillzustehen und ich wünschte, ich könnte diesen Augenblick für immer festhalten.

Ich dachte bereits, dass er nicht weiter über seinen Bruder sprechen möchte, da fährt Korvin plötzlich fort: »Als wir jünger waren, fantasierten wir ständig darüber, was wir einmal für Abenteuer erleben würden. Wir erschufen eigene Welten und haben uns manchmal auch darin verloren. Von der Rettung entführter Prinzessinnen bis hin zur Erforschung verlorener Schätze, unsere Vorstellungskraft war grenzenlos. Eines Abends lagen wir auf einer Wiese und starrten in die Sterne hinauf. Wir malten uns aus, welche Kämpfe die Himmelskörper wohl miteinander ausfechten würden. Es war der letzte unbeschwerte Moment, den wir gemeinsam hatten. An diesem Abend entdeckte ich meine Faszination für die Astronomie.«

Ich löse mich langsam aus der liebevollen Umarmung, um Korvin in die Augen sehen zu können. Mein Herz pocht so schnell, in meiner Brust findet soeben ein Trommelkonzert statt.

»Ich kann gar nicht ausdrücken, wie viel es mir bedeutet, dass du diese Erinnerungen mit mir teilst«, sage ich glücklich.

Korvin hat sich mir bereits geöffnet, doch in diesem Moment zeigte er mir, was ihn geprägt hat und was ihn zu dem gemacht hat, der er heute ist. Meine Gefühle spielen komplett verrückt, ich stehe inmitten eines Tornados aus Schmetterlingen. Korvins Blick ist fest auf mich gerichtet, die Tiefe, die daraus hervorgeht, durchdringt mich und lässt mein Innerstes noch stärker erbeben. Ein sanftes Lächeln umschmeichelt seine Lippen und daraufhin küsst er mich sinnlich und wir sinken ins Wasser.

Die letzten Male waren wir rasend vor Lust, aber in diesem Moment sind wir viel zärtlicher miteinander. Uns verbindet nicht nur das reine fleischliche Verlangen und das spiegelt sich in unseren Berührungen und Küssen wider. Unsere Zungen haben sonst miteinander gerungen, aber jetzt schmiegen sie sich zärtlich umeinander und sorgen für Explosionen in all meinen Nervenenden. Wo sonst das Feuer in mir wütet, fühlt es sich jetzt so an, als würde etwas erblühen. In diesem Kuss lässt er mich seine Verbundenheit spüren.

Ich kann die Wärme und Intensität fühlen, die er in diesem Moment für mich empfindet. Wir sind so eng umschlungen, dass nicht mal ein Blatt Papier zwischen uns passen würde. Korvin läuft langsam durch das Wasser und sobald wir am Beckenrand angekommen sind, spüre ich seine harte Erregung an meinem Bauch. Er küsst meinen Hals und hinterlässt eine Spur aus elektrisierender Gänsehaut. Seine Hände wandern unter mein Bikinioberteil und als er über meinen steifen Nippel streicht und zwischen seinen Fingern einklemmt, stöhne ich lustvoll auf. Mein ganzer Körper pulsiert und ich dränge ihm meine Hüfte entgegen. Unsere Küsse werden intensiver und da ist es wieder, dieses unbändige Verlangen. Er drückt sich härter an mich, dann greift er in meine Haare und zieht meinen Kopf nach hinten. Seine andere Hand wandert zu meinem Rücken, um mir endlich das Bikinioberteil zu öffnen. Er betrachtet meine nackten Brüste, woraufhin das Verlangen in seinen Augen aufglüht. Sein Mund fährt zu meiner harten Knospe, er beißt sanft hinein und entlockt mir damit ein weiteres Stöhnen. Er umkreist meinen Nippel mit seiner Zunge und lässt ihn langsam zwischen seinen Zähnen herausgleiten. Er zieht mich wieder an sich und sofort wandern meine Hände zu seiner Härte, doch plötzlich...

»Korvin, bist du hier? Oh, scheiße ...« Sobald Ace uns sieht, dreht er sich schockiert um. »Ich schwöre dir, ich mache das wirklich nicht mit Absicht!«, stottert er herum.

»Was willst du?«, fragt Korvin ihn mit harter Stimme, die so gar nicht zu dem lieblichen Blick passt, den er mir gerade zuwirft. Während er auf die Antwort von Ace wartet, knabbert er an meiner Unterlippe herum.

»Morgen ist es so weit! Ich hätte auch nicht gedacht, dass es jetzt so schnell geht, aber der Zeitpunkt ist perfekt. Sie ist heute Abend in der Stadt eingetroffen, wir müssen so schnell wie möglich zuschlagen. Wenn wir jetzt noch die Details besprechen, können wir morgen früh die Einsatzbesprechung machen und direkt loslegen«, sagt Ace entschlossen.

»Dein Timing ist echt beschissen, Ace«, erwidert Korvin genervt.

»Das brauchst du mir nicht zu sagen. Ravena und ich warten im Salon auf dich!« Und damit macht er sich schnell aus dem Staub.

»Was auch immer das Gegenteil von einem Wingman ist, das ist Ace!«, sagt er immer noch wütend darüber, dass wir schon wieder unterbrochen wurden.

Nach einem letzten leidenschaftlichen Kuss löst er sich von mir und stampft widerwillig nach oben. Ich grinse ihm hinterher und lasse mich glücklich unter Wasser sinken.

KAPITEL SIEBZEHN

Die Einsatzbesprechung findet im Freudenhaus statt. Wir stehen um einen Tisch herum, auf dem die Baupläne eines Gebäudes liegen. Korvin hat seine Maske der Gleichgültigkeit aufgesetzt, es wundert mich nicht, neben Ravena und Ace sind auch einige seiner menschlichen Geschäftspartner anwesend. Er ist voll und ganz im Anführer-Modus, autoritär, entschlossen und unnahbar. Mein Herz kommt kurz in Stolpern, wenn ich daran denke, wie er zu mir ist. Und irgendwie erregt mich seine Kaltblütigkeit, die er anderen gegenüber an den Tag legt. Gott, was stimmt nur nicht mit mir? Wenn ich versuche, ihm zuzuhören, sehe ich nur seine Lippen, wie sie sich um meine Nippel legen und ... *Verdammt, Konzentration, Neva!*

»Das Haus wirkt zwar von außen wie eine Ruine, doch es ist ein Lager für wertvolle Beute aus Kunstdiebstählen aller Art. Der Gegenstand, den wir brauchen, ist jedoch nicht darunter. Wir wissen zum jetzigen Zeitpunkt noch nicht, wo er sich befindet, daher werden wir alles, was sich in dem Haus befindet, abbrennen«, befiehlt Korvin und schaut zu mir.

»Warum abbrennen? Wir hätten mehr davon, es zu stehlen und es hätte denselben Effekt«, wirft ein kahlköpfiger dunkelhäutiger Mann ein, der einen kleinen Bierbauch hat.

»Hätte es nicht«, gibt Korvin mit harter Stimme zurück. »Sie soll wissen, dass wir es auf sie abgesehen haben! Ein Diebstahl könnte genauso gut als Zufallsereignis durchgehen. Aber wir zielen darauf ab, dass sie ihre wertvollsten Besitztümer in Sicherheit bringt und dadurch kommen wir an das, was wir wollen.«

»Wir könnten sie auch einfach entführen und so lange foltern, bis sie uns sagt, was wir wissen wollen.« Der Einwand kommt von einem schmalen, fast schon schüchtern wirkenden jungen Mann. Er hat lockige Haare und sieht absolut nicht danach aus, irgendjemanden kaltblütig foltern zu können. In einer Folge von Navy CIS wäre er vermutlich der clevere Nerd, der das Pentagon hackt.

Korvin zieht zwar sein üblich gelangweiltes Gesicht, aber ich spüre, dass es darunter zu brodeln anfängt. Er ist genervt davon, sein Vorhaben erklären zu müssen.

Wahrscheinlich denkt er sich gerade: »Warum bin ich nur von Idioten umgeben?« Der Gedanke bringt mich zum Kichern, woraufhin mich plötzlich alle anstarren. Das Lächeln verschwindet augenblicklich von meinem Gesicht und ich räuspere mich.

»Ähm ... ich habe gerade daran gedacht, was für ein Spaß es wäre, mal wieder jemanden zu foltern«, sage ich ernst, woraufhin mir der Lockenkopf zustimmt und damit eine hitzige Debatte über die liebsten Folterinstrumente eines jeden beginnt.

»Schluss damit!«, weist Korvin mit erhobener Stimme an. »Wir entführen und foltern sie nicht, weil wir nicht wissen, wie sie aussieht. Sie ist der Kopf eines riesigen Kunstraub-Netzwerkes und durch unseren gezielten Angriff auf ihre Ware werden wir sie zum Handeln zwingen und aus der Reserve locken. Wir offenbaren damit ihre Identität und finden gleichzeitig heraus, wo sie den Gegenstand hinbringen lässt. Sonst noch irgendwelche Fragen?« Seine Stimme ist eiskalt. »Gut, Neva und ich werden zuerst allein reingehen, ihr positioniert euch um das Gebäude herum und wartet auf meine Anweisungen.«

Alle nicken ihm zu, der Befehl steht und dem ist nichts hinzuzufügen.

Zehn Minuten später sitzen wir im Auto und wieder rutsche ich nervös auf meinem Sitz hin und her. Es ist das erste Mal, dass ich eine konkrete Aufgabe zu erledigen habe. Jetzt kommt es darauf an, dass ich meine schwarze Magie beherrsche. Korvin und ich sitzen auf der Rückbank, Ravena fährt und Ace trällert wieder mal irgendein Lied auf dem Beifahrersitz. Meine Beine wippen ununterbrochen auf und ab. Korvin legt eine Hand auf meinen Oberschenkel, doch es beruhigt mich nur geringfügig.

»Lass es uns nochmal durchgehen«, sagt er ernst. »Wir schalten die Wachen aus, die hinter dem Haus positioniert sind, von dort aus gelangen wir ins Treppenhaus und gehen weiter auf die Galerie. Wenn wir dort angekommen sind, verschaffen wir uns einen Überblick und handeln entsprechend.«

Ich nicke ihm zu, doch meine Lungen fühlen sich an wie ein zugedrückter Beatmungsbeutel.

Korvin beugt sich vor und wendet sich an Ravena und Ace. »Nachdem wir die Lage eingeschätzt haben, lasse ich euch über Funk alle Anweisungen zukommen. Sichert die Rückseite des Gebäudes, wenn wir drin sind.«

Sie nicken ihm wortlos zu und keine Sekunde später hält Ravena das Auto an. Ich schaue aus dem Fenster und sehe zu meiner Rechten das rote Backsteingebäude. Es ist der perfekte Schauplatz für einen Horrorfilm! Das Haus fällt halb in sich zusammen, die

Scheiben wurden vermutlich mit Steinen eingeschlagen und sind nun mit Holzbrettern verrammelt. Bei der Vorstellung, gleich dort rein zu müssen, läuft mir ein kalter Schauer über den Rücken. Es erscheint mir genauso dämlich, wie wenn sich eine Gruppe aus Collegeschülern in einem Horrorfilm dazu entscheidet, sich zu trennen. Der Garten ist komplett zugewuchert und besteht größtenteils aus vertrocknetem Gras, als würde das Haus alles um sich herum absterben lassen. Allein auf dieser Seite des Hauses entdecke ich bereits mehrere bewaffnete Männer.

»Geht schon mal auf Position, wir kommen gleich nach«, befiehlt Korvin und damit steigen Ravena und Ace aus.

Meine Augen kleben immer noch auf dem Horrorhaus, das vor mir liegt. Korvin dreht meinen Kopf zu sich und erst da merke ich, dass ich die ganze Zeit die Luft angehalten habe. Seine Hände liegen sanft auf meinen Wangen und er führt meine Stirn an seine. Wir verharren einige Minuten, ohne etwas zu sagen, ich beruhige mich langsam und kann wieder atmen.

»Ich weiß nicht, ob ich für all das gemacht bin«, sage ich zweifelnd und schaue ihm in die Augen.

»Du musst das nicht tun, es liegt ganz bei dir«, antwortet er sanft. »Dir würde niemand einen Vorwurf machen, wenn du jetzt aussteigst. Aber du hast keinen Grund an deinen Fähigkeiten zu zweifeln.«

Und genau deswegen werde ich es tun. Die Missionen sind für mich wie Meilensteine, wenn es um die Beherrschung meiner schwarzen Magie geht. Wenn ich sie in derartigen Situationen kontrollieren kann, dann muss ich mir keine Gedanken im Alltag machen. Was auch immer passiert, ich wäre keine Gefahr für meine Mitmenschen.

»Lass es uns durchziehen!«, sage ich selbstsicher.

Korvin grinst mich an. »Dann los.«

Wir stehen auf der Rückseite des Hauses und verstecken uns in dem Dickicht der zugewucherten Büsche. Das Adrenalin schießt durch meine Adern und mein Herz rast. Korvin ist die Ruhe in Person, er ist fokussiert und sein Blick ist klar.

»Sie sind zu viert, die Tür führt direkt ins Treppenhaus und von da aus gelangen wir auf die Galerie«, sagt er entschlossen.

Verdammt, ich hätte mir bei der Einsatzbesprechung lieber die Baupläne des Gebäudes einprägen sollen, anstatt mir vorzustellen, wie sich Korvins Lippen auf meinem Körper anfühlen.

»Bist du bereit?«, fragt er mich und zückt seine Pistole.

Wir haben vereinbart, dass sie nur im Notfall zum Einsatz kommt.

»Bringen wir es hinter uns.« Und damit treten wir aus dem Versteck hervor.

Meine schwarze Magie kribbelt bereits in meinen Fingern. Ich werde so viele Männer wie möglich ausschalten, Korvins Waffe kommt nur zum Einsatz, wenn es nicht anders geht. Mittlerweile ist es nicht mal mehr nötig, dass ich mein Vorhaben vor meinem inneren Auge visualisiere. Es reicht vollkommen aus, wenn ich daran denke, und meine schwarze Magie unterwirft sich meinem Willen. Noch bevor die Männer ihre Waffen auf uns richten können, liegen sie bewusstlos am Boden.

Wir rennen zu der Tür und treten mucksmäuschenstill ins Haus ein. Der gruselige Stil geht auch innen weiter. Von den Türen blättert bereits die Farbe ab und die meisten der Steintreppen sind zerbrochen oder komplett zerschmettert. Die Treppe liegt rechter Hand von der Tür und wir laufen auf direktem Weg weiter.

»Bleib hinter mir«, flüstert Korvin mir zu und wir rasen dicht aneinander die Treppe hinauf.

Nach ein paar Stufen brennen meine Oberschenkel, ich muss definitiv mehr Sport machen! Oben angekommen, stehen wir mit dem Rücken zur Wand. Wir müssen nur noch um die Ecke, um auf die Galerie zu gelangen.

»Lass mich nachsehen! Wenn jemand auf der Galerie ist, kann ich ihn direkt ausschalten. Sollte er dich sehen, wärst du gezwungen einen Schuss abzugeben und wir fliegen sofort auf«, fordere ich flüsternd.

»Kommt nicht in Frage! Du könntest sofort ins Visier geraten. Lieber schieße ich mir den Weg aus dem Haus frei, als zu riskieren, dass du angeschossen wirst«, sagt er entsetzt über meinen Vorschlag.

Ich denke kurz nach, bevor ich antworte. »Ich lege den durchsichtigen Schutzpanzer um mich, dann wird mir nichts passieren.«

»Hast du das vorher schon mal ausprobiert, deine schwarze Magie gleichzeitig auf zwei verschiedene Ziele zu richten?«, fragt er skeptisch.

Ich schüttle den Kopf, doch bevor er sein Veto einlegen kann, fahre ich fort. »Du hast eben noch gesagt, dass ich keinen Grund habe, an meinen Fähigkeiten zu zweifeln, also solltest du das auch nicht!«

Ich sehe, wie es in seinem Kopf rattert, er nickt widerwillig und ich trete um die Ecke. Es steht tatsächlich ein Mann auf der Galerie und er sieht mich direkt an. Mein Herz bleibt für einen kurzen Moment stehen, er richtet seine Waffe auf mich, doch bevor er abdrücken kann, fällt er bewusstlos zu Boden. Das war knapp!

Korvin kommt aus der Deckung, wir schleichen bis zur Mitte der Galerie und kriechen dann auf dem Bauch nach vorne. Als wir über die Brüstung nach unten schauen, habe ich das Gefühl, mir würde jemand den Hals zudrücken.

»Was zum Teufel«, sagt Korvin entsetzt.

Anstatt der erwarteten gestohlenen Kunstgegenstände, reihen sich unter uns jede Menge Kinder auf. Sie sehen traumatisiert aus, die meisten haben eine Leere in ihrem Blick, der mich erschaudern lässt. Alle tragen weiße Nachthemden und werden von schwer bewaffneten Männern beaufsichtigt. Ein Teil der Kinder steht in einer Schlange, manche schwanken und können sich kaum auf den Beinen halten. Nach und nach treten sie an einen Mann heran, der an einem weißen Campingtisch sitzt. Er schreibt Daten auf, die von den Kindern abgefragt werden, teilweise mit vorgehaltener Waffe. Ich schlage mir die Hände vor den Mund, die Tränen rinnen bereits über meine Wangen. Was sind das nur für Monster? Es sind schätzungsweise um die 30 Kinder, sie sind vermutlich zwischen acht und zwölf Jahre alt. An einer anderen Station werden sie gewogen und ein Mann mit medizinischer Maske kontrolliert ihre Zähne. Es trifft mich wie ein Schlag in die Magengrube, als ich realisiere, dass sie katalogisiert werden. Mir wird übel und ich könnte schreien vor Schmerz. Aber vor allem sammelt sich die Wut in mir, meine schwarze Energiequelle pulsiert wie ein Vulkan, der kurz vorm Ausbrechen ist. Sie gaben ihnen nicht einmal Schuhe! Die Kinder tapsen mit nackten Füßen über den zerklüfteten Steinboden. Nachdem sie aufgenommen wurden, werden sie in einen weißen Lastwagen gesteckt. Darauf ist ein großer Teddybär abgebildet und in roter Schrift erscheint der Spruch ›Wir sammeln für Kinder in Not.‹ Das ist so krank! Die schwarzen Flammen schlagen gegen mein Inneres und verlangen danach, rauskommen zu dürfen. Aber ich darf nicht die Kontrolle verlieren, ich muss mir einen Plan überlegen, bevor ich meine Magie freisetze.

Ich wische mir die Tränen vom Gesicht und wende mich an Korvin. »Was tun wir jetzt?«

Von seiner Maske der Gleichgültigkeit ist nichts mehr übrig, der pure Schock zeichnet sich auf seinem Gesicht ab.

»Korvin!«, dränge ich ihn, sich wieder zu besinnen.

Sein Blick wird langsam wieder klarer und wir rutschen etwas nach hinten.

»Wir müssen den Auftrag ausführen!«, sagt er bestimmt.

Seine Aussage fühlt sich an wie ein Schlag ins Gesicht. »Das kann nicht dein Ernst sein! Wir müssen ihnen helfen!«

»Natürlich helfen wir ihnen!«, zischt er zurück. »Wir brauchen zuerst einen neuen Plan.«

»Wir dürfen keine Zeit verlieren, der Transporter könnte jeden Moment losfahren«, dränge ich ihn.

»Verdammt, Neva, lass mich kurz nachdenken!«, schnauzt er mich an.

Plötzlich ertönt ein Schrei und ich krieche wieder an den Rand, um nach unten zu sehen. Ein blondes Mädchen liegt am Boden, sie weint bitterlich und krümmt sich vor Schmerzen. Über ihr steht ein Mann, der ihr sein Maschinengewehr vor das Gesicht hält. Sie muss Todesangst haben! Mein Herz bleibt stehen, als ich sehe, wie ein anderes Mädchen auf ihn zu rennt. Er holt aus und schlägt ihr mitten ins Gesicht, sie fällt sofort zu Boden.

Das endet jetzt! Der Vergleich zu dem brodelnden Vulkan kommt mir mittlerweile lächerlich vor, denn in diesem Moment bricht ein Inferno aus mir heraus. Ich stehe vollkommen in Flammen, das schwarze Feuer umgibt meinen Körper wie eine Hülle der Zerstörung.

»Bringt sie zum Hintereingang raus!«, befehle ich Korvin und schwebe wie ein Feuervogel von der Galerie.

Er gibt über Funk noch so etwas wie »Planänderung« durch, doch dann höre ich nur noch das Knistern der tödlichen Flammen, die mich umgeben. Ich lasse mich in der Ecke nieder, wo ich den meisten Abstand zwischen die Kinder und mich bringen kann. Sofort kommen die Männer auf mich zu gerannt und schießen alles ab, was sie haben. Doch es nützt nichts, der Feuerball, der mich umgibt, lässt die Kugeln sofort schmelzen. Noch nie in meinem Leben fühlte ich mich so mächtig, meine schwarze Magie füllt mich vollkommen aus, aber ich habe die Kontrolle!

Mittlerweile haben sich alle Männer mir zugewendet, ich lasse eine Feuerwand hinter ihnen entstehen und trenne sie somit von den Kindern ab. Die Incubus können sie jetzt ungestört rausschaffen. Nachdem die Männer realisiert haben, dass ihre Kugeln mir nichts antun können, hat sich die Angst in ihnen breitgemacht. Sie suchen verzweifelt nach einem Ausweg, aber es gibt keine Möglichkeit, um zu entkommen. Ich visiere einen muskelbepackten Rotschopf an und strecke meinen Arm nach ihm aus, sofort schießen schwarze Flammen aus meiner Hand. Er schreit auf, aber sein Leid ist viel zu schnell vorbei. Es dauert nur eine Sekunde, bis nur noch ein Häufchen Asche von ihm übrig ist. Die anderen schauen geschockt zu Boden und sobald sie realisieren, dass dies auch ihr Schicksal sein wird, fallen sie auf die Knie und flehen um ihr verschissenes Leben. Ich schaue in ihre Augen und sehe meine Reflektion darin. Ein schwarzer Feuerteufel. Die Flammen umgeben mich nicht nur, sie sind ein Teil von mir. Jede einzelne Feuerzunge gehört genauso zu mir, wie meine Arme und Beine.

»Wie könnt ihr es wagen, um euer Leben zu flehen? Seid ihr ernsthaft der Meinung, ihr hättet Gnade verdient?« Meine Stimme klingt irgendwie verzerrt, aber auch bedrohlich.

Meine Arme schießen nach vorne und ich versuche meine schwarze Magie zu drosseln. Von ein paar dieser Arschlöcher müssen die Überreste übrigbleiben. Bei einigen gelingt es mir, die Haut und Muskeln bis zu den Knochen herunterzubrennen, doch andere zerfallen sofort zu Asche.

Ich befördere die Skelette auf einer Welle aus schwarzen Flammen zu der roten Backsteinwand. Dann stechen mir die Überbleibsel von metallischen Leitersprossen ins Auge, die an der Wand befestigt sind. Perfekt! Mein rechter Arm zeigt auf die Skelette, die ich an die Wand gedrückt halte, während ich meinen linken Arm auf die gebogenen Metallstäbe richte. Sie kommen mir entgegengeschossen, als würde ich einen riesigen Magnet in der Hand halten. Ich jage die Sprossen um die Brustkörbe der Skelette und befestige sie somit an dem roten Mauerwerk. Am Ende sieht es wie eine Halloween Girlande aus, die an der Wand hängt. Es ist die reinste Erlösung, meine schwarze Magie freizulassen. Vor meinem geistigen Auge erscheint das Bild eines Staudamms, bei dem das Wasser wie eine Fontäne durch die Mauer bricht. Doch der schwerste Teil steht mir noch bevor, denn jetzt muss ich den tosenden Feuerball wieder in mir aufnehmen. Ich schreie vor Anstrengung, noch nie habe ich so viel Kraft aufgewendet, wie jetzt. Der Schmerz zieht mir bis in die Knochen und ich bin kurz davor, zusammenzubrechen. Ich schaue auf meine Hände und sehe, wie die schwarzen Flammen langsam in meine Haut eintauchen. Jetzt bleibt nur noch die lodernde Feuerwand. Mit einer quälenden Handbewegung lasse ich die Mauer aus schwarzen Flammen im Erdboden versinken und dann breche ich zusammen.

Die unsagbare Macht, die ich eben noch verspürt habe, hat sich nun in stechenden Schmerz verwandelt. In diesem Moment wird mein Körper von tausend Messern durchbohrt. Meine Haut ist vollkommen überreizt, jede Bewegung brennt höllisch. Ich liege wie ein Seestern auf dem kalten Steinboden und starre an die Decke. Plötzlich kommt Korvin auf mich zu gerannt, er kniet sich neben mich und packt mich an den Armen. Ich schreie sofort auf, hat er sich etwa Handschuhe aus Nadeln übergestülpt?

»Fass mich nicht an«, brülle ich gequält.

Hastig zieht er sich zurück. »Scheiße, Neva, was sollte das?«, sagt er besorgt, obwohl er versucht wütend zu klingen. »Deine Augen ...«

Doch bevor er seinen Satz beenden kann, kommen Ace und Ravena auf uns zugestürmt und knien sich auf meine andere Seite.

»Alles in Ordnung?«, fragt Ravena voller Sorge.

»Das war echt heftig, Neva«, sagt Ace mit einem breiten Grinsen im Gesicht.

»Es geht mir gut, ich brauche nur noch einen kurzen Moment«, antworte ich lächelnd, obwohl der Schmerz durch jede Zelle meines Körpers jagt. »Habt ihr alle Kinder rausgeschafft?«

Korvin nickt. »Sie sind sicher und auf dem Weg ins Krankenhaus, die Polizei wird erfahren, was ihnen passiert ist.«

»Gut.« Sie sind jetzt sicher, dass ist das Wichtigste.

»Unsere Botschaft wird auf jeden Fall deutlich«, sagt Ravena und starrt ungläubig auf die bizarre Girlande aus Skeletten.

»Ich hätte es nie für möglich gehalten, aber du bist genauso Irre wie wir«, scherzt Ace und begutachtet mein Kunstwerk.

»Ich denke, damit ist der Auftrag erfüllt«, sage ich vorwurfsvoll an Korvin gerichtet und stehe langsam auf. Jede Bewegung fühlt sich an, als würde ich von innen heraus verbrennen. Die schwarzen Flammen, die sich gerade noch gegen diese Monster richteten, wenden sich nun gegen mich.

Auf der Rückfahrt bin ich komplett in Gedanken versunken. Ich warte auf die Schuldgefühle, schließlich habe ich eben mehrere Männer kaltblütig ermordet. Doch ich verspüre nicht den Hauch eines schlechten Gewissens, diese Männer haben den Tod verdient. Die Welt ist besser dran ohne diese elendigen Mistkerle. Ich würde es jederzeit wieder tun.

KAPITEL ACHTZEHN

Ich sitze mittlerweile seit Stunden auf dem Fußboden der Dusche und lasse mich von eiskaltem Wasser berieseln. Meine Haut ist zwar immer noch empfindlich, aber die Schmerzen haben nachgelassen. Mein ganzer Körper dampfte, sobald das eisige Wasser meine Haut zum ersten Mal berührte, das Bad war sofort beschlagen. Es war beinahe so wie in einer Dampfsauna. Am liebsten würde ich in ein Eisbecken springen, denn das Wasser fühlt sich gar nicht mehr richtig kalt an. Ich stehe langsam auf, trete aus der Dusche hinaus und wickle mir ein Handtuch um den Körper. Nachdem ich meine Haare kurz geföhnt habe, gehe ich aus dem Bad hinaus in Richtung Kleiderschrank.

Plötzlich wird meine Tür mit einem lauten Knall aufgeschlagen und Korvin steht vor mir. Sein Blick ist so kalt, dass ich erzittere.

»Scheiße, Neva, was sollte der Alleingang heute?«, schnauzt er mich an und tigert zornig vor mir her.

»Was? Ist doch alles gut gegangen«, blaffe ich zurück.

Er bleibt stehen und schaut mich an, er ist rasend vor Wut. Korvin kommt auf mich zu, ich fühle mich wie ein Reh, dass jeden

Moment von einem Wolf in tausend Stücke zerfetzt wird. Automatisch mache ich einen Schritt zurück, doch nach zwei weiteren stoße ich mit dem Rücken gegen die Wand. Er bäumt sich vor mir auf und plötzlich schlägt er mit den Fäusten neben meinen Kopf in das Mauerwerk. Ich zucke zusammen, halte seinem Blick aber stand. Er behält seine Hände neben meinem Kopf und kesselt mich mit seinem Körper ein, es ist ein verfluchter Käfig aus Muskeln. Sein Gesichtsausdruck ist kalt, er verzieht keine Miene, aber in seinen Augen lodert die pure Wut. Ich hätte es nie für möglich gehalten, dass er so die Kontrolle verlieren könnte.

»Das war pures Glück!« Seine Stimme ist kalt vor Zorn, ich wünschte, er würde mich anschreien, das wäre weniger bedrohlich. »Denkst du wirklich, dass du deine Magie vollkommen unter Kontrolle hattest? Du hast aus dem Affekt heraus gehandelt und du hattest Glück, dass es gut gegangen ist! Was, wenn eine deiner Flammen ein Kind getroffen hätte? Was denkst du, wäre dann passiert? Du hättest dir das nie verzeihen können! Das Risiko, dass du eingegangen bist, um die Kinder zu retten, war extrem. Wäre es dir in diesem Moment möglich gewesen, die Männer nur auszuschalten? Hättest du deine Magie so weit unter Kontrolle gehabt? Oder kommen wir doch mal zu den Skeletten, wie viele Männer sind zu Asche geworden, obwohl du ihnen nur das Fleisch von den Knochen brennen wolltest? Scheiße, denkst du echt, du hättest deine Dunkelheit heute vollkommen beherrscht?!«

Ich muss die Tränen zurückdrängen, die sich bereits in meinen Augen sammeln. Er hat recht, und zwar mit allem. Ich hatte meine schwarze Magie einigermaßen unter Kontrolle, aber ich habe meine Dunkelheit nicht vollkommen beherrscht. Es stimmt, ich hatte vor, mehr Männer zu skelettieren, doch die schwarzen Flammen ließen sich teilweise nicht bändigen. Verdammt! Aber er ist nicht der Einzige, der wütend ist!

»Ich habe wenigstens gehandelt«, schnauze ich ihn an und schlage gegen seine Brust, doch er bewegt sich keinen Zentimeter. »Wir müssen den Auftrag ausführen«, äffe ich ihn nach. »Das konnte doch nicht dein verschissener Ernst sein!«

Ich hätte es nicht für möglich gehalten, doch sein Blick wird noch finsterer. Korvins pechschwarze Augen, die mich mit den bernsteinfarbenen Sprenkeln sonst an die unendliche Weite des Universums erinnern, sind jetzt schwarze Löcher, die alles zerstören, was ihnen zu nahekommt. Und ich stehe mittendrin.

»Du hast deine Magie vor Menschen eingesetzt! Zu deinem Glück wird niemand den Kindern glauben, dass sie von einer Frau gerettet wurden, die in Flammen stand! Es ist alles gut gegangen, aber du hast das nicht bis zu Ende gedacht! Und dazu kommt, dass du meinen Befehl missachtet hast! Ich sagte, dass ich mir einen Plan überlege, das heißt, du tust nichts, bis ich es dir befehle!«

»Du hattest aber keinen Plan!«, schreie ich ihn an. »Wolltest du darauf warten, bis eines der Kinder erschossen wird? Ich weiß, es war riskant, aber im Endeffekt hat alles funktioniert. Die Kinder sind unversehrt und in Sicherheit!«

Wieder rammt er seine Fäuste neben meinem Kopf in die Wand, doch diesmal zucke ich nicht zusammen. Es stimmt, ich habe es nicht bis zum Ende durchdacht, aber sein Verhalten war genauso falsch!

»Scheiße, Neva, darum geht es doch gar nicht!«, brüllt er nun zurück. »Hätte jemand mitbekommen, dass du dich meinen Anweisungen widersetzt hast … Verdammt, du weißt doch wie es läuft, du hast es selbst mit angesehen!« Als ich endlich verstehe, worauf er hinauswill, ist die Erleuchtung so strahlend hell wie ein Sonnenaufgang. »Ich hätte keine Wahl gehabt, sie hätten von mir verlangt, dass ich dich für deinen Ungehorsam bestrafe! Und ich kann keine Ausnahme machen, nur weil ich …«

Seine Worte werden von meinem stürmischen Kuss erstickt. Die ganze Wut und Raserei, er hätte mich niemals vor allen Augen gefoltert, doch die Auswirkungen auf sein Netzwerk wären verheerend gewesen. Ich habe ihn in eine unsagbare Situation gebracht, doch seine Reaktion zeigt nur, wie viel ich ihm bedeute. Unsere enorme Wut aufeinander wandelt sich in zügelloses Verlangen. Unsere Zungen führen den Kampf von gerade eben fort, die Küsse sind fordernd und wild. Meine Hände zerren an seinen Haaren und als ich in seine Unterlippe beiße, entrinnt Korvin ein Knurren. Blitzschnell lässt er seine Hände unter meinen Po gleiten und hebt mich nach oben. Meine Beine schlingen sich um seine Hüften, während er mich gegen die Wand drückt. Seine Hände krallen sich in mein Gesäß und ich spüre seine harte Erregung unter mir. Ich habe noch nie jemanden so sehr gewollt wie ihn. Mein ganzer Körper verzehrt sich danach, dass er mich ausfüllt. Zwischen meinen Schenkeln sammelt sich meine Lust und das Einzige, was ich will, ist, dass er mich dort berührt. Korvin stemmt seine Hüfte gegen mich und löst eine Hand, meine Beine schlingen sich automatisch noch enger um ihn. Er fährt unter das Handtuch und gleitet an meinem Körper nach oben. Meine Haut ist immer noch überempfindlich, sodass sich seine Berührungen wie sanfte Elektroschocks anfühlen, doch das steigert meine Lust nur noch mehr. Als er bei meinen Brüsten angelangt ist, öffnet sich das Handtuch und er zerrt es mir gierig vom Körper. Er liebkost meine Brust und massiert meinen steifen Nippel zwischen seinen Fingern, während er meinen Hals küsst. Ich drücke meinen Rücken durch und Korvin wandert mit einer Spur aus elektrisierenden Küssen von meinem Hals zu meiner Brust. Erst spüre ich seine Zunge und dann seine Zähne an meiner Brustwarze und stöhne auf.

»Bring mich aufs Bett!«, keuche ich, mein Atem ist flattrig und die Hitze fließt durch meinen Körper wie ein Lavastrom.

Als er sich von meiner Brust löst und mich mit seinen atemberaubenden Augen ansieht, lege ich meine Arme enger um seinen Hals und tauche meine Zunge in seinen Mund. Korvin küsst mich mit einer Leidenschaft, die mich alles vergessen lässt. Nachdem er mich sanft auf dem Bett abgelegt hat, setzt er sich auf die Knie, um sein Hemd auszuziehen.

Ich betrachte Korvin und da wird mir klar, dass diese Verbindung nur auf zwei Wegen enden kann. Er wird mich zerstören und in den Abgrund ziehen, oder mir die Sterne vom Himmel holen, doch es liegt nichts dazwischen. Aber das ist mir egal! Ich will ihn, mit jeder Faser meines Körpers.

Während er sein Hemd auszieht und neben das Bett wirft, fahren meine Hände zu seiner Gürtelschnalle. Kurz darauf hat er sämtliche Kleidungsstücke abgelegt und sein Blick wandert gierig über meinen Körper. Ich liege splitternackt vor ihm, noch nie hat mich jemand so begehrt. Er beugt sich über mich und sein unverkennbarer Duft dringt mir in die Nase. Die Mischung aus Kiefernholz und Meersalz ist genauso verführerisch wie er. Mein Mund ist leicht geöffnet, ich kann es nicht erwarten, seine weichen Lippen wieder auf meinen zu spüren. Sein warmer Atem kribbelt bereits auf meiner Haut, woraufhin ich erwartungsvoll meine Augen schließe. Doch plötzlich bewegt er sich keinen Millimeter mehr. Ich schaue ihn fragend an und begegne einem Blick, der mein Herz stillstehen lässt. Darin ist so viel Liebe, Sanftheit und Verbundenheit zu erkennen. In diesem Moment schaut er direkt in mein Innerstes und liest all meine Gedanken und Gefühle. Und obwohl wir gerade noch gestritten haben, fühle ich mich auf eine Weise gesehen und verstanden, wie es noch nie jemand zuvor getan hat.

Ein zartes Kribbeln durchströmt meinen Körper und mein Herz fühlt sich an wie ein Tennisball, der in meiner Brust hin und her geschlagen wird. Korvin streicht mit seinem Daumen sanft über meine Unterlippe und reißt mich damit aus meiner Gedankenblase.

Er küsst mich so zärtlich, als würde ein samtiges Blütenblatt über meinen Mund streifen, dann schaut er mir wieder tief in die Augen.

»Jeder Moment mit dir ist wie ein Rausch.« Seine Stimme ist so hingebungsvoll, dass mir ein elektrisierender Schauer durch den Körper jagt. »Nichts ist dann mehr von Bedeutung, weder Zeit noch Raum. Ich existiere nur für dich.«

Ein Schwarm von Schmetterlingen trägt mich durch den Himmel und seine Worte hallen in meinem Kopf wider und erfüllen jede Faser meines Seins.

»Ich will dich, alles von dir. Gib mir alles, was du hast«, verlange ich und verliere mich in dem sinnlichen Kuss, mit dem Korvin mich vollkommen einnimmt.

Sofort verwöhnen mich seine Hände wieder mit zärtlichen Berührungen. Ich wandere über seinen makellosen Körper nach unten und als ich seine Härte mit meiner Hand umschließe, stöhnt er auf. Die zarte Haut brennt unter meinen Fingern und ich genieße die zügellose Lust, die ich in ihm auslöse. Er umfasst meine Brust und reibt mit seinen rauen Fingern über meine Knospe. Meine Bewegungen werden schneller, gieriger, ich kann es nicht mehr abwarten, ihn in mir zu spüren.

Ein tiefes Grollen entrinnt seiner Kehle und seine Zunge wandert über meinen Bauch nach unten. Mit jedem einzelnen Kuss bringt er mich um den Verstand. Er leckt langsam über die Innenseite meines Oberschenkels und beißt sanft zu. Die Lust pulsiert in meinem Blut und bewegt sich wie ein Tsunami durch meinen Körper. Ich stöhne auf und er taucht seine Zunge in mich hinein. Endlich spüre ich ihn dort, wo ich ihn am meisten brauche. Ich kralle meine Hände in die Bettdecke und drücke den Rücken durch. Das Gefühl ist überwältigend, seine Hand umklammert meine Brust, während er mich mit jedem Zungenschlag in den Wahnsinn treibt. Wenn sich so der Abgrund anfühlt, dann stürze ich mich gern hinein! Und selbst wenn ich hart auf dem Boden aufschlage, ich würde jedes Mal aufs Neue von dieser Klippe springen.

Korvin hat es auf den Punkt getroffen, es ist in der Tat wie ein Rausch. Seine Berührungen sind wie elektrische Impulse, die meine Haut zum Kribbeln bringen. Seine Zunge kreist langsam in meinem Lustzentrum und versetzt mich in einen tranceartigen Zustand. Mit jeder Sekunde vernebelt er mein Gehirn mit einem allumfassenden Gefühl der Hingabe und des Verlangens. Er muss mir alles von sich geben, was er hat. Denn ich bin gerade dabei, ihm alles von mir zu geben. Als Korvin über meinen Kitzler leckt, platze ich beinahe vor Lust.

»Ich will dich, jetzt!«, stöhne ich.

Er schaut mich mit einem verführerischen Grinsen an und mit einer Spur von elektrisierenden Küssen wandert er langsam an meinem Körper nach oben. Seine Lippen schweben über meinen und ich spüre seine Erregung deutlich an meiner Mitte.

»Ich will dich, seitdem du durch den Vorhang getreten bist.« Die Eindringlichkeit seiner Worte und seines Blickes lassen meine Lust noch stärker pulsieren.

Er taucht seine Zunge in meinen Mund und damit führt er auch sein hartes Glied in mich ein. Ich schreie glücklich auf, kralle meine Fingernägel in seinen Rücken und beiße ihm in die Stelle, die zwischen Hals und Schulter liegt. Mit dem Biss stößt er seine Hüfte hart nach vorn und füllt mich damit vollkommen aus. Ich stehe kurz vor der Explosion. Das Gefühl, ihn endlich in mir zu spüren, ist überwältigend.

Zum ersten Mal in meinem Leben schlafe ich mit einem Mann, der wirklich weiß, wer ich bin. Ich muss mich und meine Magie nicht vor ihm verstecken und nicht nur das, er weiß auch, welche Dunkelheit in mir herrscht. Erst in diesem Moment realisiere ich, dass ich mich bisher noch nie vollkommen fallen lassen konnte. Ich kann mich uneingeschränkt meinen Gefühlen hingeben, es spielt keine Rolle, ob ich die Kontrolle verliere und meine Magie zum Vorschein kommt. Es fühlt sich beinahe so an, als hätte ich gerade mit Korvin mein erstes Mal. Ich kann all meine Gedanken loslassen und mich nur diesem Moment hingeben. Die geballte Intensität, mit der ich all meine Gefühle wahrnehme, überwältigt mich. All meine Emotionen brodeln in einen kochenden Hexenkessel, der jederzeit explodieren wird.

Doch am stärksten spüre ich, dass die Verbindung, die wir hiermit eingehen, viel tiefgründiger ist als bloßes Verlangen. Wir verschmelzen miteinander, auf jeder erdenklichen Ebene. Jedes Mal, wenn er wieder in mich hineinstößt, kralle ich mich tiefer in sein Fleisch. Ich tauche gerade mit meiner Zunge in seinen Mund, da entrinnt ihm ein tiefes Grollen. In diesem Augenblick stehe ich wieder in Flammen und anstatt Blut fließt nun flüssiges Feuer durch meine Adern.

Korvin richtet seinen Oberkörper auf und führt seine Hände an meine Kniekehlen. Er umfasst meine Knöchel und hält meine Beine vor seinem Oberkörper gestreckt nach oben. Mit einem weiteren Stoß bringt er mich zum Schreien und erst jetzt spüre ich das ganze Ausmaß seiner Härte in mir. Seine Bewegungen werden schneller und in mir braut sich ein unaufhaltsamer Orgasmus zusammen. Jede meiner Nervenzellen sprüht Funken. Ich reiße meine Arme nach oben, kralle meine Hände in das Kissen und drücke meinen Rücken durch, als würde jeden Moment ein Feuerstrahl aus mir herausbrechen. Bei dem Anblick knurrt Korvin lustvoll und löst seinen Griff von meinen Knöcheln. Während meine Beine an seinem Oberkörper lehnen, umfasst er meine Hüfte, hebt sie an und zieht mich seinem steifen Glied entgegen. Das steigert die Intensität seiner Bewegungen ins Unermessliche. Seine Stöße werden immer intensiver und schneller und gleichzeitig rammt er mich auf seine

Härte. Mit jeder Bewegung verlieren wir uns weiter ineinander. In diesem Moment schmieden wir ein unsichtbares Band, dass uns für immer miteinander verbindet. Er gibt mir alles von sich, und ich gebe ihm alles von mir.

Ich stehe kurz davor, vollkommen die Kontrolle zu verlieren. In mir wütet ein Feuertornado, der endlich herausbrechen will. Mein Atem ist schnell und abgehakt und ich spüre, wie sich das Feuer auch auf Korvin ausgebreitet hat. Ein Blick auf ihn reicht, um die Flammen meiner Lust zum Höhepunkt zu bringen. Seine rabenschwarzen Haare sind zerzaust und hängen ihm teilweise ins Gesicht. Dieser Moment hat gleichermaßen von uns Besitz ergriffen. Er hat seinen Kopf in den Nacken fallen lassen, dennoch sehe ich die ungestüme Wildheit und das zügellose Verlangen in seinen Augen aufblitzen. Obwohl ich es nicht für möglich gehalten hätte, steigert dieser Anblick meine Begierde nach ihm noch mehr. Keine Maske ziert sein Gesicht und schirmt ihn ab, er gibt alles von sich preis. Meine Gefühle spielen komplett verrückt und jedes Mal, wenn er erneut in mich hineinstößt, windet sich der Feuertornado weiter in die Höhe und gewinnt an Kraft. Und wir sind mittendrin, es gibt kein Zurück mehr. Als Korvin das nächste Mal in mich eindringt, hat der Feuersturm seinen Höhepunkt erreicht. Wir schreien beide auf und treiben gemeinsam auf den Flammen eines zerstörerischen Orgasmus.

Eng umschlungen liegen wir im Bett, mein Kopf ruht auf Korvins Brust, sein Herzschlag wirkt auf mich so beruhigend wie Meeresrauschen. Ich fühle mich leicht und glücklich, in diesem Moment gibt es nur uns. Korvin streichelt sanft über meinen Rücken und durch das Fenster dringt der bläuliche Schein des Mondes. Es fehlen nur noch rote Rosenblätter auf dem Boden, dann wäre es ein perfektes Bild in einem schnulzigen Liebesfilm.

Und tatsächlich fühlte ich mich noch nie in meinem Leben so stark und so verletzlich zugleich. Ich habe bisher noch nie so eine tiefe Verbundenheit zu einem Menschen verspürt. Er ist der erste Mann, dem ich mich vollkommen öffnen konnte. Meine Magie macht mich aus, sie ist ein Teil von mir und damit eng verflochten mit meiner Persönlichkeit. Es ist schwer, eine Beziehung zu führen und nie komplett ehrlich sein zu können. Man will sich seinem Partner hingeben, alles mit ihm teilen, doch er wird einen nie richtig verstehen. Jetzt, wo ich den Vergleich habe, fühlen sich meine bisherigen Beziehungen an, als wären sie nur auf Sparflamme gelaufen. Das mit Korvin kommt dagegen einem Inferno gleich. Ich muss nicht darüber nachdenken, was ich wie sage. Er weiß, wozu ich meine Magie einsetze und dadurch auch, was mich antreibt und wer ich bin. Auch wenn er meine Dunkelheit nicht kennt, hat er mir dennoch dabei geholfen, mich meinen Dämonen zu stellen. Dafür werde ich ihm immer dankbar sein, egal wie das ausgeht.

Korvin führt seine Hand zu meinem Kinn und hebt meinen Kopf sanft nach oben. Sein Kuss ist zart und lieblich, wie ein Frühlingswind, der die weißen Blüten der Krokusse sanft umschmiegt. Ich werde nie genug von diesen weichen und doch fordernden Lippen bekommen.

»Was hat dich heute Morgen bei der Einsatzbesprechung zum Lachen gebracht?«, fragt er mit rauer Stimme und fährt mit seinem Daumen sanft über meine Unterlippe.

»Woran hast du gedacht, nachdem der Lockenkopf seinen geistreichen Vorschlag mit uns teilte?«, frage ich amüsiert.

»Dass ich wahrhaft von Idioten umgeben bin. Es wäre einfacher, mit Hunden zusammenzuarbeiten, die stellen wenigstens keine dummen Fragen, sondern tun einfach, was man ihnen sagt«, antwortet er leicht genervt.

»Ich wusste es«, erwidere ich lachend. »In dem Moment war es so, als hättest du deine Gedanken mit mir geteilt.«

Mit einer geschmeidigen Bewegung dreht uns Korvin, sodass er jetzt über mir liegt. Seine pechschwarzen Augen wirken sanft und die bernsteinfarbenen Funken glimmen wie Glühwürmchen vor dem Nachthimmel.

»Ich will, dass du jeden deiner Gedanken mit mir teilst, egal, ob schöne, traurige, schmerzvolle oder verletzende. Ich will alles von dir!«, sagt er bestimmt.

Daraufhin küsst er mich sinnlich und wir verschmelzen erneut miteinander.

KAPITEL NEUNZEHN

Ich werde wach, als ich Korvins weiche Lippen auf meinen spüre. Mit zusammengekniffenen Augen schaue ich zu ihm auf, er ist bereits fertig angezogen und steht wie aus dem Ei gepellt neben meinem Bett.

»Wo willst du hin?«, frage ich müde.

»Ich habe noch was zu erledigen, es dauert nicht lange. Wir sehen uns gleich beim Training«, antwortet er sanft. Bevor ich noch etwas erwidern kann, drückt er mir einen weiteren Kuss auf den Mund und ist dann bereits durch die Tür verschwunden.

Ich ziehe mir die Decke über den Kopf und versinke in Erinnerungen an die letzte Nacht, seine Berührungen prickeln immer noch auf meiner Haut. Ich wurde noch nie so begehrt und gleichzeitig habe ich auch noch nie jemanden so sehr gewollt. Die Anziehung zwischen uns fühlt sich an wie ein Naturgesetz, so wie die Gravitation, es ist unmöglich, sich dagegen zu wehren. Und es macht nicht den Anschein, als würde diese abschwächen, jetzt, nachdem unser Verlangen nacheinander befriedigt wurde. Das war nur der erste

Funken, der das vernichtende Feuer entzündet hat.

Bevor ich mich in meinen Gedanken verlieren kann, reiße ich die Decke herunter und springe aus dem Bett. Ich hoffe Thia ist wieder zurück von ihrer Mission. Nachdem ich mich zurechtgemacht habe, gehe ich ins Esszimmer, schnappe mir ein Sandwich und mache mich auf den Weg. Ich klopfe an, doch ohne auf die Antwort zu warten, trete in ihr Zimmer. Thia steht mit je einem Rucksack in der Hand vor ihrem Kleiderschrank. Sie trägt eine schwarze Lederjacke, wahrscheinlich ist sie eben erst angekommen. Sobald ich sie sehe, sind alle Gedanken an Korvin verschwunden, ich bin einfach nur froh, dass sie wieder hier ist, gesund und unverletzt. Ich stürme auf sie zu und umarme sie fest.

»Ist alles gut gegangen?«, frage ich und wir lösen die Umarmung wieder.

Sie nickt und grinst schelmisch. »Ich wette, meine Mission war nicht annähernd so interessant wie deine letzten Tage.« Wir setzen uns aufs Bett und sie fährt fort. »Also los, ich will alles wissen, wie war der Sex mit Korvin?«

Ich frage erst gar nicht, woher sie es weiß.

»Es war unglaublich, mit Abstand der beste Sex, den ich je hatte«, schwärme ich.

»Was bringt dich dann zum Grübeln?«, hakt Thia nach.

Es erstaunt mich immer wieder, wie gut sie mich bereits kennt. Unsere Freundschaft fühlt sich so intensiv und tiefgründig an, als hätten wir schon zusammen in der Kinderkrippe gelegen.

»Ich habe das Gefühl, dass es nicht gut ausgehen wird«, sage ich etwas niedergeschlagen.

»Darüber kannst du dir Gedanken machen, wenn es so weit ist. Ich merke doch, dass er dich glücklich macht, genieße es einfach! Verschließe dich nicht davor, nur weil die Möglichkeit besteht, dass es böse enden könnte. So kannst du nicht durchs Leben gehen. Man weiß nie, was kommt, also tu das, was dich in diesem Moment glücklich macht.« Thia legt ihre Hand auf meine und lächelt mich an.

Sie hat recht, es nützt nichts sich über etwas Gedanken zu machen, was vielleicht nie passieren wird. Und wenn doch, dann werde ich auch damit klarkommen.

»Ich bin dankbar, eine Freundin wie dich zu haben.«

Wir lächeln uns an und ich weiß, dass es ihr genauso geht.

»Das reicht jetzt aber auch mit dem sentimentalen Gequatsche«, sagt Thia lachend und steht vom Bett auf. »Ich muss jetzt zu Ravena und über meine Mission berichten.«

Ich nicke ihr zu und wir machen uns gemeinsam auf den Weg. Sie biegt in Richtung Freudenhaus ab und ich gehe weiter zum Pavillon. Eine sanfte Brise treibt mir den Duft von Lavendel in die Nase und die Sonne wärmt meine Haut. Es ist ein wunderschöner Tag, wäre ich jetzt zu Hause, würde ich vermutlich mit Ophelia ans Meer fahren. Ich vermisse sie, doch es wird nicht mehr lange dauern, bis ich sie endlich wiedersehen werde. Es wird Zeit, dass ich ihr alles erzähle, und ich weiß, dass sie es verstehen wird.

Meine Finger streifen über die roten Blütenblätter duftender Rosen und kurz darauf schiebe ich den Vorhang zur Seite, um in den Pavillon einzutreten. Als ich Korvin oberkörperfrei darin sehe, sind alle Gedanken aus meinem Kopf verschwunden.

»Du hättest auch einfach zurück ins Bett kommen können«, sage ich anzüglich und gehe auf ihn zu.

Es stehen wieder neue Gegenstände in dem Pavillon, er hat eben noch daran rumgerückt und dreht sich nun zu mir um.

»Das gehört zum Training«, antwortet er kryptisch.

Sobald ich vor ihm stehe, wandern meine Hände direkt über seine definierten Bauchmuskeln und um seine Taille. Er vergräbt seine Hände in meinen Haaren und küsst mich leidenschaftlich. Sofort entfacht sich wieder das Feuer in meinem Inneren und ich drücke mich näher an ihn.

»Ich meine es ernst mit dem Training«, knurrt er.

»Ich auch«, gebe ich zurück und fahre mit der Hand nach unten.

Seine Erregung ist hart und verführerisch und drückt gegen seine feine Anzughose. Die Wirkung, die ich auf ihn habe, lässt die Hitze in mir weiter ansteigen. Ich drücke ihn nach hinten und er lässt sich auf dem Stuhl nieder, den er eben noch zurechtgerückt hat. Seine Hände krallen sich in meine Haut, als ich mich rittlings auf seinen Schoß setze. Sofort tauche ich mit der Zunge in seinen Mund ein, bewege die Hüften nach vorne und reibe mich an seiner Härte. Er stöhnt leise auf und drückt mich näher an sich.

»Wir sollten jetzt wirklich mit dem Training beginnen, schließlich ist es uns beiden ja ernst damit«, hauche ich ihm spöttisch ins Ohr und stehe auf.

Doch seine Hände liegen immer noch um meine Hüften und mit Leichtigkeit drückt er mich wieder an sich.

»Du willst spielen?«, fragt er herausfordernd. »Nichts lieber als das.«

Sein schelmisches Grinsen breitet sich über das ganze Gesicht aus und dann gibt er mich frei. Erst jetzt nehme ich die pulsierende Hitze, die sich zwischen meinen Schenkeln angesammelt hat, wahr. *Konzentration, Neva.* So verführerisch der Gedanke auch ist, die nächsten Tage nur damit zu verbringen, unglaublichen Sex mit Korvin zu haben, ich muss meine schwarze Magie weiter unter Kontrolle bringen.

»Also, was steht heute an?«, will ich von ihm wissen.

Er erhebt sich vom Stuhl und tritt mit geschmeidigen Bewegungen hinter mich.

»Du musst lernen, wie du deine schwarze Magie kontrollierst, wenn du von Gefühlen oder Empfindungen beeinflusst wirst. Es ist ein schmaler Grat, aber wenn du ihn beherrschst, hast du die volle Kontrolle über deine Fähigkeiten«, erklärt er und in seinem letzten Satz schwingt etwas Wehmut mit.

Ich weiß selbst nicht, was ich tun werde, wenn ich meine schwarze Magie vollständig meinem Willen unterworfen habe. Aber wie Thia gesagt hat, ich lebe im Hier und Jetzt und wenn es so weit ist, werde ich sicher wissen, was zu tun ist.

»Was soll ich machen?«, frage ich Korvin und deute auf die Gegenstände, die vor mir stehen.

»Setze den Stuhl in Brand«, antwortet er sachlich.

Ich sammle mich kurz und konzentriere mich auf den schwarzen Feuerball in meinem Inneren, er wartet sehnsüchtig darauf, endlich wieder auszubrechen. Wie ein Hund, der vor einem steht und es nicht abwarten kann, bis man das Stöckchen wirft. Gerade als ich den Gedanken fassen will, den Stuhl zu entzünden, spüre ich, wie Korvins Hand unter mein Top gleitet und sich um meine Brust legt. Ich lasse mich nach hinten fallen, um seinen Körper an meinem zu spüren. Eine wohltuende Wärme durchströmt meine Adern, während meine Sinne erwachen und meine Haut zu prickeln beginnt. Seine rauen Finger streifen über meine zarte Haut und massieren meinen Nippel. Ich werde aus meiner Trance gerissen, denn der Stuhl vor mir zerfällt plötzlich zu Staub. Mein Herz setzt für einen Moment aus und ich schaue geschockt auf den Aschehaufen.

»Gut, dass ich zwei Stühle hergebracht habe, versuche es erneut«, haucht er mir ins Ohr, ohne seine Hand von meiner Brust zu lösen.

»Es wäre einfacher, wenn du es nicht so genießen würdest«, zische ich mit zusammengebissenen Zähnen.

Also konzentriere ich mich auf den anderen Stuhl, er ist identisch zu dem ersten, ein schlichtes Holzgestell und ein roter Samtbezug auf der Sitzfläche. Ich atme tief ein und aus, um Korvins Berührungen auszublenden. Obwohl es eigentlich nicht notwendig ist, schließe ich die Augen und visualisiere den Stuhl. Vielleicht schaffe ich es so, meinen Fokus zu behalten. Doch plötzlich fährt Korvins Hand nach unten, er führt seinen Finger in mich ein und ich sehe vor meinem geistigen Auge nur noch, wie wir es auf dem Stuhl treiben.

»Du bist so feucht«, raunt er und kurz darauf spüre ich seine Lippen und seine Zähne an meinem Hals.

Als Korvin einen weiteren Finger hinzunimmt und wieder in mich eintaucht, stöhne ich auf. Mit jeder seiner Bewegungen vergesse ich meine eigentliche Aufgabe, er entzündet ein Feuer in mir, das mich alles vergessen lässt. Seine andere Hand wandert schließlich wieder zu meiner Brust und damit verliere ich mich vollends in meiner Lust. Ich lasse meinen Kopf in den Nacken fallen und winde mich unter seinen Berührungen. Mein ganzer Körper kribbelt vor Erregung, wieder bin ich an dem Punkt, an dem ich es nicht erwarten kann, ihn in mir zu spüren.

»Ich werde nie genug davon bekommen. Fuck, du fühlst dich so gut an!«, haucht er mir ins Ohr.

Korvins Härte bohrt sich in meinen Rücken, er lässt seine Finger in mir kreisen und liebkost gleichzeitig meinen Nippel, damit bringt er mich erneut zum Aufstöhnen. Ich kann nicht mehr warten. Doch in dem Moment, als ich die Augen öffne, zerfallen alle Gegenstände zu Staub, ein mittelgroßer Aschehaufen bedeckt nun den hellen Marmorboden. Geschockt über meinen Kontrollverlust starre ich auf meine Hände. Korvin zieht sich aus mir zurück, er merkt, wie ich mich verkrampfe.

»Das war mein Fehler, es tut mir leid, ich habe mich mitreißen lassen.« Er dreht mich zu sich um und küsst mich unendlich sanft. Es fühlt sich an wie eine Feder, die über meinen Mund streift. »Ich dachte nicht, dass ich dich so aus der Fassung bringe«, fügt er grinsend hinzu, um die Situation aufzulockern.

Ich entspanne mich wieder. Jedes Mal, wenn ich dachte, ich hätte meine schwarze Magie unter Kontrolle, hat sich mir etwas Neues in den Weg gestellt. Doch ich werde es auch dieses Mal überwinden. Es wird vielleicht etwas dauern, diesen schmalen Grat zu beherrschen, die Emotionen auszublenden, ist bisher die größte Herausforderung, doch ich werde es schaffen. Es gibt keine andere Option, ich habe schon so viel erreicht, da lasse ich mich hiervon nicht unterkriegen.

»Alles ok?«, fragt Korvin.

»Ja, aber vielleicht sollte ich mir einen anderen Trainer suchen«, ziehe ich ihn auf.

Er schlingt seinen Arm um meine Taille und zieht mich an sich. Sein Duft umhüllt mich vollkommen, ich habe mich noch nie so geborgen gefühlt.

Er löst die Umarmung und nimmt meine Hand. »Komm mit, für den zweiten Teil des Trainings müssen wir den Ort wechseln.«

Ich schaue ihn grinsend an.

»Und damit meine ich nicht das Bett«, fügt er lachend hinzu.

KAPITEL ZWANZIG

Ich steige aus der schwarzen Limousine aus und sofort bringt die frische Meeresbrise mein oranges Kleid zum Flattern. Die Möwen kreischen über meinem Kopf und ich atme den salzigen Duft des Meeres ein. Natürlich wollte Korvin mir nicht verraten, wo genau wir hinfahren, doch es dauerte nicht lange bis ich wusste, dass wir auf dem Weg zum Hafen sind. Irgendwie ahnte ich es schon. Bevor es los ging, bin ich in meinen schwarzen Bikini geschlüpft und habe ein Sommerkleid übergezogen.

Er nimmt meine Hand und wir flanieren am Yachthafen entlang, die Luxusboote reihen sich auf wie bei einem Schönheitswettbewerb. Vor uns hat eben ein Mann seine Yacht verlassen und ich muss all meine Kraft aufwenden, um nicht lauthals loszulachen. Er ist das leibhaftige Klischee eines schnöseligen Yachtbesitzers, kurze hellbraune Chino-Shorts, ein rosafarbenes Poloshirt und um seine Schultern schmiegt sich tatsächlich ein hellblauer Pullover, der mit einem Knoten auf der Höhe des Schlüsselbeins befestigt ist. Beim Vorbeilaufen grüßt er freundlich, woraufhin Korvin ihm zunickt.

»Wo hast du denn dein Sommeroutfit gelassen?«, frage ich amüsiert.

Korvin trägt wie immer seinen schwarzen Anzug, der sich perfekt an seinen Körper schmiegt. Er grinst mich an und bleibt dann stehen. Mein Blick fällt auf eine monströse weiße Yacht mit drei Decks. Es hätte auch ein abgewracktes Fischerboot sein können, sein Reichtum hat für mich noch nie eine Rolle gespielt. Er geht über den Steg auf die Yacht, hält mir seine Hand entgegen und ich folge ihm.

Die Böden sind mit Teakholzdielen bedeckt und sehen aus wie frisch gebohnert. Wir kommen an zahlreichen Sonnenliegen vorbei, die dazu einladen, sich stundenlang brutzeln zu lassen. Die Hauptkabine ist fast vollkommen verglast, sodass man einen atemberaubenden Blick auf das Meer hat. Das Herzstück des Raumes ist ein halbrundes Sofa mit bunten Kissen darauf. Über dem runden Couchtisch hängt ein goldener Kronleuchter von der Decke. Alles sieht so edel aus, dass ich mich kaum traue, etwas anzufassen. Korvin hingegen schmeißt sich sorglos auf die Couch und streift sich die Schuhe aus.

»Das Schiff ist seeklar«, schallt es aus einem Walkie-Talkie, das auf dem schwarzen Couchtisch steht.

»Legen Sie ab«, gibt Korvin zurück und kurz darauf startet der Motor. »Soll ich dich herumführen?«

Ich schüttle den Kopf. »Lass uns zur Vorderseite des Schiffs, dort wartet doch bestimmt eine exquisite Liegewiese. Ich will die Aussicht auf das Meer genießen.«

»Geh schon vor, ich ziehe mir noch schnell mein Sommeroutfit über«, sagt er mit einem schelmischen Lächeln.

Grinsend schreite ich über den edlen Teakholzboden, der sich angenehm warm unter meinen nackten Füßen anfühlt. Auf dem Weg ziehe ich mir das Kleid aus und werfe es auf die helle Couch.

Ich trete hinaus in die Sonne und atme die frische Meeresluft ein. Die Yacht nimmt Geschwindigkeit auf und trägt die sanfte Meeresbrise auf meine Haut. Die Entspannungsoase ist so groß, wie drei nebeneinanderliegende Matratzen und genau so weich. Vor mir liegt das unendliche Meer und sofort verspüre ich diese Freiheit, die der Ozean immer in mir auslöst, als würde meine Seele auf den Wellen tanzen. In diesen Momenten gibt es keine Probleme oder Sorgen, alles ist friedlich und kein einziger Gedanke geht mir durch den Kopf.

Ich lege mich hin und schließe die Augen, die Sonne wärmt meine Haut und immer wieder huschen kühle Wassertropfen über meinen Körper. Die letzten Monate waren die reinste Achterbahnfahrt, doch jetzt lasse ich einfach die Seele baumeln und vergesse alles um mich herum. Plötzlich verdunkelt sich die Sonne und ich öffne die Augen.

Korvin steht vor mir, er hat schwarze Badeshorts an und trägt eine runde Sonnenbrille mit goldenem Rahmen. Mein Blick fährt über sein verführerisches Sixpack, die ausgeprägten Brustmuskeln und landet schließlich bei seinem kantigen Gesicht. Er schaut mich genauso an, wie ich ihn, begutachtet jeden Zentimeter meines Körpers, und auch wenn ich seine Augen nicht sehen kann, weiß ich, dass das Verlangen darin brennt. Ich räkle mich vor ihm und augenblicklich versteift sich sein Körper.

»Du stehst mir in der Sonne«, sage ich belustigt.

Wie eine Raubkatze beugt er sich zu mir herunter und presst seinen harten Körper auf meinen, während er mich begierig küsst. Dann rollt er uns herum, sodass er auf dem Rücken liegt und ich auf ihm. Er streichelt sanft über meine Haut und ich lege meinen Kopf auf seiner Brust ab. Ich vergesse vollkommen das Gefühl für Zeit und Raum, Korvins Körper und sein unverkennbarer Duft sind das Einzige, was ich wahrnehme. Seine Wärme dringt in mich ein und ich spüre, wie sich meine Muskeln entspannen. Wir liegen eng umschlungen auf dem Vorderdeck und es gibt keinen Ort, an dem ich jetzt lieber wäre. Während die Yacht zum Stehen kommt, hebe ich den Kopf und schaue in Korvins schönes Gesicht. Er hat die Sonnenbrille abgenommen und ein leichtes Lächeln umschmeichelt seinen Mund. Ich stemme mich nach oben, meine Lippen schweben über seinen und dann öffnet er die Augen. Es ist wahrhaftig so, als würde ich mitten ins Universum blicken. Mein Herz stolpert für einen Moment, er reckt den Kopf nach oben und küsst mich, der salzige Geschmack des Meeres liegt auf seinen Lippen.

»Warum haben wir angehalten?«, will ich wissen.

Doch die Frage erübrigt sich, denn gerade kommt ein Mann im Neoprenanzug auf uns zugelaufen. Ich schaue Korvin mit weit aufgerissenen Augen an. Er grinst und drückt mir einen Kuss auf den Mund, bevor ich voller Vorfreude aufspringe.

»Unter uns schwimmt eine kleine Gruppe weißer Haie, jetzt ist der perfekte Zeitpunkt, um ins Wasser zu gehen«, sagt der Taucher freundlich.

»Haie?«, quietsche ich aufgeregt und drehe mich wieder zu Korvin um.

Er steht bereits neben mir und legt seinen Arm um meine Hüfte. »Passen besser zu dir als Delfine«, sagt er grinsend und dann folgen wir dem Taucher.

Sich in einen Neoprenanzug zu zwängen, ist so mühsam, wie eine frisch gewaschene Jeans überzuziehen. Korvin sieht verboten gut darin aus, der enganliegende Stoff bringt jeden einzelnen Muskel zur Geltung. Der Tauchlehrer gibt uns noch ein paar Hinweise im Umgang mit Haien und was bei dem bevorstehenden Tauchgang zu beachten ist. Ich kann es gar nicht abwarten, mich ins Wasser zu stürzen. Seit ich denken kann, träume ich davon, mit Haien zu tauchen. Und jetzt ist es so weit! Das Adrenalin schießt durch meine Adern und das Gefühl puren Glücks strahlt aus mir heraus. Hastig ziehe ich mir die Taucherbrille über und nehme den Schnorchel in den Mund. Unser Tauchlehrer steht bereits an der Treppe, ich reihe mich hinter ihm ein und würde ihn am liebsten zur Seite stoßen, damit ich endlich ins Wasser kann. Nach ein paar Sekunden, die sich eher wie Stunden anfühlen, tritt er die Stufen hinunter und ich folge ihm augenblicklich.

Das kühle Wasser schmiegt sich um den Neoprenanzug und ich bin etwas traurig, dass ich es nicht direkt auf meiner Haut spüre. Dennoch mindert es nicht das atemberaubende Gefühl, ein Teil der Unterwasserwelt zu sein. Sobald ich vollkommen von Wasser umgeben bin, tauche ich unter. Und als ich die weißen Haie zu Gesicht bekomme, bleibt die Welt plötzlich stehen. Die Sonnenstrahlen brechen durch die Wasseroberfläche und erhellen die magische Kulisse, die vor mir liegt. Die majestätischen Wesen schweben sanft durch den Ozean und lassen mich ehrfürchtig werden.

Ich vergesse alles um mich herum und sinke tiefer nach unten. Plötzlich taucht ein riesiger weißer Hai neben mir auf und gleitet durch das kristallklare Wasser. Seine Bewegungen sind langsam, friedlich treibt er durch das dunkelblaue Gewässer. Das Maul ist leicht geöffnet und die tödlichen Zahnreihen blitzen hervor. Um sein schwarzes Knopfauge herum zieren zahlreiche Narben die graue Haut. Ohne darüber nachzudenken, strecke ich meine Hand aus und berühre seine Flosse. Der Hai lässt sich davon nicht aus der Ruhe bringen, sanftmütig führt er seinen Weg fort. Das Gefühl, das ich in diesem Moment verspüre, lässt sich nicht in Worte fassen. Ich habe schon immer eine tiefe Verbundenheit zur Natur verspürt, aber in diesem Moment bin ich wahrhaftig ein Teil davon. Ich gehöre hier her, in diese atemberaubende Kulisse, mit diesen majestätischen Geschöpfen. Ich bin Eins mit der Unterwasserwelt und mit den

Lebewesen darin und ein unaufhaltsames Gefühl des Glücks durchdringt meinen ganzen Körper. Doch auch Ehrfurcht und Aufregung mischen sich hinzu und als ich den Hai betrachte, erlebe ich einen Augenblick voller Demut und Dankbarkeit.

Ich wünschte, ich könnte ihn ewig begleiten, aber das Stechen in meiner Lunge signalisiert, dass ich Luft holen muss. Wehmütig trenne ich mich von dem sanften Riesen und schwimme zur Wasseroberfläche, meine Augen liegen dabei die ganze Zeit auf dem Hai. Plötzlich schwimmt auch er nach oben, mein Herz macht einen Sprung und ich rede mir ein, dass er mich begleitet. An der Wasseroberfläche angekommen, nehme ich einen tiefen Atemzug und tauche sofort wieder unter. Doch der Hai schwimmt nur einen Meter unter der Wasseroberfläche, also nutze ich meinen Schnorchel und gleite über ihm. Die Sonne wärmt meinen Rücken, während ich durch eine kalte Meeresströmung gleite. Ich bin vollkommen ruhig und im Einklang mit mir selbst. Als der Hai wieder in die Tiefe taucht, folge ich ihm und streiche dabei sanft über seinen Rücken. Dieses Erlebnis ist einfach atemberaubend, jede meiner Körperzellen ist mit Glücksgefühlen vollgestopft. Ich fühle mich frei und sorglos, ein Teil dieser Welt zu sein, ist unvergleichlich. Der Hai verschwindet in seinem Schwarm, der wie ein Strudel unter mir kreist. Ich sehe mich nach Korvin um, doch seit ich den Hai entdeckte, habe ich nichts anderes mehr wahrgenommen. Da ich ihn jedoch nirgends mehr sehen kann, tauche ich zu der Yacht zurück.

Freudestrahlend trete ich aus dem Wasser, mein ganzer Körper kribbelt und ich würde am liebsten Schreien vor Glück. Korvin hat den Neoprenanzug bereits ausgezogen und entspannt sich mit einem Glas Whisky in der Hand auf einer Sonnenliege.

»Ich dachte schon, du würdest gar nicht mehr aus dem Wasser kommen«, sagt er grinsend.

Ich ziehe mir die Taucherbrille inklusive Schnorchel vom Gesicht und schlüpfe aus den Flossen und dem Neoprenanzug heraus. Immer noch völlig unter Strom setze ich mich auf seinen Schoß, nehme ihm das Glas aus der Hand und kippe den Whisky runter.

»Das war unglaublich!«, sage ich glücklich.

Ich schlinge meine Hände um seinen Nacken und versinke in unserem Kuss.

KAPITEL EINUNDZWANZIG

Es war fast Mitternacht, nachdem wir gestern von unserem Tauchausflug zurückkamen. Korvin hatte noch etwas zu erledigen und ich bin sofort ins Bett. Er meinte, ich wäre stundenlang im Wasser gewesen und so habe ich mich abends auch gefühlt. Nach dem Aufwachen war mein Bett zwar leer, doch sein Geruch am Kissen verriet mir, dass er bei mir geschlafen hat.

Ich binde meine Haare schnell zusammen und mache mich auf den Weg zum Frühstück, ich bin halb am Verhungern. Durch den Flur höre ich bereits, dass Ace und Ravena auch da sind, was mich umso mehr freut. Natürlich sind die beiden am Zanken, als ich in das Zimmer eintrete.

»Das ist heute Abend keines deiner Besäufnisse, Ace!«, blafft Ravena ihn an.

»Na das wird ja eine super Party«, murmelt Ace gut hörbar.

»Was ist heute Abend?«, frage ich sorglos und setze mich zu ihnen.

Es duftet herrlich nach würzigem Kaffee und süßem Ahornsirup.

Ohne zu zögern, schaufle ich meinen Teller mit Pancakes, Rührei und frischem Obst voll.

»Es wird eine Feier geben, alle Incubus und unsere wichtigsten Verbündeten kommen. Wir stehen vor einer Mission, auf die wir uns seit Jahren vorbereiten, nach der Festlichkeit werde ich wissen, wer mir dabei zur Seite steht«, sagt Korvin ernst.

»Es geht um weit mehr als das«, zischt Ravena.

Nach ein paar Minuten unangenehmer Stille bricht Ace das Schweigen. »Wie läuft dein Training, Neva?«

Die Röte breitet sich in meinem Gesicht aus, derweil grinst mich Korvin nur schelmisch an. Unsere Gedanken sind im Pavillon und auch wenn er mich gerade nicht berührt, spüre ich seine Hände auf meinem Körper.

Ich räuspere mich. »Es läuft ganz gut, ich denke, es wird nicht mehr lange dauern, bis ich meine schwarze Magie vollkommen unter Kontrolle habe.«

»Was wirst du dann tun?«, hakt Ravena nach.

Korvins Miene verfinstert sich, doch bevor so etwas wie Verletzlichkeit hervorblitzen kann, zieht er lieber die Maske der Gleichgültigkeit auf. Ich dachte, über diesen Punkt wären wir hinweg.

»Ich weiß es noch nicht. Das sehe ich dann, wenn es so weit ist«, antworte ich ehrlich.

Nachdem wir aufgegessen haben, ziehen Korvin, Ravena und Ace los, um nach den Vorbereitungen für das Fest zu sehen. Zahlreiche Bedienstete laufen vollbepackt über die Auffahrt und schaffen wunderschöne Blumensträuße, bunte Vasen, Lichterketten und klapperndes Geschirr in den Garten. Ihr eifriges Treiben erinnert mich an einen Schwarm Bienen, jeder Schritt und jeder Handgriff sitzt perfekt.

Trotz des zauberhaften Wetters bleibe ich im Haus. Ich stöbere durch Korvins Bibliothek und verbringe den restlichen Tag damit, in verschiedenen Büchern über den schmalen Grat in der schwarzen Magie zu lesen. Es ist die größte Herausforderung, seine Dunkelheit zu beherrschen, wenn Emotionen auf einen einprasseln. In einigen Büchern wurde die Abschirmung mit dem durchsichtigen Luftpanzer erreicht, den ich schon einige Male genutzt habe. Das werde ich beim nächsten Training auch versuchen. Es ist jedes Mal inspirierend, in den Büchern zu lesen, das Wissen darin ist Jahrhunderte alt. Welchen Weg haben sie wohl hinter sich, um schließlich in meinen Händen zu landen?

Ein Klopfen an der Tür reißt mich aus meinem Bann. Bevor ich antworten kann, tritt Thia hinein. Sie sieht atemberaubend aus, ihr dunkelblondes Haar fällt ihr in Wellen über die Schultern und sie trägt ein langes oranges Kleid. An ihren Handgelenken baumeln zahlreiche silbern glänzende Armreife und mit ihr füllt auch ein blumiger Duft den Raum. Sie wirkt beinahe wie eine Fee.

»Du bist ja noch gar nicht fertig«, sagt sie entsetzt.

»Wie spät ist es?« Ich habe jegliches Zeitgefühl verloren.

»Es ist fast zehn, die Party ist bereits in vollem Gange und wir sind dabei, alles zu verpassen. Los, du machst deine Haare und Make-up und ich suche dir was zum Anziehen raus«, befiehlt Thia amüsiert.

Ich klappe die Bücher zu und eile ins Bad. Meine Haare sind frisch gewaschen, ich wuschle einmal durch die kupferroten Locken und damit ist meine Frisur fertig. Da ich mich heute eher nach einem natürlichen Make-up fühle, trage ich nur etwas Rouge auf, tusche mir die Wimpern und tupfe roten Lippenstift auf meinen Mund. Als ich aus dem Bad komme, hält mir Thia ein schwarzes Latexkleid entgegen.

Ich schaue sie geschockt an. »Auf gar keinen Fall! Wo hast du das überhaupt her?«

»Trink erstmal was«, lacht sie und hält mir eine Flasche Champagner entgegen.

Während ich einen Schluck nehme, dreht sie sich zu meinem Bett. Darauf hat sie mehrere Kleider zurechtgelegt und sucht nun das nächste für mich raus. Thia dreht sich wieder zu mir um und hält mir ein kurzes knallrotes Kleid vor die Nase.

»Los, zieh das an«, fordert sie.

Ich schlüpfe aus meiner bequemen Schlabberhose und ziehe mir das rote Kleid über. Es schmiegt sich perfekt um meine Rundungen und hat einen wunderschönen Ausschnitt. Dennoch ist es ein Hauch von Nichts, mein Po ist gerade so bedeckt. Dazu kommt auch noch ein Beinschlitz, der erahnen lässt, was sich unter dem Kleid befindet. Ich weiß jetzt schon, dass ich den ganzen Abend an mir herumfummeln werde, aber es sieht einfach zu gut aus, um es nicht zu tragen.

»Du siehst heiß aus!«, pflichtet Thia mir bei.

Ich greife unter das Bett und hole meine weißen Chucks hervor.

»Nein!«, protestiert Thia und hält mir High Heels hin.

Hat sie ihren gesamten Kleiderschrank dabei? Und wie hat sie das ganze Zeug hertransportiert?

»Doch!«, antworte ich und schlüpfe hinein. »Jeder Orthopäde würde dir von High Heels abraten. Weißt du überhaupt …«

»Bitte verschone mich mit deinem Vortrag darüber, wie High Heels die Füße kaputt machen. Manchmal vergesse ich, dass du Medizinerin bist«, sagt sie theatralisch. Thia nimmt noch einen großen Schluck Champagner und dann machen wir uns auf den Weg in den Garten.

Der bläuliche Schein des Mondes schimmert auf uns herab und die Lichterketten, die entlang des Weges platziert wurden, weisen uns den Weg. Dieser endet an einem riesigen Baum, der vollkommen mit den funkelnden Girlanden geschmückt ist, die kleinen Leuchtkugeln schlingen sich um jeden einzelnen Ast. Um den Baum herum wurde eine halbrunde Bar errichtet, an der sich bereits zahlreiche, durstige Gäste tummeln. Die ganze Atmosphäre ist magisch, wie in einem verzauberten Garten. Die runden Tische sind mit goldenen Kerzenleuchtern und frischen Blumen dekoriert. Links neben der Bar ist die Tanzfläche, dafür wurde ein Quadrat aus Parkettfußboden aufgebaut und dahinter befindet sich das DJ-Pult sowie eine Karaoke-Maschine. Ich muss schmunzeln, das schreit förmlich nach Ace.

Thia zerrt mich mit zur Bar, sie hat eine Lücke gefunden und die Chance sofort genutzt. Doch als Korvin an das Mikrofon auf der Tanzfläche tritt, gehe ich wieder einen Schritt von der Bar weg. Er trägt wie immer einen schwarzen Anzug und die Dunkelheit schmiegt sich wie ein sanfter Schatten um ihn. Er wirkt locker, doch die Maske der Gleichgültigkeit saß noch nie so fest wie an diesem Abend. Natürlich, denn neben den unzähligen Incubus sind auch zahlreiche Menschen hier. Ein Tippen auf das Mikrofon und sein eisiger Blick reichen aus, um die Menge augenblicklich verstummen zu lassen. Eine dunkle Wolke der Furcht legt sich über die magische Kulisse.

»Wie ihr wisst, steht uns eine wichtige Mission bevor. Alles, was bisher getan wurde, diente nur zur Vorbereitung auf diesen Augenblick. Wenn es uns gelingt, werdet ihr alle in unermesslichem Reichtum leben. Diese Feier dient dazu, unsere bisherigen Erfolge zu würdigen, doch seid euch bewusst, dass allein die bevorstehende Mission über eure Zukunft entscheidet. Es gibt jetzt kein Zurück mehr, mein Befehl kann nun jederzeit kommen und wenn es so weit ist, werdet ihr an meiner Seite stehen!«

Ich weiß nicht, ob er sie motivieren oder ihnen drohen will, irgendwie ist es eine verquere Mischung aus beidem. Die Menge gibt keinen Laut von sich, alle sind genau so ernst wie Korvin. Es ärgert mich, dass ich nicht die geringste Ahnung habe, um was für eine Mission es sich handelt. Warum hat er nichts gesagt, wenn es offenbar so enorm wichtig ist?

»Neva, ich habe dich schon vermisst.«

Ich drehe mich um und schaue in Ilians strahlendes Gesicht. Er trägt einen schwarzen Frack und ein kunterbuntes Blumenhemd darunter. Natürlich hat er einen Gehstock in der Hand und sein Kopf wird von einem Blumenkranz geschmückt. Ich muss sofort lächeln und umarme ihn. Obwohl wir uns nicht allzu oft sehen, verspüre ich eine tiefe Verbundenheit ihm gegenüber. Ich kann mir selbst nicht erklären, woher das kommt. Es ist beinahe so, als wären wir in einem anderen Leben beste Freunde gewesen und jetzt stehen wir noch am Anfang davon.

»Schön dich zu sehen.«

»Ich habe etwas für dich«, sagt Ilian und kramt in seiner Jackentasche. Er holt eine Haarspange hervor, die mit einem goldenen Sphynx-Katzenkopf geschmückt ist, ihr Gesichtsausdruck ist angsteinflößend. Die Augen der Katze sind rote Rubine und verleihen dem Schmuckstück ein unheimliches Aussehen.

Ich muss grinsen und nehme die Haarspange in die Hand. »Ist das etwa Fritzbert?«, frage ich belustigt. Meine Gedanken wandern zu seiner Nacktkatze mit dem Diamantenhalsband. Ich schaue wieder zu Ilian auf und plötzlich ist sein Blick genauso finster, wie der der Katze.

»Versprich mir, dass du die Haarspange von jetzt an immer tragen wirst!«, verlangt er und drückt meine Hand zu, in der ich die Spange halte. Sein Blick durchbohrt mich und seine Verrücktheit bereitet mir zum ersten Mal etwas Unbehagen.

»Versprich es mir!«

»Ich verspreche es«, antworte ich unsicher.

Nachdem ich das ausgesprochen habe, wird seine Miene wieder ganz weich und seine weißen Zähne blitzen hervor. Bevor ich fragen kann, was das sollte, gesellt sich Thia zu uns und reicht mir einen

Gin Tonic. Ich schiebe mir die Spange ins Haar, die durch meine Lockenmähne sowieso nicht zu sehen ist. Danach stelle ich die beiden einander vor, woraufhin sich Ilian dramatisch vor Thia verbeugt. Kurz darauf entdeckt er einen anderen Incubus und wendet sich von uns ab.

»Das war schräg«, kommentiert Thia. »Los, gehen wir tanzen!«

Nachdem ich das Glas Gin Tonic leer getrunken habe, fühle ich mich tatsächlich schon etwas angetrunken. Kein Wunder, ich hatte ja auch nichts zum Abendessen. Korvin bekomme ich über den Abend kaum zu Gesicht und wenn doch, dann schaut er mir ausdruckslos entgegen. Es sollte mich wohl eher abschrecken, doch diese Dunkelheit, die ihn umgibt, erregt mich. Ich würde mich am liebsten um seinen Hals werfen und herausfinden, ob er dann immer noch so gelassen bleibt. Ich bezweifle es.

Thia und ich tanzen den ganzen Abend, alles fühlt sich so unbeschwert an, wenn ich Zeit mit ihr verbringe. Meine Haare im Nacken sind bereits schweißnass und die Tanzfläche ist knallvoll.

»Mir tun die Füße weh«, beklagt sie sich, während wir zur Bar laufen.

»Mir nicht«, gebe ich lachend zurück und deute auf meine Chucks, daraufhin brechen wir beide in Gelächter aus und umarmen uns.

»Lass uns noch einen Absacker trinken, danach werde ich meine schmerzenden Füße nur noch ins Bett bewegen.« Nach einem Tequila Gold verabschieden wir uns und Thia macht sich auf den Weg.

Ich schaue mich um, doch es ist kein vertrautes Gesicht zu sehen, also beschließe ich, noch etwas durch den herrlichen Garten zu spazieren. Ich laufe durch einen Tunnel, der komplett mit Blauregen zugewuchert ist. Die lilafarbenen Blüten, die von der Decke hängen, sehen aus wie eine riesige Wolke. Am liebsten würde ich mich auf den Boden legen und nichts weiter tun, als diese Blumenpracht anzustarren.

Plötzlich spüre ich, wie eine Hand über meine Seite zu meinem Bauch gleitet. Ich muss mich nicht umdrehen, um zu wissen, wer hinter mir steht. Der Duft von Kiefernholz und Meersalz verrät ihn sofort, ich drehe mich um und will ihn küssen, doch er weicht zurück.

»Nicht hier«, sagt Korvin und zieht mich mit sich.

Natürlich nicht, jemand könnte uns sehen und seine Zuneigung zu mir würden einige der Anwesenden eindeutig als Schwäche einstufen.

Obwohl ich schon unzählige Male durch den Garten spaziert bin, führt mich Korvin zu einem Teil, den ich bisher noch nicht entdeckt habe. Wir sind an einem versteckt liegenden Teich angekommen, an dessen Ufer eine Art Pavillon steht. Die Dachkuppel aus geschwungenen Metallverflechtungen wird von sechs antiken Säulen gestützt. In der Mitte steht ein kleiner Tisch mit zwei verschnörkelten Eisenstühlen daran. Die Rückseite des Pavillons ist von einer perfekt geschnittenen Hecke umwachsen, vermutlich ist er mir deswegen nie aufgefallen. Ich kann mir gut vorstellen, den ganzen Tag an dem Tisch zu sitzen, mit einem Buch in der Hand und den Blick auf den idyllischen kleinen See gerichtet.

Korvin zieht mich an sich und bei dem innigen Kuss schmecke ich den Whisky auf seiner Zunge. Er mag sich zwar unbeobachtet genug fühlen, aber da ich weiß, worauf das hinausläuft, gehe ich lieber auf Nummer sicher. Während ich meine Hände in seinen seidigen Haaren vergrabe, ziehe ich eine dichte Hecke über die Seiten des Pavillons. Der Mondschein strahlt durch die offene Dachkuppel und wiegt uns in seinem Licht.

»Wenn Ace uns hier findet, dann weiß ich, dass er es mit Absicht macht«, sagt Korvin grinsend.

Ich drücke ihn noch einen Kuss auf den Mund, bevor ich meine

Frage stelle: »Von was für einer Mission hast du vorhin gesprochen? Warum hast du nichts gesagt?«

Korvin setzt sich geschmeidig auf einen der Eisenstühle und zieht mich rittlings auf seinen Schoß. Meine Hände sind um seinen Nacken geschlungen und seine liegen auf meiner Taille.

»Dieses Kleid hat mich schon den ganzen Abend verrückt gemacht. Ich konnte an nichts anderes denken, als es dir endlich auszuziehen«, haucht er mir ins Ohr.

Sein Blick liegt auf meinen Oberschenkeln, wo jetzt auch seine Hände langfahren, es fehlt nur ein Zentimeter und das Kleid würde nach oben rutschen und meinen Slip freilegen. Doch ich will Antworten!

»Der Waffendeal, du brauchtest ihn für die bevorstehende Mission, richtig?«, hake ich nach.

Korvins Blick wandert langsam an meinem Körper hinauf, bis er endlich bei meinen Augen angekommen ist. »Übermorgen ziehen wir los und holen das letzte Puzzlestück, morgen früh ist die Einsatzbesprechung, da wirst du alles Notwendige erfahren«, sagt er sachlich, während seine Aufmerksamkeit wieder zu meinen Oberschenkeln gleitet.

»Und was passiert, wenn wir das letzte Puzzlestück haben?«

»Ich erzähle dir alles, sobald wir es in der Hand halten, versprochen. Aber im Moment würde ich mich lieber anderen Dingen widmen, ich habe heute schon genug über das Geschäft geredet.«

Seine Hände fahren meine Oberschenkel hinauf und er rafft mein Kleid nach oben, sodass nun der rote Spitzenslip hervorblitzt. Er grinst mich schelmisch an und ich spüre seine aufkommende Erregung unter mir. Da beschließe ich, seine Antwort vorerst hinzunehmen. Korvin zieht mich näher an sich und bei dem nächsten Kuss steigt sofort glühende Hitze in mir auf und die Lust sammelt sich zwischen meinen Schenkeln. Beim letzten Mal waren wir wie wild vor Leidenschaft und Verlangen, aber auch etwas Wut mischte sich mit hinein. Das ist jetzt vollkommen anders, zärtlich fährt er mit seinen schwieligen Händen unter meinem Kleid entlang und zieht es mir aus, während mich seine sanften Küsse in den Himmel heben. Ich löse mich von Korvin und stelle mich vor ihn, in seinen Augen brennt das Verlangen und er schaut mich gierig an.

»Du bist wunderschön«, raunt er und tritt vor mich.

Während er meinen BH öffnet, knöpfe ich sein Hemd auf und streife es von seinen starken Schultern. Ich werde mich nie an seinem perfekten Körper sattsehen. Der Mondschein fällt auf seine Haut und lässt ihn wie einen Gott der Dunkelheit aussehen. Ich tauche meine Zunge in seinen Mund und öffne gleichzeitig den Knopf seiner schwarzen Anzughose. In einem Rutsch ziehe ich die Hose und seine Unterhose herunter, ich will ihn an mir spüren. Seine Hände fahren über meine Brüste und streicheln meine harten Nippel, danach streift er mir das Höschen nach unten.

Mittlerweile sind wir beide nackt, ich stupse mit meinem Finger gegen seine Brust und er setzt sich wieder auf den Eisenstuhl. Ich knie mich zwischen seine Beine und umschließe seine Härte mit meinem Mund, er stöhnt sofort auf, was meine Erregung noch mehr steigert. Meine Hand fährt zu seinem Schaft und ich lecke an der zarten Haut seiner Eichel, bevor ich ihn komplett in den Mund nehme. Wieder stöhnt Korvin auf und ich spüre, wie meine feuchte Erregung pulsiert. Er krallt sich in meine Haare und hat den Kopf in den Nacken sinken lassen. Es macht mich verrückt zu sehen, was ich in ihm auslöse. Meine Hand und mein Mund gleiten über seine verführerische Härte und meine Zunge leckt über seine zarte Haut. In uns beiden brennt das unbändige Feuer des Verlangens und mit jeder Bewegung verliert er sich mehr darin, so wie ich. Es gibt nichts anderes auf der Welt, nur uns beide, hier in diesem Pavillon, und unsere Hingabe zueinander. Korvin stöhnt erneut auf, zieht sanft an meinen Haaren und löst mich damit von seiner Erektion.

»Komm zu mir«, haucht er.

Ich stehe langsam auf und setze mich auf seinen Schoß, ich spüre seine Härte an meiner Mitte und Blitze funken zwischen uns. Unsere nackten Körper schmiegen sich perfekt aneinander, ich schlinge meine Hände um seinen Nacken und seine Küsse werden leidenschaftlicher. Ich bewege meine Hüften und reibe mich an ihm, meine Lust hat den Höhepunkt erreicht, ich will ihn in mir spüren, und zwar sofort. Beim Hochstemmen kitzelt das weiche Gras zwischen meinen Zehen und als ich ihn in mich einführe, stöhnen wir beide auf.

Korvin beugt sich vor und nimmt meine harte Knospe zwischen die Zähne, seine Hände fahren dabei sanft über meinen Rücken. Ich bewege meine Hüfte und reiße den Kopf in den Nacken. Über uns leuchtet der atemberaubende Sternenhimmel und genauso fühle ich mich in diesem Moment, wie in einer anderen Welt. Mit jeder Bewegung nehme ich ihn mehr in mich auf, ich habe das Gefühl, ich würde in den Himmel gleiten. Korvin drückt sich näher an mich und sein Mund wandert zu meinem Hals, wir werden jeden Moment miteinander verschmelzen. Und erst jetzt wird mir klar, wie sehr ich ihm verfallen bin. Das körperliche Verlangen besteht von Anfang an, doch ich kann nicht genau sagen, wann sich meine Gefühle für ihn manifestiert haben. Es hätte mir schon viel eher auffallen müssen. Das Kribbeln, das jedes Mal durch meinen Körper fährt, wenn ich ihn sehe oder sich unsere Blicke kreuzen. Die Vertrautheit, die in unseren Berührungen liegt und die Tatsache, dass ich alles um mich herum vergesse, sobald wir zusammen sind.

»Du hast keine Ahnung, welche Macht du über mich hast. Das hier ist so schnell zum Einzigen geworden, was wirklich zählt«, knurrt Korvin und reißt mich damit aus meinen Gedanken.

Ich stöhne laut auf, ein niederreißender Orgasmus braut sich in mir zusammen, meine Hände krallen sich in seine Haare und meine Bewegungen werden schneller. Ich schwebe auf einer Wolke der Lust durch den Himmel, jede meiner Körperzellen verzehrt sich nach ihm. Und auch wenn es kaum möglich ist, am liebsten würde ich ihn noch intensiver in mir spüren.

Plötzlich fährt Korvin mit seinen Händen unter meinen Po und steht zusammen mit mir auf, als wäre ich leicht wie eine Feder. Meine Beine schlingen sich um seine Taille und ich küsse ihn fordernd. Dann spüre ich etwas Hartes an meinem Rücken, er hat mich gegen eine der Säulen gedrückt und damit stößt er erneut in mich hinein. Seine Hände klammern sich in meine Pobacken, während er mich gegen die Säule rammt. Ich schreie auf und habe das Gefühl, in einem Delirium der Lust zu verschwinden. Der kalte Stein drückt sich von hinten gegen meine Wirbelsäule, während sich Korvins warmer Körper von vorne gegen mich drängt. Ich drohe jeden Moment zu explodieren. Meine Arme und Beine umschlingen ihn noch fester und ich beiße in seine Unterlippe. Er versteht meine Andeutung und stößt härter in mich hinein, was mich erneut aufschreien lässt. Mein ganzer Körper glüht und durch meine Adern schießen Blitze.

»Mein Leben gehört dir, wenn du mich willst«, haucht Korvin, während er mich mit wildem Blick anschaut.

Doch ich kriege kein Wort raus, seine Stöße werden härter und schneller und ich spüre, wie sich der Orgasmus in mir ausbreitet, bereit, alles niederzureißen. Eine unbändige Welle der Lust bricht über mir zusammen und reißt mich von der schwebenden Wolke in die Tiefen des Meeres. Wir schreien gemeinsam auf, während ich meine Fingernägel in Korvins Rücken kralle. Mein ganzer Körper erzittert und ich schmiege mich fest an ihn. Nachdem wir für einen Moment so dastanden, zieht er sich langsam aus mir zurück und ich lasse meine zittrigen Beine zu Boden. Er stützt mich und drückt seinen harten Körper an meinen, sein Kuss ist unendlich sanft und sinnlich.

»Du bist alles, was ich will«, flüstere ich ihm ins Ohr.

Die bernsteinfarbenen Funken in seinen pechschwarzen Augen leuchten, er nimmt mein Gesicht in seine Hände und lässt seine Stirn gegen meine fallen. Sein Duft umhüllt mich und ich kann mich nicht erinnern, je glücklicher gewesen zu sein.

KAPITEL ZWEIUNDZWANZIG

Wir lagen noch stundenlang nackt im Gras und haben den Sternenhimmel bewundert, bevor wir zurück zum Haus gegangen sind. Die letzte Nacht war magisch, nicht nur was den Sex angeht, auch unsere Verbindung zueinander ist noch intensiver geworden. Ich ließ Korvin in mein Herz, doch da ich weiß, dass es bei ihm genauso ist, macht es mir keine Angst.

Als ich heute Morgen aufgewacht bin, war Korvin schon weg. Nachdem ich schnell etwas gegessen habe, bin ich jetzt auf dem Weg zu der Einsatzbesprechung. Ich platze bald vor Neugier, ich will endlich wissen, worum es geht. Die Besprechung findet wieder im Freudenhaus statt, vor dem Raum treffe ich auf Ace. Offensichtlich hat er einen üblen Kater, seine Schultern hängen und mit den schwarzen Augenringen und dem bleichen Gesicht sieht er beinahe aus wie ein Vampir.

»Na, wie geht's?«, frage ich lachend.

»Nicht so laut«, wimmert er. »Bitte, Neva, erlöse mich von meinen Qualen.«

Meine weiße Energiequelle leuchtet strahlend hell in meinem Inneren, als wollte sie ihre ganze Pracht zeigen, um wieder öfter zum Einsatz kommen zu dürfen. Nach einer Sekunde ist Ace wieder fit und drückt mir einen Kuss auf die Wange. »Danke.«

Danach geht er in den Besprechungsraum und ich folge ihm grinsend. Ich hätte es nie für möglich gehalten, aber Ace ist tatsächlich zu einem guten Freund geworden. Unvorstellbar, wenn ich daran zurückdenke, unter welchen Umständen wir uns kennengelernt haben. Es kommt mir vor, als läge es bereits Jahre zurück.

Wir waren anscheinend die Letzten, denn sobald wir eingetreten sind, geht die Tür hinter mir zu und Korvin beginnt sofort zu erzählen.

»Wir wissen jetzt, wo der Gegenstand gelagert wird, den wir brauchen«, sagt er sachlich.

Er deutet auf ein Foto, das auf dem Tisch liegt. Darauf ist eine weiße Barockvilla zu sehen. Der Eingang ist von Säulen umrahmt und ein pompöser Balkon reicht über die gesamte Vorderseite.

»Wir vermuten, dass dies ihr Wohnhaus ist und dort hat sie den Gegenstand untergebracht, in ihrem privaten Tresor«, fährt Korvin fort. Seine Miene ist ernst und seine Stimme kalt, es wird deutlich, wie viel von dieser Mission abhängt.

»Um was für einen Gegenstand handelt es sich?«, fragt der schlaksige Lockenkopf.

»Das hätte ich euch schon gesagt, wenn ihr es wissen müsstet«, gibt Korvin harsch zurück. »Da wir nicht in Erfahrung bringen konnten, wie es in der Villa aussieht, oder wie viele Wachen darin sein werden, gehen Neva, Ravena, Ace und ich allein rein. Ihr wartet draußen auf meine Anweisungen. Sollte etwas schiefgehen, stürmt ihr das Haus und plündert es bis auf die Grundmauern!«

Diesmal gibt es keine Widerworte, seine menschlichen Verbündeten stimmen stumm zu und verlassen daraufhin die Besprechung, doch Korvins Blick bleibt kaltblütig und angespannt.

»Neva, du wirst einen unsichtbaren Schleier über uns legen, dadurch gelangen wir unbemerkt ins Haus und können den Gegenstand ausfindig machen. Sobald wir ihn gefunden haben, schaltest du die Wachen aus und wir gehen hoffentlich unbemerkt wieder hinaus«, sagt er.

Ich nicke ihm zu, den unsichtbaren Schleier kann ich mit Hilfe des durchsichtigen Luftpanzers erschaffen. Das werde ich nachher noch üben müssen, aber es sollte kein Problem sein. Anstatt ihn durchsichtig zu lassen, werde ich die Umgebung auf die Lufthülle projizieren.

»Wir haben noch einiges vorzubereiten«, sagt Korvin zu Ace und Ravena, sie sind genauso angespannt wie er.

Es ärgert mich, dass ich nicht weiß, worum es geht, aber ich frage Korvin lieber, wenn wir allein sind. Was soll die Heimlichtuerei?

»Wir treffen uns gleich unten«, lässt Korvin die beiden wissen und damit verlassen auch sie die Besprechung.

Seine Anspannung füllt den ganzen Raum und nimmt mir fast die Luft zum Atmen. Ich gehe auf ihn zu, drücke einen sanften Kuss auf seine Lippen und schmiege mich an ihn. Wir verharren für einen Moment in der innigen Umarmung, bevor er sich von mir löst.

»Ich muss los«, sagt er mit harter Stimme.

Es schmerzt, ihn so zu sehen, sonst ist er immer locker mit einem schiefen Grinsen auf dem Gesicht, aber in diesem Moment ziehen sich tiefe Sorgenfalten darüber. Ich wünschte, er würde mit mir reden, aber er hat tausend andere Sachen im Kopf. Nach einem flüchtigen Kuss verlässt er den Raum und ich bleibe allein zurück.

Ich verbrachte den ganzen Tag damit, zu trainieren. Der unsichtbare Schleier für die morgige Mission ist ein Kinderspiel. Meine Gedanken wanderten immer wieder zu Korvin, ich habe ihn seit der

Einsatzbesprechung nicht mehr gesehen, auch zum Abendessen ist er nicht aufgetaucht.

Nun stehe ich vor der Tür des Sternenzimmers und spüre deutlich seine Präsenz dahinter. Ich hadere mit mir, vielleicht will er lieber allein sein, schließlich kam er nicht zu mir. Doch ich ertrage es nicht, in solch einem Moment nicht für ihn da zu sein. Langsam öffne ich die Tür und schiebe mich hindurch, er ruht auf der roten Samtcouch, sein Blick ist zu den Sternen gerichtet.

Ich lege mich wortlos neben ihn und umfasse seine Hand. Der dunkelblaue Nachthimmel leuchtet und durch die Glaskuppel scheinen die Sterne nur ein paar Meter entfernt. Jedes Mal, wenn ich den mystischen Vollmond bestaune, fühlen sich meine Probleme und Sorgen vollkommen unbedeutend an. Doch für Korvin trifft das offenbar nicht zu, als er seinen Kopf zu mir dreht, blicke ich in seine trüben Augen. Ich rolle mich auf die Seite und lege meine Hand sanft auf seine Wange.

»Es wird schon gut gehen«, versuche ich ihn zu beruhigen.

»Du hast keine Vorstellung davon, was von der morgigen Mission abhängt«, antwortet er bedrückt.

»Dann sag es mir.« Ich rücke näher an ihn heran und küsse ihn sanft.

Er dreht sich nun auch auf die Seite und legt seinen Arm um meine Hüfte. »Morgen, versprochen. Ich werde dir alles erzählen.«

Ich nicke und spüre deutlich, dass ihm im Moment die Kraft dazu fehlt, es mir zu sagen. Ich schmiege mich enger an ihn und vergrabe meinen Kopf in seiner Brust.

»Ich bin an deiner Seite«, flüstere ich.

»Es gibt keine Worte, die beschreiben könnten, wie viel mir das bedeutet.« Er streift mit den Fingern über mein Kinn und küsst mich unendlich sanft. Seine Zunge taucht beinahe zaghaft in meinen Mund ein und ich spüre die Zerbrechlichkeit, die darin mitschwingt.

Wir liegen noch stundenlang engumschlungen beieinander und halten uns gegenseitig, ich habe mich einem Menschen noch nie so verbunden gefühlt. Beim Einschlafen umhüllt mich sein Duft wie eine kuschelige Decke.

Mit seinen weichen Lippen auf dem Mund wache ich auf. Korvin ist bereits fertig angezogen und als ich ihm in die Augen schaue, ist keine Spur mehr von der gestrigen Grübelei zu finden, stattdessen brennt die reine Entschlossenheit darin.

»Wir müssen los, ich warte unten auf dich«, sagt er bestimmt und geht aus dem Zimmer.

Der Gedanke an die bevorstehende Mission treibt das Adrenalin durch meine Adern und ich bin sofort hellwach.

Nachdem ich mich von oben bis unten in Schwarz gekleidet habe, schnappe ich mir ein Käsebrötchen und gehe zur Auffahrt. Ravena und Ace fahren gerade auf ihren Motorrädern los und Korvin hält mir schon den Helm entgegen. Er sitzt bereits auf seiner Maschine, meine steht direkt daneben. Ohne darüber nachzudenken, gleite ich auf seinen Rücksitz und klammere meine Arme um ihn. Ich brauche seine Nähe gerade mehr als alles andere. Über den Seitenspiegel sehe ich sein schelmisches Grinsen.

»Bilde dir nichts drauf ein«, sage ich lachend und klappe mein Visier runter.

Die gesamte Fahrt lang nehme ich nichts von der Natur um mich herum wahr, ich spüre nur Korvins Körper an meinem. Ich wünschte, wir würden an den Hafen fahren, weit weg von allen dubiosen Geschäften, in die er verwickelt ist.

Sobald ich die weiße Barockvilla von weitem sehe, bleibt mein Herz fast stehen. Die Wichtigkeit dieser Mission macht mich nervös. Wir fahren an dem mächtigen Haus vorbei und parken in einer Seitenstraße, dort warten bereits Ace und Ravena auf uns.

»Alle sind in Position«, sagt Ace mit ernster Miene.

»Lasst uns keine Zeit verlieren«, fordert Ravena und schaut mich an.

Wir stellen uns eng aneinander und ich werfe den unsichtbaren Schleier über uns. »Die Hülle ist auch schalldicht, wir können uns ganz normal unterhalten«, lasse ich sie wissen und wir marschieren los.

Wir schleichen um die weiße Barockvilla herum und gelangen in den Garten. Das Gras strahlt in einem saftigen grün und zahlreiche Heckenfiguren schmücken den edlen Rasen. Es sieht beinahe aus wie in einem Zoo – Katzen, Elefanten, Pinguine und sogar eine Schnecke wurden kunstvoll in Form geschnitten. Es wirkt etwas kitschig und passt nicht zu der prachtvoll verzierten Fassade der Barockvilla. Die ersten Wachen stehen auf der Terrasse und blicken über den Garten, alle tragen schusssichere Westen und halten ein Maschinengewehr in der Hand. Als ein blonder Mann direkt in unsere Richtung schaut, bleibe ich vor Schock stehen, doch er sieht uns nicht und lässt den Blick weiter über das Gelände schweifen.

»Los weiter«, sagt Korvin, da ich immer noch wie angewurzelt dastehe.

Da die Terrasse von vier kräftigen Männern bewacht wird, steht die Glastür, die ins Haus führt, weit offen. Wir quetschen uns an den Wachen vorbei und treten hinein. Alles ist aus weißem Marmor, der Boden, die Wände, die Treppe, alles! In den Wänden sind Nischen eingelassen und daraus schauen uns griechische Götterfiguren entgegen, ebenso aus weißem Marmor. Dennoch ist die Atmosphäre irgendwie kalt und lieblos, es erinnert eher an ein steriles Labor, anstatt an ein Zuhause.

»Ich wette, wenn wir sie finden, dann auch den Gegenstand!«, sagt Ravena und wir setzen uns in Bewegung.

Immer wieder kreuzen Wachen unseren Weg, zum Teil sind sie nur wenige Zentimeter von uns entfernt. Und obwohl ich weiß, dass der unsichtbare Schleier über uns liegt, stockt mir jedes Mal der Atem, wenn mir einer der Männer genau in die Augen schaut.

Wir sind gerade in der oberen Etage angekommen, als eine Frauenstimme aus einem der Zimmer ertönt. Irgendwie kommt sie mir bekannt vor, doch ich kann es nicht einordnen. Wir folgen der Stimme und treten in ein penibel eingerichtetes Wohnzimmer ein. An der Decke hängt ein mit Diamanten besetzter Kronleuchter, der monströse Zimmerbrunnen darunter ist aus weißem Marmor und wird von goldenen Adern durchzogen. Wer hat denn bitte einen verdammten Brunnen in seinem Wohnzimmer stehen? In den achteckigen Sockel plätschert das Wasser hinein. Das Geräusch erinnert mich an Regen, der gegen eine Fensterscheibe prasselt, doch leider entfällt in dieser Situation die beruhigende Wirkung. Eine runde Säule ragt aus der Mitte des Wassers empor, sie ist von unzähligen glänzenden Verästelungen durchzogen, dass es wie ein allumfassender Goldschimmer wirkt. Das Wasser fließt aus zwei funkelnden Wasserhähnen, die gegenüber voneinander angebracht wurden. Die Säule mündet in eine weitere Marmorkonstruktion, die die Form eines Diamanten hat. Dieser bildet den glorreichen Abschluss.

Plötzlich nehme ich rechts von mir eine Bewegung wahr und reiße meinen Kopf herum, augenblicklich bleibt mein Herz stehen.

Eine blonde Frau hat sich soeben auf einer weißen Récamiere mit goldenen Füßen niedergelassen. Ich erkenne sie sofort, die roten Lippen, die strenge Frisur, es ist die Frau, die bei dem missglückten Waffendeal dabei war.

»Wie kann man nur so unfähig sein und einen Container voller Ware verlieren?«, hallen ihre Worte in meinen Gedanken wider.

Mein Blut kocht und die Wut breitet sich wie ein Waldbrand in mir aus. Sie hat Thia und die anderen Frauen in den Container gesperrt und sie zum Sterben dort zurückgelassen. Ich spüre, wie die schwarzen Flammen aus meinem inneren Feuerball herausschießen. Meine Gedanken wandern zu den entführten Kindern, die wir befreit haben und es ist wie ein Schlag ins Gesicht, als ich realisiere, dass sie auch dahintersteckt. Wie kann man nur zu so einem Monster werden? Meine Hände ballen sich zu Fäusten und meine Fingernägel spießen sich in meine Handflächen. Plötzlich kommt ein blondes Mädchen aus einem Zimmer gerannt und setzt sich freudig neben die Frau. Sie hält ein Buch in der Hand.

»Liest du mir was vor, Mama?«, fragt sie mit lieblicher Stimme.

Meine Wut wandelt sich schlagartig in pures Entsetzen, wie kann sie Frauen und Kinder verschleppen, obwohl sie selbst eine Tochter hat? Wie in aller Welt kann man nur so verkorkst sein?

Schockiert trete ich einen Schritt zurück und pralle gegen Korvin. Ich kann sie nicht außer Gefecht setzen! Den Hass, den ich gegenüber dieser verabscheuungswürdigen Frau empfinde, fließt durch jede Zelle meines Körpers. Ich habe diesen schmalen Grat noch nicht unter Kontrolle und ich kann es erst recht nicht tun, wenn ihre Tochter bei ihr ist!

»Gib mir einen Moment, meine Süße. Ich muss noch etwas für einen Freund rauslegen, er wird es gleich abholen kommen, aber dann fangen wir sofort an zu lesen. Hol noch ein zweites Buch aus deinem Zimmer, wir treffen uns in zehn Minuten wieder auf der Couch«, antwortet sie liebevoll und streicht der Kleinen noch sanft mit der Hand über die Wange, bevor diese aus dem Raum flitzt.

Mittlerweile ist der blonde Teufel an den prunkvollen Zimmerbrunnen aus Marmor herangetreten. Sie fährt mit der Hand über die goldenen Adern, drückt an einer bestimmten Stelle und da öffnet sich ein Geheimfach mit einem silbernen Tresor darin. Nach einem Augen- und Fingerscan gibt sie eine Zahlenkombination ein, daraufhin holt sie eine Glasschatulle heraus und legt sie auf den Rand des Brunnens.

Es vergeht keine Sekunde, da klingelt auch schon ihr Handy. »Es ist alles erledigt«, ihr scharfer Ton schießt wie eine Pfeilspitze durch die Luft.

Bedauerlicherweise können wir nicht hören, was ihr Gesprächspartner sagt. Doch ihrem genervten Gesichtsausdruck zu urteilen, ist es nicht gerade eine Lobeshymne auf ihre Arbeit. Ihr ist anzusehen, wie gern sie die Person am anderen Ende unterbrechen würde, doch stattdessen presst sie ihren Mund so fest zusammen, als würde dieser in einer Schraubzwinge klemmen. Wen hat sie da nur in der Leitung?

»Alles läuft wie geplant«, erwidert sie mit zusammengebissenen Zähnen. »Niemand kennt die wahre Absicht unserer Taten. Es stimmt, die Kinder zu verlieren war ein Rückschlag. Jedoch geht jeder von üblichem Menschenhandel aus, keiner weiß, was wir wirklich mit ihnen vorhatten.«

In mir zieht sich alles zusammen. Üblicher Menschenhandel? Ein Feuer der Zerstörung tobt in meinem Inneren, doch ich kann dem jetzt keinen Raum bieten. Und obwohl es dadurch wahrscheinlich nur schlimmer wird, richte ich meine Aufmerksamkeit wieder auf den blonden Teufel.

»Es gibt keinen Grund zur Sorge. Abgesehen davon, dass keiner weiß, was wir wirklich vorhaben, erkennt erst recht niemand den Zusammenhang zwischen den Taten. Ich kann Ihnen versichern, dass alles nach Plan läuft. Es wird keine Rückschläge mehr geben, dafür sorge ich.« Damit ist das Telefonat beendet.

Was hat das alles zu bedeuten? Was hatten sie mit den Kindern vor? Und wer war in der Leitung? Der eigentliche Strippenzieher dieser ganzen verkorksten Scheiße? Welche gemeinsame Komponente hat die Entführung von Frauen und Kindern, ein Waffendeal und der Handel mit Antiquitäten? Verdammt, hinter all dem steckt so viel mehr als wir bisher dachten. Tausend weitere Fragen schießen mir durch den Kopf, doch mit dem Klackern der Stöckelschuhe werde ich aus meinen Gedanken gerissen.

Während sie sich wieder auf den Weg zu ihrer Tochter macht, die nun mit zwei Büchern auf der Couch sitzt, treten wir an die Glasschatulle heran. Darin ist eine goldene Choker-Halskette zu sehen, die wie eine Mondsichel geformt ist. Ich schaue zu Korvin und an seinem Blick erkenne ich, dass das der Gegenstand ist, den wir brauchen.

»Wir müssen jetzt handeln!«, drängt Ravena. »Der Kurier könnte jeden Moment kommen und ich vermute, dass er eine Armee bei sich haben wird!«

Sie hat recht, aber ich kann nichts tun, mich nicht bewegen und erst recht keinen klaren Gedanken fassen. Die drei schauen mich erwartungsvoll an, doch es geht nicht. Wenn ich meine schwarze Magie nicht vollkommen unter Kontrolle habe, könnte ich bei dem Versuch, sie außer Gefecht zu setzen, auch das kleine Mädchen verletzen. Und da sie eben angefangen haben, das Buch zu lesen, wird die Kleine wohl auch nicht so schnell verschwinden.

»Du musst beide außer Gefecht setzen! Sollte das Mädchen anfangen zu schreien, wenn ihre Mutter plötzlich ohnmächtig wird, haben wir keine Chance unbemerkt hier rauszukommen und es wird ein Blutbad geben«, verlangt Korvin.

»Ich kann nicht«, sage ich niedergeschlagen. Ich hasse es, ihn enttäuschen zu müssen. Natürlich will ich sie außer Gefecht setzen, aber ich traue meinen Fähigkeiten nicht genug, um das Risiko einzugehen.

»Du schaffst das«, versucht Korvin mich zu ermutigen.

»Nein, ich verspüre nur Hass ihr gegenüber. Was sie Thia und den Kindern angetan hat, ich kann nicht riskieren, dass ich ihrer Tochter schade, weil ich meine schwarze Magie nicht unter Kontrolle habe.

Wir müssen einen anderen Weg finden!«, sage ich aufgebracht und starre auf das kleine Mädchen.

Das lähmende Gefühl des Schocks überkommt mich, denn plötzlich höre ich Korvins Stimme in meinem Kopf. »Es tut mir leid, aber es gibt keinen anderen Weg, wir haben nur diese eine Chance. Tu es, versetze beide in Ohnmacht, sofort!« Seine Stimme ist hart und kalt, als würde ein Fremder zu mir sprechen.

Ich spüre, wie mir meine Magie wie Wasser aus den Händen gleitet. Alles drängt danach, dass ich die beiden in Ohnmacht versetze, so sehr sich mein Verstand auch dagegen wehrt. Ich stehe unter seinem Bann, mein eigener Wille ist nicht länger von Bedeutung. Erschrocken drehe ich mich zu ihm um und als ich verstehe, was er gerade tut, schießen mir die Tränen in die Augen und mein Herz hört auf zu schlagen. Ich zittere am ganzen Körper und starre ihn ungläubig an.

»Nein, bitte zwing mich nicht dazu!«, flehe ich ihn an.

»Ich werde dir nachher alles erzählen, dann wirst du es verstehen«, antwortet er.

Ich versuche mich gegen seine Einflussnahme zu wehren, doch meine Magie gehorcht nun ihm. Wie ist das überhaupt möglich? Die Incubus greifen auf die Träume anderer Lebewesen zu, wie ist es möglich, dass Korvin meine Handlungen im Wachzustand beeinflussen kann? Mich trifft es wie ein Schlag und das Entsetzen mischt sich mit purer Wut, ich bin von einem Lügengeflecht in das nächste geschlittert. Wie konnte ich nur so naiv sein? Es war alles nur eine Illusion, wir hatten nie eine wahrhaftige Verbindung. Die Zuneigung und die angebliche Verbundenheit waren nur ein Schauspiel, um mich abzulenken. Doch selbst wenn nicht, es spielt jetzt keine Rolle mehr. Noch vor ein paar Stunden lag ich sicher und geborgen in seinen Armen, jetzt fühle ich mich nur noch benutzt und betrogen. Sein Verrat zieht sich wie Gift durch meinen Blutkreislauf, meine

Gefühle und meine Hingabe waren für ihn nie von Bedeutung. Mein Körper fühlt sich so an, als würde ich in einer Wanne mit Eiswasser sitzen, aus der ich nie wieder heraussteigen kann.

Korvin manifestiert den Gedanken immer wieder und mein Kopf droht jeden Moment wie ein Luftballon zu zerplatzen. Mit jedem Versuch, mich dagegen zu wehren, zieht ein höllischer Schmerz durch meine Gliedmaßen. In mir herrscht das reinste Chaos. Wie kann er sich nur gegen mich wenden, nach allem, was wir zusammen erlebt haben? Er bricht meinen freien Willen, ich bin nichts weiter als eine unbedeutende Schachfigur in seinem Spiel. Er opfert mich und ich weiß nicht einmal, wofür. Doch nicht nur mein freier Wille wird in diesem Augenblick gebrochen, er rammt mir gleichzeitig einen Dolch mitten ins Herz.

»Was tust du da?«, fährt Ravena Korvin an. »Was zum Teufel soll das? Hör sofort auf!«

Auch Ace redet auf ihn ein, aber die Stimmen verschwimmen immer mehr, die Schmerzen lassen mich fast erblinden und ich höre nur noch ein Rauschen um mich herum. Ich habe keine Chance, mich dagegen zu wehren, also muss ich sicherstellen, dass ich die beiden auch wirklich nur in Ohnmacht versetze. Der stechende Schmerz, der durch meinen Körper jagt, macht es mir fast unmöglich, mich zu konzentrieren. Ich visualisiere die beiden vor meinem geistigen Auge und verlangsame Stück für Stück ihren Puls. Die schwarze Magie kommt wie ein Hurrikan aus mir herausgebrochen. Kraftlos breche ich zusammen und damit auch unser durchsichtiger Schleier. Als ich nach vorn schaue, liegen Mutter und Tochter am Boden, mir bleibt das Herz stehen und ich halte die Luft an. Wie soll ich damit leben, wenn ich sie tatsächlich umgebracht haben sollte? Ravena eilt sofort zu dem kleinen Mädchen und fühlt ihren Puls.

»Sie lebt«, sagt sie erleichtert, doch es ist nur ein kleiner Trost für mich.

Ich kann nicht fassen, wie Korvin mir das antun konnte. Er weiß genau, dass ich diesen schmalen Grat noch nicht unter Kontrolle habe. Die schmerzende Trauer wird wieder von brodelnder Wut ersetzt. Hauptsächlich bin ich wütend auf Korvin, aber auch auf mich! Wie konnte ich es nur so weit kommen lassen? Ich wusste von Anfang an, dass er mich in einen Abgrund reißen würde, und als er mich dazu gezwungen hat, die beiden in Ohnmacht zu versetzen, stieß er mich ohne zu zögern von der Klippe. Ich habe ihm tatsächlich vertraut und mein Herz für ihn geöffnet und er hat es innerhalb weniger Sekunden mit seinen bloßen Händen zerquetscht. In mir spüre ich nur noch eine dunkle Leere, ich muss weg von hier!

Korvin kniet sich zu mir runter und reicht mir seine Hand. Ohne ihn eines Blickes zu würdigen, stehe ich auf und wende mich von ihm ab. Mein ganzer Körper schmerzt, ich hätte die letzten Stunden in einen mit Stacheln ausgestattetem Sarkophag liegen können, doch es ist nichts im Vergleich dazu, wie sich mein Herz anfühlt. Meine Beine sind wackelig und ich bin dankbar, als Ace auf mich zukommt und mich stützt.

»Ich kann nicht fassen, dass er das getan hat«, flüstert er mir ins Ohr. »Es tut mir so leid, aber du hast es geschafft, du hast deine schwarze Magie jetzt vollkommen unter Kontrolle«, versucht er mich aufzumuntern.

Ich nicke ihm zu und dann tritt Ace neben Korvin, der die goldene Mondsichel ehrfürchtig in den Händen hält. Von dem erfrischenden Kribbeln, das ich sonst bei seinem Anblick verspürt habe, ist nichts mehr übrig. Ich empfinde lediglich Entsetzen und Verbitterung, wie konnte ich mich nur so in ihm täuschen? Es liegt nicht mal an ihm, er hat oft genug bewiesen, wie kaltblütig und gnadenlos er sein kann. Ich war nur dumm genug zu glauben, dass er sich mir gegenüber nie so verhalten würde.

Es wird Zeit zu verschwinden, ich verschmelze mit meiner Umgebung und trete aus dem Zimmer heraus. Alle Wachen, an denen ich vorbeikomme, versetze ich in Ohnmacht. Ich möchte nicht, dass meine Freunde verletzt werden, denn ab jetzt haben sie niemanden mehr, der sie heilt. Mittlerweile fühle ich rein gar nichts mehr, wie ein Zombie trotte ich durch die Barockvilla.

Als ich zur Tür heraustrete, höre ich, wie Korvin meinen Namen ruft. Darin schwingt Verzweiflung, Schuldbewusstsein und Reue mit, aber dafür ist es jetzt zu spät, er hat seine Entscheidung getroffen und ich meine auch.

KAPITEL DREIUNDZWANZIG

Es ist ein befremdliches Gefühl, wieder in meiner Wohnung zu sein. Als würde ich nicht mehr hierhergehören. Mein altes Leben ließ ich vor Monaten hinter mir und ich kann nicht einfach wieder zurück. Ich war die ganze Nacht wach und habe mich im Bett herumgewälzt. Wie konnte er mir das nur antun? Sein Verrat sitzt tief in meinen Knochen und nagt an meinem Herzen. Ich hasse es, dass er mein Vertrauen derart missbraucht hat, doch er verdient nicht eine weitere meiner Tränen. Dennoch muss ich mir eingestehen, dass ich mich auf dem Anwesen wohl fühlte. Ich habe Freunde gefunden, die mich so akzeptieren, wie ich bin, trotz meiner Dunkelheit oder gerade deswegen. Obwohl ich weiß, dass meine Schwester hinter mir stehen wird, macht es mir Angst, ihr gegenüberzutreten. Bei dem Gedanken, dass sie versuchen möchte, mir zu helfen, stellen sich mir die Haare zu Berge. Ich war noch nie mehr ich selbst, es wäre wie ein Stich ins Herz, wenn sie das nicht erkennen würde. Doch im Moment möchte ich noch nicht an das Treffen denken, mir ist nur danach, mich den ganzen Tag im Bett zu verkriechen.

Ich ziehe mir die Decke über den Kopf und atme die aufsteigenden Tränen wie ein Büffel weg. Es reicht, ich habe keine Lust mich noch eine Sekunde länger so elend zu fühlen. Im Bett liegen und Trübsal blasen wird mir nicht helfen, über all das hinweg zu kommen. Ich muss mein Leben wieder in die Hand nehmen, vor mir liegen neue Chancen und Möglichkeiten. Außerdem muss ich mir über einiges klar werden. Will ich weiterhin im Krankenhaus arbeiten? Falls das überhaupt noch möglich ist. Oder ziehe ich vielleicht um? Aufgrund meines Covens war ich bisher fest verwurzelt, doch dieser Lebensabschnitt ist nun vorbei. Ich könnte überall leben oder die Welt bereisen und jeden Monat ein anderes Land erkunden. Ich habe plötzlich so viele Möglichkeiten, dass es mir schwerfällt, mich überhaupt für eine zu entscheiden. So oder so ist es an der Zeit jetzt etwas zu ändern. Schluss mit dem Geheule!

Mein Handy klingelte die letzten Tage ununterbrochen, ich habe nicht einen Anruf beantwortet oder überhaupt drauf geschaut. Es ist ein erster Schritt! Neben den unzähligen verpassten Anrufen ploppen ebenso viele besorgte Nachrichten von Thia auf.

Geht es dir gut?

Was ist passiert?

Wann kommst du zurück?

Als ich die letzte Frage lese, rinnen mir die Tränen wie ein Fluss über die Wangen. Verdammt!

Plötzlich erscheint ein Anruf von ihr auf meinem Display, nach kurzem Zögern nehme ich ab.

»Scheiße, Neva, na endlich! Willst du, dass ich noch umkomme vor Sorge?«, sagt sie erleichtert.

»Tut mir leid«, gebe ich kraftlos zurück.

»Die Mission ist drei Tage her, seitdem habe ich nichts mehr von dir gehört! Ich weiß ja nicht mal, was los ist. Schick mir deine Adresse und ich komme zu dir!«, fordert sie.

»Wir treffen uns in einer Stunde in einem Park in der Nähe meiner Wohnung.«

Nachdem wir aufgelegt haben, schicke ich Thia den Standort und wälze mich aus meinem Bett. Wenn ich so aussehe, wie ich mich fühle, schaue ich lieber nicht in den Spiegel. Ehrlich gesagt ist es mir auch egal. Nach einer kurzen Dusche ziehe ich mir einen frischen Jogginganzug an und schlüpfe in meine bequemen Schlappen.

Mit der Kapuze auf dem Kopf und den Händen in den Taschen trotte ich zum Park. Als ich Thia von Weitem auf einer Bank sitzen sehe, bildet sich ein kleines Lächeln auf meinen Lippen. Sie hat mich auch entdeckt und springt freudig auf, doch mit einem Mal erstarrt sie. Was ist los? Geht es ihr gut? Plötzlich zerrt jemand an meinem Arm, ich drehe mich um, doch sehe nur noch, wie eine Faust auf mich zugeflogen kommt. Ich höre noch Thias Schrei, bevor ich ohnmächtig werde.

Der Steinboden unter mir ist nass und kalt und mein Kopf hämmert so heftig, dass ich es nicht wage, mich zu bewegen. Allein beim Öffnen meiner Augen zieht sich ein stechender Schmerz durch meinen Schädel. Um mich herum ist es dunkel, doch ich kann die Umrisse von Gitterstäben erkennen. Dieser Ort ist so düster und trostlos, dass er auch den letzten Funken Hoffnung im Keim erstickten lässt. Die Luft ist drückend und das Gefühl von Verzweiflung und Einsamkeit allgegenwärtig. Ich will meine Hände zu meinem Kopf führen, doch ich kann mich nicht frei bewegen. Goldene Handschellen schneiden sich in mein Fleisch und zapfen mir die Lebensenergie ab. Kraftlos lasse ich sie wieder zu Boden sinken. Ich bin ausgelaugt und im Moment fehlt mir die Kraft, um nach einem Ausweg zu suchen. Hoffentlich ist Thia nichts passiert und mit dem Gedanken fallen meine Augen wieder zu.

Ich schrecke nach oben, als ich einen Eimer eiskaltes Wasser über den Kopf geschüttet bekomme.

»Steh auf schwarze Hexe«, sagt eine verachtende Frauenstimme.

Ich schaue zu ihr auf und sehe eine blonde Frau in einem langen, weißen Gewand. Eine Energiehexe! Erleichterung überkommt mich, immerhin weiß ich jetzt, dass Thia unversehrt ist, sie würden nie einen Menschen verletzen. Aus hasserfüllten Augen blickt sie auf mich herab. Ich versuche meine schwarze Magie zu kanalisieren, aber es tut sich nichts.

Sie lacht abwertend. »Die Fesseln verhindern jegliche Anwendung von Magie, aber versuch es ruhig weiter. Los jetzt, steh auf!«

Mühsam erhebe ich mich und mit einem Tritt in die Magengrube falle ich wieder zu Boden.

»Ich habe gesagt, du sollst aufstehen!«, schreit mich die Energiehexe an, ihr sadistisches Lächeln reicht über das ganze Gesicht.

Schluss damit! Wenn ich hier sterben sollte, dann nicht kampflos. Blitzschnell trete ich ihre Beine weg und reiße sie zu Boden, so schnell ich kann, springe ich auf und renne zu der Zellentür. Das kribbelnde Gefühl der Hoffnung belebt meinen schmerzenden Körper. Die Freiheit ist zum Greifen nah, doch dann werde ich von einer unsichtbaren Wand zurückgeschleudert. Mein Kopf schlägt hart gegen die Steinmauer und alles um mich herum dreht sich. Verflucht, sie hat den Kerker mit einem Kraftfeld abgesichert.

Mein Kopf hämmert und ich ertaste, wie warmes Blut aus einer offenen Wunde sickert. Ich will mich heilen, doch die Handschellen verwehren mir ebenso den Zugriff auf meine weiße Magie. Die Energiehexe ist längst wieder auf den Beinen und tritt mir mit voller Wucht gegen die Rippen. Ich krümme mich vor Schmerzen und spüre, wie die Übelkeit in mir aufsteigt.

»Wie hast du die schwarze Magie entfesselt und wer hat sie dich gelehrt?« Ihre Augen sind voller Kälte und Verachtung. »Solltest du keine Antworten auf diese Fragen haben, wird das jeden Tag so weitergehen!«, droht sie und rammt mir ein Messer in die Schulter.

Ich schreie auf, der stechende Schmerz lähmt meinen ganzen Arm.

Nachdem sie meine Zelle verlassen hat, kotze ich mir die Seele aus dem Leib. Sie wird versuchen mich zu brechen und meine Würde zu zerstören. Aber ich werde mich ihr nie unterwerfen! Ich werde ihre Fragen sicher nicht beantworten, auch wenn ich damit mein Todesurteil unterschreibe.

Beim Aufwachen steigt mir sofort der Geruch von Galle und Eisen in die Nase, meine Kleidung ist übersät mit Blut und Erbrochenem. Ich sehe mich in der Zelle um, sie ist vollkommen leer, kein Bett, kein Klo, nichts. Wie soll ich je von hier wegkommen? Ich kann das Kraftfeld ohne meine Magie nicht durchbrechen und mit jedem Tag werde ich schwächer.

»Gut, du bist wach«, zischt die Energiehexe. Sie steht vor meiner Zelle, ihr Blick ist voller Boshaftigkeit. »Hast du die Antworten auf meine Fragen?«

Ich recke mein Kinn nach oben und wünschte, sie würde unter meinem Blick Feuer fangen und qualvoll verbrennen.

»Das dachte ich mir.«

Daraufhin lässt sie ihr Messer in der Hand tanzen und tritt in mein Verlies. Es würde nichts bringen, ihr zu erzählen, dass schwarze Magie nicht das Böse ist, sie würde es sowieso nicht glauben.

»Durch deine Adern fließt schwarzes Gift, wie konnte es dazu kommen?«, schreit sie mich an und versenkt ihr Messer in meinem Oberschenkel. Sie lässt es stecken, während sie in meiner Zelle umherläuft. »Wie ist es dir gelungen, als weiße Hexe schwarze Magie anzuwenden? Seit Anbeginn der Ära der weißen Hexen ist das nie vorgekommen, du bist ein Schandfleck in unserer Geschichte!«

Sie kniet sich neben mich und zieht das Messer an meinem Oberschenkel nach unten. Die Schmerzen sind unerträglich, ich schreie so laut, dass mir der Hals wehtut. Doch plötzlich werden meine Schreie durch ein lautes Lachen überstimmt. Die Energiehexe strahlt bis über beide Ohren, nicht zu fassen, wie viel Freude sie offensichtlich daran hat, mich zu quälen. So viel zu den guten weißen Hexen. Es widert mich an, wie sie es genießt, ihre Macht über mich auszuüben. Doch auch wenn ich mich körperlich nicht wehren kann, meinen Geist wird sie nicht brechen. Ich habe es satt, eine Marionette in ihren Händen zu sein.

»Sieh dich nur an, du bist so armselig! Ich soll hier die Böse sein? Trotz des schwarzen Gifts in meinem Blut, wäre ich nie wie du! Du denkst, du könntest deine Taten unter dem Deckmantel der weißen Magie verstecken? Weiße Magie kann zwar nur Gutes bewirken, aber das trifft nicht automatisch auch auf die Hexe zu! Du bist Abschaum! Wie kannst du es gleichzeitig genießen, mich zu foltern, und ernsthaft daran glauben, dass du gut wärst?«

Ein schrilles Lachen kommt über meine Lippen. Es ist einfach lächerlich, wie kann man nur so verblendet sein? Egal, welche Bestrafung dafür auf mich wartet, es war eine Wohltat, das endlich loszuwerden.

Offenbar hat es gefruchtet, denn die Energiehexe schaut mich entsetzt an. Doch es dauert nur ein paar Sekunden, bis sich ihr Gesicht zu einer Mischung aus Verachtung und Hass verzieht.

Bevor ich überhaupt reagieren kann, drückt sie mir den Hals zu. »Noch ein Wort und ich werde dir mit Vergnügen die Zunge rausschneiden!«

Ihr Griff verstärkt sich, ich versuche mich von ihr zu lösen, aber ich bin zu schwach. Die Panik überkommt mich, doch lediglich ein bedauernswertes Zucken bringt mein Körper noch zu Stande. Nun machen sich Wut und Verzweiflung in mir breit und ich denke an die Mission zurück, bei der wir die Kinder retteten. Meine schwarze Magie war unaufhaltsam und ich fühlte mich in diesem Moment unglaublich mächtig. Doch jetzt wird diese enorme Kraft von lächerlich prunkvoll aussehenden Handschellen unterdrückt.

»Hast du noch was zu sagen, schwarze Hexe?«, fragt sie verachtend. Doch im selben Moment schlägt sie mir mit voller Wucht ins Gesicht und ich falle in eine friedliche Ohnmacht.

Ich weiß nicht, wie viel Zeit vergangen ist, die Tage scheinen miteinander zu verschmelzen. Die Energiehexe kam jedes Mal freudestrahlend in meine Zelle, sie wusste, dass ich nichts sagen würde, also ging die Folter weiter. Jedes Mal, wenn mich die Dunkelheit der Bewusstlosigkeit zu sich holte, war ich dankbar. Mein Körper ist schwach und abgemagert, sie geben mir gerade so viel Essen und Trinken, dass es zum Überleben reicht. Ich weiß nicht mal mehr genau, wo die Energiehexe überall mit ihrem Messer auf mich eingestochen hat. Doch nichts bereitet ihr mehr Freude, als die heilenden Wunden wieder aufzuschneiden. Sie fährt dann mit der Spitze ihres Messers unter den Grind und beginnt diesen langsam zu lösen. Die Schmerzen sind unaushaltbar, sodass ich meine Fingernägel jedes Mal in den Steinboden kralle. Diese sind dadurch so blutig, dass meine Hände wie in rote Handschuhe gehüllt aussehen. Auch meine Haare sind verfilzt und mit Blut durchtränkt, aber immerhin nehme ich den beißenden Geruch in meiner Zelle kaum noch wahr.

Manchmal schweifen meine Gedanken so weit ab, dass ich halluziniere. Oftmals von den gemeinsamen Strandtagen mit meiner Schwester, doch die meiste Zeit von Korvin. Obwohl diese Erinnerungen mit einem bitteren Beigeschmack versehen sind, war dies bisher die glücklichste Zeit in meinem Leben. Das führt mir mein Unterbewusstsein fast täglich vor Augen. Mein Körper wurde längst gebrochen, doch ich befürchte, es dauert nicht mehr lange, bis auch mein Geist die letzten Kräfte verliert. Was für eine verschissene Ironie, gerade jetzt, wo ich zu mir selbst gefunden habe, werde ich von diesem Miststück zerstört.

Ich höre, wie sich die eiserne Zellentür öffnet, ich rechne jedes Mal damit, nicht wieder aus der Dunkelheit zu erwachen. Es macht mir Angst, dass es mir mittlerweile egal geworden ist, die Menschen, die ich liebe, sind in Sicherheit und das ist am wichtigsten.

Plötzlich höre ich ein Schluchzen, ich drehe meinen Kopf und blicke in die tränengefüllten Augen meiner Schwester.

»Ophelia«, krächze ich hervor und sofort füllen sich auch meine Augen mit Tränen. Ich dachte schon, ich würde sie nie wieder sehen.

»Es tut mir so leid, dass ich nicht eher kommen konnte«, wimmert sie.

Ophelia kniet sich neben mich und nimmt meine Hand. Ihr ganzer Körper bebt und die Tränen strömen wie Fontänen über ihre Wangen.

»Mir tut es leid, ich hätte dir alles viel früher erzählen sollen. Ich habe dich vermisst!« Meine Stimme ist nur noch ein raues Kratzen.

»Wir müssen dich hier rausholen! Sag mir, was ich tun kann!«, verlangt sie.

»Ich will nicht, dass du dich in Gefahr bringst! Ich könnte es mir nie verzeihen, wenn du am Ende auch in so einer verdammten Zelle landen würdest«, sage ich gequält.

»Und ich könnte es mir nicht verzeihen, wenn ich dich hier sterben lasse!«, antwortet sie empört. »Also los, sag schon!«

»Durch die Fesseln habe ich keinen Zugriff auf meine Magie, wenn du einen Weg finden würdest, sie zu lösen, kann ich vielleicht entkommen.« Eine Knospe der Hoffnung blüht in mir auf, doch ich habe gleichermaßen Angst um Ophelia.

Sie betrachtet die goldenen Handschellen. »Ich werde einen

Weg finden, versprochen.« Sie drückt mir einen Kuss auf die Stirn und verlässt meine Zelle.

Ich kann es nicht glauben, dass Ophelia tatsächlich hier war. Oder habe ich etwa halluziniert? Nein, sie war hier! Es war real! Zum ersten Mal seit langem spüre ich wieder etwas anderes als Verzweiflung und Trostlosigkeit. Doch der Hauch von Hoffnung ist gefährlich. Es ist nicht das erste Mal, dass ich dachte, ich könnte hier lebend rauskommen. Es gab Tage, an denen ich nicht gefoltert wurde, ich kam langsam wieder zu Kräften und konnte mich einigermaßen auf den Beinen halten. Doch es dauerte nicht lang, bis ich wieder reglos auf dem Boden lag, unfähig, auch nur einen Finger zu bewegen.

»Na, wie geht es meiner Lieblingsgefangenen?«, singt eine Stimme, die ich mittlerweile nur zu gut kenne.

Mein Herz setzt für einen Moment aus, hoffentlich hat sie Ophelia nicht gesehen. Die blonde Energiehexe öffnet die Zellentür und bleibt davor stehen.

»Komm mit, heute ist der Tag gekommen, an dem du dich bei der ersten weißen Hexe für deine Schandtaten rechtfertigen wirst!«, blafft sie mich an.

Mit letzten Kräften stehe ich auf, ich werde mich sicher nicht von ihr stützen lassen. Mit jedem Schritt zieht ein höllischer Schmerz durch meinen Körper, ich weiß nicht mal, wie ich es überhaupt schaffe, mich auf den Beinen zu halten. Die meisten meiner Wunden heilen bereits, doch manche sind eitrig und ich befürchte, dass ich kurz vor einer Blutvergiftung stehe. Es wird nicht mehr lange dauern, bis ich mit Fieber und Schüttelfrost auf dem kalten Steinboden liege und auf den Tod warte. Wie konnte mein Leben nur derart ins Wanken geraten, dass ich jetzt an diesem Punkt stehe?

»Zieh deine Klamotten aus!«, befiehlt die Energiehexe. »Du stinkst, so wirst du der ersten weißen Hexe nicht gegenübertreten«, sagt sie verachtend.

Mir fehlt die Kraft, den Raum, in dem wir nun angekommen sind, überhaupt zu begutachten. Meine ganze Konzentration liegt darauf, nicht wie ein nasser Sack umzukippen. Ich befolge ihren Befehl, doch mit den Handschellen fummle ich nur ungeschickt an den Fetzen meiner Kleidung herum.

Im nächsten Moment steht die Energiehexe vor mir und drückt ihr Messer an mein Kinn. »Ich kann es nicht erwarten, dich endlich tot zu sehen.« Daraufhin schneidet sie mir die Klamotten vom Leib und zerfetzt erneut meine Haut.

Ich versuche standhaft zu bleiben, doch die Dunkelheit legt sich bereits wie eine Wolke um mich. Und plötzlich werde ich von einem starken Wasserstrahl zu Boden gerissen. Das Wasser dringt in meinen Mund, ich kann kaum noch atmen. Die Panik steigt in mir auf und mein ganzer Körper zittert.

»Das reicht«, ruft die Energiehexe jemandem zu.

Daraufhin umhüllt mich eine warme Brise, sie trocknet meine Haut und Haare und schmiegt ein schwarzes Gewand um meinen Körper. Elementarhexen!

»Komm mit«, ruft die Energiehexe und ich folge ihr. »Du wirst die erste weiße Hexe mit ›Eure Hoheit‹ ansprechen und vor ihr knien!«

Dann laufen wir eine steile Treppe hinauf, ich umklammere das Geländer und ziehe mich Stufe für Stufe nach oben. Mein Atem rasselt und mir wird schwindlig, ich kann mich kaum noch auf den Beinen halten.

Wir gelangen in einen Flur mit weißem Marmorboden. Warum haben überhaupt alle bösartigen Menschen weißen Marmor in ihrem Haus? Ist das die typische Ausstattung für kaltblütige Monster? Wie auch immer, die Wände strahlen in Himmelblau und sind mit antiken Bildern geschmückt. Hierauf kommt die Schönheit der Natur deutlich zum Vorschein. Ich würde sie mir gern näher anschauen, doch meine ganze Konzentration liegt nach wie vor darauf, mich auf den Beinen zu halten. Die Energiehexe öffnet eine imposante Doppeltür und wir treten in einen Thronsaal ein.

Dieser ist voll mit weißen Hexen, sie drängen sich bis an die Wände. Ob mein Coven auch hier ist? Ich scanne die Menge nach Ophelia und meiner Mutter ab, doch es sind zu viele. Ihr Verhalten ähnelt dem eines Fischschwarms. Sie bewegen sich wie ein Organismus, wodurch es für mich unmöglich ist, einzelne Individuen zu identifizieren. Doch alle Augen sind auf mich gerichtet, ihr eisiger Hass lässt mich die Luft anhalten.

Geradezu sitzt die erste weiße Hexe auf einem imposanten Thron aus verflochtenen Wurzeln und Blättern. Mein Blick ist auf den Boden gerichtet, ich habe keine Kraft, um mich weiter umzuschauen. Als wir vor ihr angekommen sind, tritt mir die blonde Energiehexe in die Kniekehle und ich sacke zu Boden.

»Du sollst niederknien, habe ich dir gesagt«, zischt sie aus zusammengebissenen Zähnen hervor.

Ich richte meinen Blick auf die erste weiße Hexe, ihre weißblonden Locken fallen über ein zartes, weißes Gewand mit goldenen Verzierungen. Sie trägt eine Krone, die mit goldenen Blättern und Blüten geschmückt ist. Ihre weichen Züge und die zarte Haut lassen sie feenartig wirken, doch ihre eisblauen Augen mustern mich abschätzig. Ich blicke ihr in die Augen und spüre die Dunkelheit in mir pulsieren. Was hat das zu bedeuten?

»Wer hat dich im Umgang mit der schwarzen Magie gelehrt?« fragt sie fordernd.

»Antworte!«, schnauzt mich die Energiehexe an und tritt mir in die Seite.

»Es tut mir leid, eure Hoheit, aber ich werde eure Fragen nicht beantworten«, sage ich gequält, woraufhin ein entsetztes Raunen durch die Menge geht.

»Alle raus!«, befiehlt die erste weiße Hexe und nur Sekunden später ist der Thronsaal leer. Sie erhebt sich und schreitet anmutig auf mich zu.

»Wer war es?«, fragt sie erneut und plötzlich sehe ich den Irrsinn in ihren Augen aufblitzen. »War er es? Nein, das kann nicht sein, er ist tot, dafür habe ich gesorgt.« Auf ihr Geständnis folgt ein verrücktes Kichern. Sie packt mich am Kinn und quetscht mein Gesicht zusammen. »Morgen wirst du gehängt! Alle weißen Hexen werden anwesend sein, um mit anzusehen, was passiert, wenn man schwarze Magie einsetzt.«

»Es wird nicht mehr lange dauern, bis dein Lügengerüst in sich zusammenbricht«, zische ich zurück. »Ich habe mich schon immer gefragt, wie es sein kann, dass schwarze Magie verboten ist, wo weiße Hexen doch sowieso nicht in der Lage sein sollten, diese anzuwenden.«

Die erste weiße Hexe schaut mich entsetzt an und keine Sekunde später schlägt sie mir ins Gesicht. »Du bist Abschaum, ich sollte gleich deinen ganzen Coven auslöschen!«

Panik steigt in mir auf, was, wenn sie Ophelia bereits beobachten. Sie würde direkt in die Falle laufen, bei dem Versuch, mich zu retten. Das kann ich nicht zulassen!

»Ich habe mich bereits vor Jahren von meinem Coven abgewandt«, lüge ich sie an. »Lösch sie ruhig aus, sie sind schwach und erbärmlich.«

Sie schlägt mir wieder ins Gesicht und sofort schmecke ich das Blut in meinem Mund.

»Medea«, ruft sie und die blonde Energiehexe taucht auf. »Bring sie weg, morgen Mittag wird sie gehängt! Alle weißen Hexen werden anwesend sein, es gibt keine Ausnahmen!«, sagt sie schroff, es passt gar nicht zu ihrem feenhaften Aussehen.

»Ja, eure Hoheit«, gibt Medea zurück und verbeugt sich.

Mit einem Tritt gegen meinen Kopf knockt sie mich aus und ich falle wieder in die friedvolle Dunkelheit.

»Neva, wach auf. Bitte, wach auf.« Die liebliche Stimme meiner Schwester ertönt in meinen Ohren, doch ich habe nicht mal mehr die Kraft, meine Augen zu öffnen. Ich spüre etwas Kaltes an meinen Lippen und Ophelia hebt meinen Kopf leicht an. »Trink das, dann kommst du wieder zu Kräften.«

Eine brennende Flüssigkeit fließt meinen Hals hinunter, ich muss sofort husten. Als ich mir meine Hände vor den Mund reiße, sehe ich, dass die Fesseln gelöst wurden. Sofort horche ich in mein Inneres, um meine weiße Energiequelle zu kanalisieren. Sie glimmt schwach auf, ich kann meine Wunden nur oberflächlich heilen, für mehr habe ich nicht die Kraft. Der schwarze Feuerball in meinem Inneren ist so winzig wie ein Pfefferkorn.

»Du hast es geschafft«, sage ich stolz zu Ophelia und umarme sie erleichtert.

»Wir müssen weg, es ist fast Mittag«, drängt sie und hilft mir auf.

»Du kannst nicht mit mir kommen! Dann wissen sie, dass du mir geholfen hast. Ich werde dein Leben nicht aufs Spiel setzen, um zu entkommen!«, sage ich entschlossen.

Es zerreißt mich fast, sie zurücklassen zu müssen, doch die erste weiße Hexe hat unseren Coven sowieso schon im Visier.

»Ich werde dich nicht wieder verlieren! Außerdem können sie sich bestimmt denken, wer deine Fesseln gelöst hat«, protestiert sie.

»Aber wenn du mit mir gehst, haben sie den Beweis! Bitte, vertrau mir, ich muss allein von hier verschwinden. Und auch du musst weg, aber nicht zusammen mit mir. Warne unseren Coven, die erste weiße Hexe hat gedroht, all unsere Schwestern auszulöschen. Seid während der Hinrichtung präsent und bleibt auch nach meiner Flucht anwesend. Das wird den Verdacht zumindest ein bisschen mindern, aber danach müsst ihr untertauchen. Ich hole dich, wenn ich in Sicherheit bin. Ich finde dich, versprochen!«

Es ist Ophelia anzusehen, wie sich die Rädchen in ihrem Kopf drehen und sie angestrengt nach einer anderen Möglichkeit sucht. Doch die gibt es nicht und tief im Inneren weiß sie das auch. Wir können nicht gemeinsam von hier weg.

»Okay, aber dann nimmst du das mit«, sagt sie mit strenger Stimme, die keine Widerworte zulässt.

Kurz darauf hält sie mir ein kleines silbernes Klappmesser entgegen. Es sieht eher aus wie ein Spielzeug anstatt einer tödlichen Waffe. Doch dank Ace weiß ich, wie ich damit maximalen Schaden anrichten kann.

»Danke«, flüstere ich und nehme das Messer an mich.

Wir nehmen uns in die Arme und legen all die unausgesprochenen Gefühle und Gedanken in diese Umarmung. Während ich mich von ihr löse, zerbricht fast mein Herz. Doch ich kann nicht riskieren, dass sie mit mir gesehen wird.

Ohne zurückzublicken, stürme ich aus der Zelle heraus und renne den Weg entlang, den Ophelia mir beschrieben hat. Ich muss meine Kräfte schonen, daher trete ich in den Flur und werfe mir gleichzeitig den unsichtbaren Schleier über. Doch im nächsten Moment hört mein Herz auf zu schlagen und da weiß ich, dass ich zu lange gewartet habe. Der Schock lähmt meinen Körper, ich fühle mich wie versteinert. Vor mir steht eine Energiehexe, die mich aus weit aufgerissenen Augen anstarrt. Ich muss etwas tun, sie könnte meine Flucht beenden, bevor diese überhaupt richtig begonnen hat. Und plötzlich passiert alles so schnell und doch irgendwie in Zeitlupe.

Mein Griff um das Messer verstärkt sich und im nächsten Moment lasse ich es durch die Luft fliegen. Es erwischt die Energiehexe an der Schulter und ihr anmutiges Gesicht verwandelt sich in eine schmerzverzogene Maske. Dieser Augenblick der Unachtsamkeit reicht mir, ich stürze auf sie zu und schalte die Energiehexe mit einem Schlag aus. Verflucht, wer hätte gedacht, dass sich das Training mit Ace irgendwann mal bezahlt macht. Doch ich habe keine Zeit zu verlieren, mit einem haarsträubenden Sauggeräusch ziehe ich das Messer aus der Wunde und fokussiere mich wieder auf meine Flucht.

Die Tür, die auf den Hof führt, liegt rechter Hand, also stürme ich über den Gang und trete hindurch. Die Sonne blendet mich und ihre Wärme brennt wie Feuer auf meiner blassen Haut. Auf dem Hof wimmelt es vor weißen Hexen, sie versammeln sich um einen Galgen und Medea zieht soeben die Schlinge auf. Mir graut es bei dem Gedanken, dass ich beinahe dort geendet wäre. Ich zwänge mich durch die Menge zu dem hölzernen Eingangstor, aufgrund des anhaltenden Andrangs weißer Hexen steht es weit offen.

»Die schwarze Hexe flieht!«, schreit plötzlich jemand und ich stelle mit Erschrecken fest, dass mein unsichtbarer Schleier flackert.

Meine Magie ist sogar noch schwächer als ich dachte. Was würde ich in diesem Moment für eine Pistole geben. Ich versuche, aus jeder Körperzelle die letzten Reste meiner schwarzen Magie herauszuziehen, doch meine Energiequelle fühlt sich an, wie eine ausgequetschte Zitrone. Immer wieder flackert mein unsichtbarer Schleier und die Energiehexen jagen hinter mir her. Ich bin nur noch wenige Meter von dem Tor entfernt, es ist keine Option, jetzt noch gefasst zu werden!

Ich trete hinaus, lasse den Schleier fallen und nutze meine letzte Energie dafür, einen Feuerball aus schwarzen Flammen auf den offenen Durchgang zu schleudern. Nachdem ich die Reste meiner schwarzen Magie freigesetzt habe, falle ich erschöpft zu Boden. Ich schaue dem Feuerball hinterher und höre zahlreiche Schreie. Eine Reihe Energiehexen stellt sich ihm entgegen und nur Sekunden später prallt er an einem Kraftfeld ab und löst sich auf. Panik durchflutet meinen Körper, ich werde doch noch an dem Galgen enden und mein Kopf wird gleich in der Schlinge hängen. Wie ein zappelnder Fisch an Land werde ich mit den Füßen nach Halt suchen, mir schnürt es den Atem ab und ich fange an zu hyperventilieren. Ich höre schon das Knacken meines Genicks in den Ohren.

Die erste weiße Hexe tritt an das Kraftfeld, in ihren Augen lodert der pure Hass, sie will mich tot sehen, koste es, was es wolle. Die Energiehexen sind gerade dabei, das Kraftfeld zu senken, da höre ich plötzlich einen ohrenbetäubenden Lärm hinter mir. Sofort ziehen sie ihre Schutzmauer wieder hoch und ich realisiere, dass der nicht endende Donnerschlag die Folge eines tosenden Kugelhagels ist.

Plötzlich sehe ich Ace und Ravena, sie gehen in einer Verteidigungslinie mit den anderen Incubus auf die Energiehexen zu und befeuern sie ununterbrochen. Die Schüsse prallen an dem Kraftfeld ab wie rohe Eier, doch solange sie es aufrechterhalten, können sie ihre Magie nicht gegen uns richten. Ich nehme einen Schatten über mir wahr, sein Duft verrät ihn sofort. Korvin beugt sich zu mir runter und streicht mir über mein Gesicht. Mir schießen Tränen in die Augen, die Erleichterung über mein Entkommen bricht wie eine Flutwelle über mich hinein. Er hebt mich hoch und ich lasse meinen Kopf gegen seine Brust fallen und schließlich bin ich wieder von Dunkelheit umgeben.

KAPITEL VIERUNDZWANZIG

Mit dem vertrauten Piepsen eines Monitors und dem Geruch von Desinfektionsmittel in der Nase komme ich wieder zu mir. Mir ist wohlig warm und ich habe zum ersten Mal seit Wochen keine Schmerzen. Als ich in mich hineinhorche, pulsieren beide Energiequellen kraftvoll nebeneinander. Zumindest mein Körper hat die Strapazen der Folter überstanden.

Korvin schläft friedlich in einem Sessel neben meinem Krankenbett. Ich würde ihm am liebsten über die rosigen Lippen streichen und mich in seine Arme werfen, doch sein Verrat nagt nach wie vor an mir. Ich weiß nicht, wie ich ihm das je verzeihen kann. Mein Vertrauen in ihn ist ein Scherbenmeer und ich habe keine Ahnung, wie ich es wieder zusammensetzen soll. Dennoch spüre ich die tiefe Verbundenheit und die Anziehung zwischen uns. Auch die Energiequellen in meinem Inneren kämpfen um die richtige Antwort.

So leise wie möglich ziehe ich die ganzen Kabel von mir ab und schleiche auf die verglaste Tür zu. Ich weiß, es ist feige, aber ich kann dieses Gespräch jetzt nicht mit ihm führen. Ich bin innerlich zerrissen und habe nicht die Kraft dafür, mich mit meinen Gefühlen auseinanderzusetzen. Die letzten Wochen waren die reinsten Höllenqualen und wenn ich jetzt mit Korvin spreche, würde wieder nur Schmerz auf mich einprasseln. Ich kann vor diesem Gespräch nicht davonlaufen, aber im Moment würde ich es einfach nicht aushalten.

Während ich aus der Glastür heraustrete, springen plötzlich Ace, Ravena und Thia auf und stürmen auf mich zu. Ihre sorgenerfüllten Gesichter sind kaum zu ertragen. Thia heult direkt los und klammert sich an mich, ihr ganzer Körper bebt und sie schluchzt wie ein Seelöwe. Ich bin froh, dass es ihr gut geht und nehme sie fest in die Arme.

»Ich dachte, ich würde dich nie wieder sehen«, wimmert sie und bricht noch mehr in Tränen aus.

Nachdem wir unsere Umarmung gelöst haben, kommt Ace auf mich zu und nimmt mich in den Arm. »Jetzt bist du wieder zu Hause«, sagt er sanft.

Mein Herz erwärmt sich bei der Liebe und Sorge, die meine Freunde für mich hegen. Dann tritt Ravena zu mir und auch sie umarmt mich. Ich bin etwas überrascht, ich kann mich nicht daran erinnern, dass Ravena je jemanden umarmt hat. Da ihr Körper total angespannt ist, trifft das wohl auch zu. Sie nickt mir lächelnd zu, es bedarf keiner Worte, ich spüre ihre Liebe mir gegenüber. Es ist ein Moment des puren Glücks und ich bin unendlich dankbar, dass sie Teil meines Lebens sind.

Plötzlich wendet sich Ravenas Blick von mir ab und sie schaut an mir vorbei, mein Atem stockt für einen Moment und ich muss mich nicht umdrehen, um zu wissen, dass Korvin hinter mir steht. Ich spüre seine Präsenz so deutlich wie meinen Herzschlag und dann machen sich meine Freunde auf den Weg nach draußen.

Sobald ich mich zu ihm umdrehe, bleibt mir die Luft weg. Seine Schultern hängen an ihm herunter und sein Blick ist so traurig, dass ich ihn instinktiv trösten will. Korvins pechschwarze Haare sind glanzlos und sein Gesicht wirkt fahl, ich habe ihn noch nie so gesehen.

»Wolltest du wirklich ohne ein Wort verschwinden?«, fragt er verzweifelt.

Ich fühle mich wie eingefroren und stehe bloß stumm vor ihm. In seinen Augen spiegelt sich sein Schmerz deutlich wider. Es ist ein verzweifelter Tanz zwischen Verlangen und Zurückweisung, zwischen Hoffnung und Verzweiflung. Die Energiequellen in meinem Inneren gehen wie zwei bissige Hunde aufeinander los, es spiegelt meine Zerrissenheit perfekt wider. Natürlich möchte ich ihm vergeben, die Sehnsucht nach dem, was wir hatten, ist nicht in Worte zu fassen. Doch gleichzeitig fühlt es sich so an, als würde ich mich dann selbst verraten. Ich schlage mir die Hände vor mein Gesicht und sofort schießen die Tränen aus meinen Augen. Sein Kieferduft umgibt mich und kurz darauf nimmt er mich in den Arm.

»Ich werde es mir nie verzeihen, was du meinetwegen durchmachen musstest«, sagt er schmerzerfüllt.

Doch die Folter der letzten Wochen ist der geringste Schmerz, den ich im Moment verspüre. In seinen Armen zu liegen und zu wissen, dass ich ihm nicht verzeihen kann, das zerreißt mich. Denn trotz seines Verrats sehnt sich mein Herz nach dem, was einst zwischen uns war.

»Es tut mir so leid, Neva. Ich hätte dich nie dazu zwingen dürfen, die beiden in Ohnmacht zu versetzen. Es tut mir leid, dass ich dir nicht vertraut habe. Ich sah in diesem Moment keinen anderen Weg, aber dir wäre sicher etwas eingefallen. Bitte, lass es mich dir erklären«, sagt er fast flehend.

Ich schüttle den Kopf, nehme die Hände von meinem Gesicht und löse mich aus seiner Umarmung. Mein Körper fühlt sich sofort eiskalt an. Es war ein letztes Festhalten an dem, was wir einst waren und gleichzeitig auch ein Abschied von dem, was hätte sein können.

»Nichts, was du sagen würdest, könnte mich dazu bringen, dir zu verzeihen. Ich bin mir sicher, dass du gute Gründe für dein Handeln hattest, aber das ändert nichts. Ich wünschte, ich könnte dir verzeihen, aber ich weiß einfach nicht, wie ich dir je wieder vertrauen soll. Du hast meinen freien Willen gebrochen und meine Magie für deine Zwecke ausgenutzt. Sag mir, wie soll ich dir das je verzeihen?« Meine Stimme bebt und ich muss meine ganze Kraft aufbringen, um nicht wieder in Tränen auszubrechen.

Er bleibt stumm und schaut mich niedergeschmettert an, er bereut sein Handeln, dass sehe ich, aber ich kann ihm nicht verzeihen, es geht einfach nicht. Wie in einer Diashow blitzen die Erinnerungen an unsere gemeinsame Zeit vor meinem inneren Auge auf. Momente des Glücks, der Zärtlichkeit, der Freude und der Unbeschwertheit. Meine dunkle Seite verlangt, dass ich mich in seine Arme schmeiße und ihm noch eine Chance gebe. Doch meine helle Seite lässt mich an den Augenblick zurückdenken, in dem er mich verraten hat. Die Energiequellen toben in meinem Inneren, Feuer und Eis stoßen aufeinander.

»Du wolltest, dass ich all meine Gedanken mit dir teile«, erinnere ich ihn. »War das überhaupt echt, was zwischen uns war? Oder wolltest du mich nur so lange bei Laune halten, bis du mich für deine Machenschaften ausnutzen konntest?«

Seine Augen weiten sich. »Das glaubst du nicht wirklich«, erwidert er entsetzt und ich kann beinahe hören, wie sein Herz bricht. »Natürlich war es echt, so echt, wie nichts anderes in meinem Leben! Du hast mir überhaupt erst gezeigt, wie das Leben sein kann. Bitte, lass uns reden, ich hätte dir schon längst die Wahrheit sagen sollen. Bitte, Neva, ich …«

»Nicht«, unterbreche ich ihn und hebe meine Hand. Ich will es nicht hören! In meinem Inneren tobt ein erbarmungsloser Krieg.

Hör ihn an!, befiehlt die zornige Stimme.

Geh, mach es für euch nicht schwerer, als es ist. Du kannst ihm nicht verzeihen, also geh, erwidert die sanfte Engelsstimme.

Das treibt mich noch in den Wahnsinn, ich hasse diese beiden Extremen in meinem Inneren. Ich liege hilflos auf einer Streckbank, an meinen Füßen zerrt meine dunkle Seite und an meinen Armen die helle. Und ich kann nur dahinvegetieren und mich von ihnen entzweireißen lassen.

»Neva, bitte«, fleht er mit gebrochener Stimme. »Du weißt, dass es echt war. Mit dir an meiner Seite hat mein Dasein überhaupt erst einen Sinn.«

Er kommt einen Schritt auf mich zu, doch ich weiche zurück. Seine Worte sind wie Peitschenhiebe, die mich noch tiefer in meine Trauer und Zerrissenheit stürzen. Ich halte das nicht mehr aus!

»Danke, dass du mir zu Hilfe gekommen bist. Aber ich kann das nicht. Ich muss gehen, es tut mir leid«, schluchze ich.

Ohne seine Antwort abzuwarten, wende ich mich von ihm ab und renne zum Ausgang. Sofort schießen mir wieder die Tränen in die Augen, ich muss hier weg! Alles erinnert mich an mein verlorenes Glück und die innere Zerrissenheit bringt mich fast um.

Geh sofort zurück!, schreit meine Dunkelheit mir entgegen.

Während ich aus der Tür herausstürme, nehme ich nichts um mich herum wahr. Durch die Tränen ist mein Blick verschwommen und ich renne auf den angrenzenden Wald zu.

Du tust das Richtige, flüstert mir die sanfte Stimme zu.

»Ruhe!«, schreie ich den beiden entgegen. »Es reicht!«

Ich lasse mich auf die Knie fallen und gehe sofort in Flammen auf. Das ist genug, so kann es nicht weitergehen! Weiße Hexe oder schwarze Hexe, helle Energiequelle gegen Dunkelheit, damit ist jetzt Schluss!

Meine schwarzen Flammen schießen wie ein Feuerteufel in die Höhe und der Geruch von verbranntem Holz steigt mir in die Nase.

Ich bin das Auge eines Wirbelsturms aus erbarmungsloser Zerstörung. Ich reiße meine Arme in die Höhe und schieße das schwarze Flammenmeer mitten in mich hinein. Das Feuer strömt durch jede Zelle meines Körpers und es fühlt sich so an, als hätte ich soeben eine Kernschmelze angestoßen. Mein Inneres erhitzt sich wie die Brennstäbe eines Atomreaktors und meine Organe verflüssigen sich, sodass nur noch ein radioaktiver Klumpen übrigbleibt. Ich habe eine Kettenreaktion in Gang gesetzt, die nicht mehr aufzuhalten ist, und das will ich auch nicht. Feststeht, dass ich nicht so weiterleben kann, diese innere Zerrissenheit überschattet alles andere, aber das ist jetzt vorbei, ein für alle Mal. Auch wenn ich gerade von innen heraus verbrenne, weiß ich, dass es richtig ist. Es steht nur noch nicht fest, wie das für mich enden wird. Doch es gibt jetzt kein Zurück mehr, ich reiße die Arme erneut in die Luft und nehme damit noch mehr der totbringenden Flammen in mir auf. Um mich herum herrschen Temperaturen von mehreren tausend Grad, mein Kopf glüht und ich habe das Gefühl, als würde es mir das Fleisch von den Knochen brennen. Plötzlich spüre ich einen extremen Druck in meiner Brust, der mir für einen Moment die Luft abschnürt. Die Explosion steht kurz bevor. Ich bin die Ursache für einen Super-GAU, der nicht nur mich, sondern auch alles um mich herum auslöschen wird. Es würde nichts übrigbleiben, abgesehen von einem Aschehaufen und verseuchtem Boden. Doch was, wenn ich das tatsächlich überlebe? Wer werde ich dann sein? Sind die beiden Stimmen in meinem Kopf einfach weg oder wird etwas noch Unerträglicheres auf mich zukommen? Die geschmolzene, radioaktive Masse frisst sich durch jede Ader meines Körpers und die schwarzen Flammen sind so dicht, dass ich nichts anderes um mich herum wahrnehme. Das Feuer zischt so laut wie eine Million Bienen, nur das Kratzen in meinem Hals deutet darauf hin, dass ich ununterbrochen am Schreien bin. Ich fühle mich wie der Mittelpunkt eines totbringenden Infernos, das die Aufgabe hat, mich zu zerstören. Der Druck in meiner Brust ist unaufhaltsam, jeden Moment wird sich mein Brustkorb nach außen biegen. Ich schreie schmerzerfüllt auf und eine erschütternde Druckwelle bricht aus mir heraus. Ich spüre gleichzeitig jedes Nervenende meines Körpers und doch nichts und schließlich sinke ich in eine unendliche Leere.

KAPITEL FÜNFUNDZWANZIG

Als ich wieder zu mir komme, weiß ich genau, wo ich bin. Das weiche Kissen, die samtige Bettdecke und eine frische Sommerbrise, die durch das offene Fenster hereinweht. Es fühlt sich beinahe an, wie ein Déjà-vu. Doch noch bevor ich meine Augen öffne, richte ich den Blick in mein Inneres. Ein strahlend heller Feuerball pulsiert in meiner Brust, die Flammen wirken beinahe metallisch. Die Erleichterung kommt mit einem unendlichen Gefühl des Glücks, es pulsiert nur noch eine Energiequelle in mir. Keine helle oder dunkle Seite, keine zwei Stimmen, die miteinander streiten und mich in den Wahnsinn treiben. Nur ich! Irgendwie ist es mir gelungen, meine beiden Kraftquellen zu verschmelzen. Ich weiß zwar noch nicht, was genau das für meine Magie bedeutet, aber es fühlt sich richtig an. Dieser innere Zwiespalt hat alles andere mit einem Schleier bedeckt, meine Gefühle, meine Gedanken, meine Wahrnehmung, doch jetzt sehe ich wieder klar.

Ich öffne meine Augen und atme seinen Duft ein, Kiefernholz und Meersalz. Korvin liegt neben mir, sein pechschwarzes Haar hängt ihm in die Stirn und seine Hand liegt auf meiner Hüfte. Während er schläft, warte ich darauf, dass die zwei Extreme an mir zerren und mir sagen, was ich zu tun habe, doch in meinem Inneren ist es mucksmäuschenstill. Und im Gegensatz zu der brennenden Kluft aus Zerrissenheit, weiß ich jetzt genau, was ich tun werde.

Ich schmiege mich näher an ihn und genieße es, wie sein Duft mich umhüllt. Meine Hand wandert zu seiner Wange, sein Gesicht wirkt immer noch fahl und kraftlos, es schmerzt, ihn so zu sehen. Als ich seine weichen Lippen auf meinen spüre, blüht mein Herz auf und tausend Schmetterlinge werden freigesetzt. Mit einem kurzen Zucken wacht er auf, sein Arm umschlingt meine Hüfte und er zieht mich näher an sich. Unser Kuss wird intensiver, bleibt aber sanft und ich spüre das Versprechen, was darin liegt. Mein ganzer Körper kribbelt und ich treibe auf einer Welle der Glückseligkeit. Ich muss mich nicht länger fragen, wie ich ihm verzeihen soll, denn es ist keine Entscheidung, die man mit dem Kopf trifft. Und mein Herz weiß ganz genau, was es will. Sobald sich unsere Lippen voneinander lösen, lehnt Korvin seine Stirn an meine.

»Du warst tagelang bewusstlos«, sagt er mit zittriger Stimme.

»Es geht mir gut«, antworte ich und küsse ihn, doch Korvins undeutbarer Gesichtsausdruck irritiert mich. »Was ist los?«, frage ich besorgt.

»In deinen Augen tanzen graue Flammen. Ich habe das schon mal gesehen, doch damals waren sie schwarz. Ist wirklich alles okay?«, vergewissert er sich.

»Ja.« Und bei dem Blick in seine pechschwarzen Augen mit den bernsteinfarbenen Funken sehe ich darin die Ewigkeit.

Seine Finger gleiten über meine Lippen und dann taucht er seine Zunge in meinen Mund. Das ist alles, was ich gerade brauche! Ich will mir keine Gedanken darüber machen, was uns bevorsteht, am liebsten würde ich einfach für immer mit Korvin in diesem Bett bleiben. Seine rauen Finger streicheln sanft über meinen Rücken und hinterlassen eine Spur aus Gänsehaut. Ich fahre mit meinen Händen über seine Taille und stelle fest, dass er komplett nackt ist. Und ich auch!

»Lass mich raten, ich war eiskalt und da half natürlich nur deine Körperwärme«, sage ich scherzhaft.

Er nimmt mein Gesicht in seine Hände und schaut mich ernst an. »Ich würde daran zerbrechen, wenn ich dich nochmal verlieren würde.«

Mein Herz bleibt für einen Moment stehen und die Intensität seines Blickes lässt meinen Atem stocken.

»Ich liebe dich, mit allem, was ich bin. Du hältst mich am Leben, Neva«, sagt er sanft.

Bevor ich etwas darauf erwidern kann, küsst er mich und gleitet über mich. In diesem Kuss kann ich seine Liebe förmlich schmecken, sie ist so intensiv und aufrichtig. Ich schlinge meine Arme um seinen Nacken und zittere, während er mit der Hand über meine Brust streicht. Seine Berührungen sind so zärtlich, als hätte er Angst, etwas zu zerbrechen. Doch unsere Verbindung ist stärker denn je, ein untrennbares Band schlingt sich um uns und nichts auf der Welt kann uns entzweien. Meine Hände gleiten über seinen starken Rücken, er knabbert an meinem Hals und ich stöhne leicht auf. Ich spüre deutlich meine feuchte Erregung, seine Härte drängt sich gegen meinen Körper und sofort pulsiert es zwischen meinen Schenkeln. Und beim nächsten Aufeinandertreffen unserer Zungen stürze ich in ein buntes Blumenmeer. Ich genieße den freien Fall, in dem ich mich im Moment befinde und gleite schwerelos durch die Luft. Unsere Küsse werden intensiver und ich lasse seine weichen Haare durch meine Finger gleiten. Es ist ein Moment des puren Glücks und ich versuche jedes kleine Detail in mir aufzusaugen. Das melodische Zwitschern der Vögel, die sanfte Sommerbrise, die einen blumigen Duft in das

Zimmer treibt, aber vor allem Korvin. Seine Wärme, seinen unverkennbaren Geruch, seine zärtlichen Berührungen und seine Liebe, die wie Schallwellen auf mich einströmt.

»Ich will dich in mir spüren«, hauche ich ihm ins Ohr.

Ein schiefes Grinsen huscht ihm übers Gesicht, wie ich das vermisst habe! Als er in mich eindringt, stöhne ich auf und kralle meine Fingernägel in seinen Rücken. Mit dem nächsten Stoß spüre ich auch seine Zunge wieder in meinen Mund. Wir sind jetzt beide im freien Fall und stürzen gemeinsam den Himmel hinunter. Unser Sex war bisher wie ein Sprung aus dem Flugzeug, wir rasten zusammen dem Erdboden entgegen. Doch diesmal wiegen wir uns wie ein Blatt sanft im Wind und gleiten schwingend zu Boden. Seine Berührungen sind zärtlich und voller Sehnsucht. Jedes Mal, wenn er wieder in mich eindringt, macht er mir aufs Neue eine Liebeserklärung. Seine Worte gehen mir immer wieder durch den Kopf und lassen meine Kraftquelle heller leuchten. Jede meiner Körperzellen verzehrt sich nach ihm, er ist mein Seelenpartner, daran besteht kein Zweifel. Er gehört zu mir und ich zu ihm, wir werden einander beistehen, egal was kommt. Die letzten Wochen träumte ich oft davon, noch einmal in seinen Armen zu liegen, seine Berührungen zu spüren, ihn zu küssen. Doch es erschien mir wie etwas, das sich nie erfüllen wird, wie wenn man sich zum Geburtstag ein Pony wünscht. Es fühlt sich immer noch surreal an, diesen Moment wirklich zu erleben.

Ich schlinge meine Arme enger um ihn und meine Küsse werden fordernder, ich will ihn noch intensiver spüren. Seine Stöße werden härter und schneller, ich kralle meine Fingernägel tiefer in seine Muskeln und stöhne auf. Ich würde ihm gern sagen, wie sehr ich ihn vermisst habe, doch das ist nicht nötig. In jeder Bewegung und jeder Berührung lassen wir einander wissen, wie groß unsere Sehnsucht war. Und der bevorstehende Orgasmus, auf den wir beide zustürzen, besiegelt unsere Verbindung. Mit Korvin an meiner Seite macht es mir keine Angst, im freien Fall durch den Himmel zu gleiten, denn ich weiß, dass er mich auffangen wird. Jedes Mal, wenn er in mich eindringt, habe ich das Gefühl, heller zu leuchten. Eine versengende Hitze breitet sich in mir aus, ich stehe kurz davor, wie eine Supernova den Himmel mit einem kosmischen Feuerwerk zu erleuchten. Nur, dass dies nicht das Ende, sondern erst der Anfang ist. Gemeinsam sinken wir in eine Ekstase und kommen dem Höhepunkt immer näher. Korvin stöhnt auf, was meine Erregung noch mehr steigert. Unsere Körper verschmelzen miteinander, als würde man zwei Farben mischen, die dann eine komplett neue Kombination ergeben. Mit seinem nächsten Stoß stöhnen wir gemeinsam auf und das kosmische Feuerwerk schießt durch jede meiner Nervenzellen.

»Ich liebe dich«, sagt Korvin und schaut mir dabei tief in die Augen.

»Ich liebe dich«, erwidere ich und ein zauberhaftes Grinsen huscht über sein Gesicht.

Doch kaum habe ich die Worte ausgesprochen, breitet sich plötzlich ein schwarzer, dichter Nebel aus und nimmt mir die Sicht. Mein Magen verkrampft sich und durch die aufsteigende Panik setzt mein Herzschlag für einen Moment aus. Ich zittere so stark, als hätte mir jemand einen Eimer mit Eiswasser über den Kopf gekippt. Und sofort spüre ich wieder die endlose Hoffnungslosigkeit und Verzweiflung. Nein, das darf nicht wahr sein. Tränen laufen mir über die Wangen und der metallische Geruch von Blut mischt sich mit dem säuerlichen Gestank von Erbrochenem. War das auch nur eine weitere Halluzination? Liege ich in Wahrheit immer noch auf dem kalten Steinboden der Zelle und warte auf meine Hinrichtung? Nein, das darf nicht sein! Ich sehe mich panisch um, doch alles ist schwarz. In welchem Folterszenario bin ich gerade gefangen? Eine schwarze Gummizelle, die mich vollkommen um den Verstand bringen soll?

»Korvin«, schreie ich verzweifelt, doch niemand antwortet.

Nein, nein, nein. Das darf nicht wahr sein! Sie haben es geschafft, sie haben meinen Geist gebrochen! Ich zittere am ganzen Körper und kalter Schweiß läuft meinen Rücken hinunter. Mein Herz schlägt so laut, dass ich es in meinen Ohren hören kann. Eben noch genoss ich den freien Fall, doch jetzt stürze ich in einen dunklen Abgrund, in dem nur Schmerz und Tod auf mich warten.

Tausend Gedanken schießen mir durch den Kopf. Wie lange halluziniere ich schon? Auf meiner Brust sitzt plötzlich ein Elefant, ich kriege kaum noch Luft. Was, wenn mein Hals bereits in der Schlinge hängt und ich jeden Moment in den Tod gestürzt werde. Oder was, wenn ich schon tot bin? Vielleicht ist das meine persönliche Hölle und ich werde mit dem konfrontiert, was ich nie haben werde. Meine Tränen sind wie glühende Lava, die an meinen Wangen hinuntergleiten. Wie lange bin ich schon in dieser schwarzen Hölle gefangen und wie lange hat es gebraucht, um meinen Geist zu brechen? All die Glücksgefühle, die ich eben noch verspürt habe, verbrennen mich nun von innen heraus.

»Neva«, höre ich plötzlich eine Stimme in meinem Kopf und der Duft von Kiefernholz und Meersalz dringt mir in die Nase.

Die körperliche Folter war eine Sache, aber diese Art der Quälerei halte ich nicht aus.

»Mach die Augen auf.« Korvins Stimme ist ruhig und bestimmt und auch wenn es wahrscheinlich nur eine weitere Halluzination ist, höre ich darauf.

Lieber verliere ich mich darin, als der Wahrheit ins Auge zu blicken. Ich merkte gar nicht, wie fest ich meine Augen zusammengekniffen habe, nachdem alles dunkel wurde. Der hell leuchtende Feuerball in meinem Inneren ist nach außen getreten und umgibt mich vollkommen, zumindest bilde ich mir das ein. Die silbernen Flammen tanzen um mich herum, es sieht wunderschön aus, wie ein Schwarm glänzender Schwertfische. Meine Hand fährt zu den Feuerzungen und plötzlich gleiten sie wieder in mich hinein. Noch bevor ich einen klaren Gedanken fassen kann, kommt jemand auf mich zu gestürzt und nimmt mich in den Arm. Sein Duft und seine Wärme umgeben mich wie eine Schutzhülle. Ich würde für immer in dieser Halluzination leben, auch wenn es mich zerstört.

»Ich wünschte, du wärst wirklich bei mir«, sage ich zittrig.

Korvin wirft eine Decke über meine Schultern und schaut mich an. Seine Augen haben ein noch dunkleres Schwarz angenommen und glänzen nun wie Obsidian.

»Ich bin hier«, sagt er sanft und streicht mir über das Gesicht.

Plötzlich gibt es einen lauten Knall und Ace kommt durch die Tür gestürzt. Ich schaue ihn verwirrt an, ich mag Ace, aber was hat er in meiner Halluzination zu suchen? Korvin wirft ihm einen bösen Blick zu und deutet, dass er wieder gehen soll, aber Ace achtet gar nicht auf ihn. Er starrt mich an und umarmt mich so fest, dass es schon ein bisschen weh tut.

»Du hast den Bann gebrochen, die Prophezeiung wurde erfüllt!«, sagt er glücklich.

Ich verstehe nur Bahnhof, wovon spricht er?

»Bin ich wirklich hier?«, frage ich verwirrt.

Ace löst die Umarmung und grinst mich schelmisch an. »Ja, du bist wieder zurück auf der Erde.«

Ich lache laut auf und schlage ihm gegen die Schulter. Sofort werfe ich mich glücklich in Korvins Arme und küsse ihn innig. Meine Erleichterung ist so gewaltsam wie ein Vulkanausbruch. Seine starken Hände fahren über meinen Rücken und ich verschränke die Beine um seinen Oberkörper.

»Ich geh dann mal wieder«, höre ich Ace murmeln und dann fällt die Tür ins Schloss.

Wir sind viel zu sehr in unserem Kuss versunken, um etwas zu erwidern. Seine weichen Lippen streichen wie eine sanfte Brise über meine. Danach wirft er mir einen Blick zu, der jede Frage darüber, was gerade passiert ist, überflüssig macht.

»Ich dachte, ich wäre immer noch bei den weißen Hexen. Nach der Folter kam es öfters vor, dass ich halluziniert habe. Als auf einmal alles schwarz wurde, dachte ich, ich würde immer noch auf dem Boden meiner Zelle liegen«, erkläre ich beklommen.

Mein Blick ist nach unten gerichtet, die Erinnerungen an die letzten Wochen sind nach wie vor eine offene Wunde in meinem Inneren, auch wenn die äußeren Verletzungen verheilt sind.

Korvin führt seine Finger an mein Kinn und hebt sanft meinen Kopf. »Ich bin bei dir und ich werde nicht zulassen, dass sie dich nochmal in die Finger kriegen!«, sagt er mit harter Stimme.

Irgendwie sieht er verändert aus, die Dunkelheit, die ihn sonst wie ein Schatten umgab, ist jetzt wie mit ihm verschmolzen. Er strotzt vor Macht und es wirkt beinahe so, als würde sich die Dunkelheit ihm unterwerfen. Vorhin war sein Gesicht noch blass und fahl, aber jetzt liegt ein goldener Schimmer darauf und seine Lippen sind blutrot.

»Lass uns duschen gehen und dann erzähle ich dir alles«, antwortet er auf meinen fragenden Blick.

Bevor ich etwas erwidern kann, nimmt er mich hoch und trägt mich ins Badezimmer. Ich schmiege mich lächelnd an ihn und genieße seine Nähe.

Nach der erholsamen Dusche stehe ich nackt vor dem Spiegel, der die ganze Wand einnimmt. Ich bin abgemagert und mein Körper ist von Narben übersät. Da ich mich nicht mit meiner Magie heilen konnte, werden die Narben für immer bleiben. Doch es stört mich nicht, sie sind ein Symbol für meine Stärke und dafür, was ich überstanden habe. Ich bin entkommen und sie schafften es nicht, mich zu brechen. Dennoch vermisse ich meine Kurven, ich komme mir schwach und ausgehungert vor.

Korvin steigt aus der Dusche und stellt sich hinter mich, unsere Blicke treffen sich im Spiegel. Er streicht sanft über eine lange Narbe, die an meiner rechte Seite verläuft.

»Ich werde sie alle eigenhändig umbringen«, sagt er rachsüchtig.

Mir kommt ein Schauer über den Rücken, denn ich weiß, dass er jedes Wort ernst meint. Ich lasse mich gegen seine Brust fallen und schlinge seine Arme um mich. Im Moment ist dies der einzige Ort, an dem ich mich wirklich sicher fühle.

»Lass uns im Pavillon über alles sprechen«, sage ich schließlich und schaue ihn im Spiegel an.

Wieder sticht mir seine neue Erscheinung ins Auge, wie ist es überhaupt möglich, dass er noch besser aussieht? Es ist seine Ausstrahlung, die sich irgendwie verändert hat, er wirkt machtvoller, düsterer und stärker. Als wäre er zuvor nur eine abgeschwächte Version seiner selbst gewesen, beinahe wie eine Pauszeichnung.

»Wenn du mich weiter so anschaust, werden wir das Zimmer heute nicht mehr verlassen«, sagt er mit einem schelmischen Grinsen.

KAPITEL SECHSUNDZWANZIG

Hand in Hand laufen wir durch den zauberhaften Garten, der herrliche Lavendelduft beruhigt meine Seele. Obwohl ich keine Angst vor dem habe, was Korvin mir gleich erzählen wird, liegt trotzdem ein riesiger Stein in meinem Magen. Die Sonne wärmt meine Haut und die Vögel singen eine melodische Sinfonie. Seit wir aus dem Haus getreten sind, ist Korvin angespannt und jetzt, wo wir vor dem Pavillon stehen, zerquetscht seine Hand fast meine Finger.

Ich befreie mich aus dem Schraubgriff und stelle mich vor ihn. »Ich liebe dich und was auch immer du mir gleich erzählst, wird nichts daran ändern«, sage ich liebevoll. Meine Hand liegt auf seiner Wange und er lässt seinen Kopf sanft gegen meine Handfläche gleiten. Ich führe meine Lippen auf seine und dann treten wir in den Pavillon.

Der süße Duft von Pancakes mischt sich mit dem würzigen Kaffeegeruch und dann sehe ich das Tablett, das zwischen den Kissen steht. Es ist randvoll mit Leckereien und der Kaffee dampft bereits aus den beiden Tassen. Ich setze mich und nehme einen genüsslichen Schluck. Während die heiße Brühe meinen Hals hinunterläuft, spüre ich bereits die belebende Wirkung.

»Also, warum siehst du plötzlich noch besser aus als zuvor?«, versuche ich die angespannte Stimmung zu lockern.

Doch Korvin rutscht sichtlich nervös auf seinem Kissen herum. Er räuspert sich und beginnt schließlich zu erzählen. »Als ich geboren wurde, gab es weder weiße noch schwarze Hexen. Zu dieser Zeit waren Hexen auf Zaubersprüche angewiesen, sie nutzten die magischen Worte in Verbindung mit Pflanzen, Mineralien oder anderen Elementen und erschufen dadurch Magie. Während meine Mutter schwanger war, wurde sie von ihrem Coven verstoßen. Sie starb kurz nach der Geburt und so kamen wir ins Heim. Wir wussten nichts über unsere Kräfte, oder dass wir überhaupt Magie im Blut hatten. Normalerweise wurden die Kinder im Schutz des Covens aufgezogen, um zu verhindern, dass jemand von unserer Existenz erfährt. Doch wir waren den Menschen schutzlos ausgeliefert und mit den Jahren ist unsere Andersartigkeit immer mehr zum Vorschein gekommen. Eines Tages wurden wir aus unseren Betten gerissen und in einen Kerker gesperrt und dann begangen die Experimente.«

In meinem Inneren zieht sich alles zusammen, ich spüre, wie schwer es ihm fällt, darüber zu sprechen.

»Sie haben uns aufgeschnitten und uns beinahe ausbluten lassen, doch am schlimmsten war die psychische Folter. Sie ließen mich dabei zusehen, wie sie meine Geschwister fast an den Rand des Todes brachten. Immer wieder bezeichneten sie uns als Ausgeburt der Hölle und haben gefragt, wo der restliche Hexen-Abschaum ist. Natürlich hatte ich die Gerüchte von Menschen mit übernatürlichen Fähigkeiten gehört, doch für mich war es nur lächerliches Gerede. Aber diese Leute waren fest davon überzeugt, beinahe schon fanatisch. Natürlich nahmen auch wir unsere Andersartigkeit wahr, doch wir konnten es nie einordnen. Am schlimmsten waren die Nächte, in denen sie uns voneinander isolierten. Wir waren Drillinge und seit unserer Geburt nicht einen Tag getrennt.«

Er hält kurz inne und ich spreche aus, was mir durch den Kopf geht. »Deswegen der Vorhang anstatt einer Tür in deinem Schlafzimmer.«

Er nickt. »Als wir alle wieder in einer Zelle waren, sind wir uns weinend in die Arme gefallen. Wir hatten immer nur uns und wir wussten, dass wir das nur gemeinsam durchstehen können. Jeden Tag holten sie einen anderen zu den Experimenten ab. Doch für die beiden, die in der Zelle bleiben mussten, war es eine ebenso große Folter, wie für denjenigen, der abgeholt wurde. Meiner Schwester ging es immer schlechter, wenn sie von den Experimenten zurückkam, war sie fast wie ein Geist. Ihr Blick war leer und sie starrte uns stundenlang ausdruckslos an, bevor sie wieder etwas sagte. Es ging sogar so weit, dass sie mich darum gebeten hat, ihr Leid zu beenden. Nachdem sie diese Worte aussprach, ist etwas in mir zerbrochen und ich wusste, dass ich uns irgendwie dort rausbringen muss. Mein Bruder wurde eben zu den Experimenten abgeholt, als sich die Möglichkeit bot zu fliehen.«

Ich spüre den Schmerz in Korvins Stimme, es zerreißt mir fast das Herz. Undenkbar, durch was für eine Hölle er und seine Geschwister gegangen sind. Ich würde ihn am liebsten in den Arm nehmen, aber ich merke, dass er etwas Abstand braucht, um die Geschichte erzählen zu können.

»Ich sah zu meiner Schwester, sie starrte an die Decke und war schon lange nur noch eine leere Hülle. Ich musste mich entscheiden, rette ich meine Schwester und lasse damit meinen Bruder im Stich oder riskiere ich, dass sie auch noch den letzten Hauch von Lebenswillen verliert? Egal wie ich mich entscheiden würde, ich wusste, dass ich am Ende in einem tiefen Loch lande. Ich packte meine Schwester und rannte um mein Leben und wir konnten tatsächlich entkommen. Die Schuldgefühle gegenüber meinem Bruder nagen bis heute an mir und ich denke, dass es auch für immer so sein wird. Ich sah ihn nie wieder, vermutlich ist er längst tot.«

Dicke Tränen laufen über meine Wange, niemand sollte je so eine Entscheidung treffen müssen. Ich kann nicht anders, ich schiebe das Tablett beiseite und umarme Korvin.

»Das tut mir alles so leid«, schluchze ich.

Er schließt seine Arme fest um mich, als würde er mich trösten, anstatt umgekehrt. Da er die Anstalten macht, weitererzählen zu wollen, lehne ich mich leicht zurück, um ihm in die Augen zu schauen.

»Wir lebten jahrelang fernab von allen Menschen in einer kleinen Waldhütte. Wir brauchten Zeit zum Heilen, insofern das überhaupt möglich war. Die angebliche Magie, über die wir verfügen, interessierte uns nicht, wir wollten einfach ein friedliches Leben. Meine Schwester entdeckte die Liebe zur Natur und blühte Stück für Stück wieder auf. Doch ich wurde jede Sekunde mehr und mehr von Schuldgefühlen zerfressen. Ich vergrub die Erinnerungen an das Geschehene und an mein Handeln tief in mir. Für eine gewisse Zeit hat das auch funktioniert, aber ich konnte mich nie richtig davon lösen. Ich wusste, dass ich mich dem dunkelsten Kapitel meines Lebens irgendwann stellen muss.«

Ich starre Korvin ungläubig an, denn ich ahne, worauf er hinauswill.

»Selbst, wenn wir es gewollt hätten, wir wussten nicht, wie wir unsere Magie anwenden sollten. Wir kannten keine Zaubersprüche, also entfaltete sich unsere Magie auf einem anderen Weg. Und so wurde meine Schwester zur ersten weißen Hexe und ich zum ersten schwarzen Hexer. Damit führten wir die Anwendung von Magie auf eine neue Evolutionsstufe.«

»Die ganzen Bücher über schwarze Magie, du hast sie geschrieben!«, stelle ich entgeistert fest.

Er nickt. »Als ich meiner Schwester erzählte, was die Quelle meiner Macht ist, ist sie komplett ausgeflippt. Seither beharrt sie darauf, dass aus einer derartigen Dunkelheit nichts Gutes hervorgehen kann. Ich habe es ihr unzählige Male versucht zu erklären, aber wahrscheinlich kann sie nicht verstehen, wie ich mich diesem Trauma entgegenstellen konnte, ohne daran zu zerbrechen. Seit unserer Flucht sprach sie nie wieder über das, was uns passiert ist. Ich weiß nicht, was ihr während der Experimente angetan wurde. Am Anfang haben wir noch zusammen unsere Kräfte entdeckt und uns gegenseitig ermutigt, doch mit der Zeit distanzierte sie sich immer mehr. Sie sagte mir immer wieder, dass die Dunkelheit mich verderben würde, aber eigentlich konnte sie nicht akzeptieren, dass meine Fähigkeiten mächtiger waren als ihre. Es kam ihr ungerecht vor, ihre Magie ist aus Liebe entstanden und meine aus Schmerz und Dunkelheit. Sie wurde immer verbitterter und schließlich wandte sie sich vollkommen von mir ab. Ihr verhasster Blick geht mir immer noch unter die Haut.«

Mir schießen tausend Gedanken durch den Kopf. Erst jetzt realisiere ich das Ausmaß von dem, was Korvin mir gerade erzählt hat. Er ist der erste schwarze Hexer und er hat mir gerade eben erzählt, was seine Dunkelheit ist. Aber wie kann das sein, die schwarzen Hexen wurden vor Jahrhunderten vernichtet.

»Bitte sag was«, flüstert er und erst jetzt merke ich, dass ich ihn fassungslos anstarre.

Hätte ich das vor ein paar Monaten gewusst, hätte ich ihn für das pure Böse gehalten. Ich kann es immer noch nicht ganz fassen, Korvin ist der erste schwarze Hexer und damit vermutlich der mächtigste Magier auf der Welt. Und Coralia ... seine Schwester hätte mich mit einem Lächeln im Gesicht dem Galgen überlassen. Doch sie hat gerade keinen Platz in diesem Gespräch, ich schüttle die Gedanken an meine Gefangenschaft ab und konzertiere mich wieder auf Korvin. In seinen Augen spiegelt sich eine gewisse Angst wider, als würde er davon ausgehen, dass ich ihn verlasse, jetzt, wo ich die Wahrheit kenne.

»Was ist mit deinen Kräften?«, frage ich geistesabwesend.

»Über die Jahrhunderte entdeckte ich immer mehr Facetten meiner Magie. Es war mir möglich, neue Spezies zu erschaffen und so besiedelten schon bald Vampire, Werwölfe, Gestaltwandler und andere Geschöpfe die Welt. Dämonische Wesen, wie sie meine Schwester nennt, sie hat sie von Anfang an verteufelt. Sie sind aus schwarzer Magie entstanden, also können sie nur böse sein und Unheil über die Welt bringen. Sie versteifte sich immer mehr darauf, dass schwarze Magie und alles, was aus ihr entsteht, das reine Böse ist. Und schließlich machte sie es sich zur Aufgabe, die Welt von dem Bösen zu befreien. Ich weiß nicht genau wie, aber sie legte eine Art Bann über alle schwarzen Hexen, der uns endgültig vernichten sollte. Ich nutzte meine letzten Kräfte und wandelte uns zu Incubus um, somit konnten wir uns dem Fluch entziehen. Aber wir mussten auch mit ansehen, wie sie die Welt säuberte und unsere Freunde und Familien gefangen nahm. Bis heute werden Vampire, Werwölfe, Gestaltwandler und andere dämonische Wesen von ihr festgehalten, wir vermuten in dem Palast, wo sie auch dich hin verschleppt hat.«

Ich kann die Informationen gar nicht so schnell verarbeiten, wie sie auf mich einprasseln. Tausend verschiedene Fragen schwirren mir durch den Kopf.

»Aber jetzt hast du deine Kräfte wieder«, stelle ich fest.

Es muss so sein, das würde seine veränderte Ausstrahlung erklären.

»Dank dir«, sagt er lächelnd und küsst mich.

»Wenn das Gute die Dunkelheit erhellt und sich gleichzeitig darin verliert, werden die schwarzen Hexen auferstehen«, murmle ich die Prophezeiung vor mir her.

»Ich verbrachte Jahrhunderte damit, herauszufinden, was es zu bedeuten hat und jetzt ist es beinahe schon zu offensichtlich. ›Das Gute‹ impliziert die weißen Hexen, als du dich der schwarzen Magie angenommen hast, hast du damit die Dunkelheit erhellt. Du hast die schwarze Magie immer nur dafür eingesetzt, um anderen zu helfen und wurdest schließlich zur ersten grauen Hexe«, sagt er liebevoll.

»Meine Liebe zu dir hat die Prophezeiung schlussendlich erfüllt, ich habe mich in der Tat darin verloren«, vervollständige ich die Deutung.

»Natürlich geht meine Schwester davon aus, dass das Gute niemals das Böse lieben könnte, in ihrer Welt ist das unmöglich«, sagt er trüb.

»Du bist nicht das Böse!«, hake ich ein.

»Aber du bist das Gute in meinem Leben!«, erwidert er und küsst mich innig.

»Also sind alle Incubus in Wahrheit schwarze Hexen«, stelle ich erschüttert fest. »Das erklärt auch die verhassten Blicke, die ich zu Beginn tagtäglich geerntet habe. Es muss frustrierend gewesen sein, zu sehen, dass ich schwarze Magie anwende, ausgerechnet eine weiße Hexe.«

»Am Anfang war es schwer, aber du hast uns auch Hoffnung gegeben. Wir wussten zwar nicht, wie genau man die Prophezeiung erfüllen konnte, aber du warst seit Jahrhunderten die erste Hexe, die schwarze Magie praktiziert hat.«

Sofort habe ich Korvins und Ravenas Diskussion am Schießstand vor Augen. Mit Sicherheit wollte sie seine aufflammende Hoffnung in Zaum halten, um ihn vor einer möglichen Enttäuschung zu bewahren. Plötzlich kommt mir ein finsterer Gedanke und ich weiß, wenn ich die Frage stelle, wird eine Antwort kommen, die ich lieber nicht hören will. Aber es nützt nichts, ich muss die ganze Wahrheit erfahren. »Wie kommt es, dass alle weißen Hexen weiblich sind?«

»Auch nachdem Coralia uns vernichtet hatte und alle dämonischen Wesen gefangen waren, nahm ihre Besessenheit nicht ab. Schließlich redete sie sich ein, es würde an den männlichen Nachkommen liegen, schließlich war ich der erste schwarze Hexer. Wenn ein Junge mit Magie im Blut geboren wird, wird das Kind von den Energiehexen abgeholt. Ich weiß nicht, was sie den Müttern erzählen, aber nachdem die Kinder einmal in den Palast geschafft wurden, verlassen sie diesen nie wieder. Ich kann nur mutmaßen, aber ich gehe stark davon aus, dass sie die Kinder töten lässt«, sagt er wütend. »Manchmal frage ich mich, ob ich an dem ganzen Unheil schuld bin, schließlich habe ich sie großgezogen.«

»Nein«, unterbreche ich ihn. »Du hast dein Bestes getan! Du kannst nichts dafür, dass sich deine Schwester ihren Dämonen nicht stellt. Sie hat es nie verarbeiten können und sich anstatt dessen in ihrem Hass verloren«, sage ich bestimmt und schmiege mich fest an ihn.

»Du bist die Einzige, die meine Dunkelheit kennt. Ich habe noch nie mit jemandem darüber gesprochen, was damals passiert ist. Ich vertraue dir, Neva, ich will, dass du das weißt.« Seine Stimme klingt hart und zerbrechlich zugleich.

»Du darfst deine Dunkelheit nie jemanden sagen, niemals! Sie ist zwar deine Kraftquelle und somit deine größte Stärke, aber gleichzeitig ist es auch deine größte Schwäche«, hallen mir Korvins Worte von unserem ersten Training durch den Kopf.

Er hätte mir keinen größeren Vertrauensbeweis liefern können, indem er mir seine Dunkelheit anvertraut hat, hat er sich verletzlich gemacht. Bei den Gedanken daran, dass Korvin mit keinem über seine traumatische Erfahrung sprechen konnte, kommen mir die Tränen. Niemand sollte allein damit fertig werden müssen.

»Danke, dass du es mir erzählt hast«, sage ich lächelnd und küsse ihn sanft.

Doch plötzlich spüre ich, wie sich Korvin unter mir versteift, da weiß ich, zu welchem Thema wir jetzt kommen.

»Als meine Schwester und ich noch gemeinsam unsere Magie erforschten, vereinten wir unsere Kräfte und erschufen magische Gegenstände. Die goldene Mondsichel offenbart die Seele eines Menschen, sie zeigt die Wahrheit, die in einem verborgen liegt. Wenn ich es schaffe, Coralia die Mondsichel umzulegen, kann dadurch vielleicht ein Kampf verhindert werden. Die weißen Hexen würden die Lügen erkennen, die ihnen ihr Leben lang erzählt wurden. Dank dir haben wir unsere Magie zurück, aber wir hätten die weißen Hexen so oder so angegriffen. Natürlich wäre unsere Chance verschwindend gering gewesen, daher war die Mondsichel so wichtig. Unsere Freunde werden seit Jahrhunderten gefangen gehalten und ich konnte all die Zeit nichts tun.« Sein Körper sackt zusammen und sein Blick richtet sich schuldbewusst zu Boden. »Es tut mir so leid, es war falsch, dich dazu zu zwingen, die beiden auszuschalten. Ich wusste, dass ich dich dadurch verlieren würde, doch ich sah in diesem Moment keinen anderen Weg. Ich kam mir wie ein Heuchler vor, bei dem Gedanken, mein eigenes Glück über die Freiheit mehrerer Spezies zu stellen. Ich war entsetzt, wie leicht es mir gefallen wäre, alles aufzugeben, um mit dir zusammen zu sein.«

Diesmal bin ich es, die seinen Kopf wieder aufrichtet. »Du hast mich nicht verloren. Ich bin an deiner Seite, egal was kommt. Du musst solche Entscheidungen ab jetzt nicht mehr allein treffen!« Ich lege meine Stirn an seine und wir verharren für einen Moment in dieser Position.

»Ich bin deiner nicht würdig«, sagt er leise und mein Herzschlag setzt für einen Moment aus.

»Wie kannst du das nur denken, nach allem, was du durchmachen musstest«, erwidere ich entsetzt.

»Du solltest lieber sagen, nach allem, was ich getan habe. Du hast keine Vorstellung, Neva. Doch wenn all das nötig war, um zu dir zu finden, würde ich keine Sekunde zögern. Ich wusste nicht mal, was mir fehlt, bevor du in mein Leben getreten bist. Ich bin fast durchgedreht, nachdem du mich verlassen hast, nichts hatte mehr einen Sinn. Dann erzählte mir Thia, dass du entführt wurdest und ich hätte am liebsten die ganze Welt in Brand gesetzt. Du hast mir gezeigt, wie sich das Leben anfühlen kann. Ich würde alle vorherigen Jahrhunderte meiner Existenz aufgeben, für die Monate, die ich an deiner Seite sein durfte«, sagt er gleichermaßen sanft und bestimmt.

Ich starre Korvin nur an, mir fehlen jegliche Worte. Und dann schleicht sich ein Gedanke in meinen Kopf. Wie viel Zeit werden wir wohl miteinander haben? Hexen altern deutlich langsamer im Vergleich zu Menschen, aber sie sind nicht unsterblich.

Als hätte Korvin meine Gedanken gelesen, antwortet er auf meine unausgesprochene Frage. »Ich bin der Erste meiner Art, genauso wie du die Erste der deinen bist. Du hast die weiße und schwarze Magie in dir vereint, ich sah es in deinen Augen, damit bist du die erste graue Hexe. Das macht dich ebenso unsterblich, wie mich«, sagt er lächelnd.

»Ich kann es nicht erwarten, die Ewigkeit mit dir zu verbringen«, antworte ich glücklich.

KAPITEL SIEBENUNDZWANZIG

»Scheiße, Neva, ich dachte ich bin in einem verfluchten Science-Fiction-Film gelandet«, hatte Thia gesagt, nachdem ich ihr erzählte, dass ich eine Hexe bin.

Sie sah mich, wie ich in Flammen aufging und meine Energiequellen verschmelzen ließ. Ich weiß, dass sie mein Geheimnis bewahren wird, also habe ich ihr alles erzählt. Sie wollte bei dem bevorstehenden Kampf helfen, aber das konnte ich ihr zum Glück ausreden, es wäre zu gefährlich für einen Menschen. Korvin hat ihr daraufhin das Kommando über sein kriminelles Netzwerk gegeben. Da wir uns auf den Krieg mit den weißen Hexen vorbereiten müssen, bleibt dafür keine Zeit. Es diente von vornherein nur dazu, die dämonischen Wesen zu befreien, doch die Kriminellen würden ohne Führung in Chaos verfallen und sich wahrscheinlich gegenseitig abschlachten.

Nachdem mir Korvin alles erzählt hat, bestand ich darauf, die Tür unseres Schlafzimmers wieder durch den Vorhang zu ersetzen. Er meinte zwar, es sei nicht nötig, aber ich habe nicht mit mir verhandeln lassen.

Ich schiebe den schwarzen Vorhang beiseite und denke an den Moment zurück, als ich Korvin zum ersten Mal begegnet bin. Schon damals verspürte ich die starke Anziehung, die zwischen uns herrscht, doch ich hätte nie gedacht, in ihm meinen Seelenpartner zu finden.

Ich schreite die schwarze Treppe hinunter, im Flur duftet es herrlich nach Curry und ich höre, wie Ace und Ravena miteinander zanken. Mit einem breiten Lächeln trete ich in das Esszimmer. Korvin lehnt lässig in seinem Stuhl und nimmt einen Schluck Whisky. Es fühlt sich an, wie nach Hause kommen.

»Noch ein Wort Ace und ich verwandle dich in ein Wiesel«, droht Ravena und fuchtelt mit den Händen herum, als würde sie ihn verwünschen.

»Ach komm, das haben wir doch schon hinter uns, lass dir mal was Neues einfallen!«, blafft Ace zurück.

Bevor ich mich setzen kann, kommt Ace auf mich zugestürmt und umarmt mich. »Zum Glück bist du wieder da, ich hätte Korvins Laune keinen Tag länger ertragen.«

»Ich bin auch froh, wieder hier zu sein«, erwidere ich fröhlich und lächle Korvin über Ace' Schulter hin an.

Das Strahlen in seinen Augen lässt mein Herz stolpern.

Sobald ich mich hingesetzt habe, nimmt Ravena meine Hand. »Wir können die Schuld nie begleichen, du hast den Bann gebrochen und uns damit unsere Magie zurückgegeben. Ich werde für immer an deiner Seite stehen.« Ich lächle ihr zu und drücke ihre Hand.

»Ich habe alle schwarzen Hexen und Hexer kontaktiert, sie werden morgen eintreffen«, sagt Ravena an Korvin gerichtet und wendet sich dann wieder zu mir. »Ich hole Ophelia morgen ab und bringe sie her, es ist alles organisiert.«

»Danke, ich weiß das zu schätzen«, erwidere ich.

»Wie sehen unsere nächsten Schritte aus? Ich habe mir schon Gedanken hinsichtlich unserer Siegesfeier gemacht, es wird phänomenal und in der Größenordnung eines Festivals«, schwärmt Ace.

Ich muss schmunzeln, es ist ein schöner Gedanke bei dem, was uns bevorsteht.

»Sobald alle schwarzen Hexen angekommen sind, werden wir eine Versammlung einberufen. Wir müssen so schnell wie möglich angreifen! Je länger wir warten, desto höher ist das Risiko. Die Energiehexen dürfen nicht herausfinden, dass wir wieder über unsere Magie verfügen. Wer weiß, vielleicht wissen sie es bereits, aber wir werden ihnen nicht die Zeit geben, sich entsprechend vorzubereiten. Wir haben seit Jahrhunderten keine Magie mehr angewendet, doch es bleiben nur wenige Tage, um zu trainieren«, bringt Korvin ein.

»Ophelia ließ sich in den letzten Monaten zur Energiehexe ausbilden. Sie wird uns alles über den Palast sagen, was sie weiß. Dadurch finden wir heraus, wo die Gefangenen festgehalten werden oder können es zumindest eingrenzen«, sage ich bestimmt.

»Was ist mit der Mondsichel?«, hakt Ravena nach.

»Wir werden versuchen, einen Kampf zu verhindern. Neva und ich werden als Lockvögel agieren, um Coralia hervorzulocken. Du wirst währenddessen versuchen ihr die Mondsichel anzulegen. Wenn es funktioniert, erkennen die weißen Hexen die Wahrheit und vielleicht können wir so das Blutvergießen verhindern«, antwortet Korvin.

Wir haben bereits im Vorfeld darüber gesprochen, er wollte allein den Lockvogel spielen und es folgte eine ewig lange Diskussion darüber, dass ich ihn begleiten werde.

»Spätestens dann wissen sie, dass du deine Magie wieder hast«, wirft Ace ein.

»Ich werde eine durchsichtige Schutzhülle über uns legen,

vielleicht gelingt es mir, die Energiehexen für eine gewisse Zeit zu täuschen«, gebe ich zurück.

»Ace, du wirst vor den Toren mit unserer Armee warten, sollte unser Plan nicht aufgehen, stürmst du den Palast«, weist Korvin ihn an, woraufhin Ace nickend zustimmt.

»Sollte es zum Kampf kommen, bitte ich euch, die weißen Hexen nur zu töten, wenn es nicht anders geht. Sie werden seit Jahrhunderten belogen und manipuliert, auch sie verdienen die Chance, es besser zu machen«, sage ich mitfühlend.

Auch darüber sprach ich bereits mit Korvin, hier war keine Diskussion nötig, er hat meinem Anliegen sofort zugestimmt.

Ace und Ravena wechseln einen undeutbaren Blick und nicken mir dann zu.

»Nochmal zur Siegesfeier ...«, fängt Ace wieder an und wir brechen in lautes Gelächter aus.

KAPITEL ACHTUNDZWANZIG

Als ich aufwache, sind Korvins Arme eng um mich geschlungen und ich spüre seinen warmen Atem in meinem Nacken. Sein Körper und sein Duft umhüllen mich wie ein wohliger Kokon und geben mir das Gefühl, angekommen zu sein.

Durch das gekippte Fenster dringt fröhliches Vogelgezwitscher hinein und die ersten Sonnenstrahlen erhellen den Raum. Ich verankere dieses Gefühl des Glücks und der Unbeschwertheit tief in mir, wer weiß, wann es das nächste Mal zu so einem Moment kommen wird.

Korvins weiche Lippen an meinem Hals reißen mich aus meinen Gedanken. Seine Arme schmiegen sich enger um mich und ich drehe mich langsam zu ihm um. Ich fahre mit meiner Hand durch seine zerzausten Haare und drücke ihm einen sanften Kuss auf die Lippen. Währenddessen streicheln seine rauen Finger über meine Wirbelsäule. Liebe wird dem, was ich jetzt gerade empfinde, nicht annähernd gerecht.

»Ich kann es nicht erwarten, dir Patria zu zeigen, wenn das alles vorbei ist«, sagt er mit sanfter Stimme.

»Ein anderes Anwesen?«, frage ich und schmiege mich enger an ihn.

»Patria ist unsere Heimat und nebenbei eine Insel«, antwortet er mit einem verschmitzten Lächeln.

»Es hätte mich auch gewundert, wenn du keine Insel besitzen würdest«, gebe ich scherzhaft zurück. »Ich habe jedoch noch nie etwas von einer Insel namens Patria gehört.«

»Wir verschleiern sie vor der Außenwelt. Ich wusste nicht, ob der Schutz nach dem Verlust unserer schwarzen Magie anhalten würde, doch das tat er. Es ist das wahrgewordene Paradies, du wirst es dort lieben.« Seine Augen sind sanft und die tiefe Verbundenheit, die er gegenüber diesem Ort empfindet, ist beinahe greifbar.

»Ich kann es nicht erwarten, nach Hause zu kommen«, antworte ich voller Vorfreude.

Korvins glückliches Lächeln lässt mein Herz für einen Moment aussetzen und dann spüre ich seine weichen Lippen auf meinen. Der Kuss ist innig und voller Versprechen für unsere gemeinsame Zukunft.

Die Anordnung der Gebäude des Anwesens ist U-förmig, dabei liegt Korvins Haus gegenüber von dem Gebäude, in dem auch der Krankenflügel untergebracht ist. Nervös tipple ich von einem Fuß auf den anderen, die gesamte Fläche ist voll mit schwarzen Hexen. Einige sehen genau so aus, wie man sie sich vorstellt. Schwarze Kleidung, schwarzes Make-up, es fehlt nur noch der Besen in der Hand. Andere wiederum sind das komplette Gegenteil, mit ihrer bunten Kleidung sehen sie so aus, als wären sie direkt von einer Flower-Power-Party gekommen. Vor den Stufen des Freudenhauses wurde ein Podest aufgebaut, auf dem die ganze Aufmerksamkeit liegt. Korvin hat darauf bestanden, dass ich mit ihm auf die Bühne trete.

»Du hast den Bann gebrochen, es wird ihnen Mut machen zu sehen, dass du mit uns kämpfst«, hatte er gesagt.

Und jetzt stehe ich hier. Mein Gesicht ist mit Sicherheit knallrot und meine Organe wurden durch einen Zitteraal ersetzt. Korvin hingegen ist die Ruhe in Person, sein Blick ist klar und seine Körperhaltung so lässig wie immer. Sein Anzug sitzt wie angegossen und jede einzelne Haarsträhne ist an ihrem vorgesehenen Platz. Irgendwie macht mich seine Souveränität wütend, ich komme mir daneben vor wie ein nervliches Wrack. Den ganzen Weg zum Podest halte ich den Atem an und konzentriere mich verkrampft darauf, nicht zu stolpern. Wir drehen uns zur Menge um und plötzlich sinken alle auf ein Knie und strecken ihren Arm nach vorn, die Handfläche zeigt dabei gen Himmel. Der Anblick lässt meinen Herzschlag für einen Moment aussetzen. Ihre Loyalität ist so deutlich zu spüren, wie die Wärme der Sonne auf meiner Haut. Sie würden ohne zu zögern für Korvin in den Tod gehen und ich auch.

»Tu doch was«, flüstere ich Korvin mit zusammengebissenen Zähnen zu. »Wie lange willst du sie noch vor dir knien lassen?«

Er schaut mich ernst an. »Sie haben noch nie vor mir gekniet und das tun sie auch jetzt nicht.«

Plötzlich ist mein Mund staubtrocken und mir fehlt die Luft zum Atmen. All meine Organe ziehen sich wie bei einem Akkordeon zusammen. Was soll ich ihnen bloß sagen? Doch plötzlich realisiere ich die Chance, die sich mir in diesem Moment bietet. Ich schlucke die Trockenheit in meinem Mund herunter und trete einen Schritt nach vorn.

»Erhebt euch«, sage ich ruhig und gleichzeitig bestimmt.

Sie gehorchen mir aufs Wort und stehen nun wie Zinnsoldaten vor mir.

»Fast mein ganzes Leben war ich eine weiße Hexe, nichtsahnend von dem Schicksal, das euch widerfahren ist. Dann erwachte eine weitere Energiequelle in mir und plötzlich war ich von Dunkelheit umgeben. Jeden Tag wurde ein Kampf in meinem Inneren ausgetragen, Schwarz gegen Weiß und das vermeidlich Gute gegen das Böse. Es hat mich fast zerrissen und ich hatte das Gefühl, keine Kontrolle mehr über mein eigenes Leben zu haben. Also verschmolz ich die beiden Energiequellen in meinem Inneren miteinander und so wurden weiße Magie und schwarze Magie zu einer Einheit. Dadurch konnte ich den Bann brechen und wurde zur ersten grauen Hexe.«

Ich atme einmal tief durch, meine Stimme klingt zwar hart, aber ich zittere am ganzen Körper und kalter Schweiß läuft mir den Rücken runter.

»Ich möchte, dass ihr daran denkt, wenn wir in den Krieg ziehen! Die weißen Hexen werden seit Jahrhunderten belogen und manipuliert, helft ihnen dabei, die Wahrheit zu erkennen. Ich verstehe, dass es euch nach Rache dürstet, aber auf diesem Grundstein sollte die Zukunft der schwarzen Hexen nicht aufgebaut werden. Seid gnädig, gerade weil man es euch gegenüber nicht war! Die Vereinigung von schwarzer und weißer Magie hat euch erlöst, denkt daran, wenn ihr den weißen Hexen gegenübersteht.«

Für einen Moment herrscht Stille und die Erde hat aufgehört, sich zu drehen. Es geht kein einziger Windzug, die Vögel sind verstummt und auch ich halte die Luft an. Doch plötzlich sinken sie wieder auf die Knie und strecken ihren Arm nach vorne aus. Ich schließe meine Augen und kanalisiere den hell leuchtenden Feuerball in meinem Inneren. Meine Arme breiten sich aus und als ich die Augen wieder öffne, tanzen kleine silberne Flammen in den Handflächen der schwarzen Hexen. Sie müssen meine Magie sehen und spüren, damit konnte ich sie befreien. In ihren Augen blitzt Ehrfurcht auf und sie begutachten das Feuer in ihrer Hand, wie ein wertvolles Sammlerstück. Mit einer geschmeidigen Bewegung stehen sie auf und lassen die silbernen Flammen gen Himmel gleiten.

Die Sonnenstrahlen bringen die Feuerbälle zum Glitzern, sodass sie wie aufsteigende Sterne aussehen. Die Schönheit dieses Augenblicks treibt mir Tränen in die Augen, sie haben mein Anliegen akzeptiert, das spüre ich bis in die Knochen.

Plötzlich tritt Korvin neben mich und streift dabei mit seinen Fingern meine Hand, doch sein Blick ist auf die schwarzen Hexen gerichtet. Alles in mir schreit danach, ihn zu umarmen und zu küssen.

»Ihr habt zwei Tage Zeit!«, sagt er entschlossen. »Die Erlangung unserer Magie war nur ein erster Sieg! Der Krieg ist noch nicht gewonnen. Also nutzt jede Minute, um eure Kräfte zu trainieren und sich diesen wieder bewusst zu werden. Morgen sprechen wir über unser Vorgehen und dann setzen wir der Ära der weißen Hexen ein Ende!«

Ich spüre den Hass, der in seinem letzten Satz mitschwingt und weiß sofort, dass er dabei an seine Schwester denkt. Er wird sich immer die Schuld an dem Leid geben, dass sie über die schwarzen Hexen und die dämonischen Wesen gebracht hat. Aber immerhin kann ich bei dem bevorstehenden Krieg an seiner Seite stehen.

Mir schießen sofort die Tränen in die Augen, als ich Ophelia sehe. Ich bin fast umgekommen vor Sorge. Seit meiner Flucht habe ich nichts mehr von ihr gehört, es blieb mir nur zu hoffen, dass sie sich und unseren Coven vor den Energiehexen verstecken konnte. Auch ihr quillen die Tränen über die Wangen und wir fallen uns glücklich in die Arme.

»Geht es dir gut?«, frage ich und atme ihren rosigen Duft ein.

»Ja«, schluchzt sie und verstärkt die Umarmung.

Wir verharren noch minutenlang eng umschlungen inmitten des prachtvollen Gartens hinter Korvins Haus. Während wir uns voneinander lösen, wische ich ihr die Tränen vom Gesicht und hake mich bei ihr ein.

»Komm mit, ich will dir was zeigen«, sage ich.

Während wir zu dem zauberhaften Rosengarten spazieren, erzähle ich Ophelia alles, von Anfang bis Ende. Sie hört mir aufmerksam zu und mit jedem meiner Worte weiten sich ihre Augen mehr. Es kommt mir so vor, als wären Jahre vergangen, seitdem mich Ace entführte. Mein Leben hat sich grundlegend geändert und trotz all der Qualen, die hinter mir liegen, würde ich es jederzeit wieder so machen.

Nachdem ich Ophelia die ganze Geschichte erzählte, hatte sie nur eins zu sagen: »Wie kann ich helfen?«

Danach machten wir uns auf den Weg zurück ins Haus und sitzen nun gemeinsam mit Korvin, Ace und Ravena am Esstisch. Ich könnte nicht glücklicher sein, jetzt ist meine Familie komplett.

»Wo werden sie gefangen gehalten?«, prescht Ravena heraus.

Es hätte mich auch gewundert, wenn sie nicht direkt zum Punkt gekommen wäre.

»Ich weiß es nicht genau, aber unter der Ebene, in der Neva festgehalten wurde, gibt es noch eine weitere Etage. Es wurde uns verboten dorthin zu gehen, ich würde darauf wetten, dass sie dort sind«, gibt Ophelia zurück.

»Du wirst den Befreiungstrupp begleiten, wir wissen nicht, mit welchen Mechanismen sie festgehalten werden, da kommst du ins Spiel«, sagt Korvin an Ophelia gerichtet, die ihm direkt zunickt.

»Der Kampf muss auf dem Hof stattfinden! Damit sorgen wir dafür, dass der Befreiungstrupp ungestört nach unseren Leuten suchen kann. Außerdem kennen wir das Innere des Palastes nicht, damit wären wir deutlich im Nachteil«, bringt Ace ein.

Wir diskutieren noch stundenlang über unser Vorgehen, Ophelia hat uns den Palast aufgezeichnet, damit wir eine grobe Vorstellung von den Räumlichkeiten haben. Es ist das reinste Labyrinth! Ich werde meine durchsichtige Schutzhülle nicht nur dafür nutzen, um Korvins und Ravenas schwarze Magie abzuschirmen, sondern auch, um die Eingänge zu verschließen. Dadurch können sich die weißen Hexen nicht in den Palast zurückziehen. Darüber hinaus muss ich Ravena auch noch in meinen unsichtbaren Umhang hüllen, damit sie der ersten weißen Hexe unbemerkt die Mondsichel um den Hals legen kann. Auch ich habe nur zwei Tage Zeit, um meine graue Magie zu trainieren und diesmal kann mir niemand dabei helfen. Doch die Anwendung meiner Magie ist nicht mit vorher zu vergleichen. Sie ist intuitiv, so, wie wenn ich meine Hand ausstrecke, um nach einem Glas Wasser zu greifen.

Das bläuliche Licht des Mondes scheint durch das Fenster und die Vorhänge wiegen sich sanft im frischen Nachtwind.

Korvin, Ace und Ravena sitzen immer noch im Esszimmer und tüfteln an unserer Vorgehensweise. Da ich kurz davor war, mit dem Kopf auf meinem Teller aufzuschlagen, habe ich mich verabschiedet. Vorher brachte ich noch Ophelia auf ihr Zimmer und fiel dann kraftlos in mein Bett. Ich liebe dieses Bett, es ist wie auf einer weichen Wolke zu liegen und durch den Himmel zu schweben.

Im Halbschlaf spüre ich plötzlich Korvins Hand an meinem Bauch und kurz darauf schmiegt er sich von hinten an mich. Seine Bartstoppeln kitzeln über meine Wange, bevor er mir einen Kuss darauf gibt.

»Du warst unglaublich heute«, flüstert er mir ins Ohr und zieht mich enger an sich. »So anbetungswürdig wie eine Göttin.«

Ich drehe mich zu ihm um, der Mondschein lässt seine pechschwarzen Haare bläulich schimmern und seine Augen glitzern wie die Sterne. Als ich seine weichen Lippen unter meinen spüre, vergesse ich alles um mich herum. Er streichelt sanft über meinen Rücken und ich lasse seine seidigen Haare durch meine Finger gleiten.

»Ich habe schon so viele Leben geführt«, sagt Korvin sanft und streicht mir eine Haarsträhne aus dem Gesicht. »Ich hätte nie gedacht, dich ausgerechnet in diesem Leben zu finden. Egal was passiert, ich werde dich immer finden! Wie auch immer meine Existenz dann aussehen wird, ich werde dich finden. Wir sind nicht nur in diesem Leben füreinander bestimmt.«

Für einen Moment verschlägt es mir die Sprache. Nach meiner Verschmelzung zur grauen Hexe, sah ich die Ewigkeit in seinen Augen. Ich konnte das Gefühl damals nicht annähernd in Worte fassen, doch Korvin hat es gerade getan.

»Ich liebe dich, jetzt und in jedem anderen Leben«, erwidere ich mit Tränen in den Augen.

Er hat recht, unsere Verbindung ist viel tiefgründiger, um nur auf dieses Leben beschränkt zu sein. Ich schmiege mich fest an ihn und atme seinen Duft ein. Kiefernholz und Meersalz, wenn Glück einen Geruch hätte, wäre es dieser.

KAPITEL NEUNUNDZWANZIG

Die Schweißperlen sammeln sich auf meiner Stirn, ich trainiere bereits den ganzen Vormittag mit Ophelia und Ravena. Meine schwarze Hose klebt wie eine zweite Haut an meinen Beinen und das Wasser in meiner Flasche ist schon längst nicht mehr erfrischend. Ich schirme den Pavillon mit meinem durchsichtigen Schutzpanzer ab, damit Ravenas schwarze Magie nicht zu spüren ist, außerdem halte ich den unsichtbaren Schleier um sie herum aufrecht.

»Ich kann nicht das kleinste Anzeichen schwarzer Magie spüren«, sagt Ophelia lächelnd.

»Es wird funktionieren!«, pflichtet Ravena mir bei. »Ruh dich jetzt ein bisschen aus. Komm mit Ophelia, es wird Zeit für unser Training.«

Ich umarme meine Schwester und dann verlassen die beiden den Pavillon. Erschöpft lege ich mich auf den kalten Marmorboden und schließe die Augen. Es muss einfach funktionieren! Ich habe die schwarzen Hexen zwar darum gebeten, Gnade walten zu lassen, doch wenn ihr Leben auf dem Spiel steht, müssen sie es mit allen

Mitteln verteidigen. Doch so weit darf es erst gar nicht kommen, dafür werde ich sorgen. Bei dem Gedanken, wieder zurück in den Palast zu gehen und Coralia gegenüberzustehen, kriechen tausend Kakerlaken über meine Haut. Doch diesmal ist Korvin an meiner Seite und auch meine Magie ist stärker als je zuvor. Dennoch haben sich die Qualen der Gefangenschaft tief in meine Seele gebrannt. In meinen Träumen bin ich immer noch in der Zelle gefangen, halb verhungert und in meiner eigenen Blutlache liegend. Manchmal wache ich schreiend auf, doch noch bevor ich weiß, wo ich bin, nimmt Korvin mich in den Arm. Seine Wärme und sein Duft beruhigen mich sofort und mein Puls wird wieder langsamer und passt sich seinem Rhythmus an. Wenn die Anspannung dann aus meinem Körper entflieht, sacke ich kraftlos in seinen Armen zusammen. In diesen Momenten spüre ich die Liebe, die er für mich empfindet, so deutlich wie meinen eigenen Herzschlag. Dieses Gefühl ist gleichermaßen überwältigend wie auch beängstigend.

»Ich hoffe, die anderen haben meine Ansage, dass sie jede Minute zum Trainieren nutzen sollen, mehr beherzigt«, sagt Korvin spitzzüngig.

Als ich meine Augen öffne, steht er direkt über mir und lächelt mich mit einem schiefen Grinsen an. Er hat den ganzen Vormittag mit Ace trainiert, seine Haare sind feucht vom Schweiß, aber natürlich trägt er einen Anzug. Manchmal denke ich, er ist schon im Anzug auf die Welt gekommen. Das Jackett hat er bereits ausgezogen und sein schwarzes Hemd ist bis zur Hälfte aufgeknöpft. Schweißperlen bahnen sich ihren Weg über seine Muskelwölbungen und die Ausschläge seines Tattoos sind zu sehen.

Er reicht mir seine Hände entgegen und ich ziehe mich daran hoch. Sofort drückt er mich fest an sich, seine Zunge taucht in meinen Mund ein und da spüre ich die Blitze auch in meinem Inneren. Ich weiß nicht, wie ich je wieder ohne seine Liebe leben könnte.

»Es wird Zeit, dass du meine Magie kennenlernst«, sagt er ernst, während er sein Hemd weiter aufknöpft.

»Diese Magie kenne ich schon«, antworte ich schelmisch und fahre mit meinen Händen über seine Brust und seine Bauchmuskeln.

Ein leichtes Lächeln legt sich auf sein Gesicht, doch es erreicht nicht annähernd seine Augen. Er lässt sein Hemd zu Boden gleiten und tritt einen Schritt zurück. Seine Hände sind zu Fäusten geballt, plötzlich legt sich ein dunkler Schatten um ihn herum, der sich auch in seinem Inneren ausbreitet. Seine Adern verfärben sich schwarz und ziehen sich über seinen Körper, als würde Teer hindurchfließen. Mir bleibt der Atem für einen Moment weg, man könnte ihn wirklich für das wahrhaftig Böse halten. Ein schwarzer Unglücksbringer, der die Welt zerstören wird. Doch ich weiß, dass der Schein trügt. Vor mir steht ein Gott der Dunkelheit, die Schatten gehorchen ihm und breiten sich wie Flügel hinter ihm aus. Seine Augen sind zwei schwarze Löcher und die bernsteinfarbenen Funken sind komplett verschwunden. Plötzlich öffnet er seine Hände, schwarzer Nebel strömt heraus und aus seinen Fingerspitzen dringen schwarze Blitze. Für einen Moment kann ich nicht glauben, dass es Korvin ist, der vor mir steht und doch sehe ich hinter all der Dunkelheit den Mann, den ich liebe. Umgeben von schwarzem Nebel und den Blitzen, die aus seinen Händen schießen, sieht er aus wie ein furchteinflößendes und wunderschönes Unwetter. Es könnte ganze Städte zerstören, doch auf der anderen Seite ist die Kraft der Natur einfach atemberaubend.

»Komm nicht näher«, presst er hervor. Sein Gesicht ist starr vor Anstrengung und ich spüre, wie viel Kraft es ihn kostet, seine Dunkelheit in Zaum zu halten. Er steht komplett unter Spannung, wie ein Blitz, der sich endlich entladen will. Korvin hat seine Dunkelheit zwar besiegt, doch damit sind die Erinnerungen an das Trauma nicht ausgelöscht. Und das bevorstehende Treffen mit seiner Schwester rückt es wieder in den Vordergrund.

»Ich vertraue dir«, antworte ich ruhig und gehe weiter auf ihn zu. Die Faszination über seine Gestalt hat mich in einen tranceartigen Zustand versetzt. Ich denke nicht nach, ich handle einfach.

»Wenn ich an Coralia denke, sehe ich nur, was sie dir angetan hat«, sagt er mit zusammengebissenen Zähnen.

Die Schatten um ihn herum breiten sich aus und schwarze Blitze schießen aus seinen Händen. Hinter seinen pechschwarzen Augen sehe ich, wie die Wut in seinem Inneren lodert. Ich gehe weiter auf ihn zu und als ich direkt vor ihm stehe, lasse ich meine Hände über seinen schweben.

»Was tust du?«, fragt er leicht panisch.

»Vertrau mir«, sage ich ruhig, denn ich merke, dass er zurückweichen will.

Ich weiß selbst nicht mal, warum ich so agiere. Es ist nicht wie eine innere Stimme, die mir sagt, was zu tun ist, sondern eher eine Art Urvertrauen. Meine Intuition leitet mich und ich vertraue ihr bedingungslos. Ich lasse meine Hände sinken und einer der Blitze berührt meine Handfläche, es fühlt sich wie ein sanfter Elektroschock an. Korvin ist sichtlich besorgt, doch er rührt sich keinen Zentimeter. Sobald sich unsere Hände berühren, schwindet der Schatten um ihn herum. Seine Adern werden wieder bläulich und auch die bernsteinfarbenen Funken kehren in seine Augen zurück.

»Jetzt können wir den schmalen Grat wohl gemeinsam trainieren«, sage ich liebevoll und küsse ihn sanft.

Am nächsten Tag ist die Stimmung angespannt, wir haben nur noch heute Zeit, um zu trainieren. Morgen früh werden wir zum Palast der ersten weißen Hexe aufbrechen. Das ganze Anwesen ist zum Trainingsgelände geworden und aus jeder Ecke schießt schwarze Magie. Diese ist bei jedem so unterschiedlich und einzigartig wie ein Fingerabdruck, Ravenas Magie ist beispielsweise wie ein lila schimmernder Windstoß. Bei Ace sieht es aus wie schwarzes Wasser, das aus seinen Händen strömt. Ich könnte den ganzen Tag zusehen, welche verschiedenen Formen die schwarze Magie bei jedem angenommen hat, es ist einfach faszinierend.

»Neva.«

Als ich meinen Namen höre, weiß ich sofort, wer ihn gerufen hat. Ich drehe mich um und schaue zu Ilian, er kniet vor mir, in derselben Pose wie die anderen schwarzen Hexen bei der Versammlung.

»Ilian, bitte steh auf«, sage ich mit lieblicher Stimme und halte ihm meine Hand hin.

Er nimmt sie, drückt einen Kuss auf meinen Handrücken und nimmt mich anschließend in den Arm.

»Ich wusste, dass du unsere Erlösung sein würdest«, flüstert er mir ins Ohr.

»Es ist schön dich zu sehen, lass uns ein Stück spazieren gehen.« Daraufhin hake ich mich bei ihm ein und wir laufen über die Auffahrt in Richtung Garten.

»Ich werde deine Schwester morgen begleiten, du kannst dich darauf verlassen, dass ich sie beschützen werde«, sagt er ernst.

»Das weiß ich zu schätzen«, antworte ich lächelnd. Ich bin froh, dass Ophelia von jemandem umgeben ist, dem ich vertraue.

»Bist du bereit für das, was auf uns zukommt?«, fragt er.

Ich habe Ilian noch nie so ernst erlebt, irgendwie macht es mir Sorgen.

»Das muss ich wohl. Ich kann nur hoffen, dass es nicht zum Kampf kommen wird.« Meine Gedanken kreisen seit Tagen um nichts anderes.

Ilian bleibt stehen und drückt wieder einen Kuss auf meinen Handrücken. »Du wirst uns retten, uns alle.« Und damit wendet er sich von mir ab und lässt mich verdutzt zurück.

Das kalte Wasser strömt über mein Gesicht und füllt meine Zellen wieder mit Energie. Ich habe bis zur Erschöpfung trainiert und meinen durchsichtigen Schutzpanzer immer und immer wieder heraufbeschworen. Der Plan steht und in wenigen Stunden werden wir ihn in die Tat umsetzen, doch trotz all der Vorbereitung wissen wir nicht, was uns erwartet. Korvin habe ich heute kaum zu Gesicht bekommen, er hat den ganzen Tag mit Ace trainiert und den anderen schwarzen Hexen genaue Anweisungen für den morgigen Tag gegeben.

Als ich aus dem Bad trete, ist das Zimmer leer, doch ich muss nicht erst meine Magie einsetzen, um zu wissen, wo er ist. Nachdem ich mir einen kurzen, schwarzen Jogginganzug übergeworfen habe, mache ich mich auf den Weg ins Sternenzimmer. Korvin liegt auf der samtigen bordeauxroten Couch und starrt in den Himmel. Auf seinem Gesicht zeichnen sich tiefe Sorgenfalten ab, sein Anblick lässt mein Herz schwer werden. Ich lege mich neben ihn und schaue ebenfalls in den dunklen Nachthimmel. Die leuchtenden Sterne sehen wie weiße Farbspritzer auf einer schwarzen Leinwand aus, doch der Mond ist nirgends zu sehen.

»Der Dunkelmond verschmilzt mit dem Schwarz des Nachthimmels«, sagt Korvin, als hätte er meine Gedanken gelesen. »Er steht für alles, was einem Neubeginn vorausgeht und bereitet diesen vor, der Zeitpunkt könnte nicht passender sein«, erklärt er mit einem müden Lächeln.

Ich wende meinen Blick vom Nachthimmel ab und schmiege mich an Korvin. »Die Welt braucht einen Neuanfang und ich kann es gar nicht abwarten, unseren in Patria beginnen zu lassen«, sage ich sanft.

»Mir ist es egal, wo wir wohnen werden, solange ich unter denselben Sternen lebe wie du«, sagt er mit einem verschmitzten

Lächeln.

»Würdest du das in mein Poesiealbum schreiben?«, necke ich ihn und kneife ihm in die Seite.

Wir liegen engumschlungen auf der runden Couch und schauen in den endlosen Sternenhimmel, unsere Körper verschmelzen miteinander, sodass kein Blatt Papier dazwischen passt. Wir sind eins, unsere Atmung, unser Herzschlag, unsere Seelen. Es ist nicht nötig, unsere Sorgen auszusprechen, denn uns gehen die gleichen Gedanken durch den Kopf. Morgen wird sich nicht nur die Zukunft der Hexen entscheiden, sondern die der ganzen Welt. Doch wie es auch endet, die Ära der weißen Hexen ist vorbei und es bleibt abzuwarten, welche folgen wird. Der Duft von Kiefernholz und Meersalz wiegt mich langsam in den Schlaf, wer weiß, wann wir das nächste Mal gemeinsam unter den Sternen liegen werden.

KAPITEL DREISSIG

Die Türme des weißen Palasts ragen empor wie Eiszapfen, auf den ersten Blick wirken sie zauberhaft, doch sie können sich genauso gut in dein Fleisch bohren und dich verbluten lassen. Anstelle des Holztors ragt vor uns nun eine Mauer aus weißem Marmor auf, sie haben nachgerüstet. Unser Plan ist riskant, wenn die weißen Hexen über die Rückkehr der schwarzen Magie Bescheid wissen, laufen wir direkt in eine Falle. Doch wir müssen das Risiko eingehen, es ist die einzige Chance, einen Kampf zu verhindern. Wir haben unsere Armee in zwei Truppen aufgeteilt. Die erste Einheit, angeführt von Ace, wird direkt hinter dem Schlosstor warten. Ich muss mein Schutzschild und den unsichtbaren Schleier dementsprechend ausweiten, doch dafür sind sie sofort zur Stelle, wenn wir sie brauchen. Korvin wird das Reden übernehmen, während ich meine ganze Kraft in die Verschleierung unserer Armee lege. Die zweite Einheit wird von Ilian angeführt, sie stoßen hinzu, wenn der Kampf bereits in vollem Gange ist. Dadurch kann sich der Befreiungstrupp unbemerkt in den Palast schleichen, während sich die übrigen Kämpfer in die Schlacht mischen. Wir halten in sicherer Entfernung zum Palast, hier werden wir uns von der zweiten Einheit trennen. Der engste Kreis steht beisammen, um nochmal die wichtigsten Punkte zu besprechen.

»Der Blitz ist das Zeichen, ihr stürmt dann sofort den Palast!«, sagt Korvin zu Ace und Ilian.

Er ist ruhig und fokussiert, sein Blick ist klar und er strotzt vor Macht und Entschlossenheit. Ich dagegen bin mal wieder ein nervliches Wrack, meine Hände sind zittrig und tausend mögliche Ablaufszenarien schießen mir durch den Kopf. Die Angst um die Menschen, die ich liebe, bringt mich fast zum Durchdrehen und zieht sich wie Gift durch meine Adern.

Ich nehme Ophelia fest in die Arme. »Pass auf dich auf und versprich mir, dass du sofort fliehst, sobald die Gefangenen befreit sind!«

Ophelia antwortet nicht, sondern verstärkt die Umarmung.

»Bitte Ophelia, du musst es mir versprechen! Ich muss wissen, dass du in Sicherheit bist, wenn du deine Aufgabe erfüllt hast. Bitte!«, verlange ich flehend.

»Wenn ich dir das verspreche, fühlt es sich so an, als würde ich dich wieder zurücklassen«, sagt sie schwermütig.

»Ich weiß, dass du das nie tun würdest. Führe die Gefangenen in die Freiheit und komm nicht wieder in den Palast.«

»Ich verspreche es«, gibt sie schließlich nach und ich atme erleichtert durch.

Während wir uns voneinander lösen, stehen uns beiden die Tränen in den Augen, doch wir erlauben es ihnen nicht auszubrechen. Ich umarme Ilian und dann marschieren wir dem Palast entgegen. Vor der letzten Kurve bleiben wir stehen. Korvin, Ace, Ravena und ich sind an der Spitze der Armee, alles wartet auf unser Zeichen.

»Worauf warten wir?«, fragt Ravena verständnislos für unser Zögern.

Es treibt mir sofort ein Lächeln ins Gesicht, sie hat nicht einen Gedanken daran verschwendet, dass wir scheitern könnten … dass dies womöglich der letzte Moment sein könnte, in dem wir vier Seite an Seite stehen. Die letzten Monate laufen wie im Schnelldurchlauf vor meinem inneren Auge ab. Damals hätte ich es nie für möglich gehalten, dass ich sie einst meine Familie nennen würde und dazu noch meinen Seelenpartner finde.

»Egal wie das heute ausgeht, ich würde alles wieder ganz genau so machen«, sage ich lächelnd.

»Das klingt für mich nach einer Gruppenumarmung«, erwidert Ace grinsend und breitet seine Arme in Richtung Ravena aus.

»Komm ruhig näher, wenn du eine Hand verlieren willst«, zischt sie und fuchtelt mit einem Messer vor Ace' Gesicht herum.

Die beiden entfernen sich ein Stück von uns und ich wende mich Korvin zu. Sein Gesicht ist steinhart und seine Maske sitzt perfekt, doch ich weiß genau, wie es darunter aussieht.

»Ich bin froh, unter denselben Sternen zu kämpfen wie du«, sage ich lächelnd und auch seine Mundwinkel verziehen sich für den Bruchteil einer Sekunde.

Ich kann den Gedanken, ihn womöglich zu verlieren, keinen Raum geben, dann wäre ich nicht in der Lage, das zu tun, was jetzt nötig ist. Es würde mich in eine tiefe Abwärtsspirale ziehen, aus der ich mich nie wieder befreien könnte.

»Ich liebe dich«, sagt er sanft und küsst mich flüchtig.

In seine Augen tritt sofort wieder die harte Entschlossenheit, die es jetzt braucht und bevor ich etwas erwidern kann, wendet sich Korvin an unsere Armee.

»Die Zeit ist gekommen, unsere Unterdrückung hat heute ein Ende. Die Ära der weißen Hexen ist vorbei, also lasst uns ein neues

Zeitalter einläuten!«

Die Armee stimmt ihm jubelnd zu und dann marschieren wir los. Mein durchsichtiger Schutzpanzer umgibt uns wie eine Glaskuppel und hält die schwarze Magie vor den Energiehexen geheim. Hinter Korvin und mir beginnt zudem der unsichtbare Schleier, der alle umhüllt. Somit sind nur wir zwei für die weißen Hexen sichtbar. Meine Hände verkrampfen sich, ich muss zwar nicht meine ganze Kraft aufwenden, doch die Anstrengung zieht sich wie Muskelkater durch meinen Körper. Mein Herz klopft wie verrückt, doch der Fokus auf die Verschleierung lässt meine Nervosität in den Hintergrund rücken. Noch bevor wir an dem weißen Marmortor angekommen sind, öffnet es sich und Medea steht dahinter. Korvin ist mit einem Schlag angespannt und seine Hände ballen sich zu Fäusten.

»Wenn ich es kann, dann du auch«, sage ich mit zusammengebissenen Zähnen. Bei der Magie, die ich in dem Moment aufwende, fällt es mir schwer zu sprechen.

Doch allem Anschein nach funktioniert es, Medea sieht gelassen aus. Sie kann die Armee, die ihr direkt gegenübersteht, weder sehen noch fühlen.

»Bringt Coralia her!«, befiehlt Korvin ihr.

»Corvinus!«, ertönt es hinter Medea, bevor sie überhaupt zu Wort kommen kann.

In einem weißen Gewand aus Tüll kommt Coralia uns entgegen. Wie eine gute Fee schwebt sie über den Boden, doch ihr Blick ist finster und voller Hass. Wir lösen uns von unserer Armee und gehen auf sie zu.

»Schließt das Tor!«, weist sie Medea an. »Bevor noch mehr Abschaum hindurchgelangt.«

Wir sind umringt von Energiehexen, sie sind in Alarmbereitschaft, machen aber nicht den Anschein angreifen zu wollen. Da jede Energiehexe im Hof Stellung bezogen hat, ist es nicht notwendig, die Eingänge zum Palast zu verschließen. Sie wollen den Kampf offenbar auch nicht nach drinnen verlagern. Coralias verachtender Blick legt sich auf mich und reißt mich aus meinen Gedanken. Doch schließlich bleibt er auf Korvin haften.

»Corvinus, du bist also tatsächlich am Leben«, sagt sie abwertend. »Wie könnte es auch anders sein, als die Prophezeiung aufkam, dachte ich mir schon, dass du am Leben sein musst! Du hast dich gut versteckt über die letzten Jahrhunderte!«

»Du hast noch nie gesehen, was direkt vor deinen Augen liegt«, sagt er ruhig.

»Ach, meinst du? Nun, ich sehe, dass sich die Prophezeiung nicht erfüllt hat.« Ihr Lächeln ist bösartig und ihre Augen verdunkeln sich. »Offensichtlich ist sie die Auserwählte, aber denkst du wirklich, dass sie dich je lieben könnte, wenn sie wüsste, was in dir steckt? Wenn sie dein verdorbenes Inneres kennen würde?« Daraufhin lacht sie laut auf.

Ich spüre die Wut in mir aufsteigen, doch ich ersticke die Flamme und konzentriere mich auf meine Magie. Wo steckt Ravena? Ich hoffe, sie ist kurz davor, Coralia die Mondsichel anzulegen. Die Art, wie sie über Korvin spricht, macht mich krank. Wie kann sie nur so über ihn denken, nach allem, was er für sie getan hat. Dieses undankbare Miststück! Wieder überschwemmt ein Schwall von Wut meinen Körper. Nein, ich darf mich nicht in diesen Gedanken verlieren! Scheiße, wo zum Teufel bleibt Ravena? Während ich versuche ruhig zu bleiben, zieht es meinen Körper wie einen Magneten zu Korvin. Doch wir müssen den Schein wahren, er hatte recht, Coralia sieht wirklich nicht, was genau vor ihr liegt. Ihr Hass und ihre Verachtung vernebeln ihr die Sicht, sie hat es eben selbst bewiesen.

»Was willst du überhaupt hier, Bruder?« Das letzte Wort kommt ihr wie Säure über die Lippen.

»Die Ära der weißen Hexen ist vorbei. Ich verlange, dass du

die dämonischen Wesen freilässt, du hast deine Lügen lange genug verbreitet, wahrscheinlich glaubst du sie selbst auch schon«, sagt Korvin ruhig.

Wieder lacht Coralia auf. »Wie kommst du darauf, unsere Ära sei vorbei? Wegen ihr?« Mit einer abwertenden Geste zeigt sie auf mich und ich spüre, wie es in Korvin brodelt. »Hat dir die kleine Verräterin etwa Hoffnung gegeben?«, macht sie sich über ihn lustig. »Am Ende des Tages wird sie am Galgen hängen und du wirst in der ersten Reihe stehen und dabei zuschauen!«

»Was ist nur aus dir geworden?«, sagt Korvin leise.

Plötzlich schließt sich die goldene Mondsichel um Coralias Hals. Die wunderschöne Kette lässt nicht vermuten, was für eine Macht in ihr steckt. Ravena hat es geschafft! Coralia schreit auf und schlägt den Kopf hin und her, als würde sie gegen ihre Gedanken kämpfen. Wenn sich die Wahrheit offenbart, wird sie die Mondsichel wie ein Beamer in die Luft projizieren. Doch bisher passiert nichts, Coralia zerrt mit den Händen an der goldenen Kette, aber sie bekommt sie nicht ab. Die Energiehexen starren sie nur an und stehen wie angewurzelt da. Warum tut sich nichts? Plötzlich ertönt ein Knall, so laut wie ein Donnergrollen. Ich zucke zusammen und meine Hand schließt sich automatisch um die von Korvin. Sobald ich es realisiere, versuche ich mich schnell wieder von ihm zu lösen, doch er hält meine Hand fest umschlossen. Seine Augen sind auf Coralia gerichtet, sie sind leer und voller Unglauben. Ich folge seinem Blick und dann verstehe ich auch warum. Durch die goldene Mondsichel zieht sich ein langer Riss, sie ist zerbrochen und Coralia ist gerade dabei, die zwei Hälften komplett auseinanderzureißen. Ihre Augen sind pechschwarz und das Einzige, was ich darin sehe, ist der Tod.

»Was hast du nur getan?«, murmelt Korvin entsetzt.

»Was nötig war, um die Welt von dir und deinem Abschaum zu befreien!«, grollt sie und wendet sich den Energiehexen zu. »Tötet sie!«

Und damit bricht das Chaos aus. Um Korvin herum bildet sich ein dunkler Nebel und er schießt einen schwarzen Blitz gen Himmel. Damit lasse ich meinen Schutzpanzer und den unsichtbaren Vorhang fallen und kurz darauf wird das Marmortor aufgesprengt. Korvin und ich werden getrennt, denn sofort stürzen sich zahlreiche Energiehexen auf ihn. Coralia zieht sich derweil auf ein Plateau zurück und setzt sich entspannt auf einen Thron aus weißem Marmor. Sie schaut dem Kampf zu, als würde sie sich einen Film im Kino ansehen. Um sie herum haben einige Energiehexen ein Kraftfeld errichtet, sodass es fast unmöglich ist, an sie heranzukommen. Wie kann sie nur so sorglos sein?

Ace betritt gerade den Hof mit dem ersten Trupp unserer Armee, schwarze und weiße Hexen treffen aufeinander, als würden zwei Planeten kollidieren. Egal wie es ausgeht, die Welt wird danach eine andere sein. Es ist wie ein kosmisches Inferno, die weißen Hexen befeuern unsere Armee mit Energiebällen, doch sie können sich problemlos verteidigen.

Ich halte nach Korvin Ausschau, da trifft mich plötzlich ein Stromschlag am Oberschenkel. Ich sinke für einen Moment zu Boden, doch ich bin schnell wieder auf den Beinen. Ich schaue in die Richtung, aus der der Angriff kam und blicke in Medeas hasserfüllte Augen. Meine Handflächen öffnen sich und sofort lodern silberne Flammen darin. Ich schleudere sie ununterbrochen Medea entgegen, doch sie prallen an dem Energiefeld ab, das sie vor sich errichtet hat. Sofort kommen mir die Erinnerungen an die wochenlange Folter wieder in den Sinn, sie hat es genossen mir Schmerzen zuzufügen, Tag für Tag. Die silbernen Flammen umgeben nun meinen ganzen Körper und ich stehe direkt vor Medea. Sie ist komplett von einem Kraftfeld umgeben und schaut mich entsetzt an. Plötzlich spüre ich den stechenden Schmerz von Stromschlägen in meinem Rücken, ich drehe mich um und sehe drei weitere Energiehexen auf mich zukommen. Mit einer Handbewegung schalte ich sie aus, sodass sie ohnmächtig am Boden liegen. Ich wende mich wieder Medea zu, da drückt sie schon ihre Hände um meinen Hals und jagt ihre Elektrizität in mich. Mein ganzer Körper zittert unter den Stromschlägen und mein Gehirn wird jeden Moment aus meiner Schädeldecke fliegen. Aber ich muss ruhig bleiben! Ich lasse meine silbernen Flammen wieder in mich gleiten, damit es so aussieht, als würde ich an Kraft verlieren. Medea verzieht ihre Lippen zu einem triumphierenden Grinsen, aber das wird ihr bald vergehen. Elektroschocks ziehen sich durch meinen Körper, doch ich weigere mich, den Schmerz weiter zuzulassen. Ich lege meine Hände auf ihre und lasse mein silbern glühendes Feuer frei. Ihre Augen weiten sich und dann schreit sie schmerzerfüllt auf, sie will ihre Hände von meinem Hals lösen, doch ich halte sie mit aller Kraft fest. Mir dringt der Geruch von verbranntem Fleisch in die Nase, Medeas Blick ist angsterfüllt und voller Panik. Ich spüre, wie ihr Körper langsam nachgibt und zu Boden gleiten will, da löse ich mich von ihr. Sie taumelt zurück und starrt geschockt auf ihre Hände, sie bestehen nur noch aus Knochen, lediglich ein paar Hautfetzen kleben daran. Alles in mir schreit danach, aus ihr ein vollständiges Skelett zu machen. Ihr jeden einzelnen Hautfetzen vom Körper zu brennen. Sie hat den Tod verdient! Doch ich kann nicht von den schwarzen Hexen verlangen, Gnade walten zu lassen und dann die Erste sein, die eine weiße Hexe tötet. Mit einer wütenden Handbewegung versetze ich sie ihn Ohnmacht und wende mich schnell von ihr ab, bevor ich es mir doch anders überlege.

Als mein Blick über das Schlachtfeld schweift, stockt mir der Atem, überall zischt Magie durch die Luft. Mit Erschrecken stelle ich fest, dass wir dabei sind zu verlieren, und zwar meinetwegen. Alle schwarzen Hexen halten sich an meine Anweisung, sie versuchen, die Energiehexen auszuschalten, ohne sie zu töten. Aber dadurch verlieren sie Zeit und auch die Anstrengung ist größer, denn sie müssen ihre schwarze Magie mehr unter Kontrolle bringen. Die Energiehexen haben sich Jahrhunderte auf dieses Szenario vorbereitet, deswegen sitzt Coralia nach wie vor entspannt auf ihrem Thron. Auch wenn die Erfüllung der Prophezeiung für sie unwahrscheinlich war, hat sie diese Möglichkeit nie komplett ausgeschlossen. Sie sind uns zahlenmäßig weit überlegen, dafür hat sie gesorgt. Auch meine Mutter wollte mich dazu überreden, dass ich mich zur Energiehexe ausbilden lasse, eine weitere Manipulation von der ersten weißen Hexe!

Panisch suche ich nach Korvin, doch auf dem Hof herrscht das reinste Durcheinander. Die Magie schießt wie ein tödliches Feuerwerk durch die Luft und die Hexen tummeln sich wie ein Schwarm wildgewordener Hornissen auf dem Hof. Der eiserne Geruch von Blut steigt mir in die Nase und ich werde das Gefühl nicht los, dass hinter jeder Ecke der Tod lauert. Wenn die Magie aufeinandertrifft, hört es sich an, als würden Bomben einschlagen. Die Erde erzittert und es könnte sich jeden Moment ein tiefer Abgrund auftun, der uns allesamt verschlingt. Wieder suche ich nach Korvins schwarzem Nebel, doch ich kann ihn nirgends sehen. Die Energiehexen tragen weiße Rüstungen und überrennen uns wie weiße Engel des Todes. Plötzlich sehe ich Ravena, sie wird gleichzeitig von fünf Energiehexen angegriffen und von deren Magie zu Boden geschleudert. Sie kesseln sie ein und halten sie in einem Kraftfeld gefangen, es schließt sich immer enger um sie.

Ich umhülle mich mit dem durchsichtigen Schutzpanzer und renne auf sie zu. Das Kraftfeld hat sich bereits so eng um ihren Körper geschlungen, dass sie kaum noch atmen kann. Mein durchsichtiger Schutzpanzer wandelt sich zu einem silbernen Feuerball, ich lasse ihn auf die Energiehexen los und sofort löst sich das Kraftfeld um

Ravena. Ich zerre sie hastig nach oben und führe uns an den Rand des Schlachtfeldes.

»Wir sind ihnen zahlenmäßig unterlegen!«, keucht Ravena. »Eine schwarze Hexe kämpft mindestens gegen fünf oder mehr Energiehexen, das können wir nicht mehr lange durchhalten! Wir haben unsere Magie eben erst zurückerlangt, wir sind nicht annähernd so stark, wie wir es einst waren.« Sie ringt nach Luft und blickt besorgt auf das Schlachtfeld.

»Wir müssen etwas unternehmen! Ist die zweite Einheit schon zu uns gestoßen?«, frage ich.

»Ich weiß es nicht. Was sollen wir tun? Wir können Coralia nicht töten, dass würde die Energiehexen nur noch mehr gegen uns aufbringen! Wir können ihnen schon jetzt kaum Stand halten«, sagt sie wütend.

»Ich könnte versuchen die Mondsichel wieder zu reparieren«, bringe ich ein.

»Selbst, wenn es dir gelingen würde, uns bleibt nicht genug Zeit! Wir müssen uns zurückziehen, wir haben keine andere Wahl.«

Plötzlich verdunkelt sich der Himmel, eine schwarze Wolke schwebt über uns. Für einen Moment kommt der Kampf zum Stillstand und alle starren fassungslos nach oben. Plötzlich trifft es mich wie einen Schlag, über uns fliegt ein schwarzer Drache. Seine Schuppen werden von einem goldenen Schimmer durchzogen und über seinen leuchtend gelben Augen ragt ein knochiges Geweih in die Höhe. Es ist das Ebenbild der Statue des chinesischen Drachens, die in Korvins Bibliothek steht. Es gibt ihn wirklich! Ein markerschütternder Schrei ertönt aus seinem Maul und wie ein tödlicher Pfeil kommt er auf uns zu geschossen.

»Xizir«, murmelt Ravena ehrfürchtig. »Ilian und Ophelia haben es geschafft, sie haben die Gefangenen befreit!«

Der schwarze Drache peitscht über das Schlachtfeld und wirbelt die Energiehexen durch die Luft. Mein Blick fällt auf Coralia, sie ist von ihrem Thorn aufgesprungen, der Zorn wütet in ihren pechschwarzen Augen. Und plötzlich erkenne ich es!

»Such Korvin und Ace und kommt dann sofort zu Coralia!«, befehle ich Ravena und renne los, ohne ihre Antwort abzuwarten.

Es ist so offensichtlich, wieso bin ich nicht eher darauf gekommen! Sie konnte die schwarzen Hexen nur auf eine Art und Weise verfluchen, mit schwarzer Magie! Ich sehe es in ihren Augen, Coralia hat sie vor langer Zeit entfacht, aber sie hat sich ihrer Dunkelheit bis heute nicht gestellt. Es vernebelt ihre Seele wie Gift, sie müsste eigentlich schon längst tot sein. Korvin hatte es mir erklärt, als würde man von innen heraus verbrennen, wenn die Dunkelheit einen beherrscht. Coralia ist die erste weiße Hexe, es muss ihr irgendwie gelungen sein, den Prozess zu verlangsamen. Doch die schwarze Magie wütet in ihr und sie hat keine Kontrolle darüber. Plötzlich bricht die Dunkelheit aus ihr heraus, sie ist von schwarzem Nebel umgeben und daraus schießen schwarz glänzende Messerklingen. Sie wird seit Jahrhunderten von ihren Dämonen verzehrt und diese machen jetzt vor nichts und niemanden halt. Ihre schwarze Magie trifft zuerst auf die Energiehexen, die sie mit einem Kraftfeld beschützt haben. Die Messerklingen zerfetzen ihre Körper und noch bevor sie schreien können, liegen sie leblos am Boden. Der totbringende Nebel schießt über das Schlachtfeld und tötet alles und jeden, was ihm in den Weg kommt.

Coralias Körper schwebt in der Luft, ihr Rücken ist so weit durchgebogen, dass ihr Rückgrat jeden Moment brechen wird. Sie wird vollkommen von ihrer Dunkelheit beherrscht. Eine Welle von Angstschreien ertönt hinter meinem Rücken, doch ich muss mich auf Coralia konzentrieren, ich bin nur noch wenige Meter von ihr entfernt. Mein durchsichtiger Schutzpanzer umgibt mich, doch als sich plötzlich der totbringende, schwarze Nebel darum schließt, bleibt mein Herz für einen Moment stehen. Ich muss noch näher an sie heran, doch die orkanartigen Böen erschweren mir den Weg. Schritt für Schritt kämpfe ich mich weiter nach vorne, bis ich nur noch wenige Meter von ihr entfernt bin. Das Adrenalin schießt durch meine Adern, entweder funktioniert mein Plan oder ich bin innerhalb weniger Sekunden tot. Ich atme noch einmal tief durch und dann löse ich den Schutzpanzer um mich herum. Meine Hände schießen in die Luft und meine durchsichtige Hülle schließt sich wie ein Zylinder um Coralia. Ich halte sie und ihre Dunkelheit in einer überdimensionalen Luftröhre gefangen. Meine graue Magie schießt aus mir heraus und der Zylinder wächst Meter für Meter nach oben. Die schwarzen Messerklingen schlagen gegen die Hülle meines Panzers, ich schreie auf und lasse meine Mauer noch höher wachsen. Die Magie strömt wie ein reißender Fluss durch jede Zelle meines Körpers. Es funktioniert, Coralias Dunkelheit wird in dem unsichtbaren Luftschlauch gefangen gehalten. Doch mit jeder Sekunde schlagen die Messerklingen stärker gegen die durchsichtigen Wände und ich spüre, wie meine Magie langsam nachgibt.

Plötzlich taucht Korvin neben mir auf, er richtet seine Hände nach oben und umschließt meinen durchsichtigen Panzer mit seinem schwarzen Nebel. Kurz darauf kommen auch Ace und Ravena dazu und verstärken die Barriere mit ihrer Magie. Doch die Erleichterung hält nur für einen kurzen Augenblick, denn je mehr wir den Schutzpanzer verstärken, desto mehr wütet Coralias Dunkelheit darin.

»Wir können sie nicht ewig aufhalten«, schreit Ravena.

Ihr Gesicht ist schmerzverzerrt und ich spüre, dass ihre Kraft fast aufgebraucht ist. Ich schaue zu Korvin, seine pechschwarzen Haare sind zerzaust und auch er ist am Ende seiner Kräfte. Sein Gesicht wirkt eingefallen und seine Kleidung hängt ihm zerfetzt am Körper herunter. Ich wünschte, ich könnte noch einmal seine weichen Lippen auf meinen spüren. Noch einmal die Unbeschwertheit und das Glück empfinden, wenn ich morgens in seinen Armen aufwache. Und noch einmal sein schiefes Grinsen zu Gesicht bekommen, das ich so sehr liebe. Es gibt nur eine Möglichkeit sie zu retten!

»Verstärke deine Barriere!«, schreie ich Ravena entgegen.

»Was hast du vor?«, fragt sie panisch.

»Du hast gesagt, du würdest immer an meiner Seite stehen, also verstärke deine Barriere!«, befehle ich ihr.

Sie nickt mir zu und der lilafarbene Schleier strömt wie eine Druckwelle aus ihr heraus. Ich richte meinen Blick auf Korvin, er schaut mich ungläubig an und schüttelt den Kopf.

»Nein, wir finden einen anderen Weg.« Seine Stimme klingt hart und doch zerbrechlich, es treibt mir sofort Tränen in die Augen.

»Ich weiß, dass du mich finden wirst«, sage ich mit einem traurigen Lächeln und dann trete ich in die tödliche Dunkelheit.

KAPITEL EINUNDDREISSIG

Ich bin inmitten eines tosenden Wirbelsturms, der Wind pfeift um meine Ohren und ich spüre, wie sich die schwarzen Messerklingen in meine Haut schneiden. Ich bin die Einzige, die weiß, wie es ist, wenn zwei Kraftquellen in einem schlagen. Ich muss Coralia dazu bringen, wieder ein inneres Gleichgewicht herzustellen, dann wird all das ein Ende haben.

Sobald ich die Barriere passiere, werde ich sofort in ihre Gedanken gerissen. Ich bin umgeben von Dunkelheit, sie zieht sich wie eine Eisschicht über meine Haut und die Hoffnungslosigkeit dieses Ortes lässt mich erzittern.

»Coralia«, schreie ich und gehe langsam voran.

»Verschwinde!«, dröhnt es so laut in meinem Kopf, dass ich auf die Knie sinke.

»Lass mich dir helfen!«, verlange ich von ihr und plötzlich taucht sie vor mir auf.

Der Schock über ihre Gestalt lässt mich den Atem anhalten. Von der feenhaften blonden Frau ist nichts mehr übrig. Ihre Haut ist fahl und schuppig, graue Haare hängen ihr strähnig vom Kopf und ihre Augen sind leer und trostlos.

»Das hat die schwarze Magie aus mir gemacht!«, schreit sie mich an. »Sag mir, wie willst du mir helfen.«

Ich richte mich langsam wieder auf und stelle mich ihr gegenüber. »Du musst deine beiden Energiequellen ins Gleichgewicht bringen, ich weiß, wie du dich fühlst!«

»Wie kannst du ihn nur lieben? Er hat das Böse in die Welt gebracht!« Ihr Entsetzen darüber mischt sich mit eisigem Zorn.

»Du musst dich deiner Dunkelheit stellen, ich weiß, was ihr durchgemacht habt. Nur so kannst du die Kontrolle über sie erlangen!«, versuche ich ihr zu erklären.

»Du hast keine Ahnung, was ich durchgemacht habe!«, zischt sie wütend. »Aber nur zu graue Hexe, wenn du denkst, du könntest mir helfen.«

»Wo ist deine weiße Magie? Du musst dich darauf fokussieren!«

Doch dann kommt ein bösartiges Lächeln über ihre Lippen und plötzlich realisiere ich, dass ich hier nicht lebend rauskommen werde.

»Die Dunkelheit hat nichts übriggelassen! Es ist eine Seuche und Corvinus hat sie in die Welt gebracht.« Ihre Stimme klingt bedrohlich und sie kommt langsam auf mich zugelaufen. »Er hat mir das genommen, was mir am meisten bedeutet hat. Die Liebe zur Natur hat mich geheilt, doch meine weiße Magie ist schon seit Jahrhunderten verschwunden«, faucht sie.

»Es ist nicht zu spät, du musst dich deiner Dunkelheit stellen und sie bekämpfen!« Doch sie hört meine Worte gar nicht.

»Jetzt werde ich ihm das nehmen, was ihm am meisten bedeutet!«

Es gibt keine Hoffnung mehr für sie, ihre Dunkelheit beherrscht jede Faser ihres Körpers. Sie ist von Hass zerfressen und ihr Trauma schlummert tief in ihr. Coralias schwarze Magie ist außer Kontrolle, sie ist unberechenbar.

»Die erste graue Hexe, noch so eine abscheuliche Verkörperung der schwarzen Magie!«, sagt sie abwertend.

Plötzlich meldet sich meine Intuition, meine Magie spricht zu mir. Weiße Magie zieht ihre Kraft aus der Natur, sie kanalisiert ihre Energien und daraus gewinnen weiße Hexen ihre Fähigkeiten. Schwarze Magie hingegen wird nur durch den eigenen Willen begrenzt. Was wäre also, wenn ich diese beiden Ansätze miteinander verschmelzen lasse.

Ein brennender Schmerz in meinem Bauch reißt mich aus meinen Gedanken. Coralia steht direkt vor mir, mein Blut tropft von der schwarzen Messerklinge in ihrer Hand. Ohne die Wunde zu heilen, fasse ich mit meinen Händen an ihre Schläfen. Es wird funktionieren, das weiß ich! Sie schreit laut auf und ich spüre, wie ihre Dunkelheit durch meine Fingerspitzen fließt. Ich absorbiere ihre schwarze Magie! Doch damit spüre ich auch jeden Schmerz, den Coralia je empfunden hat. Ich sehe ihre Gefangenschaft vor meinen Augen und die Experimente, die an ihr durchgeführt wurden, die Qualen sind kaum auszuhalten. Ihre Dunkelheit strömt auf mich ein und vergiftet meinen Körper, als hätte eine Kobra ihre Fangzähne direkt in meinen Hals geschlagen. Jeder Muskel fühlt sich an wie gelähmt, auch meine Atemmuskulatur. Sofort setzt eine hektische Schnappatmung ein und damit einher geht auch eine unerträgliche Übelkeit. Das schwarze Gift ätzt sich durch meine Adern und lässt mich mit jeder Sekunde schwächer werden. Alles um mich herum dreht sich, die Erdrotation hat sich plötzlich verhundertfacht. Ich weiß nicht, wie lange ich das noch aushalten kann, Coralias Qualen werden einfach nicht weniger. Ich schreie auf und grabe meine Finger enger um ihren Kopf, plötzlich bin ich wieder von dem schwarzen Nebel umgeben. Er strömt in meine Brust und auch die schwarzen

Messerklingen versinken in meinem Inneren. Noch nie in meinem Leben habe ich solche Schmerzen verspürt, mein Körper will sich selbst zerstören. Jeder Atemzug fällt mir schwer, doch ich bin nicht bereit aufzugeben. Ich reiße meine Hände nach oben und mit einem letzten Schrei strömt der schwarze Nebel in mich hinein und eine meterhohe Flutwelle erschlägt mich.

Doch der Himmel über mir ist leuchtend blau, der schwarze Nebel mit den totbringenden Messerklingen ist verschwunden. Es ist geschafft, sie sind in Sicherheit. Mein ganzer Körper fühlt sich taub an und ich sinke kraftlos zu Boden. Das Einzige, was ich spüre, ist ein unaufhörliches Brennen in meinem Inneren. Bevor mein Kopf auf dem Boden aufschlägt, fängt Korvin mich auf. Der Duft von Kiefernholz und Meersalz schmiegt sich sanft um mich und ich fühle mich sofort sicher. Seine Wärme und die Zärtlichkeit seiner Berührungen lassen mich die Schmerzen für einen Moment vergessen. Doch bei dem Blick in Korvins angsterfüllte und panische Augen gefriert mir das Blut in den Adern. Ich werde sterben und er kann nichts dagegen tun.

Sanft legt er seine Stirn auf meine. »Kämpfe dagegen an! Bitte, du hast uns alle gerettet, jetzt musst du dich noch selbst retten!« Seine Stimme ist zittrig, er weiß so gut wie ich, dass ich keine Kraft mehr dafür habe.

»Ich kann dieses Leben nicht ohne dich führen, Neva!« Tränen rinnen über meine Wangen, doch es sind nicht meine.

Unsere Hände greifen ineinander, als ob wir dadurch die unvermeidbare Trennung verhindern könnten. Ich möchte ihm so viel sagen, wie sehr er mein Leben verändert hat, wie sehr er mich verändert hat, doch mit jeder Sekunde schwindet meine Kraft mehr. Meine Organe verfaulen und bei jedem Atemzug denke ich, es ist der Letzte. Plötzlich flackern die Erinnerungen der letzten Monate vor meinem inneren Auge auf. Wie gern würde ich noch einmal mit ihm auf der Couch im Sternenzimmer liegen und den atemberaubenden Nachthimmel betrachten. Noch einmal in seinen Armen aufwachen. Noch einmal eine Trainingseinheit in unserem Pavillon absolvieren. Noch einmal sein Lachen hören. Es bricht mir das Herz, doch gleichzeitig verspüre ich eine endlose Dankbarkeit. Ich habe und wurde wahrhaftig geliebt. Und auch wenn unsere gemeinsame Zeit zu kurz war, bin ich dankbar für jeden einzelnen Augenblick. Doch die Zukunft, die wir uns ausgemalt haben, wird nie Wirklichkeit werden und meine Gedanken kreisen um das, was hätte sein können. Wie hätte unser gemeinsames Leben auf Patria ausgesehen? Hätten wir je geheiratet? Wie hätte sich unsere Liebe in dieser neuen Welt entwickelt? Hätten wir irgendwann eine Familie gegründet? Mit jeder Frage würgt sich die kalte Hand des Todes fester um meinen Hals, denn ich werde die Antworten darauf nie erfahren.

»Nein! Mach die Augen auf! Bleib bei mir!« Korvins Flehen reißt mich wieder zurück in die Realität. Sein Blick ist voller Schmerz und Verzweiflung.

Ich öffne den Mund, um ihm ein letztes Mal zu sagen, wie sehr ich ihn liebe. Er soll mir versprechen, dass er weiterleben wird und sich nicht von der Trauer erdrücken lässt. Auch wenn ich das Versprechen selbst nicht einhalten könnte. Doch es würde mir etwas Frieden geben, Korvin hat es verdient glücklich zu sein, nichts anderes wünsche ich mir für ihn. Aber so sehr ich auch versuche, diese Worte über die Lippen zu bekommen, ich bin zu schwach. Mein ganzer Körper fühlt sich taub an, jeder Muskel ist bereits abgestorben. Mit letzten Kräften rücke ich meinen Kopf etwas nach oben, Korvin versteht meine Geste und kurz darauf spüre ich seine weichen Lippen auf meinen. Die Fäulnis in meinem Inneren wird für einen kurzen Moment durch das Erblühen meines Herzens gestoppt und eine letzte Welle der Liebe strömt durch meinen Körper.

Ich hasse es, ihn verlassen zu müssen, doch ich weiß, dass er mich im nächsten Leben finden wird. Wir sind auch über den Tod hinaus miteinander verbunden und eines Tages werden wir uns wiedersehen.

Als er seinen Mund von meinem löst, dringt der letzte Atemzug aus mir und ich gleite in eine unendliche Leere.

KAPITEL ZWEIUNDDREISSIG

Plötzlich stehe ich mitten im Flur des Freudenhauses, doch ein grauer Schleier liegt über allem. Verwirrt schaue ich mich um, wie bin ich bloß hierhergekommen? Ich stehe vor der schwarzen Holztür, die zum Club führt, also nehme ich die Klinke in die Hand und trete ein.

»Ilian«, quietsche ich erfreut.

Er sitzt an der Bar, die sich fast über die komplette Wand erstreckt. Ein Glas mit bernsteinfarbener Flüssigkeit steht vor ihm und er schaut mich mit einem traurigen Lächeln an. Ich umarme ihn fest und setze mich neben ihn.

»Was ist los?«, frage ich verwirrt. »Wo sind die anderen?«

»Ich wusste, dass du uns retten würdest!«, sagt er ruhig. »Und ich habe befürchtet, dass du dafür dein eigenes Leben opferst.«

Plötzlich sehe ich Korvin wieder vor mir und mein Herz bricht in tausend Teile.

»Du bist auch tot«, stelle ich traurig fest. »Warum sind wir ausgerechnet hier? Soll ich jeden Tag daran erinnert werden, was ich verloren habe?«

Alles hier erinnert mich an Korvin, es ist die reinste Folter!

»Ich bin tot, aber du noch nicht«, sagt Ilian mit einem Lächeln. »Komm mit.«

Ich folge ihm schweigend und schließlich stehen wir vor dem schwarzen Vorhang, der in mein Zimmer führt.

»Warum sind wir hier?«, frage ich gequält.

»Weil es noch nicht zu spät ist!«, antwortet er und tritt durch den Vorhang.

Ich zögere einen Moment, doch dann folge ich ihm. Eine Schockwelle durchfährt meinen Körper, ich liege mit geschlossenen Augen im Bett. Korvin sitzt neben mir und hält meine Hand, er sieht furchtbar aus. Seine Haare sind verfilzt und sein Gesicht ist fahl und eingefallen. Es bricht mir das Herz, ihn so zu sehen. Ophelia ist auf der anderen Seite des Bettes und weint bittere Tränen. Um mich herum stehen Thia, Ravena und Ace, sie blicken mit schmerzerfüllten Gesichtern auf mich herab. Sofort stürze ich zu Korvin.

»Ich bin hier.« Doch meine Berührungen gleiten wie die eines Geistes durch ihn hindurch.

»Ihr Zustand ist seit Monaten unverändert«, sagt Ravena traurig. »Kein Heiler kann etwas für sie tun, weder weiße noch schwarze Magie bewirkt etwas.«

»Das weiß ich auch«, gibt Korvin zurück. Die Verbitterung in seiner Stimme ist wie ein Stich ins Herz. »Was willst du damit sagen?«

»Seit Monaten?«, richte ich mich entsetzt zu Ilian. »Warum wache ich nicht auf?« Doch bevor er die Chance hat zu antworten, habe ich mich wieder zu meinen Liebsten umgewandt.

»Sie ist fort«, sagt Ophelia mit zerbrechlicher Stimme. »Das will sie damit sagen.« Sie umklammert meine Hand und bricht noch mehr in Tränen aus.

»Nein, wir haben noch nicht alles versucht!«, erwidert Korvin mit harter Miene.

Ace tritt an ihn heran und legt eine Hand auf seine Schulter. »Ich dachte auch schon daran, aber wenn wir sie wiedererwecken, wird es nicht Neva sein, die zurück in diese Welt kommt«, sagt er schmerzerfüllt.

»Sie ist doch noch am Leben, vielleicht wacht sie irgendwann wieder auf!«, bringt Thia verzweifelt ein.

»Ihre Seele hat ihren Körper längst verlassen«, antwortet Ravena niedergeschlagen.

»Nein!«, erwidert Korvin aufgebracht. »Das kannst du nicht wissen!«

Kurz darauf verlässt einer nach dem anderen das Zimmer, bis nur noch Ace und Korvin übrig sind.

»Ich tue was nötig ist, ich werde sie nicht verlieren«, sagt Korvin entschlossen.

»Eine Wiedererweckung wird Neva nicht zurückbringen«, antwortet Ace. »Bitte, schlag dir das aus dem Kopf. Du weißt doch ganz genau, welche Konsequenzen das haben könnte. Sie könnte einen Teil ihrer Seele verlieren und damit ihre Menschlichkeit und alles, was sie ausmacht. Das kannst du nicht wollen, nicht für dich und vor allem nicht für sie. Oder was, wenn sie ihr Gedächtnis verliert? Sie würde sich weder an dich noch an ihre Liebe zu dir erinnern.«

»Immerhin wäre sie am Leben!«, knurrt Korvin. Seine Stimme ist voller Schmerz und Verzweiflung.

»Das kannst du nicht ernst meinen!«, erwidert Ace wütend. »Was, wenn sie der ewige Hunger überkommt? Sie könnte sich nach Blut oder Seelenenergie verzehren und nichts anderes würde in ihrem Leben eine Rolle spielen! Ich werde nicht zulassen, dass du riskierst, sie in ein Monster zu verwandeln.«

Ich verstehe Korvin, ich würde auch alles tun, um wieder bei ihm zu sein. Aber ich will nicht zu einer seelenlosen Kreatur werden, die wie ein Geist auf der Erde umherwandelt. Seine Verzweiflung ist angsteinflößend und ich erkenne, wie groß die Leere in ihm ist. Es bricht mir das Herz, er leidet seit Monaten.

Korvin wirft Ace einen zerstörerischen Blick zu, doch dieser lässt sich nicht beirren. »Ich verstehe, dass du verzweifelt bist! Aber eine Wiedererweckung ist keine Option, so wirst du sie nicht zurückbekommen.«

Es folgen einige Minuten des Schweigens. Ich dachte bereits, dass das Gespräch beendet sei, doch dann fährt Korvin fort. »Du hast recht. Ich muss mich vielleicht damit abfinden, dass ich sie nie zurückbekommen werde. Aber ich werde sicherstellen, dass sie am Leben sein wird.«

Im Gegensatz zu mir weiß Ace anscheinend ganz genau, worauf Korvin hinauswill. Er steht da wie versteinert und in seinen Augen spiegelt sich das pure Entsetzen wider. Korvin kriegt nichts davon mit, er starrt mich nur mit einem undeutbaren Blick an.

»Ich würde tausend Mal sterben, wenn es bedeutet, dass du weiterleben kannst«, sagt er und streicht mir dabei über das Gesicht.

Ich bin wie erstarrt, mein fassungsloser Blick liegt auf Korvin, der meinen leblosen Körper nun hoffnungsvoll anschaut. Die Worte dringen kaum in mein Bewusstsein vor, und doch sind sie wie der schlimmste Ohrwurm, den ich je hatte, wieder und wieder hallen sie durch meinen Kopf. Der Schock zieht sich durch jede Zelle meines Körpers, ich zittere und ein eisiger Kälteschauer überkommt mich. Ich fühle mich wie in einem dunklen Labyrinth gefangen, ohne zu wissen, wie ich den Weg ins Licht finden soll. Doch zwischen dem tosenden Wirbelsturm aus Trauer, Entsetzen, Schmerz und Angst mischt sich auch Ehrfurcht. Unsere Situation ist furchtbar, doch seine Hingabe und seine Liebe treiben mir Tränen in die Augen. Ich wusste es bereits, doch in diesem Moment wird nochmal deutlich, dass ich tatsächlich meinen Seelenpartner gefunden habe. Diese eine alles verzehrende Liebe. Eine wärmende Dankbarkeit windet sich durch meine Adern wie ein seichter Bach. Dankbarkeit dafür, dass ich bedingungslos geliebt wurde, dass er mir alles von sich gab und dass unsere Liebe für immer fortbestehen wird. Das Gefühlschaos in meinem Inneren bläht sich auf wie ein Heißluftballon. Und plötzlich werden alle bedrückenden Gefühle von purer Entschlossenheit und Willenskraft verdrängt. Ich werde nicht zulassen, dass er sein Leben für meines opfert. Was auch immer nötig ist, um zu ihm zurückzukehren, ich werde es tun.

»Das würde sie ebenso wenig wollen.« Ace reißt mich aus meinen Gedanken. Ich wende mich wieder den beiden zu und ein Blick zu Korvin reicht, damit ich wieder in dem Chaos aus meinen Emotionen versinke.

»Momentan kann sie gar nichts wollen«, blafft er verzweifelt und damit ist das Gespräch beendet.

Kurz darauf verlässt schließlich auch Ace das Zimmer. Ich kauere mich an Korvins Seite, ich wünschte er könnte mich spüren. Plötzlich bricht alles aus ihm heraus und all die Masken, die er je getragen hat, fallen.

»Bitte, wach auf. Es fühlt sich so an, als wäre ich in einem endlosen Albtraum gefangen, ich halte das nicht mehr aus. Ohne dich ist alles ohne jegliche Bedeutung!«

Der Schmerz in seiner Stimme zieht sich durch jede Zelle meines Körpers. Die Ungewissheit, die in der Luft liegt, ist beinahe greifbar, eine zerbrechliche Grenze zwischen Hoffnung und Verzweiflung.

»Die dämonischen Wesen konnten befreit werden und sogar Coralia ist am Leben, sie ist jetzt ein Mensch und verarbeitet ihre Erlebnisse in einer Therapie. Ophelia ist für die weißen Hexen da und klärt sie über die Wahrheit auf. Ace kümmert sich um die dämonischen Wesen und hilft ihnen dabei, in dieser Welt klarzukommen. Du wirst es kaum glauben, aber in den letzten Monaten haben Thia und Ravena zueinandergefunden, die beiden geben echt ein mörderisches Duo ab. Alle machen irgendwie weiter, sie fanden etwas, was ihrem Leben einen Sinn gibt.«

Mir wird schwer ums Herz, denn ich weiß, worauf er hinauswill.

»Ich habe mich noch nie so verloren gefühlt und die Leere in meinem Inneren breitet sich jeden Tag mehr aus. Die restliche Welt steht vor einem Neuanfang, doch in diesem Moment ist meine zusammengebrochen. Ich kann keinen Fuß auf Patria setzen, bei dem Gedanken daran, spüre ich nur unsere verlorene Zukunft.« Er führt meine leblose Hand an seine Wange und lässt sein Gesicht hineinfallen.

»Bitte, wach auf. Du bist der Grund, warum mein Herz schlägt, warum ich atme. Scheiße, ohne dich fühle ich mich, als ob ein Teil meiner Seele verloren gegangen wäre.« Ein trauriges Lächeln kommt Korvin über die Lippen. »Vermutlich würdest du mich jetzt deswegen aufziehen, noch ein Spruch für dein Poesiealbum.« Er beugt sich sanft zu mir und haucht mir einen Kuss auf die Lippen. Sein Blick ist so voller Trauer, dass es mir ein Loch ins Herz brennt. »Bitte, komm zu mir zurück«, fleht er und mein Herz geht vor Schmerz komplett in Flammen auf. Ich schmiege mich fest an ihn, doch ich spüre die Wärme seiner Haut nicht auf meiner. Ich will nur zu ihm zurück.

Schweren Herzens löse ich mich von Korvin und trete aus dem Zimmer. Ilian steht an einer Wand gelehnt im Flur.

»Warum wache ich nicht auf?«, schluchze ich.

Er nimmt mich sanft in den Arm. »Du schwebst zwischen Leben und Tod, nur deine Unsterblichkeit hält dich in dieser Zwischenebene. Coralias Dunkelheit war zu mächtig, dein Körper ist erschöpft und deine Magie erholt sich nur langsam. Aber du brauchst Kraft, wenn du wieder in die Welt der Lebenden zurückkehren willst.«

Ich löse die Umarmung und wische mir die Tränen vom Gesicht. »Was muss ich tun?«, frage ich entschlossen.

Auf Ilians Gesicht bildet sich ein Lächeln ab. »Deswegen habe ich dich hergebracht! Hast du die Haarspange dabei, die ich dir gegeben habe?«

Ich schaue ihn fragend an und greife gleichzeitig in meine Haare. Tatsächlich trage ich die skurrile Spange jeden Tag, natürlich gut versteckt unter meinen Locken. Er hält seine Hand auf und ich lege die Spange mit dem goldenen Katzenkopf hinein. Ilian drückt einen kaum sichtbaren Knopf und plötzlich werden die Rubine freigelegt, die zuvor als Augen dienten. Er holt die Steine heraus und legt sie mir behutsam in die Hand.

»Ich speicherte einen Teil meiner Magie darin, noch bevor Coralias Bann über uns kam. Seit der Entfaltung meiner schwarzen Magie befasste ich mich mit der Weissagung. Es hat mich schon immer inspiriert, wie Zukunft, Gegenwart und Vergangenheit miteinander verflochten sind«, sagt er lächelnd.

»Du wusstest, was geschehen würde«, stelle ich ungläubig fest.

»Man kann es nie genau wissen, aber ich habe es geahnt und mich entsprechend darauf vorbereitet. Du musst meine Kraft durch die Rubine in dir aufnehmen, es wird ein Funken sein, der deine Magie hell aufleuchten lässt, dann kannst du zurückkehren.«

»Du hättest dich retten können!«, sage ich verzweifelt und schlage gegen seine Brust.

»Es musste so kommen! Du bist der Beginn einer neuen Ära, du wirst weiße und schwarze Hexen vereinen, ich habe es gesehen!« Seine Stimme ist voller Hoffnung und er nimmt mich ein letztes Mal in den Arm.

»Du musst mir eins versprechen«, sagt er ernst.

Ich nicke hastig und umarme ihn noch fester.

»Pass auf Fritzbert auf.«

Ein lautes Lachen entrinnt meiner Kehle und ich schaue in seine fröhlichen Augen. Er tritt einen Schritt zurück und nickt mir zu. Ich starre auf die Rubine in meiner Hand, sie fühlen sich heiß an und ich spüre die Magie, die in ihnen pulsiert.

»Wir werden uns wiedersehen«, sagt Ilian.

»Ich werde dich bis dahin jeden Tag vermissen.«

»Eine Sache noch«, presst er plötzlich hervor. »Vertraue auf deine Intuition und höre auf dein Herz.«

»Was hast du gesehen?«, will ich wissen.

»Ich kann dir nicht mehr sagen, nur, dass dein Herz schon existierte, bevor dir überhaupt der erste Gedanke durch den Kopf ging.« Er nickt mir zuversichtlich zu und ich erwidere die Geste mit einem vertrauensvollen Lächeln.

Daraufhin schließe ich die Augen und balle meine Hände um die Rubine, die Magie setzt sich sofort frei und kochendes Wasser gleitet über meine Haut. Die Hitze sickert in mein Innerstes und plötzlich spüre ich, wie der silberne Feuerball in mir erwacht. Meine Gedanken kreisen um Korvin und mein Wille, zu ihm zurückzukehren, ist nicht zu brechen.

Plötzlich dreht sich alles um mich herum und mein Magen fühlt sich an, wie nach einer dreitägigen Achterbahnfahrt. Ich spüre wieder die Schmerzen der schwarzen Messerklingen in meinem Inneren und schreie auf, doch diesmal verschließt meine Magie die Wunden sofort. Plötzlich blendet mich etwas, als würde ich direkt in die Sonne schauen, mein Körper fühlt sich schwerelos an und dann werde ich in einen Sog gezogen.

Ich öffne meine Augen und spüre zuerst mein schlagendes Herz, es pocht laut in meinen Ohren. Es hat tatsächlich funktioniert! Ich richte mich langsam auf und schaue mich um, doch mein Zimmer ist leer. Verdammt, wo steckt er bloß? Eine leichte Sommerbrise kommt durch das Fenster geweht und treibt mir eine frostige Gänsehaut über den Körper. Ich schlinge die Decke um mich und gehe auf den Flur hinaus. Sofort muss ich an Ilian denken, vor ein paar Sekunden stand er mir noch genau hier gegenüber. Er hat sich für mich geopfert, ich werde für immer in seiner Schuld stehen.

»Danke«, flüstere ich seinem Geist zu.

Nachdem ich mir eine Träne vom Gesicht gewischt habe, mache ich mich auf den Weg ins Sternenzimmer. Ich weiß nicht, warum ich zögere, doch dann trete ich durch die Tür. Mein Herz flattert und das Adrenalin schießt wie ein Liebespfeil durch meinen Körper. Doch dieser bleibt jämmerlich in einem Baumstamm stecken, denn auch das Zimmer ist leer.

»Das kann doch wirklich nicht dein Ernst sein!«, grummle ich wütend in mich hinein.

Frustriert stapfe ich wieder zurück zu meinem Zimmer, ich schiebe den schwarzen Vorhang zur Seite und laufe plötzlich gegen eine Wand. Ich blicke in Korvins pechschwarze Augen und das Gefühl ist so überwältigend, als würde in dieser Sekunde ein neuer Stern entstehen. Er schaut mich ungläubig an und die bernsteinfarbenen Funken glimmen hell auf. Freude, Erleichterung, Dankbarkeit – all das spiegelt sich in unseren Blicken wider. Ich weiß, dass wir in diesem Moment beide eine unendliche Verbundenheit spüren. All die Schmerzen und die Trennung haben nur dazu gedient, unsere Liebe zu stärken. Wir wissen, dass wir gemeinsam alles überwinden können. Er schlingt seine Hände um meine Hüften und zieht mich an sich. Sein Körper und sein unverkennbarer Duft umhüllen mich wie ein Kokon aus Sicherheit und Geborgenheit. Endlich kann ich die Wärme seiner Haut wieder auf meiner spüren, dennoch fühlt es sich unwirklich an. Noch vor Sekunden war ich nur ein Geist, gefangen in einer trostlosen Parallelwelt. Doch jetzt fluten die Glücksgefühle jeden meiner Sinne. Ich löse meinen Kopf von seiner Brust und küsse ihn innig, fast schon stürmisch. Doch seine Berührungen sind zaghaft, als wäre ich eine Fata Morgana, die jeden Augenblick wieder verschwinden könnte. Meine Arme schlingen sich um seinen Nacken und ich drücke meinen Körper näher an seinen. Plötzlich wird sein Griff fester, vermutlich hat er eben erst realisiert, dass das keine Einbildung ist. Er hebt mich hoch und meine Beine verankern sich um seine Taille, seine Küsse werden leidenschaftlicher und fordernder. Die silberne Flamme in meinem Inneren lodert strahlend hell auf. Unsere Lippen tauschen elektrische Schläge miteinander aus und unsere Küsse werden immer intensiver. Meine Hände krallen sich in seine Haare, eben ist ein schlummernder Vulkan in mir erwacht. Ich kann die Wucht an Gefühlen, die meinen Körper im Moment durchströmen, nicht annähernd in Worte fassen. Unsere Herzen schlagen im Einklang, ein gemeinsamer Rhythmus, der unsere Seelen miteinander vereint. Es kommt mir so vor, als hätte das Universum selbst dafür gesorgt, dass wir wieder zueinander finden. Wir waren durch Raum und Zeit getrennt, doch jetzt sind wir hier und ich fühle mich endlich wieder vollständig. Die Welt um uns herum verschwimmt, nur noch wir beide existieren.

Korvin legt mich sanft auf dem Bett ab und lässt sich geschmeidig neben mich gleiten. Die bernsteinfarbenen Funken in seinen Augen strahlen so hell wie die Sterne am Nachthimmel. Doch ich kann darin auch die schmerzvolle Reise der Ungewissheit und der Hoffnung erkennen, die er in den vergangenen Monaten durchlebt hat. Ich will ihm so viel sagen, doch Worte reichen nicht aus, um das auszudrücken, was ich fühle. Korvins Finger streichen zärtlich über meine Wange und plötzlich wirken seine Augen nur noch trüb.

»Ich war kurz davor, die Hoffnung aufzugeben. Die Ungewissheit, ob du jemals wieder aufwachen würdest, hat mich fast zerbrochen«, sagt er schuldbewusst und wendet seinen Blick von mir ab.

Ich spüre, dass er noch nicht alles ausgesprochen hat, also schmiege ich mich an ihn und gebe ihm die Zeit, die er braucht. »Ich fühlte mich so machtlos, als ob ich gegen einen unüberwindbaren Feind kämpfe. Es gab nichts, was ich tun konnte.«

Es ist wie ein Stich ins Herz, wenn ich daran denke, welchen Abgründen er in dieser Zeit entgegenblicken musste.

»Du hast mich auf so viele Arten gerettet! Es tut mir leid, dass ich so lange gebraucht habe«, sage ich lächelnd und der Ansatz eines leichten Grinsens umschmeichelt Korvins Lippen. »Ich kann mir nicht annähernd vorstellen, was du die letzten Monate durchgemacht hast.«

Ich habe die Qualen der Ungewissheit nur ein paar Stunden lang verspürt. Wann werde ich wieder bei ihm sein? Würde ich je wieder seine Wärme fühlen und von seinem unverkennbaren Duft eingehüllt werden? Seine Lippen auf meinen spüren und in seinen Armen liegen? Sehnsucht, Schmerz, Verzweiflung, Trauer, Angst, Einsamkeit – jede dieser Fragen wurde von all diesen Gefühlen begleitet. Und ich stellte sie mir immer und immer wieder. Doch in jede Frage hatte sich auch Hoffnung und bedingungslose Liebe gemischt. Es muss die reinste Tortur gewesen sein, jeden Morgen mit der Hoffnung aufzuwachen und am Abend wieder nichts als Schmerz zu spüren, und das monatelang.

»Du bist hier, das ist alles, was zählt. Ich hätte Jahrhunderte gewartet, um diesen Moment zu erleben. Ich kann nicht glauben, dass du zu mir zurückgekehrt bist.«

Auf der Stelle verschwimmen die Grenzen zwischen Schmerz und Freude, zwischen Leben und Tod. Ich habe tatsächlich eine zweite Chance bekommen – eine Chance, mein Leben mit dem Mann zu teilen, der mir so viel bedeutet. In Augenblicken wie diesen spüre ich, dass wir füreinander bestimmt sind, das Schicksal hat uns wieder zusammengebracht und ich könnte schreien vor Glück.

»Ich werde immer zu dir zurückkehren, schließlich muss mein Poesiealbum noch gefüllt werden«, antworte ich liebevoll und schmiege mich enger an ihn.

Korvins freches Grinsen ist herzerwärmend, doch dann legt sich eine gewisse Ernsthaftigkeit über sein Gesicht. »Ich war bereit, mein Leben für deines zu geben. Die Vorstellung, dich gehen zu lassen, war unerträglich.«

Meine Körpertemperatur wechselt ununterbrochen zwischen heiß und kalt. Ich schüttle sanft den Kopf, doch bevor ich auch nur ein Wort sagen kann, unterbricht mich Korvin.

»Ich würde jede Sekunde meines Daseins opfern, wenn es bedeutet, dass du dafür am Leben bist.« Seine Finger streichen sanft über meine Unterlippe. »Doch jetzt werde ich jede Sekunde damit verbringen, dich glücklich zu machen. Wir werden das Leben in jeder Form auskosten, die es zu bieten hat. Vor uns liegt ein ganzer Ozean neuer Möglichkeiten und ich werde keine davon verstreichen lassen. Ich werde dir Orte zeigen, die atemberaubender sind als jede Fantasie. Wir werden Dinge tun und erleben, bei denen du vergessen wirst, dass die Welt um uns herum noch existiert. Aber Neva …«

Mit einer geschmeidigen Bewegung dreht er uns herum, sodass er sich nun über mir erhebt. Der Mondschein umhüllt ihn in einem blauen Schimmer und während seine Lippen sanft über meinen Mund streichen, erzittert mein ganzer Körper.

»Keine Alleingänge mehr!« Seine Stimme ist ernst und er schaut mich eindringlich an. »Es hat mich fast zerstört«, flüstert er dann und lässt seine Stirn auf meine sinken.

»Mich auch«, hauche ich hervor und küsse ihn innig.

Unsere Küsse werden intensiver und in jedem Einzelnen liegt ein Versprechen. Das Versprechen auf eine gemeinsame Zukunft, auf bedingungslose Liebe, auf ewige Treue und auf vollkommenes Vertrauen. Wir haben die Dunkelheit überstanden und von nun an wird uns nichts mehr trennen können. Wir werden Seite an Seite durchs Leben gehen und in diesem Moment spüre ich nur Dankbarkeit und Erlösung.

»Ich liebe dich, Neva, mit allem was ich bin und was ich je sein werde.«

»Ich liebe dich, jetzt und in jedem anderen Leben. Bring mich nach Patria, ich kann es nicht erwarten ein neues Leben mit dir zu beginnen.«

Ein sinnlicher Kuss besiegelt unsere Gelübde und ich weiß, wenn ich morgen aufwache, wird die Welt eine andere sein.

DANKSAGUNG

Vielen Dank an alle, die Seite für Seite mit mir das Ende der Ära der weißen Hexen durchlebt haben. Es bedeutet mir sehr viel, meine Gedanken und Charaktere mit euch zu teilen. Ich bin sehr dankbar für jeden Einzelnen von euch!

André, ich bin dir von ganzem Herzen dankbar für deine bedingungslose Unterstützung und Geduld während der unzähligen Stunden, in denen ich meine Gedanken auf Papier brachte. Du gibst mir Kraft, machst mir Mut und glaubst an mich. Worte können nicht beschreiben, wie dankbar ich bin, dich an meiner Seite zu haben.

Elisa, tausend Dank für die unzähligen Brainstorming-Sessions, die endlosen Korrekturen und wertvollen Gespräche! Ohne dich wäre mein Buch nicht das, was es jetzt ist. Ich konnte es nie erwarten, dir von den Fortschritten zu berichten, denn deine Unterstützung und Freude gaben mir augenblicklich neuen Mut und einen frischen Motivationsschub. Ich bin unendlich dankbar für unsere Freundschaft.

Ein besonderer Dank geht auch an meine Familie und an all jene, die mich auf meinem Schreibweg begleitet und ermutigt haben, meinen Traum zu verfolgen. Vielen herzlichen Dank!

Liebe Evi, deine wertvollen Hinweise und dein konstruktives Feedback haben mich sehr glücklich gemacht und inspiriert. Danke für deine Unterstützung!

Nadine, vielen Dank, dass du das perfekte Cover für mein Buch kreiert hast! Deine kreativen Visionen haben mein Buch zum Leben erweckt. Danke für deine wundervolle Arbeit.

INHALTSWARNUNG

Dieses Buch enthält Darstellungen von Blut, Verletzungen, Mord, Entführung, Waffengewalt, Nahtodsituationen, Folter, Menschenhandel und Gewalt, einschließlich Gewalt gegenüber Kindern.

FSC
www.fsc.org
MIX
Papier | Fördert
gute Waldnutzung
FSC® C083411